纸飞机

都海成 著

青海人民出版社

图书在版编目（CIP）数据

纸飞机 / 都海成著. -- 西宁：青海人民出版社，2021.12
ISBN 978-7-225-06252-5

Ⅰ. ①纸… Ⅱ. ①都… Ⅲ. ①长篇小说－中国－当代 Ⅳ. ① I247.5

中国版本图书馆 CIP 数据核字（2021）第231991号

纸飞机

都海成　著

出 版 人　樊原成
出版发行　青海人民出版社有限责任公司
　　　　　西宁市五四西路71号　邮政编码：810023　电话：（0971）6143426（总编室）
发行热线　（0971）6143516 / 6137730
网　　址　http://www.qhrmcbs.com
印　　刷　青海德隆文化创意有限责任公司
经　　销　新华书店
开　　本　720mm×1010mm　1/16
印　　张　25.5
字　　数　400千
版　　次　2022年3月第1版　2022年3月第1次印刷
书　　号　ISBN 978-7-225-06252-5
定　　价　79.00元

版权所有　侵权必究

都海成 1980年生,青海省西宁市湟中区人,现系青海省作协会员。其长篇小说《追梦》荣获2017年天津"东丽杯"梁斌小说全国优秀奖;第二部长篇小说《醒》被中国青年出版社誉为青海版《平凡的世界》。2017年他被评选为青海"向上向善好青年";2018年被评选为"全省自强模范";2020年受邀去中央电视台录制《向幸福出发》节目。

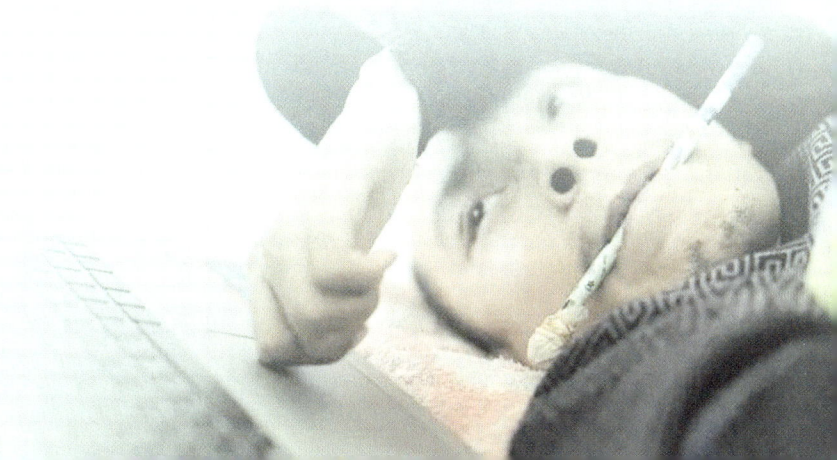

请别让诺言成空谈（代序）

李成虎

说实话，我是很反对个人及文学卖惨的。没错，前者是"上帝为你关闭了一扇门"，后者是"就一定会为你打开一扇窗"。在这个极度追求效率的快餐时代、读图时代、短讯时代、智能时代，文学被潮流推挤到了边缘地带，每年虽有上万种的图书被出版，但耐下性子读书的人却少了。可那又怎么样呢？文学并不因读者减少而消弭了它的本源价值——抚慰人心，引领人心的作用。

《纸飞机》以安然、温昕、江海涛从大上海来到青海进行支教为主线；以留守儿童海娃、小波、牛犇等的上学生活等为背景；以两年的支教时间为故事结构，呈现了西部农村的教育和留守等现实状况。都海成在有限的空间内表现出无限的境界，把传统意象之美，以洗尽铅华，高度精纯的笔墨，映出如佛家"妙悟者不在多言"的内敛，用中国画的形式，描摹出最本质的意境来。海成的人生经历及其长篇小说《纸飞机》给我的感受是字里行间滚烫着青春燃烧的火热和积极向上的正能量。我喜爱他的作品，并由衷地受到感动。

读着这个优美的青春故事,我眼里涌满了泪水。这是善良中的大爱,闪耀着金子般的、燃烧青春情怀的光芒。老师的伟大、父母的坚强、儿童的努力,还有那份来自爷爷指尖上的心酸和疼爱,都让人感动不已。因此,以我的方式,解读文本,将"五个独特"解析如下:

1.独特的题材。其实,这题材可以说是大众化的校园文学。但我说独特,关键在于角色的置换,即从繁华的大上海来到青藏高原的一个山村小学进行支教。这是一个值得大书特书的题材。在海成的小说中,几位大都市的青年人怀揣梦想而来。这种梦想带着大都市火树银花的样子,是无比绚丽的,而落在闭塞的小村庄里,就必须根须带土,必然与最美好的幻想进行最大程度地割裂甚至对立。割裂之后的成长是针对所有人的,支教老师学会了俯下身子倾听,留守儿童学会了挺直腰板逐梦。这便是我要说的"题材的独特"了。文本中给我最强烈的感受是,每个人都有期望变成"非我"的愿望。都想在陌生的世界,和有陌生人介入的世界里,摆脱因为习见的环境、固定的人际等造就的约束,变成自己期待成为的人。"自我"与"非我"的交锋让题材的独特性更加见骨见肉,让行文更具张力。

2.独特的视角。一个作家在作品中不仅要有勤奋的、笨重的、艰辛的劳动,还要有宏阔的心胸和视野。对我而言,写作过程中思考最多的是,在时间的变量中,人物关系中什么会消失,什么会被填补进来,此消彼长之下,又会有哪些奇妙的情节生发出来。这就是"怎么写"的问题了。从《纸飞机》第一章到第九章结束,每一章、每一节都有一个核心标题。故事围绕着小标题，跟随着人物和场景的置换，进行着张弛互见的叙述和环环相扣地推进。随着视角的不断变换，在每个角色眼中，这个小山村的一切风物各有明暗，既有意想不到的惊喜，也有百思不得其解的惶惑，也因此产生了许多引人深思甚至引发笔者经历共鸣的场面。

3. 独特的语言。小说既用叙述性的语言，也用描写性的语言。但以何为主，就看作者自己的喜好了。而海成的小说二者兼有，其语言生动、细腻、富有感情，不落窠臼。海成在语言处置上有属于自己的创造。不同场景使用不同的语言，歇后语运用恰如其分，夸张的话语也是意有所指。同时，为了增强文本的可读性，他自然而随意地插入诗歌、音乐、书法、青海花儿等，各得妙法。诸如到了声名远播的青海湖，江海涛写给安然的情书是传统的：

向祁连山寄走昨日的痛楚，朝青海湖打开明天的航向
草原铺就了广阔的天路，沙海孕育着不屈的胡杨
冰雪消融春水灌田，草木青青牛羊牧场
不问今日为什么重逢，或许早已有共同的理想
……
等你无论用什么方式走来
同我一道迎接黎明的红日

如到日月山，海成借人物之口，唱"花儿"：

弯弯的路儿崖沿上开，崖窝里，千朵万朵的花开；
我就是猛虎下山来，尕妹妹，你是个枪手了打来！

　　海成把别有底蕴的青海方言谚语纳入文本，与书面语言"混合引用"，形成了美丽而独特的语言格局。除此之外，还有许多冷幽默，如海娃在省城受奖的那天，有人上错厕所了，还拨打110解救等，写得很冷静，很幽默。海成通过对小说创作技巧的娴熟把握，时而和风细雨，时而狂风暴雨，时而阳光灿烂，时而腥风血雨，围绕着安然等老师的支教、海娃等的梦想，一点一点地推进，渐渐壮阔起来。尤其是对幽默语言的信手拈来，为我们创造了酣畅淋漓的阅读快感。

　　4. 独特的心境。虽然这部作品人物繁多，生活容量丰富，但海成笔墨洗练，语言简约，叙述平淡平和，弥漫在行文中的却是感情的真挚，爱心的炽热。如果生命的春天重到，山村的凝冰都哗哗地解冻，那时我会再看见灿烂的微笑，再听见明朗的呼唤——这些迢遥的梦。这些好东西都绝不会消失，因为一切好东西都永远存在，它们只是像冰一样凝结，而有一天会像花一样重开。

　　5. 独特的方式。这里所谓的"独特的方式"，就是说独特的表述方式。我们从文本中获知，推动故事发展前行的，不仅是场景的置换和故事的发展，还有更为重要的，就是人性。人性的弱点——妒嫉、怯弱、自私、虚荣，乃至人性的优点——勇敢、忠实、虔诚，都全部被海成调动出来，成为推动故事发展的动力。这本娓娓道来，层层展开，互为因果，彼此成就的小说中，所展现出来的强大的转换和衔接能力。小说，尤其是长篇小说，无任何场景转换的平铺直叙读来只会让人昏昏欲睡，兴味索然。而过程衔接既能高潮迭起又不让读者感觉突如其来，真的很重要。在这两点上，海成处理的相当老练，将小说写得大起大落，简繁得当，疏阔处一笔带过，细密处浓墨重彩，情节交织扭结起来，人物形象从情节的冲突中次第显现出来。这种开放性的结构，给人耳目一新的感觉，当然也考验作者的驾驭能力。最核心的一点就是，把所有的矛盾和冲突集中在某个人物身上，不断地放大，达到一种极致。而且，通过故事情节和细节的真实性、生动性、丰富性和相对完整性，借助环境、事件等元素的烘托，形成厚实典型形象是海成小说内容的技法核心。不得不说，他做到了！

古希腊哲学家德谟克利特说过："身体的美，若不与聪明才智相结合，是某种动物的东西。"他又说："称赞那不应该称赞的和斥责那不应斥责的，都是很容易，但两者都表示一种坏的性格。"他同时希望文人们能"追求美而不亵渎美"。《菜根谭》中也说："居逆境中，周身皆针砭药石，砥节砺行而不觉；处顺境中，眼前尽兵刃戈矛，销膏靡骨而不知。"即人处在逆境中，周围的困难推着你不停奋进；处在顺境中时，反而忘记了潜在风险，在优渥的环境中丧失斗志。人生不如意之事十之八九。生活中，换个角度看问题，你会发现，失去也是另一种拥有，失意也会变成诗意。

  海成确乎处在逆境中，但书读多了，便有了写作的兴趣，而且一发不可收。诚然，这是一条艰辛之路，夜深人静时，只有山村的月光与海成相伴。这是一条孤独的道路，但海成却甘之如饴、兴致勃勃。他将自己的社会观察、人生体验和个性语言，还有更多的想象以及生活经验，融合成了属于自己的文字。不顺畅时，海成会不由自主地仰望星空，那一颗颗眨着眼的小星星，总是一闪一闪地鼓励着海成。

  当然，海成的《纸飞机》一文，并非没有瑕疵，但瑕不掩瑜。因此，我们应该看到主流，看到更美好的一面，我相信读者的"眼睛是雪亮的"。相信，我们能从中读到熟悉的乡村，看到久违的自己，也同样可以找到尘封的梦想和为自己拼过命的曾经。当然，我更希望读者从中看到通向未来的坦途和大步流星走在坦途之上的你我。

（作者系青海省作家协会副主席）

目录 · CONTENTS

第一章　青春之花

一、时代召唤 // 003

二、一路向西 // 006

三、山高水长 // 008

四、日落天涯 // 012

五、天高云淡 // 015

第二章　红星闪闪

一、老人与少年 // 021

二、一个生命 // 025

三、相依为命 // 030

四、花开朵朵 // 034

五、开学第一天 // 037

六、恶作剧 // 039

七、高山孤心 // 043

八、岂有此理 // 046

九、谁造就了"钢蛋" // 049

十、都是意外 // 053

第三章 温暖如春

一、花朵的理想 // 059

二、"姐姐"的关爱 // 065

三、诗人的情书 // 069

四、写给2035年的一封信 // 074

五、流血的美味 // 079

六、2017年的第一场雪 // 081

七、花蕾的眼泪 // 084

八、家访 // 087

九、幽幽暖情 // 090

十、冬日情暖 // 094

十一、心惊胆战 // 098

第四章 春暖花开

一、春天在哪里 // 107

二、土豆与鸡腿 // 110

三、迷途的羔羊 // 115

四、铁窗内外 // 119

五、无声的关爱 // 123

六、运动会 // 126

七、花开两样 // 129

八、勇者不惧 // 133

九、逆风飞翔 // 138

十、坚强的母女 // 141

十一、男孩本色 // 144

Z 第五章
无拘无束

一、脱缰的野马 // 151

二、心灵之旅 // 155

三、心醉神怡 // 159

四、天上人间 // 163

五、欢乐的夏日 // 168

六、母亲 // 173

七、生日快乐 // 178

八、男子汉 // 181

九、游戏惹的祸 // 185

十、友谊的小船 // 189

十一、熘地锅 // 193

Z 第六章
飞得更高

一、教师节 // 201

二、月圆人缺 // 204

三、男人要勇敢 // 209

四、康瑞的烦恼 // 215

五、沉重来信 // 220

六、英雄的困惑 // 225

七、为了生命 // 231

八、有惊无险 // 235

第七章 孤独的心

一、暖心活动 // 247

二、新的开始 // 252

三、心中的舞台 // 258

四、小小心愿 // 263

五、胖子的烦恼 // 268

六、赤子之心 // 274

七、自强不息 // 280

八、生日宴会 // 285

九、倦鸟归巢 // 290

十、寒冬腊月 // 294

第八章 欢声笑语

一、成长的烦恼 // 303

二、水到渠成 // 309

三、汗水的味道 // 313

四、欢乐儿童节 // 318

五、鲜花和掌声 // 323

六、野炊 // 328

七、不忘初心 // 331

八、最后一节 // 334

九、青龙山上 // 339

十、大义灭亲 // 345

第九章
勇敢的心

一、又闯祸了 // 353

二、眼泪汪汪 // 357

三、闯天涯 // 363

四、一锅粥 // 368

五、寸步难行 // 372

六、炎炎烈日 // 376

七、感恩的心 // 381

八、砥砺前行 // 386

第一章
ZHI FEI JI

青春之花

一、时代召唤

2017年5月4日下午,上海文化大学文学院的礼堂里人头攒动。在学院领导的安排下,这里将举行一个简单的欢送仪式。安然、温昕、江海涛、严子健、何雨涵、苏娜、崔岩等十一名毕业生即将远赴西北踏上去西部支教的征程。

欢送会上,院长田海峰代表学院向支教毕业生颁发了荣誉奖章,表扬他们敢为人先,不怕吃苦、乐于奉献的优良品质。

"我在西部地区生活过,深知那里的孩子渴求知识,那里的发展需要人才。多年来,一批批有理想、有担当的青年,像你们一样前往西部地区辛勤耕耘、默默奉献,为那里的孩子送去了温暖。"

田海峰院长说到此处很是动情。"的确,前往西部支教既是这个时代的召唤,也是一个个有志青年的光荣使命!一个有希望的民族不能没有英雄,一个有前途的国家不能没有先锋……"

整个礼堂的光环都聚焦在最前排的十一个人身上。听到田海峰院长的殷殷嘱托和期望后,整个礼堂的学生都热血沸腾了,也想立刻奔赴到祖国最需要的地方去实现自我价值。

讲话结束后,安然等十一名支教生肩挂锦旗,在学院党总支张书记的领誓下举起右手庄严地宣誓:"我将奔赴祖国的西部边疆,同祖国一道前进,同人民一道拼搏,服务人民、奉献祖国、让青春之花绽放在祖国最需要的地方。"

宣誓结束后，安然按捺不住心中的喜悦，激动地抓住温昕的手说："温昕，三个月后就可以去西部了，此时此刻我真是太兴奋了！"灿烂的笑容就像盛开的牡丹花，兴奋的样子就如捡到了稀世珍宝一样。

听她这么说，温昕双眼放射着奇异的光芒。"安然，以后要多为人民服务才行，还要做好一名支教老师呢。"她喜气洋洋故意噘着嘴边说边笑，一副调皮的样子就像个小孩子，两只眼睛明亮得快要放光了，充满了青春的活力和激情。

"没错，那今天我先给你个机会，温暖温暖我这颗孤冷的心吧！"说罢，安然摆出一副可怜兮兮的样子。

"是的，我们现在是更加亲近了，可你的心还用我来温暖吗？恐怕还轮不到我吧！"温昕一面用夹杂着温州方言的语气说道，一面把眼光瞥向了一旁的江海涛。本是玩笑，没想到一不小心触碰到了伤心处，自己也纳闷怎么鬼使神差地说了这么一句。安然听得懂温昕的弦外之音，见江海涛顺势看过来，似乎还有向她们走过来的意思，她便转过身拉着温昕跑出了礼堂……

大学生活就要过去了，恍如一梦。过去的四年，是她们人生中最好的时光，这里则是她们最难忘和眷恋的地方。在这里，她们不仅留下了欢声笑语，也留下了酸涩的泪水，人生中许多美好的回忆都在这里，当然少不了心酸和痛苦。在这里，她们开怀大笑过，也撕心裂肺地抱头痛哭过，刻骨铭心地爱恋过，也昏昏沉沉地迷茫过。昔日腼腆的姑娘已出落得愈发水灵，当然她还长出了一对美丽的翅膀，璀璨的人生就要从这里开始。

安然是土生土长的上海人，是上海文化大学文学院的高材生，并且她为人正直善良且非常富有爱心，毕业后去西部支教是她多年的心愿。从小，父母就教育她要做一个有价值的人，长大后要做有意义的事，而不是追名逐利，庸庸碌碌。如今，她对价值和意义有了明确的认识和解读：一个人的选择只有契合时代要求、符合人民的需要，才会有价值和意义。一个人的信念追求，只有同社会的需要和人民的利益相一致，才会有意义。

从大一她就关注支教,对那些支教大学生敬佩有加,一直希望能成为这支队伍中的一分子。再加上她炽热地向往西部,尤其是美丽的青海湖和金银滩草原,做梦都想去那里纵马高歌。

因此,作为一个有志青年,她怎么可能不听从时代的召唤、不响应国家的号召,不争做时代的先锋呢?

当年读《钢铁是怎样炼成的》时,安然就被里面的那句话深深触动了——人最宝贵的是生命,生命属于人只有一次,一个人的一生应该是这样度过的:当他回首往事的时候,不因虚度年华而悔恨,也不因碌碌无为而羞愧;这样,在临死的时候,他就能够说:"我的整个生命和全部精力,都已经奉献给世界上最壮丽的事业——为人类的解放而斗争。"

人的一生应该怎样度过才算有价值和意义?这是造物主留给我们回答的终极问题。如果在硝烟滚滚的战争年代,保家卫国是最有价值和意义的,那么在和平年代呢?这些年来,安然一直在思考着这个问题,因为她不想为以后的碌碌无为而羞愧。安然清楚一代人有一代人的长征,一代人有一代人的使命。

100年前,五四运动是一次伟大的觉醒,而今,五四精神有了新的内涵,那就是作为青年,应胸怀忧国忧民之心,用实际行动传承和践行五四精神。新时代的弄潮儿们已经谱写出了一曲曲感天动地的青春乐章,使不朽的五四精神在新时代放射出了灿烂的光芒!

在上海文化大学,每年都有几十个应届毕业生参加西部计划,到那些非常偏远和贫困的山区去支教,用自己的心血和汗水谱写着个人可歌可赞的青春,他们不遗余力地为祖国的发展贡献一份力量。然而,也有一部分喝着洋酒嘲笑志愿者们傻的利己主义者。安然替这些人悲哀,也深深地鄙视他们。她虽然也可以找一份好工作,可她选择了响应新时代的号召,争做时代先锋,把自己的青春献给祖国和人民,让自己的青春在奉献中开花。

认识自己,不好高骛远。力所能及地为社会做出自己的贡献,一点一滴为社会的文明和进步尽绵薄之力,这就是安然给自己的答案。只有荒凉的沙漠,没有荒凉的人生。全国各大高校每年都会有优质的毕业生源像新鲜的血液输送到祖国母亲最需要的西部山区……

二、一路向西

  日子一天天过去了,安然每晚都要站在日历前倒数离开的日子,终于从110倒数到了1,她既兴奋又有些不舍。

  虽然只是短短的一百多天,可这段时间对他们一家三口来说五味杂陈。那天回来后,安然兴高采烈地给父母讲述了报名西部计划和欢送大会的经过,安然的父母一想到女儿要去西部支教,心情变得沉重起来。

  去西部支教,几年来一直是安然最大的心愿。她是家里的独苗,父母自然视她为掌上明珠,再加上她从小体弱多病,对她更是倍加呵护,捧在手里怕摔了,含在嘴里怕化了。说心里话,他们不想让女儿去那荒凉的西部支教,可他们清楚女儿已经长大了。

  经过一番煎炒烹炸,两口子做了一大桌美味佳肴,每一道菜都是安然喜欢吃的,夫妻俩恨不得把她这两年的饭都做了给她带上。践行宴上,安然的母亲却连一口饭都吃不下去,一想到女儿天一亮就要离开她,她心里难受得快要哭出来了……

  在临近出发的前几天,她给女儿买了一大堆东西,各种各样的药,护肤品、内衣外套、鞋帽袜子、保温杯等等,每一件都是她精心挑选的。

  安然进来看到这鼓鼓囊囊的三个大箱子,一脸愕然:"噢哟!不知道的还以为我是去开超市呢!"安然一边说,一边从箱子里往外拿东西。在她看来,去青海不需要带这么多东西,缺什么到地方买就是了。于是,她把妈妈装进去的东西拿了出来,怕妈妈伤心,每拿一件,都要简单地解释一下。

"天呐！你还给我带这么多水？我又不是去沙漠！"说着，安然从箱子里拿出了几瓶水。

"这你就不懂了吧？"见女儿大惑不解，母亲转过脸来温柔地笑了笑。"你从小肠胃就不好，每次去你舅舅家都要拉肚子。这些是家乡水，你到了那里后每天早上先喝一点，这样就不会因为水土不服而拉肚子了。"听妈妈这么一解释，安然感动得不知说什么才好，眼泪瞬间就簌簌地流了下来。她转过身，一把紧紧搂住了妈妈的脖子，心里有千言万语。这一刻，她突然不想去西部了，舍不得离开爸爸和妈妈，舍不得离开这个温暖的家。

这时，父亲走进来递给女儿一本厚厚的相册，又给了她一张银行卡，说："带上这些相片，想家了就拿出来看看。还有这张卡，密码是你的生日，那边条件艰苦，别苦着自己。"接过相册和银行卡，安然的眼泪像趵突泉的水涌了出来一般，然后左右手紧紧抱住爸爸妈妈。

踏上月台，就意味着踏上了去支教的路，也踏上了去西北的路。看着眼前泪眼汪汪的爸爸妈妈，安然非常不舍，明明心里有一肚子话想对父母说，可面对着他们却什么话都说不出来……

呜……哐……哐……哐……

一声鸣笛，上海至西宁的列车缓缓开动了。亲人和同学们的身影渐行渐远，安然的母亲泪流满面，跟着火车不停地朝女儿挥手道别，安然的父亲一手朝女儿挥别，一手扶着爱人的一只胳膊。火车在早晨的阳光里盘龙般向西北方向驶去，消失殆尽。女儿走远了，月台上空荡荡的没几个人，可安然的母亲还站在那里望着火车远去的方向，女儿是她的心头肉，这些年除了和同学们去旅行外从没离开过她，现在去青海支教，一去就是两年，这让她感觉就像割了心头肉一般，现在只能期盼小棉袄能早点回来……

火车行进了大约一小时后，十一个人的心情逐渐平复了下来，大家挤在一间车厢内开始聊了起来。这次支教团队的人来自五湖四海，大家都是校友，自然就有说不完的话了。大家一边嗑瓜子一边讨论着自己即将要去的地方。虽然生在中国，但他们对西部农村的情况知之甚少，所以大家都对那里充满了好奇，每个人的脑海里都勾勒出了一幅美好的景象……

见大家陷入沉思，江海涛站起来大声道："大家都不要再想了。不管西部的农村什么样，那里即将就是我们展翅飞翔的蓝天。习大大不是说过：展望未来，我国青年一代必将大有可为，也必将大有作为。明天我们就要分别了，咱们还是唱个痛快！喝个痛快！"江海涛说完专注地看着安然，心里很是甜蜜，想到接下来的两年里要和她朝夕相处，感觉比喝了琼浆玉露还要甜。

"长龙"咆哮着一路向西。车窗外，那一排排绿意盎然的树木、一根根笔直的电线杆，来不及看一眼就呼啸而去，似乎也在匆匆赶路一样。都市跟乡村、群山与田野、树木和小草，一帧帧流动的风景，处处闪动着跳跃的美感，好似一幅徐徐展开的水墨画卷，总有意想不到惊喜呈现在眼前……

三、山高水长

青春之歌，是迷茫者的路标，引人奋进；青春之曲，是躁动者的心声，使人感慨；青春之花，是数九寒天里的色彩，让人惊叹；青春之火，是宇宙苍穹中的流星，让人震撼。

夕阳已经沉到了地平线以下，只留下最后一抹余晖在遥远的天际，让人看了有一种凄凉感。好几个小时过去了，火车还在使劲飞驶着。十一个青年，一边喝着啤酒尽情放歌，一边多愁善感依依不舍。

安然看着大伙笑了笑，道："我们都要牢记校长在毕业典礼上的话：'始终远离和拒绝——没有道德的政治、没有责任的享乐、没有是非的知识、没有人性的科学、没有牺牲的信仰、不劳而获的财富和不道德的交易。'"听安然这么一说，大家都想起了老校长的话，一个个连连点头如捣蒜，然后意兴盎然地唱了起来：

一个共同的昨天，长江边我们奠基打桩；
一个共同的明天，东海上我们托举朝阳。
只因为一个共同的今天：
自强！自强！我们锻造共和国的钢梁。
一个共同的寻觅，知识让我们张开翅膀；
一个共同的目标，信念使我们步伐铿锵。
只因为一个共同的誓言：
自强！自强！我们奏出新时代的交响。
自强！自强！不息的自强！

一遍又一遍，心潮澎湃；一遍又一遍，热血沸腾；用激情点燃青春之火，用理想浇灌青春之花！……

夜深如墨，周围看不见一颗星星。转眼间已经晚上11点了，大家都不说话，一个个扭头望着外面。下一站就是天水，这意味着苏娜和白启明就到站了，三个女生抱在一起哭了起来。

从车窗望去，站台上虽然拥簇着一些人，但看上去非常清冷。大家目送苏娜和白启明下车，望着他们的身影慢慢消失在夜色里，多么希望这一刻时间能够凝固……

天亮前，崔岩、武玥、赵静淑三人在定西站下了车。而再过几个小时，严子健、何雨涵和李文洁将到兰州站了。明晃晃的太阳照进车厢里。安然从车窗望去，外面全然没有了昨天的绿意盎然，而是绵延起伏的群山，白里透着黄且有些荒凉。在最后的几小时里，车窗外越来越荒凉，他们六人的心也越来越孤单。几个人坐在一起，呆呆地望着车窗外，歌不唱了，话都不多说一句。

火车在连绵的群山间穿行,谁也数不清到底过了多少个黑咕隆咚的隧道。反正安然、温昕、江海涛三人一路向西,一路高歌,一路离别,终于在离开上海近30个小时后的下午到达了终点站——西宁。

刚下火车,温昕仰起头深深地吸了口气。"终于到了,这就是青藏高原啊!这一路把姑奶奶折腾得骨头快散架了不说,这浑身都快馊了!"她抱怨道。

安然戴上太阳镜,压低声音提醒温昕:"大小姐,请你注意一下,这里还是火车站呢。"听到她俩这么说,江海涛扭过头来笑了,一阵微风轻轻拂面而过,清凉中带着一丝甘甜。刚一出站,接他们的人就举着牌过来了,一片硬纸板上写着他们三个人的名字。一看是接他们的人,江海涛上前两步跨过去自我介绍,然后又介绍了安然和温昕。来人是一男一女,很是热情,就像看到了久违的亲人一般,立即接过她们的行李箱。他们是青海省团委的同志。

"欢迎你们来大美青海支教!这一路上累坏了吧?"说话的马副部长,皮肤黝黑,是个典型的青藏高原汉子。"这下好了,到这儿就等于到家了,我先安排你们到宾馆休息。"他一边热情地说,一边拉着行李箱向停车场方向走去。

"不用休息,趁天色还早我们直接去学校吧?"安然有些迫不及待,想尽快到支教的学校去看看。这几个月来,她一直想象自己去支教的学校到底什么样,有几次还在梦里梦到过一个破得不成样的学校。

"你们真敬业,不愧是从名牌大学来的,这精神我们要好好学习。不急,今晚你们先好好休息,明天我们还有一个活动,然后再送你们去学校。"安然是心急了些,她哪里知道这里离支教学校还有70多公里呢,而且还有一段山路,坑坑洼洼,很不好走,这个点即便赶过去,到那儿也是半夜了。

晚上,安然和温昕站在窗户前眺望西宁的夜景。美丽的西宁市霓虹辉煌,高楼林立,让她们有点置身于大都市的错觉。

第二天清晨，太阳透过云霞露出了涨得通红的脸，像个新媳妇似的羞答答地望着，一缕金灿灿的阳光穿过窗帘暖暖地照进房间，如母亲温暖的手抚摸着安然的脸庞。打开窗户，深吸一口清凉的空气，神清气爽，昨日的疲惫和各种不适便顿时消失了，感觉就连头发丝都轻松了不少。

还没洗漱完，马副部长就来接他们去吃早饭，然后一起来到了中心广场。这里已是人山人海，一些志愿者们忙得应接不暇。主席台上已经拉起了一条横幅，下面摆好了一排桌椅和两个大音响。没几分钟，工作人员给来青海支教的大学生都披上了锦旗、戴上了胸花。安然扭头略数了一下竟有四十多人。一看校旗才知道，全国各大高校的毕业生因为同一个目标而齐聚青海。

在活动中，不光省里相关部门的领导讲了话，也让几个支教大学生代表发了言，市民们更是给这些支教大学生竖起了大拇指。这一刻，他们心潮澎湃、激动不已，满脸的自豪和幸福在闪光灯下格外灿烂，感觉一下子成了万人瞩目的英雄。

活动一结束，湟水县共青团委的吴科长就带安然直接去了英秀镇中心学校。汽车飞驶在高速公路上，两旁大大小小的树木一闪而过，刚走了二十多分钟，车速随之也慢了下来，公路上大多是拉砂石的大型货车。

吴科长坐在副驾驶上，用不怎么标准的普通话开始给她们介绍湟水县的基本情况。该县属于国家级贫困县，而这个英秀镇又是县里最贫困的乡镇之一。车窗外，一辆辆砂石车呼啸而过，有时候甚至还从砂石车上掉下一些砂石和尘土来，随之卷起一团团灰尘，拖拉在后面像一条长长的尾巴。路两旁的行人都捂得严严实实。两旁的树木几乎看不到绿色，都被厚厚的尘土覆盖，垂头丧气看不到一点生机，就像十月里被霜打过的茄子。

路况变得越来越差了，坑坑洼洼的。因此，车速也不得不再次慢下来，一阵猛烈的颠簸，温昕手里的水杯都颠落了。她们三人被颠得感觉五脏六胳快被颠出来了，幸好中午饭没有吃太多，不然非吐一车不可。

"你们看，这条路年年补修可年年都这样，都让这些拉砂石的车给毁了，好端端的公路被他们整成了搓板。唉！"吴科长望着外面无可奈何地感叹着，摇了摇头。

从县道拐进一条山沟，沟里光秃秃的没多少树木，显得有些荒芜。眼下正是秋收时节，农民们开着手扶拖拉机在金黄的麦田中来回收割，看到这一片热火朝天的景象。她们三个既惊喜又激动，觉得双眼都不够用了……

"你们看前面那座山，翻过那座山就到了镇里了。"她们三个朝吴科长指的方向望去，只见前面不远处有一座不高不低的山，荒芜中显得有些苍凉，苍凉中透着一丝厚重，而它后面又是怎样一片天地呢？

四、日落天涯

"啥？你们等会儿就到！不是说明天过来吗？"英秀镇中心学校的校长韩清林正在教育局开会。

"人家千里迢迢来支教，我们可不能怠慢了！"吴科长说完就挂了。韩清林一边给张副校长打电话，一边匆匆跑出了教育局，然后把油门踩到底了往学校飞赶。走到半路才想起，他来不及给教育局的同志打招呼要先回去，而且还把自己的包和一些东西都落那儿了。

翻过山就进入了英秀镇，路两旁是密密麻麻的庄廓院，一片片金灿灿的麦田，还有远远近近的杨柳树在阵阵微风下随风摇摆。吴科长在车里向大家介绍道："这条山沟里共有九个村，地和人口占比达到全镇的三分之一。这些村庄从外往里依次是石子沟、龙岗村、白崖沟、前沟、后沟、张家湾、沙柳村、龙宝村、九泉村。从石子沟到九泉村，大概有十公里，以前每个村都有村办小学，现在集中办学都到了这个镇中心学校。"

吴科长正说着，车子驶进了镇中心学校的大门，几十个学生手拿五颜六色的菊花整整齐齐地站在校门口两边，看到汽车就一边手摇菊花，一边大声喊："欢迎欢迎，热烈欢迎……"

随即，韩清林带学校师生迎过来，跟刚下车的吴科长和支教老师一一握手，吴科长转过脸来笑盈盈地向大家介绍安然、温昕和江海涛三位支教老师。

看到如此隆重的迎接场面，安然、温昕和江海涛既意外又感动，心里都美滋滋的。他们没想到学校搞了如此隆重的迎接仪式，每个学生和老师们的脸上都洋溢着热情十足的笑容。吴科长因为有事，便嘱咐韩清林照顾好支教老师后就走了。韩校长带两个男老师把安然他们的行李箱送到了教职工宿舍。

宿舍楼共上下两层，外墙上的瓷砖有几处脱落，看样子有些陈旧了。

"看看，这间就是你俩的宿舍，我已经叫人打扫过了。"韩校长说着便打开宿舍门，提着沉甸甸的箱子先进去了。"我们学校条件有限，你们就凑合一下吧。"

宿舍是一个单间，两张单人床，两床中间摆放着一个茶几，茶几上没有任何东西。走进厨房，里面有煤气灶和一台冰箱。

这时康瑞老师进来了，便和安然、温昕问好。

康瑞，瓜子脸，圆溜溜的杏儿眼，眸子间透着淡淡的幽怨和一丝哀伤。她高挑的身材，头发在脑后梳一个圆圆的髻，声音柔柔的，带着书生气。

"我让你买的两床新被褥呢？"韩校长一副很不高兴的样子。

"哎呀！你看我这脑子，竟然把这事给忘了。对不起、对不起，我这就去买……"康瑞满脸都是歉意，懊恼得狠狠捶了自己几下。

"没关系，你不要这么自责，等会儿我们一起去。谢谢你给我们收拾房间！"听安然这么说，康瑞心里暖暖的。韩校长交待康瑞帮安然和温昕收拾一下，然后带她们到校园里到处转转，熟悉一下今后的工作环境，说完步履匆匆又去忙了。

三个人很聊得来，没一会儿就嘻嘻哈哈了，她们打开箱子一边收拾，一边数着需要买哪些东西：被褥、锅碗瓢盆、油盐酱醋等生活用品。

等东西置办齐了就已经是日落时分，西边烧起了一片红红的晚霞，三个人看着日落一点儿感觉不到美，有一种淡淡的惆怅。人言落日是天涯，望极天涯不见家。

"都饿了吧？快来尝尝我的手艺。"说话的是一个中年女性，中等个儿，短头发，皮肤虽有些黝黑但满脸都是阳光般的微笑，她叫康凤英，是康瑞的妈妈，也是韩清林的妻子，是一二年级的语文老师。

温昕看了看满桌子的饭菜，用筷子轻盈地夹起了一块肉，脖子往前微微一伸，咬了一小口，咂咂嘴，说："嗯，这鸡肉的味道还行，就是火候老了点。"听她这么说，安然在桌子下面轻轻踢了她一脚。

"姨，您不用客气，我们自己来。家常菜很好，我们很喜欢。"听到喜欢，康凤英更加热情，一边说一边给她们夹菜。"喜欢就好，那就多吃点儿，吃饱肚子就不想家了……"

晚饭过后，她们三个开始和自己的父母视频聊天，把这一天的见闻分享给了家人。

"快看快看，何雨涵发朋友圈了！"说着，安然一下子坐立起来，看着手机露出了羡慕的神色。从图片看何雨涵的宿舍比她俩的漂亮，不仅设施全，还有壁挂空调……

"她发她的，你可别犯傻。虽然大家说好了到各自的地儿后要发朋友圈的，但是咱俩这里条件相对落后，就不发朋友圈了，怕父母担心。"

温昕说完，把手机扔在了一边，站起来开始收拾东西。"哎呀！不行了，不行了，我还要上厕所……"一听安然要上厕所，温昕感觉自己的肚子也有点不舒服，她俩面面相觑，哭丧着脸说："这三更半夜的，咋去呀？"

屋里话音刚落，窗外一个黑影靠近，说："别怕，我带你们去。"说完，江海涛邪魅地笑了。

一听，两个女孩子顿时惊出一身鸡皮疙瘩，头上的每一根发丝几乎都竖了起来，霎时紧抱在了一起……

五、天高云淡

清晨，空气中还飘着薄雾，萦绕在青山中，广阔的田野间雾气蒙蒙。远处不时传来鸡鸣犬吠之声，东方隐隐透着一抹红霞。

又是一个绚丽多彩的早晨，打开门迎着朝阳气息的安然和温昕抱着肚子朝厕所跑去，几株月季花见了笑弯了腰。

二人正在刷牙，康瑞娘俩就送来了热腾腾的早饭——牛奶、煎鸡蛋，还有稀饭和狗浇尿油饼。康凤英得知安然和温昕拉肚子，因此特意给她们熬了稀饭，放了红枣、桂圆、枸杞、葡萄干和牛奶。饭前，安然从箱子里拿了两瓶家乡水烧开后先喝了一杯，然后再喝稀饭，酥软的油饼吃得津津有味。

饭后，康瑞就带她们三个去参观学校的其他地方。学校不大，最显眼的建筑是一座四层的教学楼，每层有4个教室，第一层中间两间是学生教室，另外两间是老师们的办公室。四楼一间是少年宫，一间是微机室，一间是图书室，还有一间是实验室。

教学楼旁是一栋二层的食堂，学生和老师们在此就餐。再往里走是老师们自己开垦的一大块菜地，之后就是宽阔的操场了，操场四周是有些年头的榆树和杨柳树。操场中间是四个篮球架，篮球场是橡胶的。还有一个水泥做的主席台，整体看上去有些破落。主席台右边是一溜单双杠，有高有低。主席台左边有张乒乓球桌，都是用水泥和砖块做成的，每个台面中间用砖块割开。毫无疑问，这里是平时最热闹的地方。

"还可以，以后我们就在这里挥洒汗水、奉献青春吧！"温昕转过身对康瑞说道。眉宇间表情多少有些失落，但嘴角还挂着那么一丝微笑。

吃过午饭，江海涛出去买水，安然让康瑞带她们到外面去转转。刚出校门没几步，立马引来了无数双眼球。见如此"热情"，安然和温昕脸红到了脖子。还好就在这时候，江海涛提着饮料和零食回来了。

这短短的二百米，校门口上下都是大大小小的商铺。过了商业街，往右一拐是通往县城的公路，两旁二三百米都是庄廓院，然后是广阔的田野，一片金黄。几百米后，一条歪歪扭扭的小路尽头是一座山，弯弯曲曲向前延伸着，安然她们卖力往山坡上爬去。康瑞提着饮料袋爬在最前，江海涛和安然紧随其后，温昕落在最后，喊着爬不上去了。这座小山不高，康瑞已经记不清来过多少次了。康瑞说："我第一次爬也比较慢，但想要看更美的风景，就需得爬上更高的山。"

大概一个小时后，她们都累得如犁了十亩地的牛，喘得上气不接下气了。她们躺下来，一边擦汗一边喝水。

温昕躺着，喘着粗气"骂"康瑞。"你这……哪里是带……带我们游玩呀！你……你这是在要我们的命啊！"

"唉！这才哪跟哪儿啊，咱们学校每学期都有登山活动，而且那山比这要高得多，到那时你们还不得当逃兵啊。"听康瑞这么一说，温昕"啊！"的一声后翻了个白眼，差点儿晕过去。

少顷，一阵微风吹来，四个人迅速站了起来，一个个展开双臂尽情享受，感觉展翅翱翔在半空中。睁开眼睛望去，天空中盘旋着一群鸽子，有灰有白，它们掠过蔚蓝色的天空，羽翼发出了嗡嗡的震荡声，看了让人有跟着它们展翅高飞的冲动……

江海涛嘴里叼着根草棍儿，转过头含情脉脉地看着安然，她那对明媚的眸子在暖阳下闪烁，她那白皙的皮肤像用水晶雕刻出来的艺术品。这一刻，他想不出用什么成语来形容她的美，她就像下凡的仙女——美极了！

望着眼前的美景，安然觉得好像在那里见过，但她不知是在哪儿，也许是在梦里，有这般蔚蓝的天空，还有白鸽在头顶自由飞翔。无疑，这里有她的未来,那就让过去遗留在梦里,让未来从此高飞吧……

"不行,不行,我必须得赋诗一首!"江海涛兴致盎然,苦思冥想后用右手食指从鼻梁推了一下眼镜,扬起右手道:

千里支教山水长,小镇登高凭栏望。
滚滚麦浪秋意浓,悠悠碧空山花漫。
异乡耕耘鸿鹄志,微风送爽书香醉。
虽念江南故园情,心寄青海桃李红。

第二章
ZHI FEI JI

红星闪闪

一、老人与少年

安然和温昕直到日上三竿才起床,要不是康瑞一遍一遍地敲门,她俩很可能会睡到第二天。她俩实在是太累了,虽然昨天回来后倒头就睡了,可到现在浑身无力、骨头酸痛,就像扛了一天麻袋一样。

简单洗漱后,康瑞带他们三个去她爷爷家吃饭,顺便介绍她爷爷给他们认识。出了校门往上走去,离学校不远的地方可抬头望见"五味书屋"四个大字。就在她们准备进去时,一个十三四岁的少年跑了出来,风风火火的,恰好和安然撞了个满怀,要不是康瑞迅速扶一把就给撞倒了。

"毛孩子,赶着去投胎呀?撞了人不道歉,太没礼貌了!"江海涛气冲冲地说道。

刚一进门,就看到一个银发老人朝他们走来,满脸是热情的微笑。行了见面礼,安然和温昕心想:"这可能是康瑞的爷爷。"她们仨随之望去,只见一排排书架上满是书,让她们惊讶。

"刚刚出去的是海娃吧?"康瑞问爷爷。

"就是他。"康瑞的爷爷说话浑厚有力,精神抖擞很有气质,完全不像是一个古来稀的老人,充满了活力,像一个年轻小伙子。

"他又送牛奶来了?"

"是,顺便来还书。"他说着,把手里的一本书《八十天环游地球》给康瑞看。

"这尕娃,还真是爱看书,可就是命太苦了!"说罢,她惋惜地摇了摇头,康瑞的爷爷也叹了口气。听康瑞这么说,安然和温昕都知道说的是刚才那个少年,听命太苦什么的,随之都有些好奇。

就在这时,从楼上下来三个人,一个七十岁左右的老妇,脸上刻满了岁月的痕迹,后面是韩校长和康凤英。老妇慈眉善目笑容满面,韩校长一脸的热情,康凤英围着围裙套着套袖笑着握手。来到二楼,康凤英已经准备好了一桌子饭菜,只等他们三个来动筷子了。原来,这里一楼是书屋,二楼是他们的家,可不管是楼上还是楼下,都透着浓浓的书香气。三个人一边吃,一边想韩校长原来是康瑞的爸爸,毫无疑问韩校长是上门女婿了,不知道这里有多少故事。

大家边吃边聊,就像一家人在一起聚餐一样,一个个都吃得很香,尤其是这种温馨的氛围让安然他们有一种家的感觉。吃饭间,康瑞大概简单地介绍了她家的情况,爷爷康正贤是学校的第一个民办老师,到1996年才转正入编,然后又当了十年的校长。在当校长期间,他尽职尽责,用康瑞奶奶陈桂香的话说,他这一辈子操心学校比操心家里多,学校的事永远比家里的重要。康爷爷的故事,恐怕三天三夜也讲不了一半,安然她们只能以后慢慢再听。今天,一是给安然她们接风尽一下地主之谊,二是为韩清林明天去玉树州支教践行。

听到这个消息,安然她们三个不由有些吃惊,张大了嘴问校长还用去支教啊?而且五十岁了还去那里。可韩清林说:"支教是我多年的心愿,之前都让年轻教师抢先了,再不争取恐怕会留下一生的遗憾。"

饭后,韩清林让康瑞带安然和温昕去外面转转,顺便给她们介绍一下英秀镇几个村的情况,有助于她们以后的工作。然后,就带着江海涛去学校打篮球了,让他和学校的男老师们熟悉一下。安然她们还没动身,康爷爷就去看书了,真是让年轻人汗颜。

不知不觉,康瑞带安然和温昕来到了一片小树林,这里树木旺盛、鸟语花香，让人有一种置身世外桃源的感觉。康瑞说这里是这个山沟里的"罗布林卡"，每到夏天附近的村民们来这里纳凉，打牌、下棋，好不悠哉。说现在正是农忙季节，农闲时这里川流不息，吹拉弹唱热闹得不得了。这里的确很有吸引力，一片林海就是天然氧吧，清清凉凉、安安静静的，一声声清脆的鸟叫声不绝于耳。三个人坐在草坪上，感觉像在厚厚的地毯上一样，青草和泥土的芳香让人心醉，神清气爽、倍感舒畅。

须臾，三个人哼着歌高高兴兴地往回走，可突然温昕"啊"地大叫了一声往后大跳了起来，扇动着双手像只老母鸡一样。听她大叫，安然和康瑞不知道咋了，也跟着有点慌乱。

"怎么了？"安然一边问一边定眼向四周看去，温昕一只手紧紧捂在胸前，吓得脸色煞白浑身簌簌颤抖，一下子紧紧抱住安然哭了起来。

"看……快看，它！"她流着泪，头紧紧埋在安然胸前，哆哆嗦嗦抬起右手指去。

顺着看去，只见七八米处有什么在动，二人提心吊胆走过去一看，原来是一只又大又肥的癞蛤蟆。安然见了一阵寒战倏地掠过全身，想像温昕那样兔子般蹦跳回去，可两腿发软，感觉骨头被抽了一样，如泥一般就瘫在了地上。

见她俩吓得魂不守舍，康瑞搀着安然的胳膊，说："嗨！这有什么好怕的，它是癞蛤蟆想吃天鹅肉了！……"听她这么说，安然和温昕哭笑不得。

十多分钟后，安然和温昕才恢复过来，三个人继续往回走。此时，树林里一片宁静，只有清风轻轻拂过，树梢随风微微摇晃着。忽然间，悠扬的笛声在不远处响起，那轻盈优美的旋律像一股潺潺的清流，在阳光下欢畅地穿过静静的树林，然后飘荡在田间地头……

安然被笛声吸引住了，随之，站起来静静地听。这曲子欢快中略带着几分忧伤。她想象着吹笛的会是一个什么样的人，从吹奏的技巧上看这人应该不怎么懂音乐，但又有一定的功底，想必是一个年轻人。康瑞说这个人你见过，还要带她俩过去看看到底是谁。顺音而去，只见吹笛的是一个少年，从一侧望去似曾相识，好像在哪里见过。她们在一侧静静地听他吹，直到曲终后安然才叫了一声"好！"

少年被她吓了一跳，瘦削的肩胛骨一耸，马上就转过了身，瞬间认出了康老师。就在他猜想另外两个的身份时，其中一个面带微笑迎面向他走来。她中等个、瓜子脸、一双眸子明净清澈、穿着一身白色的连衣裙，飘逸着一头乌黑的长发，身上有一股淡淡的香味儿，浑身透露着文艺范儿。

她笑着问："小朋友，你叫什么名字？"她讲一口标准的普通话，声音清脆悦耳。

听她这么问，少年的眼睛转了几下，一脸的茫然。一束斜阳穿过树梢照在脸上，让安然宛如看到了一个熟人般亲切。少年十二三岁的样子，身穿一套灰色的小西服，衣服敞着没有系扣子，裤子皱巴巴的，还有些脏，脚上一双布鞋快露出大拇指了。他黝黑的脸庞上透着冷俊，红润的瓜子脸有点偏瘦，两只炯炯有神的大眼睛清澈得就像朝露一样透明，眼珠像乌黑的玛瑙，特别深邃而有神，充满了朝气和活力。这双黑珍珠般的大眼睛，忽闪忽闪的，看上去就像在说话似的。

少年不理她，手摸着脖子，嘿嘿地傻笑，脑袋转动着，像是在寻找什么。安然嘴角轻扬，莞尔一笑，柔声问道："小伙子你好！我叫安然，是英秀镇中心学校新来的老师。我们来半天了，你笛子吹得不错，是谁教你的？"一听是老师，少年一下子肃然起敬，没想到她竟是个老师。

"他叫海娃，早上在书屋门口撞你的就是他。"听康瑞这么一介绍，安然和温昕这才认出来，而海娃也不好意思地低下了头，脸上泛起了红晕。

这时，康瑞见安然还有话要问，她一把拉过安然小声说："不要再问了，他不会说话！"一听这话，安然心里"咯噔"一下，像一尊会呼吸的雕像一样，嘴唇机械地微微张了几下，却没有说出话来，也不敢扭过头去看海娃了。

海娃微微笑了笑，他知道康老师说了什么，顺手拿着笛子就走了。安然感觉全身一阵痉挛，半张着嘴呆呆地看着海娃的身影，一脸的不解……

二、一个生命

夜幕降临，一轮盈月从东山上缓缓升起，月光像水银一般洒下来，将斑斑驳驳的树影印在地上。

安然把康瑞拉到宿舍，给她沏了一杯绿茶，又摆了一堆零食，让她给她俩讲海娃的故事。康瑞说海娃是一个苦命的孩子，这些年吃尽了苦、遭尽了他人的白眼，跟她爷爷康老校长结下了不解之缘。说来话长，想要听这个哑巴少年的故事，还要从十四年前说起：

十四年前春，一个新生命呱呱坠地了。他的到来让这一家人喜出望外，尤其是老年丧妻的爷爷丁万元，视他为天赐的宝贝和礼物，给他起名叫海娃。家里虽一贫如洗，但该为孩子准备的一样都没少。儿子丁志成和儿媳吕文英乐得合不拢嘴，小两口每天抱着他舍不得放下，换尿布、擦屁屁，把小家伙照顾得无微不至。家里充满了喜气和欢声笑语，三个大人一天到晚围着他转，让村里人羡慕的小日子过得别提有多幸福了。30天后，丁志成给儿子办了满月酒。一切都是那么美好，就等小家伙咿呀学语了。

在这之前，丁志成的母亲刚去世不久。所以，小家伙的到来给家里增喜不少，也让一家人走出了失去亲人的悲痛。尤其是丁万元，中年丧妻是何等的悲痛，但是孙子的到来让他重新找到希望，一天到晚笑眯眯的，跟吃了蜜蜂屎似的。左邻右舍、亲朋好友，无不说这孩子来得正是时候，可就在这时候，所有人都傻眼了，一年多过去了，就在一家人等着他叫人时，却发现孩子有些不大正常，不仅哭喊时与其他孩子有些不一样，听着就像驴叫似的很是难听，而且一岁半了还不会叫人，只一下下张着小嘴却没有声音。开始一家人也没太在意，认为这孩子说话会比较晚一些，可之后看着越来越不对劲儿了。

经过一系列检查，结果孩子是先天性失语，这辈子都不可能说话了。听了医生的话，吕文英眼前一黑，差点崩溃了，丁志成听后像滩泥般瘫在了地上。所有人都傻眼了，不敢相信这么可爱的孩子竟然不能说话，而且这辈子都没得治了，即便华佗再世也没用。随即丁家人的心碎了，一个个哭得昏天黑地，就像天塌了一般……

三个大人，每天以泪洗面，三餐不知其味。可孩子依旧还是那样可爱，两只大眼睛转来转去，浑身上下，里里外外都正常，唯独就是不会说话。见儿子不会说话，小两口别提有多难过了，心都碎成了饺子馅儿。丁志成每天喝得酩酊大醉，回来后坐在炕沿上，傻子一样流着口水，眼睛发了红丝，像个猴子，瞪着儿子打着酒嗝，眼泪一串串流着。同样，吕文英的心如苍凉的荒原，每天幻想着儿子能开口说话，甜甜地叫声"爸爸妈妈"，可心里清楚这是不可能的。

仅一个多月，小两口几乎快要崩溃了，不知道该如何面对自己的儿子，也不再像之前那样抱着他不放了。之前，在他俩眼里儿子是世上最漂亮、最可爱的小家伙，俩人争着说遗传了自己的基因。而今，他俩看着儿子长吁短叹，怎么看怎么不顺眼。相比之下，丁万元的态度截然不同。他把孩子视为心肝宝贝，吃喝拉撒照顾得体贴入微。见儿子和儿媳这样，给他俩做思想工作，让他们面对现实，不要嫌弃自己的亲骨肉。"既然你们把他带到了这个世界上，就要尽到父母的责任。海娃是上天的恩赐，说不定还是送来的福星哩。"在他眼里，自己的孙子即便是个哑巴，也是这世上最可爱的孩子。可海娃的父亲丁志成却不这么想，他始终无法接受这个残酷而沉重的现实。

次日早饭后，丁万元才发现孙子不见了，抓耳挠腮急得跟什么似的。他怎么也没想到，丁志成夫妇把孩子丢在了野外，简直是丧尽天良，没有人性。虎毒还不食子呢，他俩咋就这么狠心。海娃是他们的亲生骨肉，即便孩子先天残疾，可作为父母咋能这样呢。愤怒之下，他咬牙痛骂了小两口一顿，又狠狠扇了儿子一巴掌，然后，一个人出去找孙子了。老人泪眼朦胧，见人就问、逢人便寻，心急如焚地从一个村到另一个村。得知消息后，村里的一些老人和妇女们也帮着他找孩子。一传十、十传百，没一会儿工夫，十里八村都知道了。大家一边骂丁志成两口子，一边挨家挨户打听孩子的下落……

与此同时，可怜的小海娃正在十里外的一个村里的小卖部旁，饥寒交迫，哭个不停。清早见他一个人被孤零零地裹在破旧的黄大衣里，又看到一旁的包袱和二百块钱后，村里人也明白是怎么一回事了。见此情景，小卖部的主人把他抱了进去，给他拿了一些糖果和面包，好半天才把他哄安静下来。没一会儿，气喘吁吁跑来了一老一少两个女人。老的六十岁左右，年少的三十多岁模样，进来就直盯着小海娃看个不停。看到她们，小卖部的主人一把抱着孩子，眼睛眯成一条缝，兴奋地说："瞧瞧！观音娘娘给你们送子来了，你们要咋谢我呀！"

"好说、好说。趁现在没人，你快把他给我吧，一会儿我就把钱给你送来，绝对亏待不了你。"老妇有些激动，张开双臂上前就要抱孩子。"我的天老爷啊！还是个带把儿的，菩萨显灵了，菩萨显灵了……"随即，又像个贼似的瞟了外面一眼。

三个女人悄悄嘀咕了几句，老妇脱下衣服披在海娃身上，把他抱回家。就在这时，外面来了一辆摩托车，来人不是别人，正是丁万元和一个村里的年轻人。车还没停稳当，丁万元就急不可耐地跳了下来，扯开嗓门喊了起来。一听是爷爷的声音，海娃立即大哭了起来，丁万元俩人顺着声音找进了屋。真是不幸中的万幸，他俩要是晚来一步，海娃就得改名换姓了。抱着孙子，丁万元鼻涕一把泪一把，哭得痛彻心扉。无奈，仨女人只好空欢喜一场，眼巴巴看着丁万元把孩子带走。

回到家里，丁万元直接把孙子抱进了自己的屋，并把门反锁得严严实实。见海娃被找了回来，村里人都松了一口气，可丁志成两口子却例外。一连三天，老人没离开过孙子一步，也没让小两口进他的屋。第四天一大早，丁志成隔着窗给父亲说了几句，然后带着媳妇出去打工了。孙子是找了回来，可儿子和儿媳妇走了，还闹得很不愉快。在小两口看来，父亲这是陷他俩于不仁不义，孩子既然已经扔了就别找了，就算找也别这么大张旗鼓的，弄得十里八村的人们都知道了。

"畜生……简直就是畜生！咋这么没人性啊！"他俩咋就这么狠心，自己的骨肉咋能扔呢？"村民们义愤填膺，吐沫星子能淹死丁志成。

走在村里，丁志成说不清心中是羞是怒还是悲，只感到下巴隐痛，两耳发烧，双手出汗，感觉每个人都在骂他们两口子。不时碰到熟人打招呼，未曾开言他的脸就红了，感到火辣辣地烧。一天下来，他们两口子就不敢出门了，不敢再面对那些刀子一样剜他们眼睛的悠悠之口。因此，小两口在村里待不下去了，在亲朋面前更是没法做人了，当即决定外出打工，眼不见心不烦，以后各过各的吧。

就这样，一个家散了。在此之前，他们家还充满了欢笑，让不少人羡慕不已呢。可就因为海娃先天残疾，让小两口暴露了人性的丑陋，还让一个家变得支离破碎。往日的幸福，已经一去不复返了，这个家变得冷冷清清，而且父子俩还反目了。

随后，丁万元既当爷又当爹妈，每天忙得不可开交。就这样，爷孙俩相依为命，过起了无依无靠的生活。本以为最糟糕也莫过于此了，可没想到小海娃又病了，一连七天烧得不省人事，额头烫得放壶水似乎都能烧开了。几天下来，丁万元就瘦了一大圈，心想退了烧就好了，可谁知把耳朵给烧坏了。屋漏又逢连夜雨，船迟偏遇打头风！海娃已经够不幸够可怜的了，不能说话，这辈子就指着耳朵活着，可这下又把耳朵给烧坏了，难道老天爷也要遗弃他吗？

又是一个晴天霹雳，让老人撕心裂肺、肝肠寸断，老人心里真是黄连来敲门——苦到家了。见孙子耳朵听不见了，丁万元捶胸顿足不知有多自责了，恨不得把自己的耳朵割下来给孙子换上，可这又怎么可能呢。一觉醒来，海娃发现整个世界都变了，变得静悄悄没有声响。爷爷说话听不到了，小鸟叽叽喳喳听不到了，就连放炮也只是朦朦胧胧听到一点声音。

"没办法，这就是命！"村里人都这么说，有人说海娃上辈子造了孽，这辈子他是遭报应了。随后，丁万元请了风水先生，还请了塔尔寺的活佛来家里，敲敲打打整整折腾了两个月。可结果呢，孙子还是啥也听不见，只是白白浪费了一些钱罢了。一切已尘埃落定，看着孙子，丁万元的心碎了，长吁短叹、日日夜夜以泪洗面，不知道该咋办了。

一晃，一年多又过去了，儿子儿媳杳无音信，可孙子依旧那样。这一年多里，丁万元带着海娃到处求医问药，也试遍了各种稀奇古怪的偏方。为了宝贝孙子，他花光了所有的积蓄，包括自己的棺材本儿。钱是花了不少，各种各样的药也吃了个遍，可孙子的耳朵还是不见好转。

两年时间，丁万元似乎老了十岁，人也憔悴了很多。这年他五十八岁，大儿子作了上门女婿，女儿嫁到了另外一个县，一年到头回不了几趟娘家。丁万元虽目不识丁，但学了一身的手艺，劁猪、杀猪、磨剪刀、爆米花、吹唢呐、拉二胡等。靠着这些手艺，他才娶妻生子，还盖了两间松木大房，雕梁画栋，好不气派，在亲戚面前和村里很有面儿。因为人随和，再加上他干活细致，村民们都愿意找他。

自老伴儿去世后，他基本上就不吹唢呐了。因为村里人说吹唢呐不吉利，另外他也没那个心情了。后来，一家人盼星星盼月亮，好不容易盼来个孙子，可没想到竟是个哑巴。因此村里人就说："唢呐一吹，坏事一堆。"在村里人看来，他们家接二连三地出事，都是因为他吹唢呐的缘故。大家虽这么说，可丁万元总是一笑而过，也不跟他们计较。在他看来，自己不管是杀猪还是吹唢呐,都是正大光明的营生,以前孔圣人都干过的,靠自己养活自己,没偷没抢也没坑蒙拐骗,所以没有低贱之说,也没啥见不得人的,更不可能遭啥报应了。

这两年他之所以不吹了,没有其他什么原因,就为了自己的孙子。他清楚不能浪费时间,必须趁早抓紧时间得给孙子看病,不然拖久了就错失良机。可两年下来,家里翻了个底儿掉,别说给孙子看病吃药了,就连旱烟叶都抽不起了。无奈,他不得不一边挣钱,一边继续求医访药。

一个院子,一个老人,一个孩子,这就是一个家。有了老人,孩子才有了家;有了孩子,老人才有寄托。

三、相依为命

出门一把锁,进门一团火。爷孙俩早出晚归,今天去东村爆米花,明天去西庄吹唢呐,后天天不亮又得去医院——吃药针灸,针灸吃药……

为了耳朵,也为了将来,海娃可没少受罪。他一天吃的药比饭还要多,吃得他一见药就吐,为了不吃药,他还跑到外面躲起来,害得爷爷到处找。然而,这比起针灸来又算得了什么,真正让他难忍的,是长年累月的针灸,这让他受尽了疼痛。针灸,连皮糙肉厚的大人都受不了,何况是一个四五岁的嫩娃崽。每一针,海娃都是攥紧拳头,额头沁满了汗珠,咬紧牙关在强忍着。若实在忍不住了,他就一边呻吟着,一边流下两串泪来。见此情景,丁万元也泪流满面,一面紧紧抓住两只小手,一面不停地鼓励着他。

"海娃是男子汉,男子汉就得坚强,不然就做不了男子汉了。海娃再忍两天,再过几天可能就能听到了。海娃咬牙挺住,要是疼得厉害就咬爷爷的胳膊。"

医院在县城,去趟医院来回得六十多公里。为了省钱,丁万元不得不骑着一辆三轮车,带上水壶、毛巾、褥子、雨伞等物件。每天早上鸡还没打鸣就出发，不然得到半夜才能回来。若是遇上下雨天什么的，回来的就会更晚。

不知不觉，海娃已经五岁了。经过三年坚持不懈的治疗，海娃的耳朵明显好转，能朦朦胧胧听到声音了。看到孙子有所好转，丁万元别提有多高兴了。三年的坚持，一路的辛酸。现在终于看到了希望的曙光！

想一想这三年，为了可怜的孙子，他每天都起早贪黑，常常忙得颠三倒四。不管再苦再难，也一天天熬了过来。有一天海娃比画着问他："别的娃娃们都有爸爸妈妈，为啥只有我没有啊？"海娃眼泪汪汪，充满了疑问和不解，可怜样看着让人心疼。

听孙子这么问，丁万元非常痛心，哽咽着半天说不出话来。他看着可怜巴巴的孙子，不知道该怎么回答。想了半天，蹲下身子抓住两个小手，笑着说："谁说你没有？你当然也有爸爸妈妈，只是他们不在你身边。"

听了这话，海娃又比画着问："有人说我是个丧门星，所以爸爸妈妈不要我了，你告诉我啥是丧门星？我爸爸妈妈真的不要我了吗？"听他这么问，丁万元一脸的愕然，盯着孙子疑惑的眼睛，他半响没缓过神儿来。孩子长大了，有些事情早晚会被发现，可没想到竟会这么快。丁万元还没有做好准备，也没想好该怎么回答，冷不丁听孙子这么问，还真不知道该怎么说才好。

"你别听他们瞎说。天下哪有爹娘不要自己娃娃的，你的爸爸和妈妈是出去挣钱了，等他们挣够了钱就会回来。到时候，你就能和他俩在一起了。"丁万元低着头这样说，不敢再看孙子的眼睛，心里如刀割。

别人家的孩子，有爸爸妈妈陪伴，衣服脏了有人洗，裤子破了有人补。春夏秋冬，逢年过节，按季节和节日更换衣服，还有妈妈亲手做的鞋。可海娃不同，他每天都穿着皱皱巴巴的脏衣服，裤子时常会破一个窟窿，脚上的鞋更是大眼对小眼。还好有爷爷在，要不然他就成乞丐了。为了不让孙子饿肚子，也为了不让他受欺负，丁万元无论去哪儿都带着他。迎着朝霞，披着月光，吃百家饭，走千村路。每次去杀猪，海娃都有猪尿泡玩；每次去吹唢呐，他都有大鱼大肉吃。他虽不能说话，身边也没有爸爸妈妈，可每天都感到无比快乐，感觉自己是世上最幸福的孩子。

"砰！"随着一声巨响，村里的孩子们就知道，是海娃和他爷爷来爆米花了。少顷，孩子们就把他俩围了个水泄不通，有的端着玉米、有的提着大豆、有的拿着小麦，高高兴兴地赶来爆米花。丁万元忙得团团转，海娃熟练地帮着干这干那，一会儿铲煤，一会儿倒水，像个小大人似的忙个不停，在那些孩子们面前有些得意洋洋。

同时，他也羡慕和他同龄的孩子们你追我赶、忘乎所以地玩耍。他特别想加入进去。可每当夕阳打在他瘦小的身上时，远远看去就像一支孤零零的小火柴棍，刻着寂寞的标记。

花开花落，冬去春来，日子像沙漏一样悄悄流去。爆米花、吹唢呐、杀猪、去医院，周而复始……

转眼，海娃八岁了，两只耳朵大致已恢复了听力，不用再去医院了。但他每天还是得跟爷爷一起出去，然后摸黑又一起回来，坐在炕上细数一天的收获。几年下来，他不仅掌握了杀猪的所有步骤，而且还学会了怎样吹唢呐。其实，海娃不喜欢杀猪，认为这太残忍了。可他喜欢吃红烧肉，这辈子都吃不够。一次，他跟着爷爷去杀猪，在一户人家吃了顿红烧肉。那家的女主人是一个三十出头的中年妇女，不仅给海娃补了衣服，还特意给他做了一盘香喷喷的红烧肉。因此，海娃不仅对红烧肉念念不忘，而且还忘不了那个身影，因为她太像妈妈了。

海娃没有一天不想自己的爸爸妈妈，期盼他们能早一天回来，好想在他们怀里撒撒娇。在他的记忆中，没有爸爸和妈妈的印象，他俩长什么模样，说话的声音如何等，这一切都是空白。问爷爷，他每次都是那几句，还没有村里人说得多。捧着照片，抬头望着天上的月亮，海娃在想："他们为啥还不回来？都这么长时间了难道钱还没有挣够吗？他们是不是真的不要我了？不知道被爸爸妈妈疼爱是啥感觉……"

秋夜，村子里静悄悄一片，夜越来越黑，也越来越静。庄廓院里悄无声息，静得让海娃有些烦躁。随即，坐在门槛上吹起了唢呐，杂乱得像大喇叭般刺耳，让人受不了，可他却吹得特别起劲儿。听孙子这么吹，丁万元心里很是难受。他愁容满面，垂下了脑袋，装上一锅旱烟"吧嗒吧嗒"抽了起来……

一天，海娃正在一个人荡秋千，发现从一个高墙大院里出来一群和他同龄的孩童，他们一个个背着漂亮的花书包，脸上挂满了幸福而甜蜜的笑容。海娃见过这些孩子，可他不知道他们来这里干吗，难道这里面也有爆米花吗？可一连好几天，这些孩子们也会每天都来。为了弄个明白，一天他悄悄溜了进去，于是，他看到了另一个世界！

这里比他想象中的还要大，但静悄悄的看不到一个人，那么多孩子哪儿去了？就在这时，他隐约听到前面房子里有声音，随即就顺着声音寻了过去。趴在窗台一看，原来里面是一个女人在说话，拿着一本书站在一块黑漆漆的墙前大声地教大家念着。就在这时，那奇怪的"叮铃铃"声又响了起来，冷不丁吓了海娃一大跳。就在他不知所措时，只见从几个门中走出几个大人，紧接着又如蜜蜂般涌出了一群孩子。

见到海娃，他们如潮水般冲了过来，还指指点点有说有笑，他们把海娃围了个水泄不通。一张张新奇的小脸，一双双闪亮的眼睛，盯着海娃看个不停。海娃才反应过来，原来这里是学校，他们是来上课的学生。

随后一连好几天，海娃雷打不动每天都来趴窗台，一脸新奇地在听老师讲什么，虽然黑板上的字一个都不认识，但是听老师讲课，听孩子们朗读、再看他们玩游戏，海娃觉得这里真好。没两天门卫就知道了，然后把海娃赶了出去，还给门上了一把冷冰冰的大铁锁。心想这下就进不来了，可没两天门卫发现他还在趴窗台，这让门卫有些摸不着头脑。原来，一面墙下边有一个洞，他是从那个洞里钻进来的。当天下午，门卫就找人堵住了那个洞，该修补的地方也做了修补。

次日，海娃一蹦一跳又高高兴兴地去学校，可没想到洞被堵上了。听到里面的琅琅读书声，还有他们玩游戏的笑声，他伤心地流出了眼泪……

四、花开朵朵

高高的墙，大大的锁，隔开了两个世界。一个在里面，充满了欢声笑语，一个在外面，眼前一片灰蒙蒙。一样的孩子，不一样的命运，一样的童年，不一样的颜色。

接下来的几天，海娃还是每天都来，可一样还是进不去。无奈的是他只能天天围着学校转，然后垂头丧气、灰溜溜地回家。回到家里，他鞋也不脱就倒在炕上，把头闷在被窝里悄悄流泪。看到孙子这么伤心，丁万元心里也非常难过，他清楚孙子的心思，可他这情况学校是不可能收的。

"海娃，吃饭喽。快起来吃，有红烧肉哩！"丁万元围着围裙，一身的油烟味儿，带着憨憨的微笑。"快点，今天的红烧肉可香了，凉了就不好吃了。"爷爷大声说，可他不但没有起来，反而把头埋得更深了。

"咋！你哪里不舒服吗？要是不舒服得去医院，不然你会更难受的……"说着，他一面解开围裙，一面伸过脖子瞅着孙子。

海娃如触了电一般，一下子坐了起来。他满脸都是泪，两只眼睛哭得通红。没等爷爷张口，他抹了一把泪，比画着说："我没有不舒服，不去医院打针。"

"那你这是咋了？还哭成个泪人儿。难道，你又想爸爸妈妈了？"他一边这样问，一边跨过去紧紧抱住孙子，心里针扎一般疼。

海娃又比画道："不！我想去那个大院子。那里有很多像我这么大的娃娃，我想去那里，可有人不让我进去。"随即，两串眼泪如断了线的珍珠，"吧嗒吧嗒"往下掉。

"唉！……我的宝贝孙子，那个地方是学校。里面是有很多你这么大的娃娃，可那里不是你去的地方，所以里面的人才不让你进去。"说到这里，丁万元抽抽噎噎，十分难过，两个瘦眼眶里噙满了泪水。

海娃扭过头，看着爷爷的眼睛，比画着问："为啥他们能去而我就不能，是因为我不会说话吗？"看孙子这么问，丁万元咬着牙没有说话，点了点头后用粗糙的大手摩挲着孙子的小脸蛋。大约一刻钟时间里，爷孙俩都没有说啥，只是静静地坐着。爷爷紧紧抱着孙子，孙子紧紧依偎在爷爷怀里，噘着小嘴甚是伤心难过。屋里飘满了饭菜的香气，两个人呆滞地凝望着窗外，眼泪流了一串又一串……

从次日起，丁万元又开始教孙子吹唢呐了，他要把一身的手艺都传授给他。因为他清楚，自己不可能照顾孙子一辈子，有朝一日总会离他而去。

爷爷教得认真，孙子学得起劲。丁万元暗自欣慰，海娃只要得空就往学校跑，他从门缝里瞅瞅里面，听听那熟悉的欢笑声，一种甜滋滋的幻想充满了他的心。虽不是学生，可海娃却背着一个小皮包，还装了本不知道从哪儿弄来的破旧不堪的书，又买了本子和铅笔，坐在小板凳上捧着书一页一页翻看着，然后在本子上胡乱地涂鸦几笔，带着灿烂的笑容，感觉到了生活的温暖。

半年时间里，海娃一面跟着爷爷学唢呐，一面又继续做"学生"，走到哪里都背着小包包。眼看新的一学期要开学了，丁万元心里很难受，随即提着礼盒去求校长，想让学校收下他的孙子。校长四十多岁，是前沟村人，没等他介绍完孙子的情况，校长就止住了他的话："对于孩子的遭遇，我深表同情，但目前这种情况只能送到特殊学校。"丁万元十分无奈，特殊学校在省城，离家太远了，并且在他看来，自己的孙子没什么大病，虽然现在不能说话，过不了多久，他就能开口说话。无奈之下，丁万元只能回家跟孙子说："学校不能收你，以后就安安心心学手艺吧。"可海娃哪里能听得了这些，只哭着喊着要去学校，任丁万元怎么哄劝都无济于事。最后，丁万元只能抱着孙子大哭起来……

听到海娃想上学，学校的老师们各执己见，最后却只能一声哀叹。

康正贤不知从哪儿听了海娃的故事，骑着自行车来到了丁万元家，然后到龙宝村小学找到了校长。康正贤被海娃感动了，经多方努力终于帮海娃入了学，但他只能旁听不算正规学生，不能考试也没有毕业证书。校长提出了四个条件：

一、海娃不能影响学校里的任何学生。

二、海娃不能毁坏学校里的任何东西。

三、海娃出了事与学校一概无关。

四、海娃只能升级不能升学。

得知这个消息，海娃高兴坏了，又蹦又跳又翻跟头，就差没大声喊出来让所有人知道了。只要能上学就已经足够了，至于有没有毕业证书无所谓，还有升不升学的也无关紧要。目前，他唯一的愿望就是上学，以后的事以后再说吧。就这样，康正贤成了海娃求学路上的贵人，他一直关注着这个苦命的孩子，时不时就会看望和接济丁家，还决定每学期资助他五百块钱。从那以后，丁万元很是感激，一直给康校长送牛奶，每天一斤。康校长觉得喝人家的牛奶得给钱，可丁万元说什么也不收康校长的钱，拗不过丁万元的康校长只能更加关心丁家的生计和海娃的学习。

海娃终于能上学了，再也不用钻狗洞了，也不用坐在外面流泪了。他穿着新衣服、新鞋，背着漂亮的花书包，脸上带着幸福的微笑，蹦蹦跳跳来到了学校。走进教室，坐在自己的位置上，看着身边的同学们，海娃有些激动。第一天上学，他觉得什么都新鲜，教室、课桌、老师、同学，就连学校里的一草一木，都感觉跟外面的不一样。

躲猫猫、老鹰捉小鸡，校园的角角落落里都充满了欢声笑语。树上，一群小麻雀在枝头蹦跳着，叽叽喳喳。它们一会儿如风一般忽地落下，在地上寻找食物，一会儿齐刷刷落在墙上，像一队士兵那样整装待发。一会儿又纷纷落在树杈上喋喋不休，好像在谈论着他们。一连几天，海娃都激动得睡不着觉，拉着疲惫的爷爷比画个不停……

五、开学第一天

安然和温昕在鸟儿们清脆的鸣叫声中起了床。拉开窗帘，远山像是一位穿着黛青色连衣裙的少女，正透过淡淡的薄雾凝视着学校。

太阳露出了红脸，清晨像沾满了露水的月季花。二人神清气爽，伸了个懒腰，张开双臂迎接它，迎接这个让她们的青春之花开放的第一个清晨。深深吸一口气，感觉肺就像被洗了一般清爽。校园里，鸟儿歌唱，微风荡漾，朝霞中一抹殷红，看着让人陶醉……

今天是开学第一天，每个老师都精神抖擞。韩清林去玉树州支教了，学校里的一切工作暂由张副校长负责。大家热情似火，准备迎接学生进入教室。一路上，学生们你追我赶有说有笑，一身新衣服和满脸的新奇，感觉一切都是那么美好。

几只麻雀刚落到树上，抖动着它们的翅膀，就在它们要高歌一曲时，只见一个少年弯着腰用弹弓瞄准了它们。只听"啪"的一声，麻雀们便"呼"地风一般飞走了，同时，从树上一声凄鸣后坠下一只鸟来，它躺在地上扑腾着翅膀垂死挣扎。那少年走了过去，提起麻雀，一脸得意地笑着对同学们说：

"咋样！我这不是浪得虚名吧？想逃过我的手掌心，门儿都没有。"说完，他随手就把麻雀扔到了一边，一些女同学们看着心里挺不是滋味，其中两个还扭过头瞪了他一眼，责备他杀死麻雀。

就在这时，后面有人大声说："好！不愧是弹无虚发的'钢蛋'，这才是我心中的聂小波！"大家顺音看去，只见一个胖少年像个皮球似的向他们滚来，一看到他同学们大都多笑了起来，亲切中带着一丝嘲笑。

聂小波不用看就知道他是谁，他缓缓转过身笑着说："我以为是谁啊，原来是"死牛"（牛犇，因四个牛字，而四和死又同音）。哎哟！这才几天没见，你咋又肥了一圈啊！"说着，故意做出一副吃惊的样子，表情虽夸张，但让同学们感到亲切。胖少年听到这话，不但没生气反而笑了起来。他个子不高，蘑菇头、圆脸、小眼睛，满脸本来就肉嘟嘟的，这一笑整个头宛如一个肉皮球一样，而眼睛眯成一条缝也看不到了，左脸蛋上一个酒窝非常可爱。

看到他，同学们都咧嘴笑了，就连海娃也乐了。就在此时，一位穿着白色短袖连衣裙的年轻女人，拿着报名册朝五年级一班的教室走来。她凝脂的皮肤白如冰雪，一张清秀的脸透着一股轻灵之气。

同学们都惊讶了，一个个你看我我看你，都目不转睛地盯着眼前新来的老师。

安然嘴角一扬，微微笑了起来，看到坐在最后一排的海娃，她又冲海娃亲切地笑了笑，然后用标准的普通话自我介绍道："同学们好！我叫安然，从上海来的，是你们的班主任，也是你们的语文和音乐老师。"说完，她转过身把自己的名字大大地写在黑板上，然后转过来丢下粉笔面带着微笑，给他们介绍了自己的情况……

"从今天起，我就是你们的班主任。你们的情况我大致了解了一下。"安然把所有同学对号入座后来到了海娃的身后，轻轻拍了拍他的肩膀。随即，向全班介绍道："这位丁福海同学因为身体原因不能说话，可他很爱学习，大家以后要多帮助他。"海娃脸庞红红的，慢慢低下了头。瞬间，同学们齐刷刷把目光投向海娃，一个个都惊讶不已。他们没想到这个新来的老师这么厉害，对他们的情况怎么这么了解，真让大家不得不佩服。

安然就知道这两天功课没白做，心喜跟学生们的见面和自己的表现："我虽然是班主任，但我希望你们把我当作朋友，因为在人格上我们是平等的。作为老师，我会尽最大努力给你们传道授业解惑，我希望你们遇到心事能向我倾诉，更希望你们能做一个快乐、诚实、善良、勇敢的人。"

安然的话让同学们感动，他们从来没有听过这样的话，老师竟然要和他们做朋友。同学们虽然还年纪小，但他们能听得出来，安老师的话是发自肺腑的，每一句话，每一个字都带着温度。

"今天是开学第一天，我对你们还有一个要求，以后不论上什么课都必须要讲普通话，作为中国人，要是连普通话都讲不好，那是很丢人的，我可不愿意我的学生被人耻笑。"

海娃不负众望，每次考试他都是第一，虽然他不用考试，可每次考试老师们都会给海娃一张卷子，让同学们看看他的实力。自从上学后，海娃就开开心心、无忧无虑，每天按时上学从不迟到。上课时，他认认真真听讲，努力把老师的每一句话都记在脑中，若有什么不明白或听不懂的，他就会写下来然后跑去问老师，老师们不管他是旁听生，每次都会给他详细讲解。

大家搞不懂，他一个聋哑人学习咋就这么好，竟成了班里的学霸。老师讲的他基本上没有不懂的，各科作业几乎没有难得住他的。在同学们的记忆中，海娃只有一次没交作业，然后被老师批评了一顿。但那次不是海娃偷懒或骄傲，而是那次老师给同学们布置的作业是以"我的爸爸"或"我的妈妈"为题写一篇作文。

一看到题目海娃就愣住了，同学们有的说要写爸爸，有的说要写妈妈，可海娃脑子里却一片空白。第二天早上，同学们一个个都交了作业，只有海娃一个人没有交。上课后，老师把海娃叫了起来，老师问他原因，可他垂着头就是不解释，心里只想："爸爸妈妈，你们为啥要丢弃我？"

六、恶作剧

听到铃声后，在校园玩耍的学生们如军人听到集结号般跑回了教室，一个个敏捷得就像一头小鹿。

聂小波却最后一个进教室，他吹着口哨，两只手插在裤兜里慢慢悠悠，不慌不忙，走到讲桌前一只手抽了出来，左右张望了一下，见他贼头鬼脑的样子，海娃就知道这小子要玩花样，心想："这次又是啥？"就在这时，安然端着语文书和粉笔盒进来了。

"老师好！"说完同学们都弯腰给老师鞠躬，唯独海娃一人惦着脚往讲桌上瞅，一副焦急和担心的样子。

"同学们好！"安然见海娃没鞠躬也没说什么，只觉这孩子今天有点奇怪，平日里属他对老师们最有礼貌，可今天……

"今天我们上第三课《走遍天下书为伴》，请同学们把书翻到第9页，然后和我一起大声朗读一遍。"

"如果你独自驾舟环绕世界旅行，如果你只能带一样东西供自己娱乐……"

学生们声情并茂地大声朗读着，安然在讲台上走过来，走过去。正准备转身去黑板上写字，安然发现不对劲。她立马退后一步，然后慢慢弯下了腰，学生们奇怪老师这是在干嘛，都站起来长颈鹿般伸长了脖子想探个究竟。

安然缓缓看去，只见一只癞蛤蟆在桌仓里正面对着她。它脊背黝黑，嘴巴碧绿，眼圈金黄，身上布满藻菜般的花纹和凸起的瘤点。当即，安然"啊"地大叫了一声，惊得前面几个学生心惊胆战。安然吓得往后一退，摔倒在地上。见此，聂小波一个人笑得前仰后翻，乐得鼻涕泡都快出来了。看到老师摔倒了，前两三排的部分学生立马赶了上去，海娃站起来攥紧一个拳头，重重捶在课桌上。

就在这时，在隔壁2班上课的周宇老师冲了进来。他身材魁梧、虎背熊腰、直鼻阔口，板着一张黑脸，怒斥道："你们这些贼东西，咋就这么不知好歹！"他一边这样怒斥学生们，一边把安然扶了起来。周老师比安然早来几年，他自然比安然更了解学校和学生们的情况，何况他还是这个班的数学老师呢。所以对学生们惯用的恶作剧更是了如指掌。

周宇老师几大步走过去抓住了癞蛤蟆，然后怒气冲冲地径直向聂小波走去。小波见他双肩微微向前倾，像一头憋足了劲儿直冲过来的公牛，满脸一副要给安老师"报仇雪恨"的样子。周宇老师拿着癞蛤蟆斥问聂小波："这是你干的吧？"还没等聂小波回答，他就把癞蛤蟆狠狠摔在了课桌上。

所有学生都趴在课桌上不敢出声，心想："完了完了，火星撞地球了，今天小波非死即残！"

周宇老师怒火中烧，一把抓住聂小波的右肩，怒骂道："你这个没良心的孩子，安老师千里迢迢来我们这里支教，你不感恩也就算了，还捉弄她。"听了周老师的这些话，同学们都觉得对不起安老师，随即就把目光投向了在门口惊魂未定的安然。

"真是烂泥扶不上墙！你哪里像一个学生啊，简直就是一个痞子嘛！"见聂小波一副无动于衷还翻白眼的样子，周宇老师更加气愤了。只见他一把将聂小波拉了出来。

见情况不妙，安然跑过去一把拉住了周宇，随即把聂小波拦在身后，如母鸡护小鸡一样站在前面，说："周老师，聂小波是我的学生，他犯了错由我这个班主任教育吧。"话音未落，周宇老师和所有同学们都一脸愕然，都不敢相信自己的耳朵。

周宇看着安然的眼睛，说："安老师，你没弄错吧？我这是在帮你啊！"

"我知道，可你也不能这么骂他！好了，我这里没什么事了，谢谢你过来帮忙！你的学生还在等你给他们上课呢。"安然双手护着身后的聂小波，对周宇挤了个眼睛，示意他离开。

"好好好，是我多管闲事了。"说着，周宇装着一肚子委屈走了。

安然看着周宇的背影心里有些愧疚，她深吸了一口气镇定了下来，然后又缓缓说道："好了，刚才只是个小插曲，现在我们继续上课。"说着又看了一眼聂小波问道:"胳膊疼吗?"听到老师这么问,聂小波一声不吭,只是摇了摇头。

"你今天犯了错,我罚你站着听课。生活虽然需要幽默,但过了头就会变成灾难。下课后跟我到办公室去。"说完,她鼓起勇气重新走上了讲台,看了看学生们,微微抽动了一下鼻子,然后拿起教科书开始讲课……

安然虽然心有余悸,但是她告诉自己要克服内心的恐惧,不能被一只小小的癞蛤蟆给吓倒了。所以,她站在讲桌中间给大家讲课,眼前是一群活泼可爱的孩子们,是一个个含苞待放的花骨朵。她讲得投入,同学们听得专心,唯聂小波一个人杵在墙角,双眼望着窗外,一副若有所思的样子。下课后,安然把聂小波带到了办公室。

安然洗完手转过身来,微笑着说:"坐呀,为什么不坐?这椅子也不脏啊!"聂小波一言不发。他的头垂到胸前,出乎意料的是老师竟让他坐下。聂小波有点懵,看着安老师心想:"她这是要干吗?想把我绑在椅子上打?"

"你不想坐那就站着吧,这也说明你认识到自己错了。人非圣贤,孰能无过。既然知道错了那就要改,我希望这是最后一次,回去写一份检查交给我。好了,今天的事已经过去了,我带你来办公室没别的,只是想和你交个朋友。"

听老师这么一说,聂小波悬着的心终于放了下来,心想:"哦!你是怕我了,原来你的软肋在这儿啊!"想着,他嘴角微微上扬,露出几分得意的微笑。

"我了解你很调皮,可你不是一个坏孩子。同学们都说你勇敢,可所谓的勇敢不是调皮捣蛋,见义勇为那才是真正的勇敢。我们现在是朋友了,有什么话都可以跟我说,我有做得不好的你也可以提出来……"安然很真诚,她千里迢迢来到这里,真想尽可能地多帮帮这些孩子们。

聂小波见安老师如此认真,他感到心被什么东西触碰了一下,随即有一股暖流缓缓流过。他看了看安老师,心中有很多话想说却又不知道怎么说,就在这时上课铃声又响了,而这节恰好是周老师的数学课……

七、高山孤心

安然和温昕躺在小树林的草坪上,边看书边听音乐。忽然,从对面的山上传出一阵阵唢呐声:时而欢快,时而悲怆,时而苍凉,时而惆怅……

听到唢呐声,安然和温昕就知道是海娃。安然一下子坐了起来,一只手放在眉上遮着刺眼的阳光向山上望去。唢呐声很清晰,可安然看不清山上到底有些什么。"我要去找海娃,你在这里再躺一会儿。"安然边说边向山上走去。

海娃站在山上,阵阵微风轻轻拂过,一股幽香的青草味夹杂着泥土和焚烧麦秸秆的烟味扑鼻而来。看着眼前的村庄,村民家烟囱里冒着浓浓的烟柱,它萦绕在庄廓院和树梢之间,仿佛给一座座院落披上了一件薄纱。这里是他除了学校来的最多的地方,似乎有一种吸引力,从爷爷第一次带他来过以后就成了他的精神乐园。

这些年来,是这座山陪伴着海娃一天天长大的,开心的时候他来这里,伤心难过的时候来这里,想爸爸妈妈的时候来这里,受了什么委屈也来这里,这里虽然什么都没有,但在海娃心里,这里是一个港湾,一个堡垒,一个避风港。

天下有疑难,人间可问谁。他仰头望着天,心里有很多问题要问,可他别说一句话,就连一个字都说不出来。海娃张大了嘴如狮子般吼叫:"老天爷,你为啥让我来到这个世上?又为啥把我变成一个哑巴?"

"妈呀!这山怎么这么高呀!"安然气喘吁吁地走在这蜿蜒曲折的小路上。经过四十多分钟的努力,她终于爬上了山梁。汗水打湿了衣衫,头发紧紧贴在头皮上,两手提着高跟鞋,一副非常狼狈的样子,就像是一个刚逃出战地的难民。稍做小憩，她顺着唢呐的声音慢慢寻去，就看到了海娃。

此时，海娃正在吹唢呐，满脸是泪，满头是汗。兴奋中带着悲痛，纯真中带着绝望，他每吸进一口气，就把两个小脸蛋鼓得圆圆的……

安然看到了另外一个海娃，学校里他安安静静，循规蹈矩，可此刻，见他如此自由自在，如此尽情而悲痛，如此孤独和可怜，安然禁不住流下了眼泪。因为，她看到了一颗孤独的心，也听到了海娃无声的呐喊……

这时，海娃发现了站在不远处的安老师。他几步跑过去，比画着问："老师，你怎么来了？"

安然擦了擦眼泪说："我出来散散心，忽然听到了唢呐声，就知道肯定是你。可听着这唢呐声有些不对，你似乎有心事，所以……所以我就上来看看你啦。"说完，她才有力气地笑了笑，一手接过海娃递过来的水壶，仰头就灌了起来。

听老师说完，海娃感动得一塌糊涂，鼻子眼睛一酸就热泪盈眶了。他在这里吹了这么多年的唢呐，除了爷爷没有一个人能听出他的心声，小波和牛犇虽然成了他最好的朋友，但是他俩对海娃的内心世界却一无所知。

随着年龄的增长，海娃有千言万语要对人说却说不出来，所以就对着天空吹唢呐，对着大山吹，对着麦田吹，对着小鸟吹，对着野花吹，对着牛羊吹。这里的山水草木、牛羊鸟兽都是他忠实的听众。

"听过你吹笛，清幽而潇洒，没想到你唢呐吹得更好！而且刚才那样子也非常洒脱。"听到老师的表扬，海娃腼腆地笑了笑，似乎他所有的欢乐和苦涩尽显于两只如黑珍珠般的大眼睛里了。

安然坐下来休息了一会儿。"以后在校外我就叫你海娃好吗？"海娃听了高兴地点点头，按老师的手势坐在她身边。

安然转过身来，抓住海娃的一只手，说："海娃，你是我来这里后的第一个朋友！你的故事康爷爷给我讲过了，真不敢想象这些年你是怎么过来的……"说着说着，安然的眼泪就滑了出来。海娃什么也没比画，见老师为他流泪，海娃很感动，他咬着自己的下嘴唇，不知道说些什么。就把头放在膝盖上"呜呜"地痛哭起来。眼泪就像刚打开的水龙头，止不住哗啦啦地流淌。

海娃早就想这样痛痛快快地哭一场了，他有太多泪要流了，可他也知道男孩子可以伤心，但不能随便流泪，而一个身体有缺陷的男孩子更需要坚强。

自见到海娃的那天起，安然就从心底里喜欢和欣赏这个孩子了，也替他抱怨老天和命运的不公。

"好了，海娃。别再哭了，男儿有泪不轻弹，你再哭就把狼给招来了。"安然从口袋拿了纸巾给他擦眼泪和鼻涕。这一刻，对安然来讲可能只是一个美好的回忆，而对海娃来讲却是他人生中最刻骨铭心的一幕，他把这一幕牢牢刻在了自己的心里。

安然第一次走进了海娃的心。面对老师，海娃莫名地幸福和感动，所以就敞开了心扉。这些年，他有太多的心里话想对人说，有太多的委屈想找人倾诉，多渴望有一个知他、懂他的朋友。而现在，这一切都通通实现了……

这时，从山峰那边渐渐地垂下一层厚厚的云雾，海娃看了看天说可能要下雨，随即师生俩就下山了。

回来后，身心俱疲的安然累瘫在沙发上，脚掌起了水泡，可她不觉得疼，也感觉不到饿。温昕打开手机音乐，随后响起了《流浪者之歌》。这是她俩都喜欢的一首曲子。在上大学时同学们都说这支曲子很悲怆，听之让人有一种无尽悲凉的感觉，可安然听了多少年了也没感觉到。然而今天，当熟悉的音律再次响起时，她联想到海娃的悲惨遭遇，心刹那间就颤动起来，好像被什么触动了。

安然彻底走进了海娃的心里，也走进了他的世界：一个有声音而不能说话的世界；一个有父母却不见父母的世界；一个有画笔而没有色彩的世界；

一个有今天却没有未来的世界；一个有太阳而没有阳光的世界；一个有翅膀却不能飞翔的世界……

八、岂有此理

少年，我们让你接触诗歌、绘画、音乐，是为了让你们的心灵填满高尚的情趣，这些高尚的情趣会支撑你的一生，使你在最严酷的冬天也不会忘记玫瑰的芳香。所以，怎么能把花朵们扼杀在摇篮里呢？

一声清脆的下课铃声响后，教学楼里的学生如出巢的蜜蜂一样挤在楼道里，挤出去后就撒欢儿往操场和厕所飞奔。

"冲啊！……"在一阵喊叫声中，小学生如冲锋的战士，勇往直前，他们的教室离操场远一些，又比较贪玩，所以他们下课后径直冲向操场。一进操场，男同学们打乒乓球，女同学们丢沙包。为了占"地盘"，大家即便内急也先憋着，等抢到地盘让同伴占了再去。

"啊！"一阵阵刺耳又欢乐的尖叫声回荡在空旷的操场里，每一声都引来很多同学艳羡的目光。玩丢沙包的是蔡佳琪、郭彩霞等八个女同学，她们共分为两组，每组四个人，游戏规则是第一组的四个人把第二组围在两边，用沙包打第二组的四个人，躲不过被打到就算出局，四个人都出局就输了。所以她们打呀、躲啊、跑啊、叫呀、笑啊，每个同学的脸上都洋溢着欢乐的笑容……

李襄、何淼、柳文君几个人一边看一边吃一边聊着："下节课是音乐，不知道是不是又不给咱们上了？"柳文君嚼着一嘴辣条问她们。

李襄也刚咽下去一小口，然后吸溜着嘴说："这还用问，脚后跟都知道就三个字——老规矩。"说着，又取了一包辣条递给何淼。

柳文君噘着嘴，愤愤不平地怒道："岂有此理！老师们真是太过分，咋能随便剥夺我们学生们的权利！我真的好想唱歌呀，好想好想成为孙露那样的歌星,红遍大江南北……"

"行了行了,就你那破锣嗓子别把人吓走就不错了。做做白日梦还可以,其他的就别多想了。做大明星,那是何淼的未来,她才有这个颜值和嗓子。是吧,淼淼!"李襄笑着说着,并朝身边的何淼挤眉弄眼。

何淼有些心不在焉。她啜嚅了一下,有气无力地说:"哦,上啥课都一样。"她看上去无精打采,一副漠不关心的样子。何淼开学后才这样,跟以前好像换了个人似的,同学们不懂她为什么闷闷不乐,除了掉眼泪,一句话也不说。

董海霞凑过来说:"那可不一样,上音乐课是我们的权利,他们不能这样!他们这是在剥夺我们的快乐,是不让我们健康地成长。"见她凑过来,李襄冲她笑了笑,慷慨地递给她一撮辣条。

听到这些,在一旁打王牌的牛犇嘟囔着说:"嗨!老规矩就老规矩,又不是一天两天了,说这么多废话干嘛,这些女生的话可真多!"

"叮铃铃……"听到上课铃声,同学们又不得不去上课了,撇着嘴依依不舍地离开了操场……

来到教室,同学们都蔫了吧唧地趴在课桌上,一个个就像骨头散了架一样。大家谁也没拿出课本,只是无精打采地看着趴在教室门口探查情况的牛犇。突然,牛犇两腿一缩,扳着门框"嗖"一下站了起来,然后一边往自己的座位跑,一边撇着嘴给大家说:"老师来了,老师来了……"一听这话,教室里立刻安静下来,大家拿出语文书端端正正地坐好了。

教室里鸦雀无声,大家都等着安老师进来,可聂小波却哈哈大笑起来:"这小子一定是在骗大家。"他竟然站起来做各种搞笑的表情逗大家笑,就在这时,安然老师走了进来,看到安老师,聂小波也随之安静下来了。

"你们这是干吗?这节不是音乐课吗?你们拿出语文书干吗?"安然装作不知道,故意问大家。

安然看着大家笑了笑,说:"都把书收起来,以后我带的班级绝对不允许这样的事情发生,该上什么课就上什么。谁也没有权利剥夺你们上音乐课的权利。"听到老师这么说,全班同学刹那间沸腾了。

其实在西部农村的中小学里,文化课程挤占艺体课程已经成为一个司空见惯的现象。学校虽然每周都设置体育、音乐、美术、校本健康等课程,初衷是为了培养"德智体美劳"全面发展的学生,可是落实到现实的教学环境中,在强大的升学压力下,艺体老师没有话语权,这种情况普遍存在,一直得不到改善。

看着学生们没有行动,安然走下讲台说:"你们必须要接触音乐、热爱音乐,更要热爱生活。好了,丁福海、聂小波,还有段国龙,你们三个赶快去拿东西。"安然的意思已经够明确了,可聂小波不明就里,一副愣头愣脑的样子。

安然失望了:"还傻愣着干嘛?快去抬钢琴呀!"听了这话同学们方才如梦初醒,当即,海娃、聂小波和几个男同学就兴高采烈地跑出去了。

今天,安然要给同学们教的歌是《清晨》,一首充满阳光和活力的校园歌曲。她先给大家唱了一遍,然后把歌词写在黑板上:

清晨听到公鸡叫喔嘀,
推开窗门迎接晨曦到,
鸟语花香春光好喔嘀,
今天又是一个艳阳照。

还没等她把歌词写一半,聂小波他们就把钢琴抬了进来。大家兴高采烈地看着安然老师优雅地坐在琴凳上,双手轻轻掀开琴盖,手轻轻抚过,钢琴随即就发出一声欢快的和鸣——Do re mi fa so la xi。

接着,她满面笑容,一边弹一边唱,面带着甜甜的微笑,一句一句教同学们唱歌……

这钢琴声清澈如山涧的清泉水，如天籁之音阵阵飘荡在校园里。各班同学们听了，一个个都凝神静气，侧耳聆听，随后在心里也跟着唱了起来……

教室里充满了美妙的音符，所有人的脸上都溢满了甜蜜的笑容，此刻的安老师像一只翩翩起舞的蝴蝶，舞动着轻盈的双臂在钢琴键上跳动。柔美的乐曲，让这些渴望音乐的孩童进入了一个静谧的世界，那里春风沉醉，绿草如茵。阳光照进每个人的心田，孩子们的心像干涸的泥土吮吸清水一样舒畅。都盼望幸福来敲门，可这幸福来得也太突然了些，让他们都有些眩晕！

"叮铃铃"下课的铃声响起，安然身体一歪，如痴如醉地低下头，用力猛然弹了一个键，教室里跳动着欢快的音符……

九、谁造就了"钢蛋"

天麻麻亮，聂小波双手插在裤兜，吹着口哨最后一个走进教室时，他本来不知道第一节上什么课，但听到大家在背单词才知是英语课。他还没走到自己的座位，上课铃就响了，随即同学们合上英语书端端正正坐好，一个个精神抖擞的就像等待检阅的士兵。一个年轻漂亮、穿着时髦、长发飘飘的女老师进来了。

"Good morning, teacher！"全体起立向英语老师问好，并且恭恭敬敬给老师鞠了一躬。

"Good morning, students！"李雅萍是去年刚入职的英语老师，她不仅人长得漂亮，而且对付学生很有一套。

"Okay, now let's start our lesson！"李老师一手抬了抬眼镜说。"First, let's check the words in the first two lessons！"

一听老师这么说，一多半同学们就把头垂得低低的。

"蔡佳琪，加拿大怎么拼？"李老师双手抱在胸前，脖子伸得好长好长，与她尖尖的下巴扯成一条直线，走到一二组第一排中间问蔡佳琪。

听老师提问，蔡佳琪立刻站了起来，然后带着甜甜的微笑回答道："C—a—n—a—d—a——Canada"她口齿清晰发音很标准，李雅萍听了非常满意。"Very good. Sit down, please！"听到老师的夸奖，蔡佳琪非常得意，嘴角流露出一丝自豪的表情，蔡佳琪身材纤弱娇小，平时说话柔声细气，长得跟洋娃娃一样好看，是班里最漂亮的女生。她不仅人长得好看，学习成绩也是非常不错，尤其是英语全班第一，在老师们眼里是一个难得的好苗子。

"何淼，强壮的怎么拼？"听到老师提问何淼，蔡佳琪扭头看向右边三组的何淼。李襄和柳文君也满脸期待地看着何淼，她们是何淼最好的朋友，彼此间无话不谈，形影不离，全班同学都知道她们亲密的就像四姐妹一样。

老师等着她回答，可她好像没听到一样坐在那里半天都没有反应，直到同桌张国涛的提醒下才站了起来。立时她满脸慌张，不知道老师问了什么："啊……什么？"一听这话，同学们都哄笑了起来，李老师板着脸很不高兴，幽怨地轻轻叹了一声，一副恨其不争的样子。

"何淼，你这段时间到底怎么了？你这样心不在焉的不是一次两次了，不要以为自己学习好就可以骄傲，这可是万万要不得的呀。今天放学前写份检查给我，坐下！"李老师批评了何淼两句，她搞不懂何淼这个月怎么突然变了，一天到晚心不在焉的，学习状态完全不在线。

李老师瞪了一眼何淼，然后又继续提问："牛犇同学，强壮的怎么拼？"听到老师提问，牛犇颤巍巍站了起来，一脸的茫然不知道该怎么回答。

"强壮的？死撞（Strong），S—t—i……i……i……"牛犇就像老太太啃烧饼——全噎住了。他急得双手心和满脑门子都出了汗，可越急越是拼不出来，紧张得直冒汗，说话都开始哆嗦起来。李老师顺手拿了讲桌上的教条，咬着牙，瞪着眼一步步向牛犇逼近。

"你害怕什么？我又不是老虎，会吃了你！我长得有那么恐怖吗？"牛犇被老师问得心惊胆战。就在李老师举起教条准备下手时，忽然响起了一阵打鼾的声音，宛如打雷一般。

"谁？是谁在打鼾？"李老师寻声望去，走到后面发现聂小波正趴在课桌上呼呼大睡，见这一幕她瞬时气得脸色发紫，两步过去在聂小波的课桌上狠狠拍了两下。

聂小波正在做梦，突然被两记重拳惊醒："啊！是谁？妈的不想活了……"扭头一看竟是李老师，便擦了擦嘴角的口水坐了起来。

"岂有此理！早上第一节课你就睡着了，你来学校到底是干嘛的？"李老师的鼻子都气歪了，见课桌上没有课本，提高了嗓门，严厉地问："你的课本呢？"聂小波的课桌上一本书都没有，再弯腰一看桌仓里连书包都看不到。"你的书包呢？"李老师更加不解，心想难道他准备逃课不成？

聂小波如梦初醒的样子，想了想回答道："书包？哦，忘带了！"看着他这么吊儿郎当的样子，李老师彻底发怒了。"朽木疙瘩不可雕也！出去，给我站在后面听课，下课后跟我去见校长。"说完，李老师瞪了他一眼就走上讲台上课了。

聂小波站在教室墙角很是突兀，用脚使劲儿在地上蹭着。老师转过身去黑板写字时，他又朝牛犇和海娃眨眼，然后伸舌头做个鬼脸，同学们看了直摇头。下课后，李老师要带聂小波去见张副校长，可就在下楼的空档，一转眼人就不见了。李老师只好气呼呼地回到办公室找安然，随后又找张副校长反映了聂小波的情况，让他和安然好好管教一下聂小波。

安然见聂小波不见了踪影，只留下一个空空的座位，便问聂小波去哪了，同学们一个个都摇头说不知道。其实，大家都知道他已经从操场那里翻墙逃学了。

此时的聂小波已经在上山的路上了，他一边高高兴兴地吹着口哨，一边拿着弹弓发泄胸中的不快和郁闷。还没到山顶，就看到自己的狐朋狗友高志明，一个和他臭味相投的学生。毫无疑问，他也逃学了。

见小波来做伴，高志明高兴坏了。随即，两个人笑着大唱起了他们自己编的歌：

哥们生在天地间啊，没有爹来没有娘啊；
学校就是铁牢笼啊，不怕老师只怕管啊；
扔了书包一身轻啊，天地无边任我游啊；
山里风光无限好啊，自由自在乐逍遥啊！

高志明也是龙宝村人，他们家和聂小波家是邻居，他俩一起长大，高志明比聂小波大三岁，虽然他今年上初二，可他在学校里是出了名的"不学好"，什么逃学、抽烟、喝酒、打架、偷东西无一不会的，是让校长和老师们最头疼的一个。

他俩在一起可以说是臭味相投，两个人经常在一起抽烟喝酒，也经常一起逃学，没想到今天又碰巧在这遇见了。两个人肩并肩躺在一起，一边晒着太阳，一边潇洒地吐着烟圈，感觉比蓬莱仙岛上的神仙还要快活。

躺了半天躺累了，聂小波起来伸伸懒腰。随即在一堆蚂蚁窝上撒尿，看着眼前这些小东西急急忙忙往外跑，他非常得意和满足。

今天，聂小波又叠了一架纸飞机放了出去，还在飞机的双翼上写了两行字，然后站在山顶上凝视着山外……

与此同时，安然正在张副校长的办公室里，听张副校长给她讲聂小波的故事："唉！这个孩子可惜啊，多好的一个孩子眼看着就这么毁了，我真不知道他的爸爸妈妈是咋想的，为了几个钱耽误了孩子的一生，真是愚不可及！"提起聂小波的父母，张副校长叹惜不已，可他除了叹惜外又有什么办法呢。

聂小波比海娃幸运的是他没有先天残疾，还有一个完整的家庭。他有一个比他小四岁的妹妹，叫聂小燕，长得小巧可爱。父母从小疼爱他俩，爷爷和奶奶也视他俩为宝贝疙瘩。聂小波家离海娃家七八百米远，离住在九泉村东头的牛犇家隔三条巷道,所以他经常去找牛犇和海娃玩。

七岁那年妈妈带他报名上学。每天有妈妈或爷爷奶奶接送,一进家门就能吃到妈妈做的香喷喷的饭菜,衣服和裤子破了有妈妈补,而且每个季节都有妈妈做的布鞋,如果感冒或哪里不舒服时,妈妈总是跑前跑后、嘘寒问暖。上一年级的时候,由于聪明好学,两次获得了班级第一的好成绩,深得老师们喜欢。

升上二年级后,聂小波的父母去广东打工,他和妹妹就跟着爷爷奶奶过,家里家外帮爷爷奶奶干一些力所能及的活。不幸的是,第二年爷爷就中风瘫在了炕上,也是从那年起,聂小波的成绩就开始直线下降,并且一年不如一年。成绩一降到底不说,他还学会了逃学,每天拿着弹弓练技术,不到一年就练得百发百中。

为了一发毙命,他用钢珠做子弹。山上有很多小鸟在他的弹弓下毙命,很多户人家的玻璃被她打碎,而他也就成了当地又臭又硬的"钢蛋"。

十、都是意外

下课铃刚响,从教学楼三楼的窗户里飞出了两架纸飞机,随后从窗户内挤出三个小脑袋来。

纸飞机乘风滑翔在半空中,其中一架纸飞机忽然点头,好像是在向什么人致意,另外一架忽然来了个九十度左转,就像前面是禁飞区似的,引得同学们看了大声欢呼:"快看快看,还是小波的纸飞机厉害呢。"就在这时,左边的纸飞机急转直下,随后一头扎到了地面上,而右边的还在稳稳向前。"看到没有,我说海娃的飞机不行,你们还不信。"见海娃的飞机掉在地上,牛犇激动地对他同桌李襄说,高兴得就跟中了大奖似的。

上课铃响了,其他班的学生加快脚步进了教室,只有五年级(1)班的学生在楼下排起了长队,他们在体育委员聂小波的指令下,齐刷刷来到了操场。原来，这节是他们期待已久的体育课。此时操场上空艳阳高照，按照课程规定，他们先要围着操场跑两圈热身。第一圈还没跑过来，周老师就穿着运动服和球鞋过来了，第二圈还没跑完就有几个女同学喘得厉害，而最夸张的就属牛犇了，他就像是跑了马拉松似的，满脸通红，汗流浃背，连连喘着粗气……

"看看，看看你们这个样子，一个个累得跟什么似的，才不到一千米就把你们累成了这样，这就是你们平时运动少的原因，尤其是牛犇你得多运动才行，你看你都胖成啥样了。"一听老师这话，同学们都看着牛犇哈哈大笑了起来，唯牛犇低着头直喘气。

"好了，现在我们开始上课。今天，我们先来学习蹲跳和蛙跳，然后熟悉一下单双杠。"说完，周宇叫学生分成男女两组，然后站在中间给大家做起了示范。同学们看他的样子觉得好笑，都捂着嘴笑了起来，但马上又止住不敢笑了……

随后，在周老师的指挥下同学们开始跳了起来，大家背着双手一蹲一跳，有的双脚一绊，跌倒在地，有的失去重心，一头撞在前面同学的屁股上。不时引来一阵嘻哈的笑声。平时看他们都很敏捷，上蹿下跳就像只猴子一样，可今天却变成了笨拙的大狗熊。虽然有点累，但是大家玩得非常开心。不知不觉二十多分钟就过去了。可大家都希望体育课时间能再延长一些，如果可以，延长一整天才好呢。那样，就不用背单词，也不用写作业，更不用为考试成绩和排名发愁了。

见同学们掌握了基本要领，对蹲跳逐渐失去兴趣，周宇招呼大家来到了单双杠前面："接下来我们熟悉一下单双杠，一是为了避免你们以后锻炼时发生意外，二是为了去除你们对它的心理障碍。"听着老师的话，大家看着眼前两高两低的单双杠，一部分同学们已经有些发怵了。

三年前刚集中办学时，新来的小学生们对单双杠都十分好奇，大大小小围在下面想办法上去。除了大一些的学生能勉强挣扎着上去外，其他的只能像蜘蛛似的吊在下面。单双杠和悬梯都属健身器材，因学校没有明文规定低年级的学生不可使用这类器械，结果看似普通的设施却成了祸根。开学不到一个月时间，先后就有五个学生从上面摔了下来，其中一个学生小臂骨折，学校因此被学生家长追责，索赔了近万元的医药费。

事后，学校才规定小学生必须在老师的指导下使用，否则出了意外事故，学校一概不负责任。这不是学校推卸责任，而是这么多学生，几个老师实在操心不过来。可即便有规定，还是挡不住个别胆大调皮的学生。因此，校长安排学校仅有的两个体育老师利用体育课给所有学生普及单双杠的正确使用事项，让学生们在安全操作的前提下进行锻炼。

周老师给同学们大概讲了一下单双杠的理论知识，然后跳上去给他们做了一下示范，并告诉大家怎么抓握才最安全。随后，让学生们一个一个来试。"聂小波你先来，给同学们做个示范。"周老师话音刚落，聂小波一跃而起就吊在了单杠上，然后只见稍稍一甩就上去了，看着很轻松很简单的样子。做几个引体向上，对他就是壁虎撩门帘——露一小手。

接下来，丁福海、段国龙等几个高个子男生也都轻松抓住了横杆，每一个都向上拉了二十多个引体向上。轮到个子小一点的，张国涛跳了又跳，好几次都没够着，最后在聂小波的帮助下才抓住了横杠。周老师叫他用力往上拉，可他还没用力就掉了下来，引体向上一个都没完成。下一个是牛犇，听到自己名字后，牛犇笑眯眯走到单杠下面，抬头看去横杠好像横在半天中，感觉似乎比平日里高了很多。他在手心唾了一点唾沫，擦了擦，然后双腿一弯，使劲往上跳去，在自己看来他已经跳得够高了，可同学们看见只离地面一两厘米而已。

无奈，他像张国涛那样，在聂小波的帮助下勉强上去了，然后就像一只蝙蝠一样吊在上面一动不动。周老师叫他前后摆动和引体向上，可他一点力气也没有，根本拉不上去。他咬着牙拼尽全力，结果还是双臂一软就掉了下来。"啊！"牛犇双脚刚落地同学们就尖叫成一片，只见刚掉下来的牛犇露着屁股栽倒在地，刹那间，女同学们羞红了脸转了过去，男同学们则捧腹大笑起来。一个个笑得前仰后合，周老师像是要说点什么，可他也"咯咯"地笑着半天没说出话来。

牛犇这时才发觉裤子掉了，旋即提上了裤子哭着跑出了操场，大家看着他的背影大笑不止……

第三章 ZHI FEI JI

温暖如春

一、花朵的理想

星期一的早晨,在徐徐微风中全校师生来到花园前,举行一周一次的升国旗仪式。

18个班整整齐齐排列在花园前,学生们都穿着干净亮丽的校服神情肃穆,在雄浑高亢的《义勇军进行曲》的铿锵节奏中升起了国旗。"起来!不愿做奴隶的人们,把我们的血肉……"

大家一边唱歌,一边庄重严肃地凝视着国旗,恭恭敬敬地敬礼,一多半学生戴着鲜红的红领巾,与缓缓上升的五星红旗遥相呼应,成为最美的一道风景。

望着鲜艳的五星红旗,同学们热血沸腾,在短短的一分半时间里,同学们的脑海中闪过了无数浴血奋战的烈士,他们知道今天的幸福生活来之不易,有些同学还许下将来为祖国做贡献的诺言,有些同学则为自己身为中国人而感到自豪。总之,在每个同学的胸中燃起了一团熊熊烈火……

同学们刚坐到自己的座位上,安然抱着一摞课本来到了门口,随即,她三步并作两步快速走上了讲台。今天,她穿着一身乳白色的连衣裙,飘逸着乌黑的长发显得格外漂亮,同学们看着心里有一种暖暖的亲切感。现在,大家越来越喜欢上她的课了,期待看到他阳光般灿烂的微笑。

"同学们好!"安然带着标志性的微笑,亲切地看着下面的学生们。"好,我们现在上课……"

在这一个月里，同学们已经熟悉了安然温暖的微笑，也喜欢她声情并茂的上课方式。仅仅一个月时间，安然就让学生们喜欢上了她，也喜欢上了她讲课的方式，这不得不说是她的成功。来支教前，她想着山里的孩子们不好接触，还不知道如何跟他们相处呢，为此还请教过父母，安教授说只要用心待他们就行，不要做盛气凌人的老师。

"理想是什么？它不是口头上的说辞，也不是敷衍自己的借口，而是我们自己的心声。上星期四，我让同学们写一篇作文《我的理想》，畅谈一下自己的理想。这两天看了你们的作文，真是让我惊喜万分呀。下面，我给同学们读几篇，大家听听写得如何。"她一边说，一边从课桌上拿起作文本，然后翻开来读道：

作为学生，无论男女，每一个都有自己的理想，一个或伟大或平凡的理想，我也有一个色彩斑斓的理想。

老师说，我们的未来要从现在开始起航，好好学习，奋发图强，一步步朝着自己的理想走去，这样的人生才会有意义和成就。有理想是幸福的，一个人活着不能没有理想。因为，那是在游戏人生、虚度年华，是最无知和愚蠢的。

同学们都有理想，五花八门。有的同学说，他的理想是做一名宇航员，想跟杨利伟那样去太空看看，把我们国家的国旗插在月亮上；有的同学说，她的理想是做一名科学家，要为人类做多么多么大的贡献，像爱因斯坦一样让全世界的人们都记住她。听了，我真是佩服得五体投地，真羡慕他们有如此伟大的理想，看来我们班里要出一个宇航员和科学家了。

而我的理想呢，只是想做一个作家，用自己的所学和情怀创作出脍炙人口的作品，用美文来讴歌时代英雄和人民，用真善美来感化每一个人的心灵，也用来装饰我自己的心房。爸爸说我会成为作家，因为我每天都在学校背书识字，妈妈鼓励着我，说我一定能行。

现在，我虽然还是个小学生，连字都认不了多少，但是我会不懈地努力、坚定不移地朝这个目标奋进，直到美梦成真为止！

"这是李襄同学的作文，同学们说写的好不好？"安然满脸的笑容，欣慰地看着李襄问大家。

全班同学的目光齐刷刷地投向了李襄，拉长了声音回答："好！"看到老师高兴的样子，听到同学们说好的声音，红着脸的李襄满心欢喜，心中的理想更加坚如磐石了。

"没错，李襄同学写得非常好！不仅语句优美，而且情感真挚朴实，还有可贵的信念，这的确是一篇佳作。我相信她会实现理想的，因为，我隐隐约约已经看到了未来的她。现在，让我们用热烈的掌声给她加油，预祝她早日美梦成真！"说完，她和所有同学都鼓起了掌。听到这雷鸣般的掌声，李襄感动得快要落泪了。这一刻，她感觉站在了聚光灯下，星光闪耀、万众瞩目，似乎已经成为一名知名作家……

接着，安然读起了第二篇：

同学们都有理想，我也有自己的理想，一个五光十色充满鲜花和欢乐的理想，它让我热血沸腾，让我如痴如醉、不能自已。

我不想浑浑噩噩，也不想辜负爸爸妈妈的期望，因此早就树立了一个理想。从小，我就喜欢唱歌跳舞，亲戚们都说我唱歌比百灵鸟还好听，同学们说我的舞姿让人陶醉，就像一只翩翩起舞的蝴蝶。我没有鸿鹄之志，却幻想着能成为一名歌唱家和舞蹈家，能带给人们欢乐和美的享受。

唱歌和跳舞是我的兴趣，以前我是家里的开心果，每到逢年过节时少不了我表演节目，每次都会赢得大家的喝彩。为了能实现心中的理想，我一有时间就唱啊、跳啊、直到精疲力竭，家里的炕成了我的舞台，鸡、猫和狗都是我忠实的粉丝。家人的掌声和他们鼓励的眼神，给了我无穷的动力和勇气。

我原先坚信，有了理想就肯定会有未来，而且还是一个光明的未来。然而，没想到这只是一个自欺欺人的幻想，也是一个遥不可及的梦而已。

理想很美好，现实很骨感。原来，不是所有的鲜花都是漂亮的，不是所有的星星都会发光的，不是所有的今天都会有未来！

听了这篇，不用老师说大家都知道是谁写的了，他们都能听得出来这是何淼的理想。安然读得有些沉重，同学们听着有些伤感，听完后谁也没有笑，老师也一时没有说话，大家只是静静地看着何淼。

安然走上讲台："何淼同学，你这篇写得也非常好，有一种伤感的美，让人看了久久不能忘怀。"她看着何淼，心里有一种说不出的酸楚。"从文学角度上是很美，但是，这个年龄的你不应该这么伤感，我希望你每天能开开心心，像百灵鸟一样快乐，热爱生活、热爱学习，好吗？"

下面是第三篇：

我是一个调皮的学生，可这不代表我没有理想，像那些阿猫阿狗那样活着。老师说我无可救药，同学们说我没有未来，可我知道我的明天在那里。

我不喜欢上学，喜欢看动画片和西游记，对孙悟空、奥特曼和超人崇拜到家了，想长大了做他们那样的超级英雄，所以苦练本领，尽力让自己变得强大。我知道我的想法有些天真，所以这只是我的幻想，而不是我的理想。其实，我的理想是当一个飞行员，尽管说出来连自己都觉得好笑。

有人问过我长大后想做什么，我说如果做不了奥特曼或孙悟空那样的大英雄的话，那就勉强做个飞行员保家卫国吧。从小我就喜欢飞机，所以才天天叠纸飞机玩，希望以后能成为一个飞行员，开着飞机去看外面的大千世界，享受腾云驾雾的那种感觉。我开飞机一定要开战斗机，也就是歼—

16 或歼—20 那样的，它们才是我的座驾和伙伴。

做飞行员是我的理想，开着飞机翱翔在天上，像孙悟空那样腾云驾雾、翻筋斗云，没有任何一座山能挡住我的去路。我要去看看外面的大世界，我要像雄鹰般来去自如，买个方便面只花一秒钟时间，去趟城里也就一杯茶的工夫。说这些有些扯，开个飞机出租公司倒还可以。

做飞行员，就是我的理想，一个从纸飞机开始的理想。

读完这篇，同学们都看着聂小波笑了，笑他白日做梦，想做奥特曼和孙悟空，笑他开战斗机去买方便面。尤其是牛犇笑他太天真，说你咋不开战斗机去上厕所呢，他看着聂小波低声说，说完低头偷吃了两片锅巴。

安然瞪了一眼牛犇："上课不要吃东西，这样对胃不好，也影响同学们上课。"牛犇听了吓得赶紧咽了下去，心怦怦直跳。

"聂小波同学写得也不错，尤其是开飞机出租公司这个想法很好，值得鼓励。同学们不要笑，人类一切进步都是从天马行空的想象开始的，人类一切伟大的发明也都是从想象开始的。同学们都应该有丰富的想象力，因为它比一切知识更有价值和魔力，它能创造一切也能给人类希望。所以，请同学们从小保持丰富的想象力。"安然停顿了一下后继续说道：

"聂小波想象非常奇特，这一点值得同学们去学习，也希望他能保持下去。尽管有几个错别字，但是这的确是一个很大的进步，所以，我们再用热烈的掌声鼓励一下！"说完，安然带着同学们给聂小波鼓起了掌。三年多来，聂小波第一次听到老师表扬他，也第一次听老师和同学们给他鼓掌，这让他在兴奋中有些感动。窗外下着沥沥细雨，远处的山雾蒙蒙一片。看看老师，再看看周围的同学们，他心里感慨万千……

最后一篇：

听了同学们的理想，我真替他们感到难过和莫大的悲哀。他们干嘛要那么辛苦,为什么要为他人服务,又为什么要作出伟大的贡献让人记住呢?我爸爸骂我傻,可我发现他们比我还傻。

我的第一理想是做一个美食家,那样就可以尝世界各地的美食啦,随便吃还不用花钱。世界上好吃的东西多着呢,走到那里不用花钱就可以随便吃,多美的事儿啊,想想就流口水。我以后一定要做个美食家,要是不行就做个星级厨师,那样也可以尝尽各种美食,而且也不用花自己的一分钱。

我爸爸说钱是世界上最好的东西,所以我的第二理想是做一个大老板,就像马云那样有自己的商业帝国,有很多很多几辈子都花不完的钱。那样我就可以想吃什么买什么,让最好的餐厅和厨师为我做饭,而且一天换着花样吃六顿大餐。爸爸说现在是金钱社会,还说有钱能使鬼推磨,我想这话一点儿也没错。

我的第三理想是开一家世界上最大的饭店,我的第四理想是成为世界上最有钱的老板……

全班59个同学,没有人听不出来这是牛犇的大作。看着眼前的牛犇,安然叹了口气,因为,她不知道该怎样改变这个只热衷于吃的小胖子。她虽然很生气但并没有骂他,思来想去只想着如何改变他,帮他树立一个新的理想。走上讲台,安然恰如其分地批评牛犇:"谁也不能说他胸无大志,只知道吃,但这满篇的错别字实在是不应该的。"牛犇幽幽地站了起来,抬起右手搔了搔后脑勺,然后扭着双腿抓耳挠腮,又低头看看时间显得很着急的样子。安然看了气不打一处来:"你站好了,这样扭扭捏捏的,难道是想挨打了吗?"她严词厉色,看上去有些威严。

"老师,我尿急,快憋不住啦!"牛犇握着两个肥嘟嘟的拳头说着,撇着嘴快要哭了。

安然彻底无语了,见他肉嘟嘟的脸上满是酸楚,又觉得很可笑:"那还等什么,快去啊!"

听了这话，牛犇如同获了大赦令，捂着小肚子，弓着腰，小碎步跑了。同学们看了，都忍不住哈哈大笑起来……

二、"姐姐"的关爱

秋天的风，是一位魔术师，他变换了大地的容装，也变换出了五谷丰登；秋天的风，是一位音乐家，他弹奏出醉人的旋律，也吹响了梦幻的号角。

站在操场上抬头望去，天蓝得直夺人的心魄，一群大雁排着"人"字形正往南飞，它们"嘎嘎"地叫着，像是急着要回家似的，声音有些凄凉。安然也想起了自己远在千里之外的家，随即拿出手机拨通了妈妈的手机……

同学们在操场上你追我赶，尽情地玩耍着，充满了欢声笑语。他们憋红了脸，一下一下地跳着跳绳，轻盈的身体充满了无穷的活力；有的则蹦来蹦去，打着乒乓球，灵活的四肢让人眼花缭乱；有的揽起树叶彼此打闹，这一刻，操场变成了欢乐的海洋。

"哎哟……我的牙……"蒲生斌被聂小波丢过来的一团树叶击中了，他感到一阵剧痛。随即捂住了嘴，嘴里血糊糊的，仔细一看手心里竟还有半颗门牙。原来聂小波揽树叶时无意卷进了一粒石子，刚好打中了蒲生斌的牙。安然闻讯赶来，要带他去卫生院看看，可蒲生斌却叫老师不用小题大做，然后漱了漱口，跑过去玩起了篮球……

"不能再卷树叶打闹了，幸亏只是一颗门牙，要是打中眼睛怎么办！"安然一边提醒同学们，一边放眼寻找海娃的身影，操场里看不见他的身影，问了几个同学都说不知道，随后她找到教室来了。此时，海娃正一个人趴在自己的课桌上，无精打采地好像生病了一样。看到他一个人待在教室里，安然心里很不是滋味，她大致能猜到海娃为什么会这样。

"海娃！你怎么不出去和同学们玩儿呢？"

海娃懒洋洋地扭过头,一看是安老师,海娃有些意外,可随即又趴在了课桌上。

"我的弟弟,这是在生姐姐的气了吗?"安然斜着身子坐在海娃身边,一边轻轻地摩挲着他的后背,一边凑过来,歪着头温柔地问道。

"不要生气啦,这段时间都是姐姐不好,我今天就是来给你道歉的,你就不要再生姐姐的气了,好不好?"听她这么说,海娃这才转过头来定眼看了看她,而且还轻轻地咬了咬嘴唇,嘴角逐渐上扬。

"这就对啦!"说着,她从口袋里掏出一块巧克力,剥了锡纸塞进海娃的嘴里。"我知道你这段时间为什么不高兴。快放学了,到我的宿舍里去坐坐吧,我想和你好好聊聊……"听了这话,海娃有了精神,眼里露出了疑惑的神情。

安然先给海娃倒了杯水,又拿了水果和瓜子,然后就放了部电影让海娃看。海娃虽然有些不解,可也没有客气,接过安然剥好的香蕉就吃了起来,心情也由阴转晴好了起来。电影开始,海娃冲安然笑了笑,然后便认认真真看起了电影。

这部影片叫《隐形的翅膀》,电影中的故事发生在壮美的内蒙古草原上。15岁的花季少女志华考上了高中,她和同学们一起在草原上无忧无虑地放风筝,却不幸被高压电击中。经医院奋力抢救,保住了性命,却不得不面临截肢的沉重现实。

听到医生说要截肢时,再看到失去双臂的志华躺在马车上时,海娃的眼泪就如断了线的珍珠一样掉了下来。香蕉再也吃不下去了,他扭过头看了看老师,似乎要说什么,嘴唇微微动了动。安然让他接着看,海娃回过头继续看了起来。

转眼一个半小时就过去了。海娃的眼泪打湿了胸前的衣服,安然的双眼也红红的,一卷纸巾都被他们用来擦眼泪了。

温昕进来见了大惊失色,经安然一番解释,温昕这才明白是怎么一回事了。"原来是这样,那你们继续,我还有事出去一下。"说完,转身就去找康瑞聊天了。温昕心里清楚,安然是想走进海娃的心里,想让他勇敢地去面对残酷的命运。她记得前两天和安然闲聊时,安然擦着眼泪说:"海娃太苦、太孤独了,我必须要为他做些什么!"

安然想给海娃讲了两个现实中真实的故事,这是两个残疾人与命运抗争的故事,故事的主人公一个叫海伦·凯勒,一个叫张海迪。在此之前,海娃从没听说过她们,也不知道她们的事迹。

安然早就准备了好了素材,她很自然地从抽屉里拿出了早就准备好的《假如给我三天光明》《生命的追问》这两本书说:"海娃,我既是你的老师,也是你的朋友、姐姐。不管是以什么身份,我都希望你勇敢地面对现实,像海伦·凯勒、张海迪一样与命运抗争,最后成就自己的璀璨人生!残疾无非是一种局限,但是你要明白,生命是一个不断超越自身局限的过程,这就是命运。"

安然流着泪继续说道:"命是失败者的借口,运是成功者的谦辞。我们要热爱生命,热爱生活。不自欺,不卑不亢才是人生,你就是自己的英雄。不要怨天尤人,用你心中的阳光去照亮整个世界。上天可以不让你说话,但是,它不能阻止你延伸生命的深度。在这天地间,虽然没有一双抬起你的手,但是也没有一双踩倒你的脚。如果你看不到世界,那就让世界看到你。"她情绪有些激动,似乎被自己的这些话给感动了。

安然讲得非常用心、用情。三个故事他都听懂了,也被深深地感动了,体味着安然老师的良苦用心。海娃坐在椅子上,手里捧着那两本书,一声声抽噎着……

说实话,海娃这几年心里一直都非常自卑,他觉得很多同龄人都像暗夜中的珍珠,一个个都在发出璀璨的光芒,而自己就是一个异类,自己都觉得自己丑陋不堪。这几年里,每每听到美妙的歌声时,他的心里就会感到一阵阵刀绞。那种深深的自卑,那种刻骨的心痛,那种苦涩的滋味,一直如影相随，时时刻刻折磨着他那颗孤寂而脆弱的小心脏。

海娃已经长大了，站在人生十字路口的他，迷茫懵懂、无依无助，不知道到底哪条路才有自己的未来。这个时候，他需要父母的陪伴和关爱，需要他们的开导与指引，可此时的他们又在哪里？是否挂念着他这个哑巴儿子？

安然又说："我知道，你被这三个故事感动了，我也知道你想说些什么。我不知道该怎么说，有些话你现在还听不懂，即便给你讲了也没用。所以我希望从今天开始，你能像电影里的志华学习，向海伦·凯勒和张海迪学习，以后成为像她们这样的人。我相信你能做到，甚至比她们还要强。不要抱怨命运的不公。没有阳光，你可以享受风雨的清凉；没有鲜花，学会感受泥土的芬芳。其实，每个人一出生都带着自身的缺陷，这一生都需要跟自身的缺陷奋斗，有时候克服了，有时候屈服了。生命来到这个世界上，无论以什么形式，都是为了绽放自己，而不是被同情的。所以，不要因这样那样的缺陷羁绊自己，就像她们一样要尽情地绽放自己，活出自身的精彩来。"安然双眼噙着泪，情绪有些激动。

海娃涕泗横流，被感动得一塌糊涂。他凝视着老师的眼睛，放下书，抹了一把泪。写道："谢谢老师！谢谢姐姐！谢谢您给我讲了这么多。我回去一定好好看，也会努力向她们学习的。"在此之前，除了爷爷，没人这么关心过他，更没有人考虑过他的未来，所以怎么可能不感动。

"人生就是逆旅，就是逆水行舟。你虽然不能说话，但是你非常聪明，而且，还很有音乐天赋，你完全可以用音乐来表达，只要你热爱生活，每个人都会听到你的心声，你也会赢得所有人的尊重和认可。所以，你不要自卑，不要气馁，更不要放弃自己。"安然看着海娃又说道：

"你要牢牢记住这句话。人来到这个世界上，不是为了完成一连串的生物过程，而是为了追寻自我的精神实现。所以从明天起，我就正式教你音乐，也陪你一起'闯关'。我对你有信心，也相信你不会让我失望的，因为你有一颗纯洁而勇敢的心。记住,以后我就是你的亲人,也是你的坚强后盾。"说完,安然看着海娃笑了,笑得很美。

听了这些话,海娃张开双臂紧紧抱住了安然老师。十四年来,他长期生活在孤寂中,不知道什么是父爱和母爱,除了爷爷,没有一个欣赏和关爱他的人,然而今天……

三、诗人的情书

夜深人静,万籁俱寂。宿舍楼的老师们都已经睡去,只有江海涛宿舍里的灯还亮着。原来,他正在写他人生中最重要的一封信,一封决定他一生幸福与否的情书。江海涛剑眉星目,一表人才,是上海文化大学文学院小有名气的诗人。他平日里每有感触就会赋诗一首,这几年作的诗少说也有几百首。所以,面对那个能影响他幸福的人,他必定要用心、用情写一首载入他人生史册的诗。

在江海涛心里,安然就是女神。冰清玉洁的她就像一枝傲雪的寒梅,伫立在幽静的山谷中,恬静优雅地绽放着,感觉写什么都形容不出她的美。因此,他写了撕,撕了又写,一遍又一遍……

终于写好了,江海涛激动不已,一蹦一跳兴奋得就像个孩子,拿着写好的情书就想立刻送给安然,可出了门才发现已是半夜三更,只好先睡觉,等天亮了再说。清凉的月光照在寂静的校园里,江海涛躺在床上激动得失眠,一边反复读着情书,一边想象安然看了后的表情和反应:她会不会感动得一塌糊涂,跑下楼来给我一个深情的吻?她会不会深深陶醉在我的情书中,被我的真情感动到投怀送抱?

"喳喳喳……喳喳喳……喳喳喳……"一只喜鹊在窗外叫个不停,江海涛从美梦中惊醒过来,摸索着眼睛戴上一看:"呀!已经十点半了?"他就像是被开水烫了一样,一骨碌翻身起来,急忙刷牙、洗脸……

"喜鹊大哥，谢谢你啊！你真是我妈派来的……"江海涛步履匆匆出了宿舍。今天他西装革履像个新郎官，一条金黄色的领带灿灿发光，一边步履匆匆向二楼走去，一边拿出情书做最后的准备。来到安然宿舍门前，江海涛既兴奋又紧张，心里就像揣着一百只兔子，"怦怦怦"跳个不停。他昂首挺胸，抬起右手捋了捋头发，然后轻轻敲了几下门。见没有回应，又从窗外探头往里看去，里面别说是人了，连个鬼影都没有。立时，隔壁的王老师出来说她俩一早就去市里了。

"什么！她俩去市里了，怎么不叫我一起去？"江海涛一脸的失落，他一边垂头丧气慢慢下楼，一边在心里骂她俩不仗义……

这个月里，江海涛每天帮安然打饭打水，一有时间就跑来献殷勤。他虽然不会做饭，但打水打饭这些琐事，恨不得一个人给全包了，让温昕看了很是羡慕。她们去城里怎么能撇下他呢，心里十分失落的他，恨不得立刻飞到她们身边去。

此时，安然和温昕已经在西宁市了，她俩一大早就坐上了第一辆班车，这会儿才刚吃了碗麻辣烫。安然就知道江海涛也要跟着来，所以故意没说就和温昕出来了。因为，她俩是专程来洗澡和购物的，带着他有些不便。这一个多月来，两个人在工作上没有压力，可在生活上却有些不适。

两个人都不会做饭。因此，每天早上她俩只吃一个苹果、一碗麦片，再加一杯牛奶、两片面包和一罐酸奶对付，中午和晚饭在学校食堂里吃。吃饭可以凑合，可洗不了澡让她俩非常难受。她俩实在忍不住了，这样下去非得生虱子不可，所以，二人一拍即合就跑到省城来了。

两个人心花怒放，挽着胳膊有说有笑，好不开心！到底是省城，要什么有什么。洗澡、买衣服、化妆品、酸辣粉、燕麦片和一些水果。半天时间，两个人跑东跑西忙得不可开交。最后，两个人各吃了一大碗正宗的牛肉面后，打着饱嗝，大包小包提着一大堆东西，搭乘最后一辆班车高高兴兴地回来了。

"我的乖乖！你俩这是要开超市吗？"江海涛接过安然手里的几个包，一脸惊讶的表情。"你们既然要买这么多东西，为什么不叫上我给你们出力？另外，我也要买一些呢，真不够姐们儿！"说着，三个人气喘吁吁上楼了……

温昕提两个购物袋到江海涛面前："给！这两个袋子里是给你买的，还说我俩不仗义吗？"她满脸通红，额头上湿漉漉的汗水在灯光下亮晶晶的。

"多半是安然给你买的，以后知道该怎么表现了吧？下次我们一起去。"一听是安然给他买的，江海涛高兴得快要跳起来，眼光温情地停驻在安然脸上。还没等温昕说完就站起来道："谢谢！谢谢！我以后会好好表现的，而且现在就有一个惊喜！"说着，他从口袋里掏出情书放在安然手里，目光中流露着不容置疑的真情。然后，他提着购物袋就跑了出去，到了门外意味深长地向安然回眸一笑，翩然而去。

温昕一眼就看到了情书。"哇！不用猜了，这肯定是情书！快打开来看看。"她摩拳擦掌，一副猴急的样子，恨不得一手抢过来先睹为快。

这一刻，安然白皙的脸上泛着红晕，增添几分娇艳之色，她突然感到江海涛目光的灼热，这种热度现在透过温昕的眼传到她全身。看着手里的信，听着江海涛"噔噔噔"下楼的声音，再看着满脸惊喜和花痴的闺蜜，安然却一点儿也高兴不起来。温昕让她快拆开来看，可安然不想拆开，想立马追上去还给他，因为她也猜到这是情书。

温昕清楚安然在想什么，她怕她会转身把情书还回去，故一手叼过来就拆了开来，然后掏出里面的信纸交给安然："怕什么，又不是让你签卖身契，看看这家伙写了些什么！我赌十块钱肯定是酸溜溜的诗……"温昕拍了一下安然的肩膀，想要给她勇气，还灵机一动补上一句让她打开来看。信封已拆开，即便不看也已经无法还回去了，只好先看看里面写了些什么，兴许不是情书呢。安然看了看温昕，嘟囔着嘴示意她把门关上，然后慢慢打开了信纸。果不其然，江海涛作了一首诗：

你是温暖的太阳
每天升起在我的心上
因此,我的世界明亮而温暖
自有了你的笑脸
多年的黑夜有了阳光和温度
我心中的雪山才得融化,变成一眼温泉

你是萌萌的兔子
跳跃在我秋天的心房
你的一举一动都让我欣喜不已
不过,我只是远远地看着
在你主动跳入我的花篮之前
一片嫩绿的草场是我宁静的怀想

你是一朵纯洁的雪莲花
盛开在圣洁的雪山之巅
因为,你来自上帝的伊甸园
给人间带来吉祥和安康
你就是我的福音
带给我希望和幸福的未来

你是柔柔的秋风
带给我玫瑰摇曳时的芳香
那阵阵芳香啊
在我心上留下笑靥与泪痕
那醉人的芳香里

我愿意和你长久相拥直到地老天荒
往事如烟，该忘掉的人就抹去他
该走向的人早在等待
来吧，我的女神
今生今世就让我们一起走过……

安然随手就把两页信纸揉成一团，扔进了垃圾桶，然后继续收拾购物袋里的东西。安然看了没有感觉，更没有感动，就像看他平日里作的诗一样。然而，温昕却被感动得一塌糊涂，她捡出后轻轻抹平了信纸说："大小姐！这可是海涛给你的情书，上面的每字每句都是他对你的情，不是什么垃圾，你咋说扔就给扔了，换了我好好保存还来不及呢。"

江海涛暗恋安然已经有两年多了，当初他鼓起勇气想要去表白时，安然却心有所属了。看着他俩每天出双入对，江海涛把自己的感情深深埋在了心里，在一旁默默地祝福着。然而就在他准备放弃时，爱情之神给了他一次机会。

安然看着温昕想了想，然后勉强挤出一丝笑容说："那就给你了，你好好保存吧。"说着，她头也没抬，继续收拾东西。

"你认真点好不好，对待爱情可不能这样。海涛的心你不是不知道，他暗恋你不是一天两天了，还跟着你做支教来到了这里，你可不能伤了他的心啊。"听了这话，安然双手突然停了下来，心里感到一阵痉挛。

"给，怎么处理你看着办吧！"说着，把两页有火一般温度的信纸交给安然。安然接过来看了看，然后叠起来拉开一旁的抽屉放了进去。

深秋的高原，晚上开始已经有了一丝冷意。安然和温昕不到十点就钻进了被窝。温昕打开微信和家人聊天，安然一人"祭奠"起了她失去的爱情。每个看似快乐自在的人，都经历过不为人知的黑夜。这段时间，她已经慢慢忘掉了那个人，已经放下了那段心碎的感情，可今晚又勾起了伤心的往事。

安然从大二就恋爱了，男朋友叫卓恺，是她同班的"学霸"，长得帅，而且钢琴弹得好，歌也唱得棒，一切都是那么美好和甜蜜。可今年年初卓恺提出了分手，因为他要去英国留学，而安然一心只想去偏远山区支教。

两年的爱情终于画上了句号，安然有些不可思议，就像听了一个别人的故事。之前，说好的一起工作，买房子，结婚生子，然后再一起慢慢变老，可转眼就各奔东西了。含苞欲放的爱情已经消失，鲜艳娇嫩的花瓣瞬间褪了色。枕上袖边难拂拭，任它点点与斑斑。安然有些无法接受，她对卓恺的感情是纯洁的、真挚的，她的内心一直保存着这份感情。把这份感情深埋在记忆里，封存得严严实实，就像蜜蜂把窝螟虫封起来一样。

多情总被无情伤，岁月匆匆而逝，时光悠悠无情，过往的一切犹如云烟。事情虽然过去快半年了，安然嘴上说已经忘了卓恺，也早已放下了那段感情。可在她的内心深处，有一个连自己都不能触碰的地方，那里有她的初恋和所有的秘密。这两年来，安然何尝不知江海涛的心，可她既无法面对、更无法接受江海涛的爱。

夜色黑得如涂了墨一般，校园里的水银灯惨白惨白的，看起来有些凄凉。江海涛一个人坐在宿舍前，一直痴痴地望着安然宿舍的窗户，看着里面的灯熄灭后，他那颗滚烫的心跟着也冷却了……

四、写给2035年的一封信

下课后，同学们基本上都去了厕所，只有其中几个颓丧着下了楼晒太阳。

跟其他同学相比，海娃和聂小波他们显得格外活跃，下课铃声一响就争先恐后往外跑，为的就是在路上活动一下筋骨，并且和三五好友们热闹一番。他们勾肩搭背、边走边嬉闹着，海娃满的脸上也布满了阳光。

看时间快到点了，安然就拿起书和粉笔盒走出了办公室。

就在这时上课铃响了，同学们接二连三地跑进了教室，一些同学还没赶到自己的座位上，安然就已站在讲台上等待了。"学而时习之，不亦乐乎。"安然在黑板上写下这九个大字，然后开始温习上个星期的知识。她给同学们说，学过的东西要在适当的时候进行复习，这样不但能增进理解，还能知道新的东西，自然而然也就会感受到学习的快乐。而养成这种习惯，也就掌握了学习的方法，学习就变得轻松、有乐趣了。

"学而不思则罔，思而不学则殆。所以得学思并进，学过后要用自己的话讲一下心得。学而时习之，不亦乐乎。在平日里，你们要把学到了知识在合适的时候温习并把它应用于实践，明确学习的目的才行。学习，是为了改善自己，完善自己，是自我的认识与提高。学习，是为了充实自己，教育自己，是让自己的生命趋于完美，也让自己的人生有所成就。简单一些，学习的目的是热爱生活。然后，我们来看看什么是学习的秘诀。请同学们记住，学习的秘诀是：'学如不及，犹恐失之。日知其所亡，月无忘其所能，可谓好学也已矣。'也就是说，每天学习一点，每月再复习就不会忘记……"

安然讲得口干舌燥，大部分同学们都把她的话记在了心里，可有几个同学们却觉得太枯燥太乏味了，拧巴着脸，一副苦大仇深的样子。在他们看来，这句话应该是"学而时习之，不亦苦乎"才对，古人也真能以苦为乐，学习这种极其枯燥和乏味的事，怎么可能会让人快乐呢？站在讲台上，安然一眼就能看出来哪些同学听进去了，哪些同学又把她的话当成了耳旁风。她一边讲一边走下来，到聂小波身边停了下来。她一眼就看到他写的"学而时习之，不亦苦乎"九个字，然后拿起来大声念给大家听，同学们听了哈哈大笑起来……

聂小波趴在课桌上，心想："完了完了，今天又得挨批写检查了！"大多数同学们也这样想，可安然却并没有批评聂小波，而是又给他讲了一遍刚才讲过的，每字每句都解释得非常认真，直到聂小波听懂，完全理解了为止，而且还一次次教他两个字的发音。同学们有些不解，聂小波是班里成绩最差的学生，从三年级开始他就稳坐倒数第一了，对他讲什么都是对牛弹琴。因此，各科的老师们都已经放弃了他。可安老师不但没有批评他，反而如此用心地给他讲解，这让大家有些出乎意料。同学们说安老师是在浪费时间……

安然清楚自己在做什么，不紧不慢，一副很有耐心的样子。没错，之前老师们是已经放弃了聂小波，准确地说是放弃了包括聂小波在内的几个"双差生"，而对班里的几个"双优生"视为宝贝。一直以来，老师们靠"双优生"来提高班级的分数，因此对"双优生"喜爱有加，却对"双差生"视而不见。

可安然却不同。在她看来，所谓的"双差生"就不一样了，他们稍微努力一下就会有很大进步。另外，作为老师应该一视同仁才对。只要因材施教，每个学生都是可造之才。教不严，师之惰。安然觉得，有些老师们的想法很有问题，她想按自己的想法试试看。在她眼里，没有不好的学生，只有不好的老师。学生们都是一棵棵幼苗，以后长成什么样都在于老师，作为园丁怎么能厚此薄彼呢？

"同学们注意这个字的发音，它读'si'而不是'shi'，还有它读 qin 而不是 qing。大家不能粗心大意，一定要认清它们的音节，然后按音节读出来。虽然看起来很接近，可读出来就不一样了，听了就会误解。标准的普通话一定要认清声母和韵母、前鼻音和后鼻音，以及它的声调，如果你连音节都没认清，那么声调即便对了也没用。好了，这个问题同学们必须要注意。"

随后，安然又在黑板上工工整整写了"阅读与写作"五个大字，然后给同学们讲阅读的重要性，让同学们从现在开始重视阅读，而且还要养成阅读的习惯。她讲道："阅读是写作的基础，也是掌握知识的一种有效途径，只要认识到阅读的重要性，然后养成阅读的好习惯，那么肯定会受益终身。通过阅读，我们会了解生活、热爱生活，也才会更热爱学习。"

在安然看来。在中小学语文教学中，基础知识和基本练习都很重要，但更要着重的还是阅读和训练。写好作文没有秘诀，只能从多读、多念、多写中来。所以，她引导学生们要开始阅读，从小养成阅读的习惯，同时还要练习写作，久而久之肯定会突飞猛进。学习不进则退，贵在锲而不舍，让他们养成习惯，这样才能变成他们自己的东西。安然让同学们在阅读别人的作品后写心得，在积累词汇的同时学习作者的写作方法，把那些优美的语句摘录下来，然后写作文时用在自己的作文里。但是，不能原封不动地抄袭过来，而要用自己的话写出来，也就是想办法变成自己的语句。

"这个星期，你们阅读《一只想飞的猫》，然后写一篇心得交给我，写得最好的三位同学有奖励，而且还要在普通话比赛上朗读。"一听有奖励，同学们都有动力了。

"切记，大家必须要坚持写日记，把自己每天的喜怒哀乐统统写下来，尽量用自己的话写出来。另外，这周我要给你们布置一篇作文，题为《写给2035年的一封信》。这是一篇课外作文，随便写在两张纸上就可以，然后装进信封里封好后交给我。"安然一边讲，一边把60个信封交给学习委员，让她给每一个同学发一个下去。同学们看着信封纳闷，猜想老师这是要干什么，既然是课外作业何必这么认真，还要装在信封里交给她？搞得神神秘秘的。

安然知道同学们都很不解，便笑着问道："同学们知道我为什么要求你们写这么一封信？又知道我要让你们写些什么吗？"

"不——知——道！"的确，同学们都不知道要写些什么。

安然笑了笑，说："这封信我要你们写给自己，准确地说是写给2035年的自己，然后装进信封里交给我。"

同学们还是有些不解，一个个一脸疑惑的样子。安然说道："人只有懂得要求自己才能有所进步，也就是说，这是一封写给自己的励志信。改革开放已经四十年了。同学们看，我们的祖国迈上了飞速发展的快车道，人民的生活发生了翻天覆地的变化，每每看到或听到这些，都无不让人激动不已。"

"我了解，你们现在也许不怎么看新闻，也不关心政治和国家大事。可你们已经进入了一个崭新的时代，也在一天天长大成为国家的有用之材，是我们社会主义的接班人和建设者。到 2035 年，你们就是国家的栋梁和支柱。李某某，可能是一个伟大的科学家；张某某，也许会成为北京市的市长……"

"总而言之，到 2035 年时你们风华正茂，一个个都是国家的栋梁。所以，我让你们写这样一封信给自己，是让你们憧憬一下自己的未来。目的是让你们不要蹉跎岁月，不要虚度光阴，好好学习才能天天向上。生命就这么一次，从现在起，你们要奋发图强夯实基础，也要放飞心中的理想和梦想，不要让 2035 年的你羞愧！"

"作为学生，你们一定要清楚该做什么，不该做什么，要明白自己的任务。现在是你们学习的黄金阶段，不要把宝贵的时间浪费在看电视和玩电游上。要每天踏踏实实地学习知识，每天让自己进步一点，要用知识武装自己的大脑，而不是用游戏填补内心的空虚。请同学们相信我，现在你奋发图强，努力学习，以后你一定会感谢现在的自己。你今天多学习一点知识，明天就会出人头地，光宗耀祖。"

"听我讲了这么多，现在你们总应该明白了吧？明白我为什么要让你们写这样一封信，也清楚自己该怎么写和写什么了吧？"同学们一个个都听得心潮澎湃，仿佛看到了 2035 年的自己。

"明——白——了！"经老师这么一讲，同学们就明白了。明白了这是老师的良苦用心，是让他们从现在起好好学习，以后努力成为国家的栋梁之材，为社会主义现代化建设添砖加瓦。

安然看着同学们，带着微笑说："好了，我相信2035年时的你们肯定会成为国之栋梁，每一个都会为社会主义现代化添砖加瓦，也会为'两个一百年'奋斗目标做出贡献的。不管你们将来会成为什么，都得珍惜时间，脚踏实地从当下一步步开始，否则你们刚刚想象的就会成为梦幻泡影，不管多么美好只不过是自己欺骗自己罢了！

知识就是力量。知识能改变命运，思想能成就未来。一个人能成为什么样的人，取决于他想成为什么样的人。因为人是思想的产物，心里想的是什么就会成为什么样的人。所以，这封信你们一定要好好写，把它当作你们一生中最重要的文章去写。你们放心，我是不会拆开来看的！我要让学校替你们好好保管，等到2035年时拿出来还给大家。我相信，到时大家拆开来看，你们肯定会特别幸福……"

话还没有讲完，下课铃就响了，同学们听得意犹未尽。双休日回家后都认认真真写了这封信，然后装进信封里封好口交给了老师。

五、流血的美味

转眼已经11月了，天气已经在变冷。海娃、聂小波和牛犇相约十点在山上汇合，他们要给安老师一个惊喜。可这都已经十点了，海娃还不见他俩的人影，所以有些着急。

都已经日上三竿了，而牛犇却还在家呼呼大睡，聂小波在外面等了半个小时，吹了几下口哨，可还是不见牛犇的影子，实在有些不耐烦了，就不管牛犇自顾自走了，没走多远牛犇就追了上来，一边跑一边大喊让他等会儿。听他大喊，聂小波不但没有停下来反而加快了脚步，牛犇在后面越是大喊他跑得越快。一个在前面带着狗跑，一个在后面气喘吁吁地追，没一会儿就来到了海娃跟前。半天时间，两个人坐在地上直喘气，一句话也说不上来，牛犇正准备一问究竟，他俩却哈哈大笑了起来，躺在地上声音越笑越大……

初八摇着尾巴，围着他们转来转去，憨态可掬。初八是一条狗，是聂小波最好的玩伴，个头不大，除了嘴巴浑身都是白色的。这狗是他和爷爷三年前去镇里赶集时买的，那天正好是初八，所以他就给狗取名叫初八，从此就跟它形影不离了。

在聂小波眼里，初八就是他的兄弟。每天都带着它在院子里跑来跑去，庄廊院里欢笑声不断，初八少不了都会跟着享福。

三个人来到了一片沙柳林，一只野鸡正扑棱着翅膀挣扎。"有了有了，好像套了一只野鸡，快快快！"他们还没过去，初八已经围着猎物叫唤起来。"嗨！还真是一只野鸡！"见有收获，他们三个眼睛里放射出得意的微笑，聂小波过去解开扣环取出它，初八眼馋得口水流了一地。

烤野味他们仨各自有分工，聂小波清洗，而牛犇则提供烤具和调料还有柴火。不一会儿，山上飘荡着一股淡淡的香味和烟火，他们三个的脸上洋溢着幸福。野鸡用铁钎子穿着，一串一串放在火上烤，"吱吱"地冒着油。二十分钟后，野鸡已经烤得差不多了，牛犇看了馋得直咽口水，初八更是摇着尾巴叫个不停。

听到敲门声，安然起身走过去打开门："海娃！"见是他们三个，她一脸的惊愕。"你们……你们怎么来了？"

海娃笑了笑，然后打开背包取出里面的野味，还有一张写了字的纸条："老师，我们给你送好吃的来了，这里面是我们给你烤的美味，您尝尝。"看完纸条，安然接过塑料袋感动得一塌糊涂，真想给他们一个拥抱。

"快进来！看把你们累的，都出了这么多汗。"安然一边让他们坐，一边拿了纸巾给他们擦汗，然后，从厨房拿了一个大盘子出来。

"哇哦！是烤鸡？"看到倒在盘子里香喷喷的食物，温昕一眼就认出来了。"你们快吃吧，可香了！"看着这一大盘美味，安然给康瑞和温昕撕了一块，然后，自己也撕了一小块慢慢尝了尝。安然见康瑞和温昕嚼得津津有味，这才鼓起勇气又撕了一块尝了尝。

没一会儿，见她们两个吃得差不多了，安然才问道："这只烤鸡在哪儿买的？我来两个多月了怎么没见着。"安然不知道这是他们从外面抓来的，还以为是从外面的烧烤店买的。

"外面可买不到这么美味的东西哦。"牛犇得意地说。"难道是你们从山上抓的野味吗？"安然心里一愣，一脸愕然。

安然从小就喜欢小动物，尤其是兔子。小时候她养过一只兔子，突然有一天不知怎么跑出去了，等她找过去时已成了他人的美味，从那时候起她就不吃野味了。然而今天，她却吃了这么多，还吃得如此津津有味，这让她有极度的负罪感。看着盘子里剩余的野味，安然似乎看到它们在哭泣，在流血，她如扔火炭般迅速扔下手里的肉，转过来开始狠狠批评海娃他们伤害野生动物的不道德行为……

六、2017年的第一场雪

清晨，一阵阵凛冽的西北风呼啸而过，吹打在肌肤上如针扎一般让人疼。

吃过早饭，安然就裹得严严实实地往海娃家走去。刚到门口，只见一条狗目露凶光，如一道电闪般扑了出来，龇着雪白的牙，对她充满了敌意。

安然吓得脸色煞白，下意识连跑带跳急忙迅速后退了几步，看着它充满敌意的黄绿色的眼睛一动不动。就在这时海娃跑出来迎接安然……

安然走进海娃家的院子里四处观望，各种农具摆放得错落有致。西北两面是木头土坯房，西面的房屋顶因多年的烟熏火燎，像涂了釉彩一样漆黑发亮，房檐上有几张蜘蛛网。海娃带安然进了北屋，屋子里暖烘烘的，朴素中透露着温馨，炉子上的奶茶"噗噗"直冒气儿。屋里很简陋，地板虽有些旧但擦得一尘不染，靠墙是一张破旧的茶几和沙发，还有一个黑乎乎的高低柜，一看就知道已经有些年头了。除破旧的家具之外，再没有多余的东西，房屋虽小却让人感到温馨、舒适。海娃把茶杯洗得干干净净，倒了一杯浓香四溢的奶茶，小心翼翼地端到安然面前，然后又端来了一大碟锅盔，笑眯眯地忙个不停。安然说对自己不要这么客气，然后叫他坐下准备上课。

安然是来给海娃上课的。在这一个月里，安然给海娃讲了一些音乐的理论知识和一些知名音乐家的生平。同时，安然开始教海娃手语，她按照《手语会话》这本书边学边教，海娃每天学得又快又好。不知不觉一个月过去了，两个人都过得既充实又快乐。在这一个月里，海娃如泡在蜜罐里，幸福得无以言表。

海娃的爷爷出去忙了，安然想带海娃去学校吃，可海娃摇了摇头，比画着想要自己做饭，好好招待安老师一番。海娃洗了手，开始有模有样地和面，一看就知道经常在家做饭。安然心里五味杂陈，贫苦的生活已经把他锤炼成了能独立生活的人。

窗外飘起了雪花，无处觅食的麻雀们挤在房檐下，饿得叽叽喳喳叫个不停。屋子里，红红的火苗如火蛇般不停地舔舐着锅底，锅里菜籽油开始冒起了烟。海娃把先切好的肉倒进锅里，只听"嗞啦"一声锅里就扑出一阵油雾，一阵翻炒后，海娃又把切碎的蒜苗和辣椒放进锅里爆炒，香味儿随即扩散开来，紧接着，海娃把酸菜和粉条下到锅里，加好调料开始翻炒起来，为了避免粘锅，他又在锅里加了少量开水，最后盖好锅盖开始焖菜。屋子里弥漫着雾似的蒸汽，海娃被火焰映红了脸。须臾，一碟热腾腾的酸菜粉条就出锅了，安然一看色香味俱全的样子，光闻着就让她觉得好吃。

猪肉肥而不腻，酸菜酸中带辣，夹两根粉条，用力一吸，"哧溜"一声响，抖动着吸到嘴里，嚼着很有口感和劲道，海娃又开始煮面，他做得拉面既有嚼劲儿又有味道，配上葱花和油泼辣子，安然第一次吃西北的农家饭，非常惊讶，直夸海娃做的菜拌面竟是如此好吃。

正吃着，海娃的爷爷回来了。安然从窗户里看去，老人佝偻着腰，背着一大捆柴火缓缓挪进了院子里。这肯定就是海娃的爷爷丁万元，一个让安然敬佩的老人。

丁万元撩开门帘见到了安然，露出朴实憨厚的微笑问道："哟！家里来客人了？"

安然回答道："爷爷好！我叫安然，是海娃的老师，从上海来支教的。"丁万元咧嘴腼腆地一笑，露出了一排残缺不全而发黄的牙齿，一个劲儿让安老师坐下吃面。海娃早已给爷爷倒好了茶，他一手把茶缸端过来递给爷爷。爷爷接过来看着安然喝起来，缩在皱纹里的眼睛和善地眯着。随后他用手背在嘴上横着一抹，咧开嘴又冲安然憨憨地笑了，慈祥而又亲切。

细一看，丁万元的脸上已经有了很多皱纹，似乎在诉说着他这些年的沧桑和辛劳。丁万元背靠着墙壁，侧坐在一边的炕沿上，拿出烟杆抽起烟来，吸一口将烟长长地吐了出来，紧接着两股白烟从他两个鼻孔中爬出来。他深吸了一口，惬意的眼光始终停留在窗外，烟雾扑向那玻璃窗，把窗子蒙上了一层白雾。安然帮海娃刷锅洗碗，三个人高高兴兴的，看上去就像一家人似的。

窗外，雪花在凛冽的寒风中飘舞着，一切都被大雪渲染得白茫茫一片，银白色的世界像童话故事里一样美。院子里静悄悄地，也看不见鸟儿们的身影了，屋子里暖烘烘的，说笑声不绝于耳。丁万元拿起二胡，低下头拨动琴弦，随即慢慢吟唱了起来："北京的金山上光芒照四方，毛主席就是那金色的太阳……"安然和海娃歪头看着他，听得如痴如醉，老人浸在如烟的往事之中。

时间不早了，安然要回去了，爷孙俩都要送她回去，说下雪了路不好走。可安然谁也没让送，一个人慢慢悠悠地回去了。望着老师远去的背影，海娃久久地站在雪地里不肯离去……

此时的龙宝村在风雪中静静地睡了，呈现出一种远离现实的沉静，路上远远近近有几个行人，影影绰绰。

七、花蕾的眼泪

推开房门，一阵清冷的空气扑鼻而来，吹在脸上凉飕飕的。何淼的脸上愁云密布不见一丝喜色。她没精打采地瞟了瞟四周，心里不由感到一阵悲苦，叹了口气后开始忙碌起来：生炉子、倒炉灰、做早饭……

"果果，快起来、快起来，迟到会被老师罚站的！"何淼做好了早饭，叫妹妹起床吃饭上学。

"我刚睡下呢，让我再睡五分钟！"何果睡意十足，眯着眼睛赖在被窝里不起。

"没时间了，快起来，快起来！"何淼把妹妹拉了起来，贴着两片创可贴的右手拿过衣服转手交给妹妹。十几分钟里，两个人匆匆洗漱，忙得就像陀螺似的团团转，眼看着时间就快到了，何果灌了几口稀饭，攥了一大块馍馍就往外跑，边跑边擦嘴……

姐姐帮她拿着书包，又给她拿了围巾和手套，歪着头说了一句："妈妈你先睡会儿，我把果果送到学校就回来。"说完她小跑着追了出去。何淼的母亲好像没听到一样，躺在被窝里一动不动。听到两个女儿跑了出去，她才睁开眼睛流出了两串眼泪……

姐妹俩一路小跑。何果啃着馍说个不停，看着心情也很好的样子，而何淼却显得有些伤心，一直没有说话。往日，她总是背着一大一小两个书包，而今天仅背了一个小书包。到了学校门口，何淼停下了脚步把书包背在妹妹背上，让她一个人进去，自己站着不动了。何果有些不解。

"姐姐，你咋不进去？为啥让我一个人进去？"她看着姐姐吸溜着清鼻涕，稚嫩的脸上写满了问号。

听妹妹这么问，何淼心里特别难受，咬了咬嘴唇回答道："我们班今天放假呢，所以不用去上课。"说着，何淼有些哽咽，眼睛里闪烁着泪花。"果果听话，进去好好上课，专心听讲，下午我来接你。"说完，她把头转向了一旁，眼泪忍不住流了出来。

"哦，原来是这样。那好吧，你下午一定要来接我，千万不要忘了！"说着，她笑着就跑了进去。

当妹妹的身影消失后，她蹲在原地撕心裂肺地痛哭了起来，几个学生见了不知道发生了什么，只见她蹲在那里抱头痛哭，在这寒冷的大清早显得很是凄凉。同学们见了都猜想：她家里肯定出啥事了，不然为啥这么伤心？

霎时，五年级（1）班的李浩然认出了她，就在他想过去问个究竟的时候，何淼突然站起来转身就跑了。他满脸的疑问，不知道何淼这是咋了。

第二节上课了，安然就发现何淼的座位空空的，不知道平日里从不迟到、从不旷课的何淼为什么没来，李浩然就把自己看到何淼的事情讲述了一遍，同学们听了都很诧异，安然自然是忐忑不安，不停地看着窗外和手表。

下课后，校园广播响起了悦耳的藏歌。学生们立马前后左右散开，排好队等候口令。随即，在悠扬的藏歌声中大家跳了起来，每一个动作都那么优美粗狂。原来，他们跳的是锅庄舞。锅庄，又称"果卓""歌庄"等，藏语意为圆圈歌舞，是民间比较有影响力的舞蹈之一，已被列入国家非物质文化遗产保护名录项目。

为了传承和凸显地域文化特色，青海很多学校把广播体操改为锅庄舞，锅庄舞的确很美，它寄托了人们对自然的热爱和赞美，表达了对美好生活的感恩和歌颂。

安然今天没有心情去跳锅庄舞，此时此刻，她正在向张副校长反映何淼的情况，可正当她和张副校长一起准备去何淼家家访的时候，何淼却来到了办公室。

安然见到何淼,一副非常着急的样子:"何淼,你怎么这时候才来?你知不知道我们都很着急,还以为你出什么事了呢!"看到何淼安然无恙,安然悬着的心也才放了下来,神情也不那么着急慌乱了。

见老师为她着急上火,红眼圈的何淼心里特别感动,咬了咬嘴唇说:"老师,对……对不起!让你们担心了。"何淼有些哽咽又有些难过,话还没说完眼泪就出来了。

"你……你这是怎么了?"见何淼流出了眼泪,安然心里咯噔一下,一种不好的预感涌上心头。"你先别哭,告诉我到底发生了什么事?"

"老师,您就别问了,我说了也没用。我……我是来退……退……退学的!"话刚出口,何淼的眼泪就像决堤的河水一发不可收拾。

听了这话,张副校长特别吃惊:"什么!你……你再说一遍……"他以为自己听错了,脸上明显掠过一丝惊诧,可何淼刚刚说得很清楚,自己的耳朵也没有出毛病。

何淼低声抽噎着,强忍着尽量不哭出声来:"老……老师,我……我是来退……退学的。"她一字一句,又哽咽着说了一遍,声音比刚才大了很多。她说话时一直低着头,嘴唇在不停地发抖。听了这话,安然顿时一惊,像是被人打了一闷棍一样,睁大了眼睛,喉咙里像哽着一个东西,一句话也说不出来。这次谁也没有听错,安然简直不敢相信自己的耳朵,她真希望自己听错了,可一遍又一遍,明明听得真真切切。看到眼前涕泪横流的何淼,安然两只耳朵嗡嗡直响,一屁股坐在椅子上愣住了,嘴唇抽搐了半天,不知道该说啥了。

安然懵了,两手紧紧抓着何淼的两只胳膊,问:"为……为什么呀?"

何淼见老师如此关心她,还为她噙满了眼泪,心里十分感动啊。"老师,谢谢您的关心,也谢谢您这段时间的教导!以后……以后我就不来……不来上课了!"瘦小的何淼鼓起了很大的勇气,强忍着内心的无比悲痛才说完，她给安然和张副校长深深鞠了一个躬，然后一转身哭喊着跑出了办公室……

安然心急如焚，刚追出校门口，脚下一崴就摔倒在地，这一跤摔得可不轻，旁边几个老师都听到了她摔倒的声音，赶紧上来扶她。安然也试图要爬起来，可两次都没有成功，她感觉从小到大还从来没有这么狼狈过，张副校长见情况不妙，立刻打电话叫救护车把安然送到了卫生院……

八、家访

经医生检查，安然只是软组织挫伤而已，并无大碍。这才给大家吃了颗定心丸。江海涛心疼不已，他对安然比任何人都要上心，恨不得替她受这份罪。安然住院，他取药、送饭、送水、买水果从不嫌累，反而因为终于有机会照顾她而开心。那次表白后，江海涛每次找安然想说话时，都让安然找借口躲开了。可现在在这种尴尬境遇下见了他总觉得非常别扭。

安然心里只想着何淼，恨不得这就赶去她家。虽然没有什么大碍，但安然疼得走不了几步路，第二天却坚持回到学校，和张副校长商量去何淼家的相关事宜。

何淼家住沙柳村，离学校也就一公里多一点，张副校长开车没几分钟就到了。作为校长，为了响应国家"控辍保学"的义务教育政策，他必须去辍学学生家中走访。二人下了车，干巴巴的冷风卷着尘土扑面而来，安然虽然戴着口罩，可似乎也不起作用，尘土呛得她好一阵透不过气来。张副校长说："风吹石头跑，氧气吃不饱，小风埋村屯，大风石头滚。看到了吧？这就是我们青藏高原！"

何淼家就在眼前，安然有些迫不及待了，想立刻进去看个明白。他们猫着腰看了看，好像并没有狗，里面静悄悄的。他俩一前一后刚走进院子里，就看到何淼正坐在房屋台沿上洗东西，扭头一看是张副校长和安老师，她张大了嘴，不免有些吃惊。"老……老师！你们……你们咋来了？"何淼慢悠悠地站了起来，两只袖子挽得高高地，两条细白的胳膊露在外面，满脸疑惑。

安然走过去一看，她脚下的一个大塑料盆里泡着的都是家里用的床单被罩之类的东西。再看看何淼，她的脸被冻得红中发紫，两只手在寒风里有些哆嗦，嘴唇干裂，双眼红红的，显然是刚哭过不久。

安然噙满了眼泪，脱下手套紧紧握住了何淼湿漉漉的双手，哽咽着说："何淼，到底是为什么？你为什么要退学？这总得有个原因吧？"安然不明白何淼为什么要退学。

张副校长看了看破旧的房子说："何淼同学，你知不知道我们有多着急，安老师昨天为了追你狠狠摔了一跤，疼得连路都走不了。医生让她打点滴休息，可她不放心你非得来看看，为什么要退学，你就对我们说说吧。"

外面风大，何淼就把他们请到了屋里。撩开门帘进去，屋子里比外面暖和不了多少，炉子上烤着一圈洋芋。何淼一边让两位老师坐，一边快速地收拾着摆了不少药的桌子。何淼的母亲倚靠在炕角的被子上，见张副校长和安然进来，只是微微点了点头，她眼窝凹陷着，脸色煞白。

张副校长和安然怎么也没想到何淼的妈妈瘫痪了，吃喝拉撒都得有人照顾才行。也是在这一刻，张副校长和安然都明白了何淼退学的真正原因。就在那一瞬间，二人面面相觑不着一言。

安然实在憋不住了，问："嫂子，你为什么要让何淼退学？她可是我们班里数一数二的尖子生呀！"

听她这么问，李素琴眼神放空望着窗外悲凉地冷笑了一声，叹了一口气苦笑道："淼淼啥样，我比你们任何人都清楚，都是我拖累了她……"李素琴捶打着胸口，十分痛苦地扭歪了脸，一串串泪珠顺着腮边滚落下来。

随后，李素琴给张副校长和安然讲述了自己的遭遇。她二十岁就嫁给了何志坚，俩人结婚后的第二年就有了何淼，随后她就跟丈夫一边种庄稼，一边打工。养家糊口着实不易，八九年来，从保洁员、环卫工到背水泥等，什么样的活儿都干过来了。虽然苦了一些，但小日子过得有滋有味，两个女儿一个比一个好看，让左邻右舍们羡慕不已。

福来不知，祸来不觉。今年夏天6月13日，李素琴在工地上干活的时候不幸从三楼跌落下来。虽然没有危及生命，但是从此下肢瘫痪，余生只能在轮椅上度过。听到突如其来的噩耗，婆婆一下子就脑出血了，别说走路了，就连话都说不了。李素琴无法接受现实，随即一蹶不振颓废气馁到了极点，何志坚也坚持不住了，身心俱疲没有一点朝气，对之前的美好生活失去了动力。

面对重压，只留下了一张纸条，上面写着"我走了，不要找"六个字，气得李素琴把纸条撕了个粉碎。

一个温暖的家支离破碎了，也使这个家瞬间跌入了深渊。行将就木的老母亲少了个儿子，瘫痪在床的妻子没了依靠的丈夫，含苞待放的女儿们少了关爱的爸爸。李素琴怎么也不敢相信，往日恩恩爱爱的丈夫竟然狠心抛弃了她，还丢下了自己的母亲和两个女儿。"丈夫是个断了背的椅子——靠不住啊。"

月儿弯弯照九州，几家欢喜几家愁。李素琴想不到自己命运竟如此多舛，她被残酷的现实无情蹂躏着，看不见前路，望不见退路。从早到晚，哭泣声和叹惜声回荡在小院里……

见此，村里人和亲戚朋友们都跑来安慰，两个女儿虽不需要太多照顾，可她和婆婆一刻也离不开人。端茶倒水、吃药吃饭、拉屎撒尿、擦擦洗洗都需要人帮忙。虽然婆婆被小叔子两口子接走了，可即便这样，她因为瘫痪在家，连生活都不能自理，更别说做家里的劳务了。

人活成了这样，跟一副棺材板没什么两样了。一想到自己年幼的两个女儿，李素琴觉得自己似乎只有一条路可走了——自杀。一天，两个女儿上学后她就爬出去找农药，没想到家里的农药被人收拾得一干二净。无奈她只好拿菜刀结果自己，幸好娘家的哥哥和嫂子来看她，及时制止了。就这样，先后三次都从鬼门关拉了回来，两个女儿知道了哭得死去活来，抱着妈妈泪流满面地说："妈妈，我们是一家人，是一条藤上的三个瓜。所以，要活我们一起活，要死大家一起死。"淼淼的一句话让她打消了轻生的念头，看着两个小棉袄也实在舍不得丢下她们。

看着妈妈连生活不能自理，看着年幼的妹妹少不更事，懂事的何淼只能决定牺牲自己了。她不能让妈妈饿死，也不能让妹妹辍学，所以才选择了退学。因此，这才发生了昨天的那一幕，也让张副校长和安然跑了一趟。何淼低着头，默默地坐在墙角的小板凳上抽泣着，双手用力摆弄着自己的衣角，脸上的泪水啪嗒啪嗒地直往下滴。

听完李素琴的故事，安然感觉到自己的嘴唇发干，心里如压了一座山喘不过气来。张副校长只是转过脸不停地抽烟，来之前，她信心满满地说一定会把何淼带回学校，可现在他也不知道该怎么办了。安然低垂着头，咽着咸滋滋的泪水，心里连连问自己："我该怎么办？怎样才能让何淼重返校园？又怎样才能解救这个家呢？"

九、幽幽暖情

冬至刚过，鹅毛般的雪片正蝴蝶般纷纷飘落，瞬间把一切都染白了。

忽如一夜春风来，千树万树梨花开。雪花挂满在树枝上，如绽放的梨花一般美，仿佛是一夜春风至，催开了这万千梨花。大地穿上了过冬的厚棉袄，房屋和树木也披上了一层薄纱，就像童话中的仙境。让人身处其中并深深陶醉……

今天是星期六，安然和温昕还在睡懒觉。隐约听到有汽车的鸣笛声响个不停。安然起身向门外望去，高兴地就像个孩子，咧开了嘴笑着说："啊……

这么快就到啦！"来人是一对中年男女，看上去很有气质和风度，但裹得一个比一个严实，还戴着黑黑的墨镜。

安然的眼睛几乎眯成了一条缝，随即张开双臂上去，到跟前就紧紧地抱住了他们，一脸的兴奋："你俩还真厉害，不让我去接，还真给找到了！"

"快让我看看，你这几个月又瘦了多少啊！"女士摘了墨镜，双手紧紧抓住安然的胳膊，一副心疼的样子。

温昕也赶到了，看到安然父母就笑着说道："安伯伯好！徐阿姨好！"说完给他俩鞠了一躬，然后迅速接过一个行李箱，挽着徐阿姨的胳膊一起进去了。

两口子面面相觑，有些心酸，这里显然比他们想象中的要差一些。一家三口坐下来聊了起来，温昕给安浩轩和徐惠珍沏茶倒水，又洗了水果端了上来，安父在一旁静静地看着女儿，安母坐在女儿身边紧紧抓着她的两只手，用上海话说这说那没完没了……

得知安然的父母来看她了，康瑞母女俩早就准备了一桌子佳肴准备叫他们过去吃饭。见她们来请，安浩轩两口子十分感动，也没有过多的客气就跟着去了。康校长老两口已在门口等候，这让安浩轩和徐惠珍有些受宠若惊。

安浩轩看康校长老两口慈眉善目，笑起来眼睛里满满的爱意，如四月的春风般温暖，二人彼此一见如故。

"来，安教授。"康正贤提起酒盅，满脸的笑容和喜色。"我敬你一杯！"见此，安浩轩受宠若惊，立即站了起来回敬。

"不敢，应该是我敬您才是！"说着，安浩轩示意让徐惠珍和安然也站起来。"谢谢您和家人对小女的照顾，也谢谢今天的盛情款待！我借花献佛，先干为敬了！"说完，他仰头一饮而尽，安然母女也跟着抿了一口。

康正贤十分高兴："我们并没有照顾令爱什么，惭愧、惭愧！"老校长连连客气道，带着一家人一饮而尽。

喝完酒,康凤英客客气气地说:"安教授、徐教授,我们这穷乡僻壤,没有啥好吃的东西。我和康瑞随便做了几个家常菜,都是一些山肴野蔌,希望你们能喜欢。"

徐惠珍立即回道:"喜欢喜欢!我们就喜欢吃家常菜,野味在城里还吃不到呢。你们不知道,我老家也在农村,每当逢年过节回老家去,吃不够的就是家常菜!"说着,拿起筷子夹起了菜。

八个人围坐一桌,客厅里响彻着欢声笑语。青海风味的家常菜美味可口,有肥而不腻的手抓羊肉、藏香红烧肉、酸菜粉条、地皮菜包子等美食。地皮菜形似黑木耳,是从山里捡来的,它只有在冬季和初春前才捡收,是青海山里的野生菌类,是这里日常的绝美食材。

吃完饭后,在和安浩轩的攀谈中,康正贤讲起他这些年里的故事。康正贤今年七十一岁,是英秀镇龙岗村人,有两个姐姐和两个弟弟。小时候家里非常贫穷,他虽然是父母的心肝宝贝,但在那会儿上学是一种奢望,幸亏他有个教私塾的爷爷。1962年饿着肚皮进了工厂当了临时工,两年后就和陈桂香拜了天地,又两年后就有了康凤英。

由于写得一手好文章,再加上工作表现好,康正贤1976年被招进龙岗村小学做了民办老师,从此投身教育,一心当起了人民教师。但他没有想到,在三尺讲台上一站就是三十年,1980年调到该镇中心学校开始任教,直到1996年才转正入编,还成为该中学的校长。

从1976年到1996年,在这二十年里康正贤默默无闻,每天都以饱满的热情投身到工作中,用自己的爱心和勤劳的汗水浇灌着祖国的花朵。他既是其他学生们的老师,也是自己六个女儿的老师。在乡亲和老师们眼里,他既是农民也是教师。妻子陈桂香虽目不识丁,可她通情达理善解人意,故也支持康正贤教书育人,家里家外的各项事情全由她一个人包揽了。

康正贤总觉得亏欠了她们母女太多,可又不能为了家庭扔下学生们。

看着妻子在家任劳任怨，康正贤心里也很是过意不去，故而一下班就回家尽可能地帮媳妇干一些家务。一转眼十年又过去了，老两口的头就悄悄落满了白霜。

这辈子，康正贤爱书胜过爱自己，用他自己的话说，他这一生有二宝——陈桂香母女七个和这些书。从小，康正贤就手不释卷喜欢看连环画，后来正是靠书上的知识改变了自己的命运，所以他对书籍珍爱有加，从不糟蹋。

从做老师那天起，康正贤就开始收藏书籍。无论是小人书还是教科书、名著，只要是书他统统都要带回家收藏。有一年冬天，他在下班回家的路上见一辆马车上拉着半车书，随即跟在车后看书。车上的老汉还以为他图谋不轨，正要扬起鞭子时被他上前拦住了。老汉以为他要劫车，可没想到他是看上了这些书，这让老汉有些出乎意料。老汉说这些书都是收的废品，正要拉到废品收购换钱。康正贤大吃一惊，连连摇头，说这不是暴殄天物吗！经商量后，康正贤把绝大部分书用自己的大衣换了下来，气得陈桂香直跺脚。

还有一年农历五月初三，陈桂香叫他去买点肉和糯米什么的准备过节，可回来时却只看到一麻袋旧书，气得她当时就回了娘家。这样的故事还有不少，每一个都让陈桂香啼笑皆非。

就这样，这些年下来康正贤共收藏了三万多册书，古今中外各类别的什么书都有，很多书现在市场上已经买不到了。听到这个数字，安浩轩绷圆了双眼，啧啧称奇。他以为老康收藏的书就下面这些了，没想到大部分还没有摆出来，还有一部分捐给了学校。这些年，康正贤鼓励学生和村民们多阅读，对来书屋借书的人从不收钱。他经常对人说："人生如果没有阅读，你的眼界永远只有眼前这一点，但当你读了一定的书之后，你也许能够看到这个社会、这个世界真实的情况，才能拨云见日，看到自己未来的希望和光明。"

看着眼前的老康，安浩轩他们不由心生敬意，脑海中浮现出了他挨骂受批，还有他换书捡书的一幕幕……

十、冬日情暖

周末，吃过早饭后安然一家三口就出去了，来到商业街买了一些水果和营养品，然后一起来到了何淼家。

刺骨的冷侵袭着这个村庄，连续好几天都没见到一丝阳光，一阵阵西北风吹打在肌肤上如刀割一般疼。

敲了敲门，里面好像没有人，院子里静悄悄一片，安然推开门带着爸爸妈妈进去了。隔着窗户往里一瞅，李素琴还是那样坐在炕上，安然四处张望，找寻何淼时，看到她从厨房那边端着一个碗走了过来，见到窗户外面的安老师随即迎出来问好。何淼看到他们提着大包小包一脸的亲切，如同冬日里的暖阳花，心生温暖。何淼既高兴又有些紧张，一面掸了掸沙发让她们坐下，一面猜想今天这两个人是谁，安然随即介绍了双方……

早晨八九点钟的太阳，把温暖的光辉洒在李素琴的脸上，她脸上的皱纹就像在放大镜下一样，感觉这不是一个三十多岁女人的脸，而是一张经过了几十年风霜雨雪摧残的松树皮。安然的父母向李素琴问了好，定眼看着瘫痪在炕的李素琴。她的面色蜡黄，眼睛带血丝，头发干枯散乱，嘴唇暗黑干裂，她有气无力地跟稀客打了招呼。

屋子里有一股浓浓的味道，一旁的炕桌上放着一个碗，里面是半碗黑色的液体，好像是汤药。见此，安然弯下腰问何淼："是给你妈喝的中药吧？"

何淼听了笑了笑，说："不是，家里没钱买药，这是我按妈妈教的方法熬的四和汤。"说着，她吸了吸鼻子，一脸难为情的样子。

见安然有些好奇，何淼又说道："就是治感冒的土方子。是用茶叶、陈皮、红枣、葱须、白糖、大豆、姜片等熬成的……"安然扭过头看了看那半碗药汁，然后皱起了鼻子,像喝了一口似的。

　　随即何淼给他们沏茶倒水,又端了半碟子切成片的锅盔,每片都是一面黑一面黄中间白。这锅盔馍馍虽然不好看,但却散发着一股浓浓的麦香味。再看看何淼,只是一个十二岁的小女孩而已,脸上带着孩童的稚嫩和秀气。一双水灵灵的大眼睛,两个脸蛋冻得有些发红,显然刚才在外面忙碌过。她头上梳一根小辫子,看上去很像萝卜须,黑中泛黄显然是缺少营养和护理。两只小手垂在下面,让徐惠珍看了很是心疼。

　　安浩轩参观着简陋的屋子,破旧的墙壁,一切只能勉强遮风挡雨了。看了这一家子,安浩轩面色凝重。他无法想象李素琴一家是怎么过的,更不敢想象以后她们会如何生活下去。怪不得女儿在电话里哭,说她要拿钱资助何淼,原来这母女三人的确已经走投无路了。看着眼前的女儿,安浩轩心里既惭愧又欣慰,看来女儿已经长大了。他转过头看了看爱人,俩人看着对方微微点了点头,然后安浩轩挺起腰来一字一句说道:

　　"大妹子,你家的事安然给我们讲过了。我们这次来青海,一是为了看女儿,二是来看看你们。"

　　李素琴听了凄然一笑,说:"谢谢你们,我不知道该咋称呼你们,就叫你们安大哥和安大嫂吧?"她是虽然有点感动,但脸上却没有多少表情,明媚的阳光投在她青黄瘦削的脸颊上,倒显得她的嘴唇异常干裂。

　　安浩轩笑了笑:"叫什么都可以的。"他仔细看了一下李素琴的眼睛,看到她那空洞的双眼有些心疼,就像看到了绝望一样。

　　"谢谢!谢谢你们来看我们,让你们破费了。可……可我们一无所有,没啥好招待你们的,让你们见笑了!"李素琴捋着头发说得很客气,看着安浩轩和徐惠珍还是没多少表情,心里好像很难过的样子。

　　"大妹子,你千万别这么说,这都是应该的。何淼是安然的学生,你家遭此变故我们理当来看看你们,想尽力帮你们解决一些实际困难,不要让何淼退学耽误了她的一生。"听到这话,李素琴和何淼都有些感动。

其实，上次家访后安然第二天又来了，她说她要资助何淼继续上学，姐妹俩所有的费用她都包了。听她这么说，李素琴和何淼确实又吃惊又感动，安老师和她们非亲非故却能如此相助，李素琴半年来第一次笑了，可她想了想觉得还是不行。虽然，两个女儿上学国家有政策不收学费，靠"两免一补"还能在学校吃顿午饭，而且饭还要比家里的要好很多，可上学不是一天两天就能解决的。安然是来支教的，一个月的那点生活补助恐怕连自己都不够，哪有多余的钱资助她们姐妹俩上学。

另外李素琴还想，年轻的安然只不过是意气用事罢了，还有她在这里也待不了多长时间，两年支教时间满后还得回去。何志坚做爸爸的都脚底抹油般跑了，亲戚朋友们个个都避之不及，亲人都靠不住还能靠得住一个不沾亲带故的老师？希望越大失望就越大，天上不可能掉馅饼的，就算掉馅饼也不会砸到她们头上，所以还是别白日做梦了！作为母亲，李素琴比任何人都疼爱自己的两个女儿，她怎么可能希望女儿辍学毁了她一辈子，可残酷的现实让她不得不让女儿退学。

所以，李素琴没多想就当面给谢绝了，一刀斩断了女儿心中仅有的一丝希望。安然不明白为什么。李素琴没有解释，让安然别再管何淼的事了，还叫她以后别再来了。安然走后，李素琴跟淼淼解释了一番，何淼听了觉得妈妈说的有道理，所以也就不再幻想，彻底死心了。

李素琴那白中透黄、憔悴不堪的脸往后一仰，说："谢谢你们的好意！你们帮得了一时帮不了一世。这都是命，我们自己的路还是自己走吧！"她想都没想就一口谢绝了，眼里噙满了泪水却忍住了没让它掉下来，声音都明显地塌了下去。

"大妹子，你可不能这么说，也不能这么想啊。你要相信明天会更好的。人有逆天之时，天无绝人之路。一生中，每个人都会遇到这样那样的挫折，到那时都需要他人的关爱和帮助。我们虽然不是什么有钱人，但资助何淼姐妹俩到大学毕业绝对没有问题。我清楚你遭遇了些什么，也猜到你心里担心什么。"

李素琴似乎早就预料到了，她正要回绝时，安浩轩抢先说道："我们真想尽最大力量帮助你们，这不是为了做给谁看也不是为了安然的工作，而是不想眼睁睁看着何淼姐妹俩被耽误了。所以，我们决定每个月救助你们家五百块钱，直到何淼和何果大学毕业为止，然后再帮她俩找份工作。"说完这几句，安浩轩看着李素琴，观察她的表情和反应。

　　听了这话，李素琴坐了起来，看看他们一脸的严肃认真。她一面仔细打量着安然父母，一面心想："难道这世上真有这样的好人？"

　　"大妹子，这里是两千块钱！"安浩轩从钱包里拿出了一沓人民币，"我们今天来也没买什么太贵重的东西，你拿着先救救急，从今天开始，何淼和何果就是我们的资助对象了，我会每个月定期把钱给你们汇过来。你放心，我们说话算数。你若不信，我可以给你写份保证书。"

　　一股暖流涌上心头，李素琴嘴唇使劲儿颤抖着，大颗大颗的泪珠夺眶而出⋯⋯

　　见她如此的激动，徐惠珍走过来跨在炕沿上，抓住李素琴的双手，说："大妹子，这段时间你受罪了，以后会一天天好起来的，你一定要坚强和乐观。安然爸爸说的都是真的，我们决定资助你们，说到做到，绝不反悔。"她用力捏了捏李素琴的手，一字一句都说得掷地有声。"困难是弹簧，你弱它就变强，你强它就变弱。一切困难都是纸老虎，也都是暂时的。这两个孩子可耽误不起啊！她俩是你的希望，也是这个家的未来，她们以后肯定会让你骄傲的！"说着，她的双眼里也闪烁着泪花，一旁的安然早就满脸是泪了。

　　徐惠珍的话让李素琴再也忍不住了，她那瘦弱的胸脯激动得一起一伏，吸了口气在喉咙里微微地颤动着，哭喊道："老天爷开眼了！派了你们三位活菩萨来救我们母女仨。我在这里给你们磕头了，下辈子给你们当牛做马⋯⋯"说着，她激动万分、泪流满面，挣扎着身子要给安浩轩一家作揖。

　　徐惠珍抓住李素琴的双臂温柔地说："别别别，大妹子你别这样！我们只是举手之劳，只要你们一天天好起来，只要不耽误了这两个孩子，只要她们俩以后有出息,我们比什么都高兴。"安然也过来抓住了李素琴的手,温暖来得如此突然,李素琴顿时流下了感动的泪。

"淼淼你还站着干啥,还不快给安伯伯和徐阿姨磕头!"听妈妈一声令下,何淼随即"扑通"一声跪倒在安浩轩面前,一边说着谢谢安爷爷一边磕起了头。

见此,安浩轩立马过去抓住了何淼的两只胳膊:"快起来、快起来,不要这样!"随即把何淼拉了起来。"不要再哭了,以后,安伯伯和徐阿姨资助你俩,你们两个一定要好好学习,让妈妈为你们骄傲好不好?"

听了安伯伯的话,何淼流着泪使着劲连连点头,这一刻,她在心里发誓以后一定要好好学习,和妹妹一起成为妈妈的骄傲,更要好好报答眼前的这三位"菩萨"!

"那好,大妹子,我们就不打扰了。你好好休息。以后有什么困难就给我们说,千万不要客气!"说着,安浩轩握了握李素琴干巴巴的手,然后撩开门帘先前一脚跨出了门槛……

李素琴连连留他们吃了饭再走,懂事的何淼也在和妈妈一起挽留他们,可徐惠珍和安然跟着也出去了。李素琴窜到窗户前,看着他们的身影,眼睛里充满了无尽感激。

安浩轩边走边跟安然说:"何淼家的事仅这样还远远不够,你要向学校和当地政府反映,看政策上能多大程度的帮扶她们。而你作为老师,更要从情感和心灵上去关爱何淼。"

回到宿舍,温昕已经睡了,空中悬着一弯月牙,如弓、如钩、如虹。月光清冷幽幽、高踞在那黑暗的穹苍里,似乎在静静地凝视着苍茫大地。

十一、心惊胆战

年末的一个清晨,同学们带着喜悦在教室里复习,有的趴在桌子上看书,有的前后桌面对面聊过年……

上课铃响了，牛犇从外面飞快地跑了进来，一边跑一边笑还说着什么，显得很开心的样子。因为地滑，刚进门没两步就摔了一跤，前面的同学们见了都哈哈大笑，一副幸灾乐祸的样子。牛犇的手掌蹭破了皮，他嘴一吸随即就爬了起来，然后乐呵呵走到自己的座位。

"咋样，没把脂肪摔出来吧？"李襄笑眯眯地问道。

牛犇翻着白眼："去！少拿哥们寻开心。"前后桌几个同学们听了都笑了。

也就一秒钟时间，牛犇倾斜着身子凑了过来，问："你仔细看看，哥们毁容了没有？"他微微抬起下巴，调皮的肥脸上装出一副很担心的表情。

李襄看都没看他，就大声说："不用看，就你这张比猪八戒还丑的脸，毁容就是整容了！"

"去你的！你才比猪八戒还丑呢，以后肯定嫁不出去。"李襄正要还击，周宇拿着一沓卷子就进来了。

同学们都怕周老师。他平日里不苟言笑严肃认真，另外还比其他老师严格一些。因此，相比其他几门课，同学们数学的成绩要好一点，上课时认真听讲谁也不敢开小差，就连调皮捣蛋的聂小波也不敢随意放肆。

今天，周宇一脸乌云，扔下卷子说："结果出来了，你们的成绩真让我大开眼界啊！"听了，同学们齐刷刷都低下了头，一个个大气都不敢出一口，有几个甚至一脸的恐慌，牛犇就是其中的一个。

"你们是怎么学的，有人竟然只考了 18 分！我真不敢让其他老师听到，笑我教的学生只考了 18 分！"周宇说着有些气愤，咬着牙看了看台下的学生。牛犇偷偷看了看老师，见老师气得直咬牙吓得他浑身打了个颤，心想今天又要做好挨训的准备了。

周宇拿起卷子，然后一张一张发给了同学。有些同学看到分数笑了，而有些则一脸的愁容，刚才心惊胆战的牛犇接过卷子一看，原来老师说的就是他。周宇狠狠瞪了他一眼,随即他头皮一麻就吓得浑身哆嗦起来。

"好了,你们都拿到自己的卷子了。下面,我要'请'几个同学上来,给大家看看他们的卷子,看一下他们究竟是何方神圣!"顿时,教室里一片沉寂,只有窗外几只麻雀在叫,好像说"快来、快来,有好戏看了!……"牛犇感觉自己的小心脏快要跳出来了,双手冰凉。果不其然,老师叫的第一个就是牛犇。"牛犇"!听到名字的那一刻,他心里"轰"一下,感觉天都塌了,两只耳朵里像有一群蜜蜂嗡嗡直响。"段国龙!""聂小波!"

在牛犇闭上眼睛,心想"完了,今天死定了!"的一瞬间,听到聂小波的名字后立马又睁开了眼睛,而且眼前一亮还来了精神。他赶紧扭过头看着聂小波,两只眼睛里透着幸灾乐祸,心说:"谢天谢地!看来我今天有救了。"随即,就慢腾腾上了讲台。

看着他们三个,同学们都为他们捏了一把汗,等着看接下来的"惨剧"。牛犇紧挨着聂小波,心乱如麻,手掌里全是汗,用眼角瞅着老师的一举一动,不敢看他那双眼睛。可聂小波完全相反,他面无惧色、淡定自若,扭过头看了看牛犇,又看着下面的同学们,脸上露出些许轻蔑。见他如此,海娃心急如焚,心想:"他这不是和周老师对着干吗?完了完了!"

周老师抬起头开口了:"首先,我要表扬他们中的一个!"一听这话,全班同学顿时都愕然了。

周老师这是在说反话还是?就在同学们大为不解时,周老师侧斜着站到聂小波身旁,然后笑盈盈地说:"同学们,今天我要表扬聂小波同学,他这次破天荒竟然考了70分!"听到这话,全班一片哗然,一个个都瞪大了眼睛看着聂小波,唯独牛犇一人眼睛快掉地上了,半张着嘴就像惊掉了下巴一样。

周老师看着聂小波笑着说:"这是聂小波考得最好的一次,别说是你们了,我都有些不相信。可看了他同桌和周围几个同学的卷子后,我相信他没有作弊。所以,我今天不得不表扬他,让我们大家为他鼓掌……"周老师虽然近在咫尺,可他讲什么牛犇似乎一句也没听到,两只耳朵里又嗡嗡地响了起来,而且响得比刚才还要大声一些。他张着嘴看了看身边的聂小波,又看着下面的同学们给他鼓掌,他心里一下感觉天旋地转起来。

"这段时间,聂小波同学上课听讲很认真,交作业的次数不仅越来越多了,而且正确率也越来越高了。好了,聂小波同学请下去坐吧,以后继续保持,再接再厉!"同学们的掌声不绝于耳,聂小波坐到座位上心里感觉特别舒服。接下来就轮到牛犇了。看着老师脸色阴沉下来,牛犇吓得双腿发软,浑身直哆嗦。

"甲港到乙港的航程共有370千米,一艘轮船运货从甲港到乙港,用了8个小时40分钟,返回时每小时比去时多行7000千米。问:返回时用了几个小时?这么简单的题你居然答错了,我考试前几天刚给你们讲过一模一样的,你居然答错了。竟然只考了18分啊!"周老师举起教条,可刚一举起来还没打下去,牛犇就大哭了起来……

"你哭个啥?我动你一根手指头了吗?"老师本来就窝着火,见他这副怂样就更恼火了。"去!到黑板上给我再做一遍,做不出来今晚就别回家了。"牛犇边哭着边拿上卷子和粉笔挪到了黑板左边,扭过头可怜巴巴地看了看老师,然后擦了擦眼泪开始看卷子答题。

轮到段国龙了:"你也一样!只比牛犇高1分,脑袋里全是糨糊吗?"周宇唾沫星子乱飞,手里的教鞭一下下闪动着,让段国龙看着直打颤。"一个正方形,边长是9厘米,把它分成4个相等大小的小正方形。请问:小正方形的面积是多少?这么简单的题,你居然也答错了。我真想打开你的脑袋看看里面到底是什么!"

两个人题做到一半,周老师就让他们回座位,开始给同学们讲起了卷子。须臾,教室里弥漫起一股奶油面包的香味,味道越来越浓,同学们闻到香味纷纷咂嘴弄舌。见同学心不在焉,周老师望了望窗外,心想是从外面飘进来的香味吗?可外面空荡荡的什么都没有。最后,周宇终于在教室最后排的暖气片上看到了一个面包,拳头般大小金黄金黄的还透着香油。旁边是牛犇的座位，周宇拿起面包气冲冲地走到牛犇身后，然后举起教鞭朝他屁股打了两下，"就知道吃……就知道吃……"

牛犇白白挨了几下，流着泪说："面包是李襄的。"全班都在哄笑。少时，他扭扭捏捏的好像有些站不住了，周宇见了，问他像大姑娘一样扭扭捏捏的怎么了。牛犇说他尿急快憋不住了，周宇听了又气又笑又无奈。

"好了好了，快去尿吧！"话音未落，牛犇抱着小肚子就跑了出去，同学们看了哈哈大笑起来。

安然这两天感冒了，输完液回来后，就趴在办公桌上写救助申请。这个月里她已经帮李素琴办理了残疾证，向沙柳村村委会申请了低保，还和张副校长向镇政府反映了情况。学校教职工也举行了一次募捐活动，在很大程度上解了李素琴家的燃眉之急。

转眼，西山头上，太阳像个玩累了的孩子似的，一屁股就坐到山下去了。一片红玫瑰般的晚霞，宛若正在燃烧的一团火焰，喷涌了整个西边的天空，让人看了涌上几分醉意。安然拖着疲惫的身子回到了宿舍，温昕便端来了热气腾腾的姜茶，然后坐在一边给她捏肩、捶背。

吃过晚饭，二人就开始改卷子。窗外的寒风吹过树梢呼呼作响。突然，宿舍里黑咕隆咚的伸手不见五指。"怎么啦，怎么啦？什么情况？"温昕有些惊慌，一边问一边打开手机照明。

安然也打开了手机："还用问吗，没电了我的大小姐！"二人走到窗前拉开窗帘一看，外面黑漆漆一片什么也看不见，只听见呼呼的风哨声。

"完了完了，一堆卷子没改完呢，明天早上第一节就是英语课，这可咋办呀？"温昕有些着急，可宿舍里又没有蜡烛，手机也用不了多长时间。

"少安毋躁，可能一会儿就来了。"两个人坐下来谁也看不清谁。

就在此时，窗外好像有什么东西在动，还发出一种奇怪的声音。顿时，两个人睁圆两眼，吓得瑟瑟发抖，好似看到了什么可怕的东西，喉咙里紧了一下便紧紧抱在一起。

就在这时,窗户上响了三下,听着像是有人在敲窗户。她俩慢慢睁开眼睛,然后转过头,胆战心惊地向窗户看去,温昕紧紧地抓住对方的胳膊。原来是江海涛看到停电,就来给她俩送蜡烛了。

温昕嘴一撇就哭了:"啊……天一亮我就要回家!"说着,眼泪刷刷地直往下淌……

第四章
春暖花开

ZHI FEI JI

一、春天在哪里

春回大地，春暖花开。人们都喜欢春天，喜欢它的温暖和柔情，喜欢它的生机和活力，也喜欢那泥土的芬芳，更喜欢她带给人们希望。在春风的微微吹拂下，河里的冰在一天天融化，不仅催出了柳枝的嫩芽儿，也唤醒了沉睡一冬的动植物。开学已两个星期了，校园里又充满了欢声笑语。

午间在操场里，所有的场地上都挤满了学生，李襄和蔡佳琪她们在那儿玩丢沙包。何淼带着灿烂的笑容站在中间充满了活力，放光的双眼只盯住李襄手里的沙包，见李襄坏笑了一下，铆足了劲儿丢了过来，何淼敏捷得像只兔子躲开了。伴随着飞来飞去的沙包，她们的尖叫声和欢乐声响彻在校园的角角落落。

在她们一旁，其他女生在玩岗朵，一条腿弯曲，只用一条腿跳上跳下，脸上洋溢着轻松快乐的微笑。脚下的小石片如打了蜡一样光滑。玩岗朵虽然没有丢沙包那样惊心动魄，但同样有着无穷的乐趣。男同学在打乒乓球，桌旁都围满了人，他们灵敏得就像一只只猴子，拿着球拍盯着调皮的乒乓球蹦来跳去。一个乒乓球，能让他们玩得满头大汗，不亦乐乎。

在操场中央，高志明他们在打篮球，他个头虽然不是最高的，但是打球却非常生猛。球场上他永远是最活跃的，他把长发染得金黄，跑起来就像一头雄狮一样，因此没人敢跟他一争高下。

"好球！"见高志明投进一个三分球，大家开始喝彩，高志明挥着汗扭过头来冲人群笑了笑。

聂小波、海娃和牛犇三个人坐在双杠上，一边看篮球，一边叠纸飞机。

"飞吧！"聂小波一声令下，两只纸飞机脱手而出，乘着微风在空中滑翔起来。他们三个人边看边笑，周围的一些同学们看着也笑了起来。没一会儿，海娃的飞机一头扎到了地上，而小波的飞机还在滑翔。

"哈哈，你小子又输了！""哎呀，海娃咋又没赢！""咋样，看到了吧，我说了你还不信！"同学们有的笑了，有的和海娃一样大跌眼镜，想不明白小波的飞机为什么每次都能赢？

就在这时安然来了："怎么，你们又玩纸飞机呢？还坐在上面，赶快下来！"一看是老师来了，他们三个像老鼠见了猫一样都噌噌下来了。"你们三个可真调皮！再过几分钟就要上课了。走，我们出发去放风筝！"话音未落，同学们都高兴地跳了起来，随即回教室拿着自己的风筝出发了。

昨天，安然让同学们准备一只风筝带到学校来，或做或买，说明天下午在语文课和班会课上要带他们去放风筝。听了，同学们瞬间就沸腾了，恨不得下一刻就到明天。放学后，大部分同学就去商店买了风筝，有那么几个是自己或家长给做的，看着很结实也很漂亮。看着风筝，同学们一个个都乐开了花，我看看你的，你看看我的，有蝴蝶的，有小鸟的，有老鹰的，有蜈蚣……

出了校门，安然在五味书屋门前看到一个青年，二十岁出头，头发染成了白色，左边耳朵上戴着银色的耳钉，抱着一把吉他靠在一棵树上弹奏，跟着节拍嘴里唱道："我曾经问个不休，你何时跟我走，可你却总是笑我，一无所有……"这时，康瑞从五味书屋出来，手里也拿着一只漂亮的风筝，她刚出来就对那个青年说："康骏，跟姐姐去放风筝吧？别再折磨大家了。"原来他是康瑞的弟弟康骏，安然早就听康瑞说她有个弟弟可从没见过，今天才一睹真容——一身的桀骜不驯。

"去！多大了还放风筝，幼稚！"康骏不屑一顾，继续如痴如醉地弹着自己的吉他。

见他不去，康瑞也没有强求他，加快脚步赶上了安然和温昕。几个人一边走一边欣赏着对方的风筝，右边河里挖掘机在轰鸣着，镇里和村里的几个干部指挥着几台挖掘机和一些民工。原来他们正在热火朝天地清理河道，这是县环保局的死命令和重点工程。这缘于青海省委省政府把生态环境放到第一位，在全省拉开的生态保护战。以前这条河"臭名远扬"，而今清理此河就成了重点工程，且河两边通了厕所的农户们和周边几个宰杀场就是清理工作的关键，这让牛家辉他们这些养殖户有些招架不住了。

说笑间，康瑞就带着大家来到了田野。空旷的田野里微风徐徐，正是放风筝的好天气。同学们两人一组，一个平端着风筝站着，另一个拿着线轴逆风跑去。瞬间，风筝迎着风慢慢起舞，飘飘悠悠地飞了起来。看到风筝飞了起来，同学们一个个激动得叫了起来，他们一边往后退，一边仰着头看风筝，喜悦如一朵朵盛开的花朵。

借助风力，有些风筝飞得越来越高了，而有些则一头扎到了地面上。有些同学看着自己的风筝飞起来，既激动又有些紧张和兴奋不已，高兴地跳了几下后拿着线轴往后跑，自己的心情随之也好像飞了起来。而有些同学见自己的风筝如喝醉了酒，还没飞上去就转着圈栽倒在地上，心里别提有多失望了。"这风筝咋回事啊，看着挺漂亮的，咋就飞不起来呢？"蔡佳琪气呼呼地看着自己的"花蝴蝶"，一脸的失落。这风筝是她昨天放学后亲自买的，千挑万选特意买了最贵、最好看的，没想到它竟是这般中看不中用。

而一旁的李襄，则高兴得直拍大腿："快快快，'禾苗'你再快点，咱们的风筝越来越高了！"何淼侧着身体一边慢慢跑，一边仰着头看着妈妈给她做的风筝，满脸的喜悦和兴奋。

安然和温昕买的风筝要好一些，虽然没何淼的风筝飞得那么高，但稳稳飘扬在半空，让她俩过足了瘾。康瑞的"蜻蜓"也越飞越高，可就在她兴奋不已时，线突然断了，然后就随风而去，消失得无影无踪了。真是扫兴之至！

没一会儿，海娃和聂小波他们的风筝也飞起来了，然后越飞越高超过了何淼和李襄的，最后独占鳌头，飞得最高也最漂亮。他俩的风筝是一只"雄鹰"，是昨天放学后两个人一起做的。他俩做了两只，另一只昨天傍晚被挂在了树梢上，没想到这只比那只还要棒。天上飞满了大大小小的风筝，"燕子""金鱼""蝴蝶""雄鹰""喜羊羊""灰太狼""蜜蜂"，它们忽左忽右、忽上忽下，在蓝天白云下交相辉映，让人看了格外漂亮。

"让我也玩会儿，你俩最讲义气了！……"见海娃和聂小波玩得尽兴，牛犇直跟在他俩后面央求着，他自己的破风筝早就稀巴烂了。

"好吧，我俩也有点跑不动了，就让你小子过过瘾吧。"接过线轴，牛犇咧开嘴着实激动了一下，随即就倒退着跑了起来。他兴奋地一边跑一边扭过头看，可就在这时被一块小石头给绊倒了，他手里的线轴摔到了一边。等他爬起来追上去时，风筝已经随风而去够不着了，同学和老师们看了有些惋惜。

立时，海娃和聂小波跑过来，咬着牙追着牛犇满地跑，吓得牛胖子魂不守舍飞快逃命，同学们则笑得一脸春暖花开……

二、土豆与鸡腿

上了一上午课，同学和老师们都有些疲惫。刚一下课，大家就拿着饭盒来到食堂外排起了队，猜想今天做的是米饭还是面条？

来到食堂一看，今天做的是土豆丝和鸡腿，鸡腿香喷喷的让人垂涎三尺。食堂里几个人忙碌着，他们把做好的饭菜放在几个大盆里，然后给每个学生一大勺土豆丝、两个鸡腿，而老师们的则多了两个菜。两边都排着队，老师们的这边没有多少人，学生们那边两条长龙看不到尾。学生们慢慢挪动着脚步，不时伸长脖子往前面看看，几个男同学把饭盒敲得叮叮当当，像是在催前面的同学们快一些。

这时，韩清林和几个老师过来打饭，见同学们把饭盒敲得叮当乱响，他便把学生们狠狠批评了一通。见韩校长脸上乌云密布，同学们都消停了下来低着头排队。牛犇踮着脚直瞅着盛鸡腿的大盆，眼看着鸡腿一点点变少了，心想啥时候才能轮到自己啊。海娃把一颗颗炒黄豆抛向空中，聂小波用嘴接住后嚼得嘎嘣脆，同学们看了为他喝彩。

牛犇脸上带着快乐而又狡黠的神情，笑眯眯地说："你要能连续接住一百个，我今天的鸡腿就都输给你，若接不住把你的鸡腿给我，咋样？"听了这话，同学们都知道牛犇馋鸡腿了，连续接一百个黄豆几乎是不可能的。

打好了饭菜，一部分同学去食堂吃饭了，一部分则端着饭盒回教室吃。食堂上下两层，能容纳全校所有的学生和老师们就餐，但大部分学生还是愿意去教室吃。老师们坐在食堂一边吃，一边听韩清林给他们讲自己支教的故事。从去年3月到今年1月，韩清林去玉树州康县支教，两个学期下来让他收获良多，也思考了不少。韩清林擅长化学，在英秀镇中心学校一直教学生化学，又在县里教了一年的生物。在支教中这是普遍现象，还有一些问题也引起了韩清林的关注，因此他回来后就给县教育局提了几条建议：

一、建议领导小组统筹支教点的实际工作，协调好各方面的矛盾，尽量避免人才集中造成浪费和人才缺乏。

二、建议深入到支教老师中去，和他们多沟通、多关心，了解支教老师们在实际工作和生活中的困难并予以解决，在生活和探亲等方面给予帮助。

三、指导和督促支教老师优质完成支教任务，让支教老师们反馈信息和交流心得，提出宝贵意见和教学经验等。

支教回来，韩清林特意关注了本校的几个支教老师，和安然她们沟通交流谈心，从工作和生活上帮助他们解决问题，从情感上温暖远道而来的支教老师们。让他们无后顾之忧，安心做好支教工作，让他们的支教更有质量和价值。韩校长讲得认真，老师们听得入神，见江海涛拍马屁似的笑了，周宇看了看其他的老师后瞅了他一眼。他们两个虽然住一个宿舍，一个学期也已经过去了，但他们处得并不怎么友好。平日里，从没见过他俩单独说话聊天，彼此碰到打个招呼也显得生疏。

周宇看不上江海涛，是因为江海涛有些恃才傲物，以为自己是从名牌大学出来的，对学校的有些老师有点看不上。同时，他还看不上这里的农村和农民，还有农村不入流的文化，以为只有诗词歌赋才是高大上的。而在江海涛眼里，周宇是个土里土气的粗人，没多少学问和涵养，粗人一个。听韩校长深入浅出地又讲了一些，安然和温昕她们又有了新的收获，对自己的身份和工作也有了新的理解和认识。吃完午饭，安然和温昕等几个又拉着韩校长再给她们讲一些，坐在办公室里一起探讨支教的意义和一些问题。

此时，同学们大多都还吃得津津有味，坐在教室里细嚼慢咽或狼吞虎咽。何淼、李襄、蔡佳琪和柳文君四个人围在一张课桌上吃饭，有说有笑的。对女生们来讲，坐在一起吃饭就是闺蜜的象征了。四个女孩一人一个饭盒，饭都是一样的，唯独蔡佳琪前面多了一个红红的大苹果。蔡佳琪的妈妈每天都会给她带一个苹果，说吃苹果对身体好，让她每天吃一个。蔡佳琪也听话，她每天中午都把苹果拿出来一个人吃，完成妈妈交给她的任务。

这边，海娃和聂小波几个也围坐一桌，几个人饭盒里的土豆丝已下去一半，一个鸡腿也在肚子里了。"都快凉了，你咋还不吃呢？"见牛犇饭盒里的土豆丝没动，聂小波明知故问道。

牛犇看了看饭盒里的土豆丝，翻了一个白眼倚在后面的课桌上一怔，眼中闪过一丝不易察觉的光芒，有气无力地回答道："我……我不饿。"听他这么说，再见他一脸忧愁苦闷的样子，海娃和聂小波就知道他咋了。

聂小波吃得腮帮子鼓鼓的，看着满额头是汗的海娃笑了笑，对牛犇说："你没发烧吧？吃货不饿谁信呀！一天到晚尽想着吃，就像个饿死鬼似的。你不是不饿，而是嫌土豆丝不好吃，是吧？"见他俩明知故问，牛犇看了他俩一眼不好意思地笑了，然后看着他俩饭盒里的鸡腿。

海娃和小波的饭盒里各剩一个鸡腿，其他人的都早就消灭掉了，而他俩留着是为了馋牛犇的。他俩知道，牛犇最爱吃的就是鸡腿，最高纪录一顿吃了13个，而最不爱吃的就是土豆丝。不管是土豆丝还是土豆块，牛胖子一口也咽不下去，每次噘着嘴翻来捣去一阵后就给倒了。见牛胖子垂涎欲滴、眼馋得不得了，海娃赶紧拿起自己的鸡腿舔了几下，然后又放下嘻嘻地笑了笑，吃起了土豆丝。见此，牛犇"咦"了一声身体一倾，扭过头了看小波饭盒里的鸡腿。看着鸡腿，牛胖子心里真想和上次抢海娃的那样抢过来吃了，可看了看小波又打消了念头，然后抬手抢了海娃的就跑了。

海娃怎么也没想到，被舔了几下的鸡腿他还抢，真是一个吃货。海娃想夺回来，可等他站起来时，鸡腿已经进了胖子的嘴里。所以，他故意追着胖子跑了一圈，吓唬了胖子一下就作罢了。

吃完后，何淼和李襄把自己的饭盒洗得干干净净，蔡佳琪把剩下的土豆丝倒进食堂门口的泔水桶里，然后装进书包带回去晚上让妈妈洗。就在这时，从三楼倒下来的土豆丝差点扣到何淼的头上，几个人抬头看去原来是牛犇从窗户把土豆丝倒下来的。牛犇见差点扣到她们几个便得意地笑了笑，然后吐出舌头做了一个鬼脸……

恰好，这一切让韩校长看得清清楚楚，气得咬牙切齿，随即怒气冲冲来到了五年级（1）班。刚到教室门口，就听到里面有几个男同学的打闹声，就在他一手推开教室门的一瞬间，有一个东西朝他迎面飞来。只听见"啪"的一声，韩校长的脸如靶心一样中标了，旋即一块馒头掉到了地上。

"呃！……"见韩校长进来又被误打，同学们顿时吓得倒吸了一口气，头皮感到一阵发麻。

见他们用馒头打着玩儿，韩校长快气炸了："好啊！你们居然拿馒头当土坷垃了，这真让我大开眼界啊！"韩校长走近两步。"反了……反了，真是反了你们了！"他一副怒不可遏的样子。"刚才那土豆丝是谁倒下去的？这些馒头又是谁扔的？"见韩校长铁青着脸，火冒三丈，同学们噤若寒蝉，谁也不敢动了，一个个低垂着脑袋如压了座山。

由于是贫困乡镇，英秀镇从2004年11月起实施义务教育阶段"两免一补"政策；从2010年11月起实施义务教育阶段寄宿学生"蛋奶工程"。国家给学生提供营养膳食补助，每人每天3元的标准，全年共计600元。如今，学生不仅上学不花钱，而且还有这么好的政策，因此老师和家长们都说现在的孩子们赶上了好时代，一再叮咛他们好好念书。政策越来越好了，可学生们却不知道珍惜，在很大程度上造成了浪费。

韩校长满脸怒色，指着他们骂道："你们这些混账东西，咋就不知道珍惜粮食呢？你们都是农村娃，自己的父母和爷爷奶奶也都是农民，应该懂得珍惜粮食才对呀！"他看着这几个学生，真想狠狠抽一顿让他们长点记性。

"食堂里挂着：以浪费为耻，以节约为荣！那么大的标语你们难道看不见吗？《锄禾》你们早就学过了，可你们都学到哪里去了？看来你们还是没记住，晚上回去把这首诗抄100遍，明天早上交到校长办公室来。明天我要在全校师生面前批评你们，还要罚你们扫两个星期的厕所！我就不信治不了你们，不信让你们长不了记性……"他一边批评海娃他们，一边拨通了安然的手机号。

韩校长走后，安然狠狠地批评了海娃他们几个，让他们明天早上把写好的100遍《锄禾》交给韩校长，还要写一份深刻的检查交给她……

三、迷途的羔羊

早饭后，安然就匆匆来到了教室，主要是给几个学习成绩落后的学生补习功课。虽然英语和数学不是她教的课，但只要学生问什么她就解答什么，很有耐心。

这学期开学后，安然跟周宇和李雅萍商量了一下，争取一起努力把班里的各科目成绩提一下。说到那几个成绩垫底的学生，周宇和李雅萍就没了信心，说对他们是盲人点灯——白费蜡，可韩清林却非常支持安然。见安然有信心，再加上韩校长的支持，周宇和李雅萍便勉强答应了，答应以后尽力辅导。因此，从这学期开始英语和数学老师对他们更严了，尤其是对聂小波和牛犇等几个学生。为了尽快提高他们的成绩，也为了帮周宇和李雅萍分担一些，安然几乎每天早自习都来，然后尽可能多地给同学们答疑解惑。

在老师一个月的辅导下，牛犇对谜一样的应用题好像开了点窍，一连做对了两道题，让周宇刮目相看。今天早自习上，安然又在给他讲面积题的算法。就在这时，聂小波看到两个虎背熊腰的男人从对面教学楼里带着高志明走了出来，后面跟着一大群同学。见此，他心里大概猜出发生什么事了，随即便尖叫一声后站了起来。同学们不知怎么回事，还以为这小子没睡醒做噩梦呢，可当顺着他扭头向对面教学楼看去后，一个个都呆若木鸡了。

高志明的手上竟然戴着手铐，在一束阳光下闪闪发亮，这让同学们看了特别扎眼，一个个眼睛瞪得比乒乓球还鼓。他们难以置信高志明左右两边的大汉竟然是警察！走出教学楼，韩校长和张副校长还有一群老师们站在外面，一个个都神情肃穆、一言不发。看到他们，其中一个放开高志明的胳膊走了上去，不知道对韩校长说了几句什么，接着拍了拍韩校长的肩膀把高志明带走了。聂小波满脸是泪，见高志明被那二人带出去，便追了出去。

一时，几百名学生涌到了校门口，大家目瞪口呆，满脸疑惑地看着高志明，可黄毛长发的高志明却冷冷地笑着，嘴唇微微颤着像是在说着什么。

"你们出来干吗呀？都给我回去上课！"尽管韩校长的声音非常大、脸色也不怎么好看，可同学们却没有一个听他的，都盯着高志明看。

车门打开了，刚才对韩校长说话的那人一把摁住高志明的后脖颈把他塞了进去，然后转过身来对大家说："同学们都回去上课吧，千万不要学高志明，一定要遵纪守法。"说完，他一抬腿就上了警车，随即警车就开动了，一阵特别刺耳的警笛声也响了起来……

一溜烟的工夫，警车越走越远，没一会儿就消失在了大家眼前。老师们喊着让同学们都回去上课，而聂小波和两个男生却不愿离去。他们三个泪流满面，久久望着警车离去的方向，心里有一种说不出的难受，都在为高志明担心。

同学们虽然都回到了教室，可谁还有心思听老师讲课呀，他们窃窃私语，一脸的疑惑。周宇讲得口干舌燥，而聂小波仿佛一句也没听到，他趴在课桌上一直流着泪，眼中满是好友高志明的身影。周宇了解聂小波和高志明的关系，他理解聂小波此时此刻的心情，所以也就没有为难他。就在这时，两位白发苍苍的老人来到了学校，二人直径去了校长办公室。他们中的一位大家都认识，是康正贤老校长，而另一位虽然没见过，但大家心中也都有数了。没错，这位老人就是高志明的爷爷。

老校长介绍后，老人瞬间就给韩清林跪下了，泪如泉涌一下下抽搐着："韩校长啊，我求求你了，求求你救救我孙子吧……"见老人跪下，韩清林立即两步过来抓住他两只胳膊。

"老人家，快起来快起来，有啥话坐下来慢慢说。"韩清林扶着老人坐下，然后给他拿了纸巾又沏了茶。

看着眼前这年过七旬的老人，看着他一头的白发和骨瘦如柴的身板，韩清林就像看到了自己的父亲一样难受。他知道老人是来干什么的，也大概猜到接下来他会说些什么，可他这个一校之长又能帮他什么呢？

老人衣服皱皱巴巴有些破旧，头发虽不长但很是凌乱，一张黑黢黢的脸上布满了皱纹，两只无神的眼睛深深陷在眼眶里。韩清林只看了一眼，不敢再多看他那双满是痛苦，如黑洞般绝望的眼睛。他知道高志明的家长会来找，可没想到竟来得这么快，还是个老人，有些话他对这可怜的老人说不出口。

老人擦了擦泪，嘴唇颤抖着说："韩校长，我和你老丈人是三十多年的朋友了，在此之前我从来没有求过他和你。今天……"老人哽咽着有些说不下去了。"今天我求求你救救我孙子吧，他今年才刚刚十六岁呀！"说着，他又要给韩清林跪下的样子，眼泪如决堤的河水般流了出来。

韩清林弯腰给老人点了一支烟，说道："高叔叔，我知道您和我阿大是三十多年的老朋友，以前还帮过我们家不少忙呢。可你孙子高志明犯的不是校规啊，他触犯了法律，我能有啥办法呀！"说完，他自己也点了一支烟。

老人哑了一口烟，颤抖着嘴唇哀求道："明明（高志明的小名）是犯了法，可你是英秀镇中心学校的校长，你可不能见死不救啊！韩校长，他爸爸妈妈去广东打工了，你可一定要想想办法救救他呀！以后我给你当牛做马，我们一家人报答你一辈子……"说着，他又给韩清林跪了下来……

"你咋又跪下了！"韩清林扶起老人。"天理昭昭，自害其身。唉！你们早干吗去了？事已至此，那我索性也就把话说开了。其实，高志明走到今天我们都有责任，没有教育好他我们也有责任，可作为高志明的父母他们的责任更大。挣钱固然是重要，但娃娃更加重要！"韩清林顿了顿，呈现出严肃的神态。"我给你们讲过多少遍了，不要为了挣钱耽误了娃娃，那样是丢了西瓜捡芝麻，可你们有几个听进去了，一个个都把钱看得比啥都重要。把娃娃交到学校就不管了，可娃娃的教育不能只靠学校，现在出事了跑来找我们救人,把所有的责任推给学校和老师。平常你们不关心、不教育,现在想救人……晚了!"

就像韩清林所说,这些年九泉村里去外地打工的年轻人越来越多,高永德两口子一年能挣五六万。这几年里,山沟里两层的小洋楼虽然变多,可同时也出现了很多问题少年,今天的高志明只是其中一个。作为校长,韩清林早就发现了这个问题,可家长们却把他的话当成了耳旁风。

高老汉对孙子格外宠爱,从小到大要什么就给什么。比如钱,要一块给两块,要五块给十块,从不说紧张或没有。六年前,高志明的爸爸高永德和妈妈祁惠芳去广东打工了,随即高志明就变成了一只被放养的羔羊,无拘无束。高志明从小就淘气,在他爸爸妈妈去打工之前,学习成绩还是不错的。可自从爸爸妈妈走后,他的成绩就一路下滑直到谷底,每次把成绩单拿回去都没人说啥。没人说自然就不学了,反正学好学坏一个样,回家好吃好喝又有爷爷疼爱。后来奶奶去世了,爷爷就对他更宠爱了。

小学三年级,高志明就学会了翘课逃学,老师批评几句,他就一天不上学,跟着大一点的孩子调皮捣蛋。到了四年级,他上学三天打鱼、两天晒网,不交作业,一张口就是满嘴的脏话。到了五年级,他就迷上了游戏,敢跟老师对着干,经常逃学跟着"大哥"们去看电影玩游戏。从六年级开始,高志明学会了顺手牵羊偷东西,为了买零食和充值游戏币,他不得不去偷更多的东西。再到了初一,他已经是小有名气的"混混"了,带着两个"小喽啰"每天打架斗殴,惹是生非。

老师管不了他,爷爷却不知道该怎么管教孙子,家里的银行卡藏在哪里都没用。就这样,眼睁睁看着他为所欲为,一步步走上了迷途。等到了初二,他已经在学校赫赫有名了,留起的长发染成金黄色,带着自己的"跟班"一天到晚收"保护费"。天要使之亡,必先使之癫狂。抽烟、喝酒、打架、欺凌、玩游戏、偷盗、赌博,除了学习他什么都会,什么也都敢干。在老师们眼里,他是一个痞性十足的顽劣少年;在同学们眼里,他是一个谈之色变的混世魔王。

为了逍遥自在,他常在黑夜摸进工厂等地,轻车熟路地,几个晚上就是上万。本以为自己做得神不知鬼不觉,没想到警察就这样找来了。

高老汉失魂落魄地走在路上,一边想着孙子一边深深自责:我不该宠爱明明,不该让爸妈出去打工……

四、铁窗内外

"啥?你……你再说一遍!"接到父亲的电话,高永德心想又打电话来要钱了,可老父亲在电话那边痛苦不止,嗓子嘶哑得有些听不清楚。

老人断断续续地又说了一遍:"明明……明明被……被警察抓走了!"说完,高老汉就开始号啕大哭起来,悲痛交加……

一听父亲这话,高永德感觉浑身的血顿时涌了上来,然后直冲太阳穴,心脏瞬间紧缩了一下,感觉天旋地转,差点摔倒。十几分钟过去了,高永德一个人呆呆地瘫坐在地上,两只眼睛一动不动、直勾勾地盯着地面。

当天晚上,两口子就订好了机票,第二天下午就到达了西宁市,然后打了出租车,天黑时就到家了。一进家门,祁惠芳一把紧紧抱住女儿就痛哭起来,高永德父子俩也流起了眼泪。在这两年里,他们通过手机视频聊天,也渴望和幻想着一家人团聚的时刻,没想到却是这样的境况。

天蒙蒙亮了,公鸡打了鸣,东山上泛起了鱼肚白。两口子早饭都没吃就去了看守所。已经播种的土地,还有路边的树木,都张着嘴等待着雨露的滋润。望着窗外熟悉又有点陌生的村庄,心里想着即将看到的儿子,他们二人惶恐莫名。须臾,汽车慢慢减速缓缓停了下来,左边"湟水县第一看守所"几个大字映入眼帘。二人刚下车就打了个寒战,初暖乍寒的家乡仿佛在问候着他俩。

两口子相互看了看,在工作人员的指引下来到了2号探视厅,按条例拘留期间是不能探视的，但考虑到是个16岁的少年和学校的请求才破了条例，就在他俩刚坐下没一会儿，一个工作人员就带着高志明出来了。看到儿子，高永德和祁惠芳悲喜交加，鼻子一酸眼泪涌了出来。高永德攥紧拳头咬牙切齿，想进去好好教训儿子一顿，一副恨铁不成钢的样子。祁惠芳两只手从空档伸进去，流着泪一遍遍叫着儿子的小名，想抱抱自己的宝贝儿子再亲亲他，可冰冷的铁窗把母子隔在了两个世界。

两年不见，没想到儿子已经长这么大了。今天，他剃着光头穿着黄色的马甲，面无表情，刚才走进来时踉踉跄跄，像是一个老人一样。看着铁窗里的儿子，两口子的眼泪河水般不停流淌着。

祁惠芳勉强挤出一丝笑容，抽噎着说："明明，我们是爸爸妈妈呀，你不认识了吗？"见儿子坐下后一直没看他俩，半天了没有叫他们一声爸爸妈妈，低着头一句话也没有说，让两口子大为不解。

听到爸爸妈妈这四个字，高志明明显被触动了一下，他嘴唇微微颤抖了几下，用力咽了一口唾沫说："哼！爸爸……妈妈……我有吗？"他故意冷笑了一下，摆出一副痞子的样子反问道。听了这话，两口子心里顿时倏然一惊，拧紧了眉头。二人的眼里布满了血丝，脸上挂着疲劳的神情，显然几天几夜没睡觉，短短两日，好像变老了一些。

祁惠芳凑近铁窗，皱起眉头仔细看了看儿子，问："明明，你……你这是咋了，怎么连爸爸妈妈都不认识了？他们是不是打你了？你说，我们这就去找他们算账！"祁惠芳以为儿子在里面被打了，愤愤地说道。

高志明把头扭向一边，嬉皮笑脸地说："你们是谁？我不认识，滚回去吧！"一听这话，两口子惊呆了，他们不敢相信自己听到的，不由得打了个寒战，张着嘴直盯着儿子看，感觉他陌生到了极点。

祁惠芳心如刀绞，眉头拧得更紧了，两只眼睛里满是眼泪，由红变紫的嘴唇颤抖着，急切地问："明……明明！你……你这是咋了？你看看我，我是妈妈呀！"她一边说一边使劲伸着两只手，想抓住儿子的双手好好看看和问问他，可高志明的脸上却毫无表情，一副疲惫不堪的样子。

见媳妇如此激动，高永德一把抓在铁窗上，怒火中烧道："畜生！你不懂礼貌也就算了，连自己的爸爸妈妈都不认了吗？"若不是隔着铁窗，他真想把这个逆子好好修理一顿，让他知道知道如何尊重长辈。

父母在铁窗外撕心裂肺，高志明却无动于衷："我没有爸爸妈妈！准确地说，应该是他们不要我了。所以我不是你们的儿子，我也没有你们这么狠心的爸妈！"说着，他转过头咬牙怒目瞪着他们，龇着牙，眼里充满了敌意。见此，高永德和祁惠芳瞬间傻了眼，两口子面面相觑心都要碎了。他们脸色铁青，两只耳朵里嗡嗡直响，半天时间没说出来一句话。他们万万没想到，自己的儿子竟然不认他们了，这让两口子比失去什么都要痛心。这一刻，他俩的心碎成了饺子馅，感觉在不停地滴血……

高永德气得肺都快炸了，指着儿子的鼻子大声骂道："畜生！畜生！畜生！"他被气蒙了，声音控制不住地颤抖着，除了骂一时间不知道说什么。

祁惠芳回过头来，仔仔细细看了看自己的儿子，然后凝视着他问："明明，你咋不认我们呢？你可是我们的亲骨肉呀！你……你咋变成这样了？"她嘴唇颤抖得很厉害，眼泪如趵突泉的水止不住往外涌。

高志明眼睛里闪烁着泪花："没错，我就是个畜生，是你们两个生出来的畜生！"他看着自己的爸爸妈妈如此伤心好像很开心，怪异地笑了笑。"哈哈哈……现在你们后悔了吧，后悔生下我这个畜生了吧？"他执拗地看着他们，脸上写满了对他们的怨恨。

"是啊！我们后悔了，早知道我就把你给活活掐死，免得让你给我们丢人现眼，也免得被你活活给气死！"说着，高永德两手狠狠抓住铁窗，咬牙切齿，情绪有些失控了。

"晚了，你们现在后悔有个屁用！现在知道我给你们丢人现眼了，你们想救我出去好好教育是吗？早干嘛去了？生下了我，却不管我，还不如当初一屁股压死我呢！"听了这些，祁惠芳的心感觉心如刀割，双腿一软瘫坐在了凳子上。

高永德悲痛不已，拍着自己的大腿，说："老天爷啊！我咋生了这么个畜生？我俩上辈子造了啥孽呀！要这么惩罚我们？我真想不通，把你送到学校是盼着你出人头地，能给我们高家光宗耀祖的，可你……可你却变成了一个盗窃犯！"

小时候，给儿子取名叫高志明，就是希望他能志存高远，能有一个光明的锦绣前程。山沟沟里穷，除了种庄稼几乎没有什么收入，两口子望子成龙，不希望下一代还跟他们一样。因此，他俩才撇家舍业到广州去打工了，家里的十几亩地有的荒了，有的给了别人种。为了能让儿子和女儿有个美好的未来，他俩起早贪黑加班加点天天省吃俭用，为了省钱两年才回一趟家，累死累活就盼着一双儿女能争气。可没想到却变成了这样，高永德确实想不通，一个好好的娃咋就变成了这样。骤然间，他觉得他俩这些年白辛苦了，没日没夜的奋斗没有一点意义，让他们又寒心，又痛心，又悔恨，泪眼婆娑，肠子都悔青了。

"哼！现在想起来是爸爸妈妈了？现在知道来管我、教育我了？你们不觉得已经太晚了吗？还有脸说是我的爸爸和妈妈，你们也不想想自己配不配！"高志明抹了一把泪，右嘴角一撇冷笑了一声。"说我是盗窃犯，可你知道我这个盗窃犯是谁造就的吗？我走到今天这一步，其实全是你们的责任。所以，我没有你们这样的爸爸妈妈！"

两口子目瞪口呆凝视着儿子心如刀绞，高志明怒目看着自己的爸爸妈妈。一时间，一种凝重而冰冷的空气让人窒息。看到妈妈泪光盈然，一副肝肠寸断的样子，看到爸爸神情呆滞，一副悲痛欲绝的样子，高志明的心里特别不是滋味。他知道话说得有些严重了，可此时此刻他就想说这些，说出自己的心里话。

高志明流着泪站了起来，转过身仰起头对着天花板，闭上眼睛深深地吸了口气，嘴唇簌簌地哆嗦着说："好了，以后……以后不要再来了，我恨你们！"说完，他一胳膊拭去脸上的泪水，迈着大步匆匆走了进去。

看着儿子走进去，两口子这才回过神来，他俩站起来隔着铁窗看着儿子的身影，冰冷的铁窗把他们隔在了两个世界，彻骨的绝望仿佛使他们的血液都凝固了，一声声大叫着儿子的小名：

"明明……""明明……"听到这些，高志明流下了两串眼泪，父母的一声声喊叫把他的心撕碎了。

往外走去，两口子感觉双脚如拖了一个巨大的铁球，每一步都必须竭尽全力才能迈出去，眼泪和鼻涕更是随着脚步洒了一路。走出看守所，两口子彼此相望的一瞬，抱在一起失声大哭起来，哭得天昏地暗、伤心欲绝。天空中阴霾密布，瑟瑟的春风中夹杂着一丝寒凉，吹起街边的黄叶和废纸，给岑寂的看守所平添了一份凄伤。

回到家里，高永德和祁惠芳失魂落魄地坐在沙发上，不吃不喝双眼直勾勾盯着地板砖，脑海中一直回响着儿子今天的话，一次又一次问自己：是啊，我们这样配当他的父母吗？难道真是我们害了儿子吗？

五、无声的关爱

太阳懒洋洋地从东边的山上升起，小鸟们在枝头上跳来跳去，喋喋不休，大地又迎来了崭新的一天。

安然抬着一捆书走进了教室，同学们像往日一样向她问好、行礼，接下来就要开始上课了。今天的安然，衣着靓丽，粉色翠花裙，脚踩一双红色高跟鞋，身上散发着阵阵幽香。看到老师抬着一捆书，大家都感动不已……

安然看上去心情很好，一脸灿烂的笑容快要把他们给融化了。自当上教师以来，安然每节课上都面带微笑，从不带着情绪上课。同学们虽早已习惯了她的微笑，可今天她却显得格外高兴。上课前，安然让学习委员带着海娃,聂小波和段国龙去办公室抬书,说昨天她去省城给他们买了练习册和辅导资料。同学们听了一个个都有些惊讶,不知道买书的事。没一会儿,海娃他们四个就回来了,每人抬着一捆很沉的书,又让他们把书发给大家。语文、数学、英语一人一本……

原来,昨天周末,周宇开车带着安然、温昕、江海涛、康瑞四人一起去了省城。一路上,他们几个人有说有笑,不知不觉就到了西宁。他们四人先是光顾了几家书店,安然直到中午才把书买齐。见她自费给学生们买这么多书,他们都被安然感动了。走在街上,一个身穿红马甲,面带微笑的小朋友向她们跑来,说:"三位姐姐,我是'春之语'志愿者服务社的志愿者,我们正在为白血病患者李芳募捐善款,希望你们也能献出一份爱心,谢谢!"说完,他递过来三张宣传单,然后鞠了一躬。

安然一看,宣传单上介绍一个患了白血病的十岁女孩在向社会求助。安然拿出钱包掏出了仅剩的85元钱,想都没想就全部捐了出去。然后回过头来,对温昕和康瑞说:"亲爱的两位大靓女,你俩也献一份爱心吧?你们看这个小女孩多可怜呀!咱们就力所能及地帮她一下吧。"眼睛里露出同情和怜悯。"好好好!我亲爱的安然同志,你都献了我们能不献吗?"说完,温昕也从包里拿出钱包,然后掏出100元慷慨地捐了出去。"现在满意了吧?我也有爱心,而且一点儿也不比你小吧?"说完,笑着瞪了安然一眼,康瑞也大大方方捐了100元。

见她们三个如此有爱心,旁边一个志愿者上前谢道:"谢谢三位!谢谢你们的爱心。"此人看着四十岁左右的样子,剑眉如飞、双目炯炯、高挺的鼻梁、薄薄的嘴唇、乌黑的短发。原来他是这个志愿者服务社的社长,姓晁。怪不得浑身上下都透着一股正气!随后温昕也简单地介绍了她们三人。一听她们都是人民教师,其中两个还是从上海来支教的,姓晁的社长就更加热情和亲切了。几个人一边喝饮料,一边聊支教和社会公益事业,最后在社长的鼓动下,她们三人满怀信心地加入了"春之语"志愿者服务社,做了一名普通而光荣的志愿者。

从去年冬天开始，安然就开始节衣缩食，不再像以前那样大手大脚乱花钱了，为的就是给学生们买书或学习用具，她知道钱就应该花在最需要的地方才能体现出它的价值。刚开始，温昕还以为安然是变得抠了，一连好几次她看到安然给学生们买书买文具，温昕这才明白她为什么会这样。

温昕最初还劝过安然，不要再为非亲非故的人献爱心了，毕竟来做支教本身就有奉献精神，更何况支教老师也没有工资，只有一点生活补贴。安然却说："虽然我每个月的生活补贴是不多，入不敷出还要花父母的钱，这确实很不应该。可我不能看着自己的学生感冒了连药都买不起，不能看着他们寒冬腊月里还穿着单鞋和薄衣服，甚至连双御寒的手套都没有，而自己却每天穿名牌、买这买那赶时髦。我觉得每个月少花几百块钱没什么，可这几百块钱能让多少孩子感受到温暖。给他们买几本辅导书没多少钱，可这将有可能会改变孩子们的一生，说不准下一个'钱学森'或'华罗庚'就在他们当中。"

安然这番话让温昕和江海涛听得无地自容了。也是从那一天起，温昕也不再像以前那样花钱大手大脚了，衣服和化妆品能凑合的就凑合、能省则省，把省下来的钱用在自己的学生们身上。

学校里的老师们慢慢发现，安然老师身上可学的东西越来越多，她不仅关心学生们的学习，还从生活和精神上关心着自己的学生。

她无时无刻不在关心海娃、何淼、聂小波，还有牛犇、蔡佳琪、李襄、段国龙等人的成长。对安然来说，全班60个孩子既是她的学生也是她的弟弟和妹妹，每一个都需要她去关爱。因为在她看来，这就是她作为老师，尤其是班主任的责任。她真的不想虚度自己的青春，更不想让自己将来后悔。既然选择来这里支教，那就得对得起自己的青春，对得起时代的召唤，更要对得起那一双双渴望知识的眼睛。她发自内心喜欢这群可爱的山里娃，甘愿为他们付出。

琅琅读书声，暖暖师生情。窗外花园里的花骨朵们含苞待放，园丁看着它们露出了灿烂的笑容……

六、运动会

4月27日，一个激动人心的日子。今天学校开运动会。同学们脸上洋溢着灿烂而甜蜜的微笑，跟这满园的碧桃花和丁香花争相辉映。满园的鸟语花香，满园的欢声笑语，万物迸发着无穷的激情和活力，也让满园的学生们充满了活力，把这个清晨装点得生机盎然……

"各位老师，同学们：大家好！冬去春来，万物复苏。今天，在这阳光明媚令人欢快的日子里，我们迎来了英秀镇中心学校春季运动会的胜利召开！"瞬间，一阵雷鸣般的掌声响起。

随着张副校长一声令下，运动会在欢快的乐曲声中正式开始了，学生们一个个都热血沸腾。

五年级（1）班的学生排好队准备进场。"丁福海你一定要把牌子举好，聂小波你必须带着同学们把口令喊整齐、喊响亮了！大家切记，进场时一定要昂首挺胸，千万不要乱了队形……"安然给同学们做最后叮嘱。

在欢快的《运动员进行曲》中，首先进场的是学校的国旗护卫队，他们昂首挺胸，表情严肃。鼓手们把吊鼓绳套在脖子上，一个个都戴着雪白手套，神情激动。号手们两个腮帮子鼓鼓的，整齐地吹着有节奏的号。随着旗手的指挥，大鼓、小鼓、小号等接二连三响了起来："嘭嘭嘭……嘭嘭嘭……嘭嘭嘭……嘭嘭……"

"大家请看，第一个进入我们视线的是一年级（1）班的同学。他们在班长的带领下迈着整齐的步伐进场了！"听到讲解员在高音喇叭里的介绍，再看到操场里已经等待观看的家长们后，同学们一下子就紧张了。

刚进操场，同学们就按照排练右转进入了各自的跑道，随着一声哨令就大声喊道："运动运动、我爱运动；锻炼身体、建设祖国。"看着他们的队形，听着他们班的口号，主席台上的评委们都笑了起来。全校 18 个班级中，一年级的学生是最可爱的，软萌萌得让人异常欢喜。

不同的班级，同样的激情。其他班级按照前后顺序依次进场。等到五年级（1）班的同学退场下来后，大家都长长地松了口气，每个人的脸上洋溢着欢快和幸福。按照往届的惯例，接下来是体操或锅庄舞表演，这是各年级、各班之间集体智慧的比拼。因此，每个班主任都对这个表演格外地上心，每个班从一个月前就开始训练了。而对同学们来说，这次表演是他们本学年难得、最幸福的高光时刻。大家都愿意通过刻苦训练，把握好这次比赛。

很快又到了五年级（1）班，在轻松自然的气氛中，安然目送着同学们上了场。在聂小波的指挥哨下，学生们前后散开，左右拉开距离，整整齐齐地排队等候音乐响起。

随着悦耳的藏歌声响起，同学们如一只只翩翩起舞的蝴蝶一样，自然大方，每一个动作都很到位。让人们看了禁不住连连鼓掌。听到掌声，同学们一个个就知道他们赢得了大家的好评，心想这次锅庄舞比赛圆满成功。

锅庄舞表演结束后，各项赛事就拉开了帷幕，同学们抬着凳子围坐在操场四周观看比赛。由这些喜欢运动的中小学生组成的运动健儿们在赛场上无不展现着风采，而台下的观众则在欢腾的赛场上，助威呐喊，欢呼雀跃……

"老土了吧？这不是一般的球鞋，这可是'耐克'，你们懂吗？是我爸爸从西宁市专卖店给我买的,说是花了好几百块呢！"牛犇穿着一双"耐克"鞋，一边吃着冰激凌，一边满脸得意地炫耀着。

蔡佳琪雪净的脸上闪过一丝揶揄的笑容，嘴里嚼着口香糖抬起右脚道："别以为就你穿的是名牌，我这'特步'也是名牌，而且比你的'耐克'还要贵呢！"她乌黑的头上别着一对粉红色的蝴蝶发卡，头一动发卡就翩翩起舞，眼睛里闪耀着优越的光芒。

听到他俩炫耀各自的球鞋，两边的同学们有些反感，李襄鄙视地瞪了他俩一眼。在班里，蔡佳琪和李襄家的家庭条件当属最好，她们两家在商业街有自己的店铺，并且生意做得相当红火，牛犇家虽然比不上她们两家，可在九泉村那也是首屈一指的，而且他爸爸特别喜欢炫耀。

何淼抿了口雪糕，对身旁的李襄说："我俩写一篇稿子吧，多多少少能给班里加点分，哪怕是一分也好嘛！"她穿着一双崭新的回力球鞋，由于鞋子有些大，故紧紧地系住鞋带，一件旧白衬衣，裹在她瘦小的身上，显得有些突兀。

"好啊！我也正有此意呢。我们吃完雪糕就写，而且还要写两篇才行，尽可能多挣几分！"说着李襄冲何淼甜甜地笑了，随即两个人商量着要写点什么。

稿子送上去很久都没有播出来，蔡佳琪打开酸奶仰头喝了一小口，然后拿出纸巾轻轻擦了擦嘴唇，摆出一副金丝雀的样子说："就你们那点儿墨水，在我们班里还勉强过得去，但送上去会让评委们笑掉大牙的！"听她这么说李襄很不高兴，想过去和她辩论一番却被何淼拉住了。听到高音喇叭里读起了李襄和何淼的文稿，蔡佳琪气咻咻地噘着嘴，有些不服气。

就在这时，随着发令枪响，几个运动员瞬间跑了起来。海娃如踩了风火轮一样，没几秒就把几个对手甩到了后面，同学们站起来大声喊加油，海娃感觉浑身都是劲，所以跑得更快了。

不一会儿，海娃不负众望，第一个冲刺过线。见他夺了第一名，聂小波拿着饮料春风般迎了上去，紧紧拥抱后给他喝了几口饮料，一只手搭在海娃的肩上说着什么，两张小脸宛如两朵向日葵。

下午，在小学男子组 200 米的决赛中，聂小波一马当先，顺利拿下第一，随后他又在跳远比赛中夺冠。见此，牛犇就有些失落了，他也想着当一回冠军，可自己这加菲猫般的身材想要夺冠，只能是幻想。

在 4 乘 100 米接力赛上，看着海娃、段国龙、蒲生斌、聂小波他们为了集体荣誉使出洪荒之力，安然看着自己的学生不甘落后、顽强拼搏的精神，望着他们一次又一次上台领奖，并且以优异的成绩赢得年级第一名的那一刻，安然忍不住哭得稀里哗啦……

七、花开两样

随着一阵急促的闹铃声响起，何淼强迫自己睁开了惺忪的双眼，随即穿好衣服下了床。

简单洗了把脸后就匆匆进了厨房，打开水龙头接了水就开始做早饭。在灶膛里点上火，一股浓烟扑到脸上，把她熏的两眼直冒泪水。拉了一把风箱，灶膛里"轰"的一声后，一股火焰冲了出来，瞬间把她的小脸映得通红通红的，煨了一把干柴，何淼接了水便开始清洗土豆，没一会儿，她就甩了甩手上的水又煨了一把麦草，紧接着，她往锅里倒好清油就开始切土豆，没一会儿，锅里的油沸腾了，土豆也切好了，她把提前备好的肉片、蒜苗、青椒丝和一些调料一起入锅，拿起锅铲合着土豆片就开始翻炒……

院子里炊烟袅袅，何淼端了洗脸水就开始给妈妈洗漱，然后拉着妹妹跑进厨房开始吃饭。姐妹两个狼吞虎咽，各吃了一碗土豆片，吃得津津有味儿。随后，何淼把一大碗土豆片端到妈妈眼前，又把暖瓶和妈妈的药放在炕桌上，背上两个书包拉着妹妹就去上学了。

别看何淼有条不紊，像个成年人似的把日常生活打理得井然有序，要知道她之前学做饭可吃了不少苦，好几次她不慎切破了手指头，疼得眼泪汪汪。妈妈不能下炕，妹妹连最起码的穿衣服、梳头都不会，爸爸走后，做饭只能是她了。

还没到七点半，同学们已经在教室里上早自习了，大家跟着蔡佳琪朗读英语课文，一个个都十分认真。这段时间，何淼基本上总是最后一个到，天气不好时还会迟到几分钟，而老师和同学们都理解她。大家知道她家的事，也知道她现在是家里的顶梁柱，所以迟到几分钟都不会说啥。

今天早上何淼又迟到了，见她早自习快上完了才进来，蔡佳琪仰了仰脖子阴阳怪气地说："以后早自习不能迟到啊！不然会影响同学们朗读的……"她仗着英语学习委员的身份这么说，说完狠狠地瞅了何淼一眼。

全班同学，只有何淼和蔡佳琪英语最好，所以学习委员就在她们二人中产生。大多数同学选了何淼，可英语老师李雅萍考虑到她家里出了事，每天早上来学校比较晚一些，所以就让蔡佳琪做了学习委员。在老师的安排下，蔡佳琪每天英语课前的自习课上，都带着同学们一遍遍朗读单词和课文，有谁不认真就批评几句，同学们则骂她拿着鸡毛当令箭。

柳文君听了蔡佳琪的话，提高眉毛看了一眼何淼后，轻蔑地嗤了一下鼻子，冷冷地说："你看，她穿的是什么呀？真够老土的！竟然还没穿校服！"说完，转过来和蔡佳琪说说笑笑，一副幸灾乐祸的样子。

听了柳文君的话蔡佳琪似乎很高兴，阴阳怪气地说道："是啊，这都啥年代了，有人居然还敢穿成这样，真是让我们大开眼界啊！还有，不穿校服可是要扣学分的哦！"说着，她撇着嘴狠狠鄙视了何淼一眼，流露出十分明显的讥笑神情，然后又转身把眼光投向了班长。

听到她俩的话，何淼心里咯噔了一下，这才恍然大悟，发现自己走得匆忙，忘了换上校服。看着自己皱巴巴的衣服，她自己都觉得非常别扭，脸上一阵烧烫后就变红了。突然间，她心里莫名地升起一股委屈，有一种想哭的冲动，真想跑出去找个没人的角落痛痛快快地大哭一场。

学校有规定，在班里不穿校服是要被扣除班级分数的。同学们见她没穿校服，都觉得她要被老师批评了。上课铃响了，蔡佳琪和柳文君等着看李老师批评何淼，可李雅萍就像什么事儿都没发生一样，这让她们两个人有些失望。平日里李雅萍很是严厉，今天怎么就保持沉默了呢，难道是因为她不是五年级（1）班班主任的缘故？这让蔡佳琪和柳文君大失所望。

课间操回来后，蔡佳琪和柳文君坐在一起，夹枪带棒地说："哎呀，人长得好看就是不一样，老师们也会另眼相看。我以为李老师最公平了，没想到她也徇私枉法，看来我们以后不用穿校服了，想穿戴啥就穿戴啥。"说着，蔡佳琪狠狠瞅了何淼一眼。

李襄看到她俩沆瀣一气欺负何淼便不答应了："我说你们两个，大家都是同学又是朋友，你俩有必要这么损她吗？何淼没穿校服怎么了？即便她的穿戴不如你俩，可我们看着她就是好，不仅学习好而且人更好，哪像你们这样！"

之前，她们四个在班里关系是最好的，无论是吃饭还是学习，她们一天到晚形影不离，就连上厕所都要一起。可从半个月前，不知道为什么她们就开始慢慢疏远，蔡佳琪和柳文君经常在一起窃窃私语，好像有意在躲着何淼和李襄，再到后面就直接不跟她俩说话也不和她俩玩了。

最近几天，她们总是找何淼的麻烦，想让她出丑，这让李襄看不下去了。"我就想不明白了，何淼到底哪里惹着你们了，让你俩这样对她？"李襄义愤填膺，恨不得上去给她俩两巴掌。

见李襄给何淼出头，蔡佳琪如弹簧般噌一下站起来，阴阳怪气地说："我们又没说你，你急个啥呀？她又不是你的啥人！说完，一脸很不高兴的样子。

"你们是没说我，可你们说我的朋友了，就是不行！"李襄怒不可遏。"何淼是我啥人，这话亏你也说得出口，亏我俩还拿你当朋友。"听了李襄的话，蔡佳琪脸上不由火辣辣的。

见她俩都火了，何淼立即站起来劝道："好了好了，我们都是好朋友，干嘛要这样？从头到尾，都是我一个人的错，你俩就消消气吧！我……"

何淼还没有说完，蔡佳琪就两眼冒火，恨不得将她一口生吞了："你给我闭嘴！少在这儿充好人了，谁跟你是朋友？别自作多情了，我才不会跟你这种人做朋友，以后少跟我们套近乎。"听了她的话，何淼心里一阵酸痛，大滴的泪珠滚出眼窝。

李襄气得直咬牙,"想到你竟然是这样的人,狗一样说翻脸就翻脸!"骂完,她狠狠地瞅了蔡佳琪一眼。

看着她们唇枪舌剑,柳文君低下头,缩着脖子,心里猛然涌起一种说不上来的滋味。昔日的闺蜜反目成仇了,她也不想这样。以前她们亲密得就像是亲生姐妹一样,没想到这一转眼就成了仇人。

蔡佳琪哭得就像是受了天大的委屈似的,撇着嘴说:"你俩合伙欺负我,居然还有脸骂我,见我一个人好欺负是吧?绝交,我要跟你们绝交。"蔡佳琪语速很快,一口气机关枪似的"突突突"骂个不停,而且声音越来越大。同学们都知道,蔡佳琪的嘴是班里的肉喇叭,平日里小嘴总是说个不停。

听着蔡佳琪骂,李襄迅速回击,然后似笑非笑地说:"噢,我明白你为啥这样了,原来你是嫉妒何淼了!"听了这话,同学们这才如梦方醒,随即把目光投向了蔡佳琪。

李襄一语中的,蔡佳琪如触了电般浑身一哆嗦,脑袋里嗡一声感觉全身都没了知觉。她半张着嘴愣住了,看了看同学们不知道该说什么。看到她的表情和反应,大家就知道李襄没有说错,想想蔡佳琪这段时间的表现,还真是嫉妒使然。

"你……你放屁!我会嫉妒她?真是笑掉大牙了!她有啥好嫉妒的?难道我嫉妒她有个瘫痪的妈妈,还有一个抛弃她们一家的爸爸吗?"

听她这么说,何淼心里一阵绞痛,流出了眼泪,而蔡佳琪的眼神中却充满了胜利的得意。柳文君听到蔡佳琪的话后不禁打了个寒战,抬头看着蔡佳琪,感觉后背凉飕飕的。

就在这时,上课铃声响了。这节课是思想品德课,王老师讲得十分投入,可同学们似乎没有一个人在听,一个个都想着刚才发生的事。他们看看趴在课桌上的蔡佳琪,又看看一旁可怜兮兮的何淼,心里想蔡佳琪说的是真的吗？如果是真的，那何淼也太惨了吧……

这几年来，蔡佳琪因为家庭条件好，学习成绩不错而被父母宠溺着，这让她一直有一种优越感。可就从这学期开始，眼看何淼的学习成绩一天天地超过了她，这让她有了一种危机感。嫉妒就像一头怪物，控制了她的心神。所以，她慢慢就疏远了何淼和李襄，而且每天找何淼的茬想让她出丑。今天，她本想让何淼好好出个洋相，没想到李老师们偏袒她，而且同学们也护着她。她本来不想在同学们面前说何淼父母的事情，可她还是没忍住说出来了。她趴在课桌上流着眼泪，侧着脸望着窗外的蓝天，眼泪从一只眼睛里流下来，又流到了另一只眼睛里，眼前的世界渐渐模糊了起来。

八、勇者不惧

星期天早上，安然背着背包和海娃、聂小波出发了，师生三人准备去郊游，新奇而惊心动魄的一天就此开始。

今天，他们要去镇里的九泉村，九泉村因山里有九眼清泉而得名，九泉村有一座青龙山，因风光秀美而在当地扬名。安然心血来潮想去青龙山转转，领略一下青龙山的风光，可聂小波说那里有两只"虎"凶得要命，吓得她以为这小山里还真有吃人的老虎。原来，聂小波所谓的两只"虎"指的是九泉村的村民，即陈金虎和陈银虎俩兄弟。安然本以为他们在山里搞旅游开发，可聂小波却说他们是在那里捕猎野生动物，尤其是靠以捕猎奇珍异鸟来发家致富，安然义愤填膺，直恨得咬牙切齿。

安然上次去市里，路过花鸟鱼虫市场就看到有人在卖鸟。近百只百灵鸟和画眉被关在几个铁笼子里，一只只惊慌失措的，一点都不欢快。卖鸟的人没说那些鸟是从哪里来的，可谁不知道这些鸟都是外面的山林里捕来的呢，安然决心上山看看，温昕劝她别再找罪受，海娃和聂小波也劝她别去冒险，可她非要去那里看看不可。

一路上，他们三个有说有笑，边走边看。在聂小波的指点下，安然开始学着打弹弓，她一边有模有样打着弹弓，一边劝聂小波他们以后不要打鸟，要敬畏生命，保护野生动物。初八吐着舌头跑前跑后，今天它的脖子上多了一个铃铛，因此跑几下就能听到它在哪里，小家伙也似乎比平日里更加活跃。

一个小时后，他们四个就来到了青龙山口，平日里从学校看青龙山，觉得近在它咫尺又不怎么高，没想到今天竟然走了整整一个小时，而且到了山脚下只能仰望。稍做小憩，喝着饮料看着青龙山安然有些激动，恨不得一口气就爬上去一览众山小。进了山口，一条清澈见底的小河出现在眼前，两边是大大小小的青石，几朵粉红色的野花点缀在河两岸。慢慢走进去，河流变得越来越窄，可美景却越来越多。空气中弥漫着泥土和青草的芳香。

放眼望去，在草滩之上点缀着蓝雾一般的莲花，在柔韧淡绿的麻剑叶中静悄悄地开放了，安然惊喜不已，俯下身子仔细看去，马莲花的芬芳清幽淡雅，那股似有若无素雅的芬芳让她想到了兰花不俗的禀赋。她摘了一朵，深深地闻了一口，那馥郁的花香沁入心脾，然后她把花插到头上冲他们笑了笑，高兴地就跟个小姑娘一样。海娃摘了一片亮晶晶的树叶，用双唇夹着，吹出一些唧唧啾啾的怪声。随后用野草给老师编了一只蚂蚱，小巧玲珑，十分可爱。安然当宝贝把"蚂蚱"捧在了手里，赞不绝口，还说要好好保护它。

在河的一旁，有十几方大石头堆在那里，石碓下面清澈的水不断流出来。聂小波说那是一个泉，是青龙山九泉中的一个，那些石头下面就是泉眼，人们用这种方法把泉眼保护起来。安然走过去，围着石头转了一圈，感觉很神秘，然后蹲在溪边捧起泉水喝了下去。顷刻间，清纯甘洌的泉水让她凉到了心里。见安然喝水，而且还一副非常享受的样子，初八随即摇着尾巴跑了过来，仰头看着她像是也想来一口似的。

在海娃和聂小波的带领下，安然手脚并用开始爬山，想上去看看不一样的风。安然长这么大还是第一次爬这么高的山，望着青龙山，真不知道能不能爬上去。

"老师，注意脚下！"聂小波见安然踩在一块快要从山体脱落的岩石上了，海娃立马伸手将安然拉了过来。这一举动让安然觉得倍加温暖。

经过一小时二十分钟的努力，在海娃和聂小波的帮助下，安然终于征服了青龙山，登上了山顶。三个人坐在山顶气喘吁吁，脸红得就像熟透了的樱桃，可他们欢快得就像三岁的孩子，初八吐着红红的舌头围着他们转来转去。

坐在山顶，迎着凉风，喝着矿泉水，望着山下的无限风光，安然激动不已，觉得山下的村庄都变小了。杜甫的"会当凌绝顶，一览众山小"原来就是眼前的这种情景，安然感觉妙不可言，这就是登山的魅力。正午的阳光有些刺眼，安然把手遮在额上，欣赏着乡村的风光，一切尽收眼底。海到尽头天作岸，山登绝顶人为峰。这一刻，站在山顶上，安然感到特别骄傲，因为她挑战了自己的极限，更因为自己变成了山的峰。

海娃看着安老师，心里暗自佩服。在此之前他们还打赌，都赌安然老师爬不上去青龙山，聂小波认为安然老师一过马莲滩就得返回；而海娃觉得安老师会在走到半山坡的时候才选择放弃，并且以一包辣条和一瓶可乐为赌约。安然听过后嬉笑着说回去让温昕和江海涛好好请他们吃顿饭。

随后，聂小波开始带着安然和海娃找二虎布下的猎网，仔仔细细如扫雷般不放过任何地方，聂小波不到十分钟就发现了三副捕猎的扣子，其中一副上还套了一只兔子，正在悲痛挣扎，初八先跑上前去摇着尾巴叫唤起来。

安然过来看到这只可怜的兔子，不由想起了自己小时候养过的那只小白兔，见它在那里垂死挣扎，立刻就让海娃解开扣子把它放跑了。看着兔子闪电般跑去，初八追了一段没追上就回来了，一脸疑惑地看着他们。随后，他们在一处山梁上发现了一张大网，这网足有三四十米长，三米多高，用一些竹竿支着。上前一看，有十几只麻雀和两只百灵鸟已被网住，它们一声声哀叫着，仿佛在哭泣，其中有几只已经死了，一动不动，而剩下的一只只耷拉着脑袋，也不扑棱，宛如是在闭眼沉睡。

见它们倒挂在网上，安然双眼噙满泪花心疼不已，随即上前一只只解救它们。安然解下一只，用手轻轻地抚摸不停，仿佛是一个疼爱孩子的慈母。看着鸟儿们，尤其是那几只奄奄一息的，她眼眶中竟闪烁起了泪花，这让海娃他们看了有些心酸。仅仅几分钟时间，四个人就把网上所有的鸟儿们都解救了下来，除了受伤的三只麻雀和奄奄一息的几只外，其他的都放飞了。聂小波说今天的这些还算是少的，多的时候一网能捕到上百只麻雀、喜鹊、斑鸠、大鸨、班雀、百灵鸟，还有一些是他叫不上名的。

以前，聂小波时不时就会来青龙山，有时候逃学就来这里跟着"二虎"捕鸟，所以他自然就清楚二虎张的网在哪里。名贵的鸟自然是拿去卖了，而受伤的和卖不了钱的就烤了吃，死的统统扔进火堆里烧了。听了聂小波的讲述，安然即惊讶又愤怒，开始声色俱厉地教训聂小波，让他以后跟"二虎"撇清关系，不能再帮他们伤害小鸟。接着又说："烤野味一方面会引发山火，另一方面还会传染一些疾病。以后你们千万不能再烤了，不仅要懂得保护环境和珍爱动物，还要注意提高饮食安全意识。"

听了这些话，聂小波羞愧地低下了头，把老师说的话一字一句铭记在心。随即，安然用力把网拽了下来，聂小波劝老师不要这么干，说"二虎"他们可不是好惹的。可安然"哼"了一声说自己也不是吃素的，然后咬着牙继续拉扯个不停，好像跟她有深仇大恨似的。见她誓不罢休，海娃也决定上去帮她一起拽网，随后聂小波也加入了他们，三个人没一会儿就把这张大网给收了，海娃和聂小波以为老师收了网就算完了，可没想到她竟然问有没有带打火机，想要把这张网给烧了。三人害怕老师知道他们抽烟，所以异口同声说没有打火机，头摇得像拨浪鼓似的。

一听都没有带，安然就开始用力撕扯大网，可网实在太结实了，怎么都没能撕开，而她的手却出了血。见网撕不开，她卷起来要带走，不能留给"二虎"继续捕鸟。见她如此执着，聂小波只好掏出了打火机，找了一块不容易发生火灾的宽阔地，帮老师把火给点着了。安然背包里有一些废纸，在废纸的火势下，那张沾有血泪的罪恶大网很快就冒起了熊熊大火，没一会儿，一张大网就让他们给烧了。看着这熊熊火焰，安然这才露出了满意的笑脸，转过头问聂小波还有没有网，若有就干脆一并烧了。听她这么说，聂小波立即说没有了，初八仿佛听懂了似的直摇尾巴。

烧了大网，安然灭了火就带着他们下山了，一边走一边摘蕨菜，说回去就做给他们几个吃。上山时花了一个多小时，没想到下山只用了二十多分钟，他们刚到山脚下就有声音喊道："'钢蛋'（聂小波），是你们烧了我的网吧？"闻声而去，只见山头上站着一个人，看上去小小的如一颗豌豆般大。

聂小波一听声音就知道此人是陈银虎："不好，那人是陈银虎，快跑！"他话音未落，海娃脸上顿时就变了色，就像听到了凶神恶煞的名字一样，一种恐惧感瞬间涌上心头。

"你们站住，竟敢烧毁老子的网，真是吃了豹子胆，你们不想活了吗？等我追上你们，非扒了你们的皮不可！"说着，山头的陈银虎如一只老虎一跳一跃，好像三五下就能跳下山追上他们似的。初八跑在最前面。见他们两个落荒而逃，安然紧随其后也跟着跑了起来。一时间，师生三人如丢盔卸甲的逃兵，跑得一个比一个快，就差屁股后面没卷起尘土了。大约跑出二三百米后回头一看，陈银虎站在一处悬崖上面看着他们跑，见他没追上来，他们一个个停下来喘气。

"'钢蛋'，今天算你们走运，以后别让我看到你们！看到非把你们打出屎来不可，你们这些……"陈银虎的声音很大，愤怒地骂着不堪入耳的话，在山谷里形成一声声回音。

见陈银虎下不来，聂小波胆子一大回敬道："怎么了，你咋不追了呀？你不号称是英雄好汉吗？如果真是英雄好汉，那你就从上面跳下来啊，骂人算啥本事！你才是……"见小波骂起了脏话，安然虽听不清他骂了些什么，可听着很不舒服随即制止了他，还让他以后不要说脏话。

"'钢蛋'！你以为老子真追不上你们吗？你们就等着挨打吧！看我咋收拾你们这些……"陈银虎被聂小波彻底激怒了，随即绕过悬崖又追了下来。

见他大有穷追到底的架势，安然说："要是真让那家伙追上可不得了。"所以，三个人又开始如兔子般一口气跑出了山口，见陈银虎没追上来，三个人这才松了口气。

师生三人有说有笑，没一会儿，迎面驶来一辆手扶拖拉机，他们就搭了顺风车回学校了……

九、逆风飞翔

"同学们注意啊，这个勾一定要写得苍劲有力……"在五年级（1）班的教室里，王老师在教同学们写毛笔字。王老师今年53岁，是学校里书法写得最好的老师。

"你怎么还这样写，这是毛笔吗？"见牛犇还像以前一样用脱落笔尖的毛笔写，王老师瞪了他一眼夺过笔杆就一把就丢了出去。"同学们一定要有耐心，只要坚持，你们写的字就会越来越好的……"牛犇在王老师背后吐了吐舌头，然后做了个鬼脸，让看见的一些同学们偷偷笑了起来。

随着下课铃响，一天的课程也就结束了，在接下来的课外活动上都想疯玩一阵。像往日一样，大部分同学们又如潮水般涌进了操场，抢占了想要的场地后尽情玩了起来，到处嘻嘻哈哈、乐此不疲。与此同时，有一小部分同学来到了少年宫，基本上都是来这里彩排节目的……

安然特意来少年宫找胡玉鲜，想跟她再说说让丁福海参演六一儿童节节目的事。胡玉鲜是学校里最有才艺的老师，每年六一儿童节的节目都由她决定，也帮几个班主任排练节目，曾多次带学生到县里演出并获奖。今年，六一儿童节的一切事宜又由她负责，可她说什么也不让海娃登台。

一个月前，胡玉鲜让每个班都报一个节目上来，说今年的六一儿童节要好好搞。看到通知，安然第一个想到的就是海娃，心想只要海娃参演必能夺冠。海娃听了很高兴，他从来没有上台表演过节目，即便有这个资格和实力，可因为不在学校的缘故，所以一直没有展示自己的舞台。所以，海娃很想和其他同学一样，给同学们带来欢乐的同时，也给自己的童年留下美好的回忆。

和海娃商量后，安然第二天就去给海娃报名，可胡玉鲜当时就不同意，说丁福海那个样子怎么能行，而且还是一个旁听生不是正式学生，让她回去重新报个同学上来。安然听了很气愤，说丁福海虽然是旁听生但也是我们的学生，而且他多才多艺，怎么就不行？儿童节是属于所有孩子们的节日，谁也没有资格剥夺他们的权利，最重要的是不能歧视丁福海。胡玉鲜听了自然不高兴，说她受韩校长和张副校长委托办儿童节，有什么意见和不满就去找他们说。

安然想不通，胡玉鲜为何如此歧视海娃，她想找韩校长反映一下情况，可韩校长这段时间几乎天天往少管所（未成年人犯罪管教所）跑，向少管所的有关同志反映高志明的详细情况，请求他们以"治病救人"为目的对他进行管教，使他幡然醒悟、迷途知返。

安然又来找胡老师了，不管怎么样她都要争取让海娃演出。刚到门口，就见胡玉鲜正在里面排练，她板着脸十分严肃："注意脚下，保持丁字步，身体侧过来，对对对就这样走，不要慌。注意挺胸、收腹，头一定要面向正前方，必须要面带着微笑……"她双手紧紧抱在胸前，抑扬顿挫地讲个不停。

安然敲了敲门，面带微笑冲胡老师点了点头，以示礼貌。可胡玉鲜一看是安然就面无表情，把冷漠的眼睛收了过去，回过头继续喊道："慢慢走过来，把身体端起来！……收腹！收腹！我给你们说过多少遍了，怎么就记不住呢。"见一个同学有点问题，她皱了皱眉呵斥那个同学。

安然走进来听到她的话，心里知道她是在指桑骂槐，可还是面带微笑着说道："胡老师在忙呢？"

"嗯！你来了？"胡玉鲜板着脸，一脸嫌弃地看着安然。

"胡老师，明天就要演出了，丁福海排练得也差不多了，你看能不能给他一次机会？"安然态度很诚恳，不管胡什么脸色和态度，她一心只想让海娃参演。

"安老师，我跟你说过不止一遍了，丁福海不能参演。明天所有的节目都已经彩排好了，你不要再为难我了好吗？"胡玉鲜脸上掠过一丝不易觉察的嗔怒。安然不知道该说什么，只是盯着胡玉鲜愣了一会儿，满眼失望地走出了少年宫。

安然走在回去的路上，实在不知道该怎么跟海娃说。看着他每天认真的样子，安然实在不忍心浇他一盆凉水，想尽最大努力给他争取机会，没想到终究是事与愿违。

安然刚走到楼梯口，就远远看见海娃和聂小波正在打乒乓球，满脸堆满阳光般灿烂的笑容。海娃见老师走了进来，一走神球就掉了。就在他俩准备打下一局时，安然招手让海娃过来一下，随后把他带出了操场。海娃满脸喜色，等着老师通知他明天登台表演，可他发现，老师脸上挂着微笑，却又好像心事重重的样子。安然冲海娃笑了笑，然后转过脸去，扬手假装在拍苍蝇或蚊子，说："海娃，明天……明天……明天你不能上台表演了！"听了老师的话，海娃感觉头顶如炸了一个雷，半天喘不过气来。海娃了解安然，他知道老师从来不说谎，所以不会拿这事开玩笑。

海娃看着老师，用手语问："什么？老师你说什么？你……你再说一遍！"问着，他眼泪快要出来了，脸上的光彩消失殆尽。

"海娃，你没有听错，我也没有开玩笑。明天……明天你不能上台演出了！"安然看着海娃又说了一遍，放慢语速一字一句都说得真真切切。

听了这话，海娃有些着急："为什么？老师，这到底是为什么呀？"他一脸的不解，眼泪唰唰流了下来，脸上的神情十分沮丧。海娃自那天听到安然想让他登台独奏的话后，就高兴得合不拢嘴。每天早起晚睡，苦练唢呐和吉他，为的就是能够向大家证明自己。

安然不知道该怎么回答，咬了咬嘴唇说："明天的节目多了一个，所以你就不能上台了！"听了老师的话，海娃心中的一团火焰熄灭了，心凉得就像掉进了冰窟窿里一样。

安然轻轻地说："海娃，不要难过！她们不让你上台演奏，并不是认为你不行，而是你还需要更加努力。其实，人生就是最大的舞台，而你已经在舞台上了。你要牢记，战胜自己比征服他人还要艰巨和有意义。"听着老师的话，海娃似懂非懂觉得很深奥，凝视着老师的眼睛认真听着。

"不是所有奋斗都会有一个让你满意的结果，但每一个奋斗的过程都会让你变得与众不同。我们一起努力好吗？"海娃笑了笑，感觉老师就是他春天的使者，带给他无尽的温暖和希望，把'向阳而生，逆风飞翔'深深刻在了心里。

就在这时，教师宿舍楼那边有人吵得厉害，几个老师闻声匆匆赶了过去。一听是康瑞在哭，安然立即跑过去一看究竟。原来，是康瑞两口子在宿舍里吵架，准确地说应该是康瑞的丈夫黄啸天在骂康瑞。一听是他们两口子在吵架，老师们谁也没上去劝架，因为清官都难断家务事呢。

就在大家不知所措时，康瑞的弟弟康骏健步如飞跑了来，旋风般上楼后就和黄啸天干了起来。随即，几个老师也跟着上去了。见他们撕打起来，老师们这才跑上去劝架，面目狰狞的黄啸天满嘴脏话……

十、坚强的母女

放学后，同学们三三两两钻进了小卖部，攥着钱买零食解馋，算是给自己当天劳累学习的奖励。

由于经常光顾，学生们都清楚哪家铺子里有什么零食。在店主看来，这些孩子对零食的研究让他不得不佩服。很多时候，店主们都忘了把零食放哪儿了，可这些孩子们却比店主还要清楚，就跟到了他们自己家里一样。何果拉着姐姐进了一家小卖部，胖胖的店家脸上堆积着热情的笑容。何果指着货架上的怪味胡豆让姐姐给她买，但何淼口袋里没有一分钱。店主把怪味胡豆拿了过来，何果高兴地接过来宝贝般摸了摸，仰起头看了看姐姐后又放了回去。

在回家的路上，何淼给妹妹说现在家里经济困难，没有多余的钱给她买零食，让她不要眼馋，也不要跟妈妈要钱，并答应她以后有了钱天天给她买好吃的。何淼讲了一大堆，可何果一句也没有听进去，心里只想着自己的爸爸去哪儿了，为什么半年多了还不回来，要是爸爸在的话，家里就不会穷得叮当响，妈妈和姐姐就不会这么辛苦，自己也能有零食吃了。

"姐姐，爸爸真的不要我们了吗？"听妹妹突然这么问，何淼下意识停下脚步愣住了，脑子里"轰"的一声，感觉连呼吸都不会了。

何果扎着一把马尾，她圆圆的脸上那对弯月般明亮的眼睛正盯着她看。看着姐姐流出了眼泪，一副伤心难过的样子，何果心里已经有了答案。

何淼擦了一把眼泪，说："谁……谁给你说的？"

何果吸溜着清鼻涕，她的睫毛垂了下去，再抬起来的时候，两只眼里闪烁着泪光，声音微微有些哽咽："我是听村里人说的。他们说爸爸不要我们了，独自跑到别的地方去享福去了！"

"你别听他们乱嚼舌头。爸爸去给我们挣钱了，等他挣够了钱就会回来，到时候给你买一大堆零食，让你吃个够！"何淼强忍着泪水悲痛地说。

何淼虽然是第一个看到爸爸留下的纸条，可她绝不相信爸爸会如此狠心抛弃她们，期盼着爸爸有朝一日能回来。

"果果，答应姐姐，以后不要问爸爸去哪了，我给你买零食吃好吗？"一听给买零食，何果咬着下嘴唇连连点头答应了。"以后别听别人瞎说，你只要好好学习就行了。"说着，何淼流出了两串眼泪。

看到紧闭的大门，何淼就知道妈妈还没有回家。她掏出钥匙打开了门，放下书包后就钻进厨房开始忙活起来，烧水、洗菜、和面、做饭，妹妹则听着歌啃着馍帮姐姐烧火。没一会儿，天上吹起了大风，一阵紧过一阵，眼看着雨点儿就要来了，可出去摆地摊的妈妈还不见踪影，这让姐妹俩替妈妈担心起来，盼着她早一点回来。

雨说来就来，噼噼啪啪的雨声由远而近，大颗大颗的雨滴落到了地上，姐妹俩站在大门口望眼欲穿，可还是看不到妈妈的身影，急得两个人直跺脚。见雨越下越大，何淼让妹妹在家等，自己拿着雨伞跑了出去。为了贴补家用，李素琴每天都会坐着轮椅到村里旅游景区门口摆地摊，今天旅游的人比往日更多，所以她就多停留了一会儿，没想到雨说来就来了。

自从上次安然一家到访后，李素琴就振作起来了，整个人精神气也有了，对生活也就越来越有信心了。李素琴的母亲告诉她：人啊，只有享不了的福，没有受不了的罪。福大了，没有造化托不住；苦深了，有个盼头就能挺住。所以，李素琴挺住了，就算不为了自己，为了两个女儿也得挺住。

今年开学初，安然又来看望李素琴，见到她精神状态发生了极大变化，自然是喜出望外。今年，英秀镇镇政府把她们家纳入建档立卡贫困户中。除了安然父母每月还会按时捐赠之外，县残联每年还会给李素琴2400元的生活和护理补贴，但李素琴深知自己不能等、靠、要来度日，她知道幸福生活是奋斗出来的，李素琴虽然腿脚不便不能下地干活，但是她知道自己不能就此闲下来，所以才会到村头旅游景区门口摆摊。

转眼已是天黑，李素琴还没收拾好货摊，冰凉的雨水就落到身上，激得她一阵阵发冷。由于回家心切，再加上下雨路滑的原因，李素琴连人带轮椅摔到了路边的沟里。当何淼赶来时，李素琴正抱着货包第三次试图爬上来，满脸满手满身都是泥，卖剩的茶叶蛋抛了一地。看到泥泞中的妈妈，何淼顿时心疼得不得了，扔下雨伞跑过去抱着妈妈大哭了起来。在瓢泼的大雨中，何淼放声痛哭，雷鸣声和雨声淹没了恸哭声。脸上的泪水和着雨水在流，胸中积攒的压抑和心酸在哭喊中发泄出来，她不明白命运之神为何这样捉弄她们，所有压抑的情绪此刻都在这一声声的哭喊中了……

在女儿的帮助下，李素琴坐到了轮椅上。一路上，李素琴对女儿说："不要哭，安老师说泪水虽是悲痛的解药，可人生却不相信眼泪。在残酷的现实中，我们首先得学会坚强，而不幸的人更需要坚强……"她含着眼泪这么说，凄苦的微笑中带着坚毅的神情。

人活着，就要坚强。向前走，向前看，生活就这么简单，吃多少苦才能尝多少甜。不要怨天尤人，不要逃避现实和苦难，任何经历都是一笔财富。生活是一面镜子，你对它哭它就对你哭，你对它笑它就对你笑。李素琴领悟到，苦难是对人的考验和激励，是要让她变得更坚强更勇敢。

听着妈妈的话何淼止住了眼泪，她看到妈妈比以前更加坚强、更加勇敢了，虽然坐在轮椅上却没什么能让她倒下。她觉得明天和未来充满了希望……

十一、男孩本色

今天周六，当牛犇还在睡梦里畅想未来的时候，海娃早就起床了，他像往日一样看书、练唢呐、拉二胡，抓住每一分黄金时间学习。他牢牢记住了安然老师的一句话："一日之计在于晨，一年之计在于春，一生之计在于勤。"他把一个"勤"字牢牢地记在了心上。他知道，唯有勤奋，才能向阳而生，逆风飞翔。

聂小波起来没事干，听到海娃在山上拉二胡，随即就叫牛犇一起去找海娃玩。聂小波不敢走近牛犇家大门口,带着初八在一百米处放声大喊。他又吹口哨又大喊着,眼睛直直地盯着他家的门看,担心牛犇的爸爸操着刀出来。聂小波一想起他杀猪宰羊的样子就不寒而栗。牛家辉一大早就出去送肉了,家里只有牛犇和他的妈妈葛玉梅。吃过早饭,葛玉梅让牛犇在卧室里写作业,自己洗完锅就坐在沙发上看起了电视剧《宫心计》,她时而捧腹大笑,时而泪眼汪汪哭个不停……

牛犇打开书,拿着笔装作是在写作业的样子,其实是在玩游戏。听到外面传来聂小波的暗号,牛犇就坐不住了,也没心思玩游戏,仿佛被外面的声音给吸住了一样,不停地向外张望。可是牛犇清楚,快要考试了,所以妈妈才特意守着他学习,想出去玩根本不可能。窗外的口哨越来越急促了,可妈妈还坐在堂屋专心致志的看电视,牛犇的心里像被猫抓一样急,要是再不出去的话小波就走了。情急之下,牛犇灵机一动,他从窗口爬了出去,随即偷偷溜出了大门。

从巷道出来,没跑几步就上了田埂,他们的小脚在窄窄的田埂上迈得特别轻快。田埂上的蚂蚱纷纷向深草里飞溅,就像看到钟馗后逃窜的小鬼。两旁的油菜花开得金光灿灿,叫人睁不开眼,蜜蜂嗡嗡地围着油菜花转圈。初八追着两只蝴蝶,恨不得长出一对翅膀消灭掉了它们。见初八没跟上,聂小波用欢快的口哨呼唤自己的伙伴,初八一听主人的口哨就从后面飞快地跑到了小波的身边,吐着舌头满脸的舒爽。

来到山上,三个人先是玩了一阵子,然后坐在一起看《笑话大全》。他们感觉这样自由自在的日子太舒畅了。蓝天白云下,鸟儿飞来飞去,山坡上开满了各种各样的野花。没一会儿,聂小波又叠了一只纸飞机,然后放飞了出去。从山上放飞机再理想不过了,有时候纸飞机能乘风飞很远,看着纸飞机越飞越远,渐渐消失在眼前,聂小波站在山顶,呆呆地望着山外,心里又一次酸涩起来。

他两只眼睛渐渐地湿润了,随即张开双臂放声大喊:"爸爸……妈妈……

你们在哪里啊？你们到底啥时候才能回来啊？"听他这么大喊，海娃和牛犇心里很不是滋味，耳边都是山谷里响亮的回声。

随后，三个人找了块地方打起了王牌，看到两只好看的小鸟落在树上，聂小波拿出弹弓要打。放了弹子，瞄准一只小鸟用力拉满了弹弓，海娃和牛犇仰着头就等猎物掉下来了，可聂小波不知怎么了半天没有射出去。原来，他是开弓不放箭——虚张声势。海娃和牛犇感到奇怪，问他为啥不把鸟打下来，他笑了笑什么也没说，然后把弹子射向了另一方。牛犇跑去上厕所，没一会儿就哭天抹泪地过来了，一手提着裤子，一手捂着屁股。海娃和小波一头雾水，以为他被沙柳村的孩子们欺负了，可牛犇哭丧着说是马蜂叮了他的屁股，两个人笑得眼泪都出来了。

三个人一商量，决定把那边的马蜂窝给掏了，随即他们就开始行动起来。

"都准备好了吧？我要点火了！"

柴火已经堆在马蜂窝洞口下，三个少年和一窝马蜂的大战就正式开始了。火苗升了起来，空气中弥漫着一股刺鼻的味道，小波拿着一根长长的木棍从马蜂窝洞口狠狠捅了几下，然后转过身就跑。就在他幸灾乐祸时，马蜂锁定目标冲了过去。牛犇吓得脸色煞白、浑身直哆嗦，海娃和小波拿起燃烧的油毛毡开始作战，三个人一边烧一边跑又一边喊，初八也兴奋地叫个不停。骤然间，风一般扑过来的马蜂越来越多了。

"啊！我的鼻子……快跑快跑！……"小波一声令下，三个人跑得一个比一个快，初八如箭一般紧跟在小波身后。海娃一边跑，一边回头看到黑压压飞过来的马蜂，几乎一口气就跑到了山脚，三个人狼狈地瘫坐在地上。

没一会儿，他们三人的脸和胳膊都肿了起来。海娃说小波的鼻子又红又大。小波说海娃的额头上有两个疙瘩，看着好像要长出两个犄角来。扭过头来，他俩笑牛犇左边的眼睛几乎已经看不见了，脸和双手如吹了气般鼓起来了，似乎就要渗出一滴滴油来。

随后，海娃提议再战一场，把它们通通消灭掉，小波也说不能白被它们叮了,可牛犇却说逃出来已经阿弥陀佛了,别再自投罗网去招惹那些家伙了。

太阳西下了,三个"伤兵"下了山,威风得就像电影里的小马哥,初八更是昂首挺胸就像打了胜仗似的。他们的脸已经被叮得面目全非,蜂毒在他们的身体里发作,让头重脚轻的他们一阵一阵打着寒战,可一个比一个开心……

第五章
无拘无束

一、脱缰的野马

终于放暑假了,这几乎是所有学生们的共同期盼,在这段时间,他们将度过一生中最轻松、最开心,也最无拘无束的一段时光。

一连三天,牛犇基本上都是睡到中午才起,只有今天起得比较早。洗漱完准备吃早饭,见妈妈摆了几样素菜:芹菜、豆芽、菠菜、土豆丝。牛家辉让儿子多吃菠菜,说菠菜最有营养和维生素了。

"你看大力水手力气多大呀!他正是因为天天吃菠菜的结果。"牛家辉说的是他小时候看过的动画片,可牛犇根本不知道大力水手是何许人也,歪着脑袋一脸的问号。

吃完早饭,牛家辉和葛玉梅开车走了,让牛犇一个人看家。他躺在沙发上边喝酸奶边看《熊出没》,百无聊赖,便拿着弹弓出去了。巷道口,有几个弃置不用的碌碡,村民们常坐在上边唠家常。刘大嘴和几个妇女坐在碌碡上纳鞋底,在刘大嘴的一旁,有一个不到三十岁的小媳妇,高鼻梁,有一双大眼睛,黑黝黝的脸上嘴唇微翘着。她正解开衣扣给怀里的孩子喂奶,襁褓中的小孩用一床花被包裹着,小脸蛋粉嫩粉嫩的像含苞待放的花骨朵,乌黑的小眼睛滴溜溜地转着,一只手已从襁褓中挣脱出来,见有人望着他,就舞动着胳膊,越发起劲地笑着。

一个老汉蹙起眉头,两眼紧瞅着旱烟,一口接一口地嘬着。他叼着长长的烟袋杆儿,平静而深邃的目光隔着淡淡的烟雾,在一帮孩子们身上转来转去。

一个孩子滚着铁环跑了过来，立住后用力抽了一下鼻涕，两支袖口上沾满鼻涕，亮晶晶的像盔甲一样。他伸手向刘大嘴要钱，说给五毛就成，买个雪糕吃。刘大嘴给了他一块钱，然后满脸笑眯眯地给大家夸她儿子不仅长得好看，学习成绩也好，这当然是遗传了她的基因……

刘大嘴给用手给儿子揩了一把鼻涕，随即往鞋底上一抹，然后在鞋跟蹭了蹭，接着就抓了一把瓜子吃起来。

牛犇轻蔑地朝着孩子们瞥了一眼，实在不想跟他们一起玩儿，随即就准备去找小波和海娃了……

三个人带着初八，无拘无束、自由自在地漫步在山路上。在山坡上，聂小燕和村里其他女孩子在捡野草莓，还拿着小铲子挖野菜，他们仨随即一起找起了野草莓。从小长在山里，他们非常清楚哪里有野草莓和野菜，熟悉得就像他们家的后花园似的。短短半个小时，三个人就各捡了一大把野草莓。随后，懒洋洋地坐在几棵树下津津有味地吃了起来。野草莓有大有小、芳香味浓，每一个都红的像宝石，吃起来更是酸酸甜甜，回味无穷。

看着海娃和小波吃得香甜，牛犇很快吃完了自己摘的草莓，又盯着他俩的草莓直流口水，想上去再捡又懒得动。见他直流口水，海娃和小波故意咂巴着嘴，让牛犇更馋。玩了半天，吃几个草莓哪里能填饱肚子，他们三个又饿又渴。下山后看到地里的蚕豆，也不管是谁家的地就冲进去，初八蹲在田埂上给他们放风。没几分钟，他们就摘了不少，"大腹便便"地带着蚕豆逃离了蚕豆地。

海娃和小波摘了两裤兜，牛犇的一个裤兜破了个大洞，为了多装点蚕豆，他脱下长裤，只穿个花裤衩，把长裤的两个裤腿都挽上结装满蚕豆，做成褡裢搭在后脸颈上，边走边吃。看着他，海娃和小波佩服得五体投地，平日里这小子比狗熊还笨，可今天咋就这么聪明！蚕豆拌上辣酱好吃，三个人来到牛犇家里，进了厨房拌上辣酱，然后边看电视边吃。吃完蚕豆，三个人又在牛犇家的电脑上玩起了游戏……

几个小时过去了，牛犇肚子又咕咕叫了起来，可自己除了泡方便面什么都不会做。打开冰箱一看，里面猪、羊、牛肉都有，还有一塑料袋鸡翅和鸡腿，三人商量着就拿出来进了厨房。打开电灶，没一会儿一盆鸡腿和鸡翅就出锅了。牛犇吃着，感觉海娃的手艺比妈妈的还要好。吃完，看到隔壁刘大嘴家的烟囱里冒着滚滚白烟，三人相互对视了一眼便上房了。牛犇家和刘大嘴家是邻居，刘大嘴家的烟囱就砌在两家的中心墙里。

　　每当刘大嘴家做饭烧水时，烟囱里就会冒出或白或黑的浓烟，有时候还会吹进牛犇家的二楼里。今天这个点了，不知道刘大嘴是在做晌午还是晚饭，她是村里出了名的懒婆娘，这时候想必是晌午和晚饭一起做了。三个人从房顶看去，刘大嘴家的院子里空空荡荡不见一人，从烟囱里听着厨房里有响动。平日里，刘大嘴爱吹牛，嘴上也不积德，骂起人来嘴像机关枪一样。

　　今年4月，刘大嘴的儿子打了一瓶酱油往家走，牛犇和小波都拿着弹弓在路边玩，见毛孩子手里提着酱油瓶，小波一弹弓就给报销了，孩子空手哭着回了家。随后刘大嘴把牛犇狠狠臭骂了一顿，说就是他打了酱油瓶，害的牛犇挨了爸爸一顿打。

　　今天牛犇可算是逮住机会了，要好好整整刘大嘴以解心头之恨。他们三个轻手轻脚，把一团麦草塞进了刘大嘴家的烟囱里，然后下了楼站在院子里等着看热闹。正如他们所想的，没过两分钟，刘大嘴和儿子就咳嗽着跑出了厨房。刘大嘴眼泪鼻涕一大把，以为是风把塑料袋什么的吹到烟囱口上了，所以上房来查看。可烟囱口上什么也没有，但走近仔细一看发现了猫腻，原来烟囱被一团麦草给塞住了，很明显是人为的，而且是刚给堵上的。

　　刘大嘴用脚后跟想想就知道，这肯定是牛犇那臭小子干的。顿时，她火冒三丈，破口大骂了起来，好像吃了天大的亏似的。听到刘大嘴骂了起来，海娃他们三个便跑进了房里，慌忙间把桌上的茶壶和两个茶杯撞到地上摔碎了。

刘大嘴真是名不虚传，她站在墙上骂个不休，有些脏话连自己的儿子都听着脸红。一时间，左邻右舍们都出来一探究竟，看是谁把这个"肉喇叭"给惹恼了。刘大嘴干活不行，可骂起人来实在有水平，像机关枪一样，对方连插嘴的机会都没有。就在这时，刘大嘴开始往牛犇家院子里扔石头、砖块、啤酒瓶什么的，一两分钟就把牛犇家的小院子弄得脏乱不堪。但刘大嘴还是解不了心头之恨，喊着要下去抽牛犇一顿。一听这话，牛犇双腿发软开始哆嗦了起来，三个人一看情况不妙就脚底抹油，一溜烟跑得比初八还快。

晚上牛家辉和葛玉梅回来一看，院子里乱七八糟，客厅里满桌子都是鸡骨头和酸奶罐，地上也满是茶壶和茶杯的碎片，看得牛家辉心疼。两口子面面相觑，不知道家里发生了什么事，难道是儿子要造反了？他俩还没缓过神来，直听刘大嘴站在墙上又大骂了起来……

夜幕降临了，葛玉梅把屋里屋外都收拾了一下，牛家辉坐在沙发上抽着烟，牙咬得"咯咯"响，说今晚非扒了这兔崽子的皮不可。他准备了两根大拇指粗的竹竿，又找了十米左右的尼龙绳。眼看都11点了，牛犇躲在小波家不敢回家，他清楚回去非掉层皮不可。小波劝他今晚别回家就和他睡。就在他俩躺在炕上看奥特曼时，牛家辉和葛玉梅怒气冲冲找来了。看到儿子，牛家辉先是狠狠踢了他几脚，然后薅住头发一把拉了出去。小波看了，为可怜的牛犇捏了一把冷汗。

一进家门，牛家辉转过身就把大门给锁了。一看爸爸的脸色，牛犇浑身哆嗦了起来，吓得手脚冰凉了。牛家辉二话没说，一手抓住儿子的左胳膊，一手拿起准备好的竹竿打了起来。"啪……啪……啪……"每一下都用足了劲，打在屁股上让牛犇感觉刀割一般的疼。

牛犇转着圈使劲想挣脱，像杀猪一般扯开嗓门放声嚎了起来，天上的月亮和星星直笑着看热闹……

二、心灵之旅

天刚发亮,东山上就出现了五彩的朝霞。就在村民们吃早饭时,安然和康瑞他们五个人组成的旅游团出发了。周宇专心开着车,江海涛坐在副驾驶扭过身子看着安然她们,又是剥水果又是递饮料,不断地献着殷勤。康瑞就像个家庭主妇一样,问安然和温昕这个拿了没,那个带了没,让她俩听了说比自己的妈妈还要絮叨。可问到周宇时,他开心得嘴快咧到后脑勺去了,一脸的幸福和甜蜜。

两天前,安然、温昕和康瑞提议去青海湖旅游,江海涛知道后也非要跟着去,然后拉着周宇组成了这支队伍。这两天,几个人从网上了解了一些关于金银滩、青海湖、原子城和茶卡盐湖的旅游攻略。当然,还买了太阳镜、防晒霜、遮阳帽、彩色丝巾等,江海涛还准备了一小瓶氧气。

旅程开启,他们五个人便踏上了青海湖之旅。车窗外,一丛丛黑刺飕飕而过。五个人听着音乐,领略着沿途的风光,说说笑笑间就到达了海晏县。这里天高云淡、微风和煦,草原丰美、牛羊肥壮。此时已聚集了不少游客,车还没有停稳,安然就迫不及待地打开车门,大叫道:"啊!金银滩,我——来——啦!……"

金银滩,一个让安然既熟悉又陌生的地方,一个让她几年来一直魂牵梦绕的地方。这几年里,她仿佛闭上眼睛就能看到这一幅幅画面。幽蓝的天空,高悬的太阳,碧绿的草场,淳朴的藏族牧民,悠扬的牧歌,遍地的牛羊,飞翔的雄鹰,她和爱人牵手在开满野花的草毯上……

安然看着这个承载了无数人梦想和故事的地方,尤其是石头上写的"金银滩"三个红红的大字,心中有一种莫名的感动,感觉连呼吸都是甘甜的,真不愧是让千百万人心驰神往的地方。这里因为盛产羊羔花而出名,羊羔花分白黄两色,黄色似金,白色如银,"金银滩"的称号由此而来。

蓝天白云,诗与远方。五个年轻人漫步在草原上,看到头顶湛蓝的天空,他们三个禁不住感叹。大大小小的山,都被绿草和各种不知名的野花覆盖着,牛羊散落点缀在绿色的地毯上。一股股青草的芬芳沁人心脾。蝴蝶和蜜蜂应接不暇,不知名的鸟儿叽叽喳喳,游人的嬉笑此起彼伏,静静横卧的山脉像一个丰腴的女人。

每年的六七八月是金银滩最美的季节,漫山遍野都充满了馥郁的花香,到处都能听到祝酒的歌声,香醇的奶茶香味更是弥漫四野。天苍苍,野茫茫,风吹草低见牛羊。辽阔的草原像一张巨大的绿毯,任游客在上面驰骋、跳跃、翻滚……

花丛中有一朵粉红色的野花,安然顺手摘下闻了一闻。一阵微风拂来,仿佛进入了仙境一般。伸个懒腰,闻着青草和野花的芬芳,心情瞬间舒畅。周宇和康瑞盘膝而坐,江海涛站起来清了清嗓子,看了看安然唱了起来:

在那遥远的地方,有位好姑娘。人们走过了她的帐房,都要回头留恋地张望。她那粉红的笑脸,好像红太阳。她那美丽动人的眼睛,好像晚上明媚的月亮。我愿抛弃了财产,跟她去放羊……

见江海涛一展歌喉,安然和温昕随即给他拉琴伴奏,周宇和康瑞打着节拍听得如痴如醉。听到他们这边如此热闹,周围的一些游人们纷纷把目光投了过来,大家安静听完江海涛唱的歌,然后给他鼓起了热烈的掌声。此时的康瑞,忧郁的脸上有了一丝轻松的微笑,一头乌黑的波浪卷发披在身后,妩媚的眼睛里又含着几分成熟的镇定和自信,一套淡黄色的连衣裙穿在她身上,使她饱满的胸脯和修长的身段更具性感。周宇含情脉脉地看着康瑞。王洛宾老师的《在那遥远的地方》广为流传、经久不衰,而这首淳朴而深情的歌曲创作灵感就来源于这片草原。

一眨眼的工夫,他们就来到了原子城纪念馆:一个精神高地,一个让他们热血沸腾的地方。在这里研制了新中国第一颗原子弹、第一颗氢弹,更是国家爱国主义教育示范基地和国家重点文物保护单位。

康瑞此前跟着爷爷参观了原子城纪念馆后就被深深震撼，时至今日她还感慨不已。所以，今天她就自告奋勇给他们做起了导游。从馆前的雕塑、到科研工具等都讲得清清楚楚。很难想象，先辈们在那样恶劣的环境下，用三顶帐篷起家，创造了一个又一个奇迹，让人敬佩不已。

一腔热血，赤胆忠魂；一生为国，无怨无悔！这样的一生才是有意义的。看着这一切，安然又思考起了那个曾经让她迷茫现在又明晰起来的人生答案。

从原子城纪念馆出来时，他们五个人心潮澎湃、激动不已。所有人真正明白了热爱祖国、无私奉献、自力更生、艰苦奋斗的"两弹一星"精神有多么伟大，并且更加敬佩"两弹功勋"们无私奉献的崇高品质。

远处，山峦起起伏伏，蒙古包散落在白云生处。广阔无垠的大草原上，一片片金黄色的油菜花闪闪发光，蜂儿们飞奔花间采蜜。牧民骑着骏马，悠然地在草原上行走。公路黑油油的在阳光下发着光，有时还能看到一两只雄鹰在空中盘旋，金灿灿的麦浪在墨绿色的山峦间摇曳……

车子行进前方，一道独特的风景出现在了眼前，地平线与天相接的地方，出现了一条蓝色的绸带。安然和温昕尖叫起来。湖水很蓝，蓝得像金银滩的天空。湖水远处与天空连接的地方，已经分不出哪里是湖水哪里是蓝天了。阳光照在平静的湖面上，令人心旷神怡。这是安然以前从未见过的美景，美得已经不能用语言来形容了。水天一色，碧空如洗，如梦如幻，美不胜收！

停下车，五个人就像小孩子一样又蹦又跳，欢呼雀跃、心醉神迷。他们直径向青海湖奔去，从车里看着很近，可跑出去后发现很远。安然蹲在湖边，双手轻轻伸进水里，瞬间感觉冰凉入骨，像是刚从雪山上融化了流下来的一样。随后，她捧起水用鼻子闻了闻又放手让湖水滑落，青海湖发出银铃般清脆的笑声……

湖水清澈干净，透着蓝幽幽的光，宛如一颗蓝色的宝石，晃得安然睁不开眼。湖心石就在鸟岛旁边的湖水中，是一堆淡淡粉红色的石头，阳光照在上面，红彤彤的，很像一颗跳动的心。此时，青海湖在安然的眼里，也在她的心里。她是高原明净而辽阔的天空下灿烂着的笑脸，是造物主对这片荒芜大地的恩赐，也是大自然的一幅绝美的风情图画。让人如喝了琼浆玉液，醉了！醉了！

欣赏着眼前的美景，又听了美丽的传说，几个人突然间想放声呼喊。到了青海湖，江海涛这才知道大西北有多大了，大到让他眩晕，美到令他窒息。大美青海，名不虚传！

日月宝镜望长安，王母瑶池出昆仑。唐蕃古道今犹在，遥诉当年藏汉情。江海涛激动得连连感叹，说青海湖多么多么美了，随后赋诗一首：

青青的海
你是高原的眼睛
你是鸟儿的天堂
日出的光芒
潋滟了你的深邃

品味着你的本味
遥望水天一色处
王母浴后的青波
打湿二郎的战袍

浩渺苍穹，若你情怀
万千只牛羊依偎着你
与蓝天白云媲美千万年
让骄傲的油菜花开遍山野

我是你虔诚的子民

沐浴着你的雨露成长

将沉沉的欢喜撒向草原

裸鲤般游荡在你的怀中

随意地吹着水泡

倾听亘古不变的涛声

更蓝

更青

更无垠

三、心醉神怡

来到一个游客聚居的地方，湖岸边全是宾馆和饭店，到处都是五彩缤纷的帐篷，这些星罗棋布的帐篷已经是一道独特的风景了，让人仿佛置身于一座漂亮的帐篷城一样。

还好，他们提前预订好了帐篷，要不然这个时候来哪有空余的地方让他们休息，也不知道哪来这么多的游人，青海湖的吸引力着实不小。晚上吃的东西非常多，有手抓、糌粑、酥油奶茶、酸奶、羊肠子和其他美食。这家店老板非常热情，介绍自己做的红烧牛肉可是一绝，还有爆炒羊羔肉、油焖大虾……

周宇看他滔滔不绝就知道他要"宰"客了，点了几个菜随即把他打发了，周宇不是第一次来这里了。

这里的草原没有受到污染，牛羊们吃得虽然不是冬虫夏草，但喝的水确是山泉水，所以肉质和口感那是没得说。游客们坐在帐篷里，大盘的牛羊肉热气腾腾地端上来后，一口咬下去肥而不腻，香味十足。刚吃完饭，温昕就看到外面已经点起了篝火,很多游客和当地的藏族青年男女们手拉着手围着篝火又唱又跳。一看,她就坐不住了,拉着安然和康瑞跑了过去,在他们中间跳起了锅庄舞。

安然仰头望向天空,漫天星辰犹如梦幻一般,美得出乎人的意料。这样的美景对每天生活在大都市里的人来说,那真是可遇不可求。手机铃声响起,安然收到了一条长长的信息,看后一个人走向了正在沉睡中的青海湖。朦胧的月光给安然披上了一层柔和的银光,看上去犹如一位下凡的仙女,冰清玉洁、超凡脱俗。她双手抱在胸前,满是银光的脸上带着一丝忧郁,看上去有些凄美,仿佛是下凡的嫦娥一样,让江海涛心醉神迷。

这时,安然想起了卓恺,一个时不时出现在她脑海中的人。光的影,仿佛在这层层叠叠的波浪里,将她内心深处的思恋用最宁静的唇语渐渐填满。她忧郁地微闭起双眼,穿透指缝间的蔚蓝,仿佛是一场若即若离的、不食人间烟火的爱情,让流年中的温暖,瞬间在掌心弥漫开来。湖边,不知什么时候云气氤氲,湖面上泛着粼粼的波光,在淡淡的月光下有一些凄凉和悲伤。篝火点点,人影绰绰,人们烤着羊肉,边吃肉边喝酒边唱歌,全然一幅原始村落平和悠然的生活图画。豪情奔放,鸾歌凤舞,一直把月亮喝得偏了西,一个个才一摇三晃地慢慢站了起来。那火光一抖一抖的,映照着人们欢快而充满活力的脸,还想张口说话似的。

江海涛一直跟在安然身后不远处,看到自己心爱的女人陷在爱情的泥潭里不能自拔,他的心里一点儿也不比安然好受。他仰头望着薄云在月光下缓缓飘移、旋转,乞求能转出一个诗意朦胧的夜晚,能和她对酒当歌。忽然,那边的人唱起了《在那东山顶上》,让江海涛心里别有一番滋味。我寄愁心与明月,随风直到夜郎西。烟波万顷,星月当空;诗一般的美景,梦一样的游弋。他望了望夜空,然后作了一首诗发给安然:

当白云轻染如你水墨的裙褶
当夜幕降临如你幽深的眼眸
当灯塔亮起如你项颈的珍珠
当繁星点点如你每一次微笑

当落英缤纷，如你曾不在我身边
当杨柳扶风，如你吹起的长发
当海棠俏立，如你沉静思索不受喧扰
当木楠吐华，如我早已对你倾心

向祁连山寄走昨日的痛楚，朝青海湖打开明天的航向
草原铺就了广阔的天路，沙海孕育着不屈的胡杨
冰雪消融春水灌田，草木青青牛羊牧场
不问今日为什么重逢，或许早已有共同的理想

今夜的月光
水一样泻下
水光照着月光，月亮躺在湖上
玉兔跳进心田，等待嫦娥到来
等你无论用什么方式走来
同我一道迎接黎明的红日

弯弯的月牙挂在苍穹，银色的月光铺满了大地。夏夜的星空晴朗透明，淡淡的白云像水波一样轻柔荡漾。睡在帐篷里，外面黑漆漆静悄悄地，宛如与世界隔开了一般。心醉神迷间，因缺氧很快就进入了梦乡。次日黎明前，在手机闹铃声下，安然和康瑞最先起了床，然后叫醒温昕、江海涛和周宇

匆匆忙忙去看日出了。

为了看日出，安然她们五个人都穿上了保暖衣，天没亮就来到了最佳观景点。一路上，江海涛睡眼惺忪地说来得太早了，自己睡下还没五分钟呢，可此时观景点上已经聚集了很多人，那些推着自行车的显然是骑行客。人们三五成群，各团的"驴友"们都有些激动，想象着即将要看到的日出会是什么样，既激动又兴奋，一个个迫不及待，想尽快看到日出。

青藏高原昼夜的温差很大，尤其越过倒淌河以后的高海拔地方，在炎炎夏日会让南方游客有从烤箱进了冰箱的感觉。还没到十分钟时间，安然和温昕缩紧了身子感到丝丝寒意。就在这时，东边的天际慢慢出现了一道红光，随之，游人们欢欣鼓舞地叫了起来。在大家的期待中，只见东边的天际一小块弧形慢慢变成了红色，越来越红，湖天一色，蔚为壮观。须臾工夫，又渐渐与周围划出了明显的界限。慢慢地，太阳从东边的地平线上冒出了一线血红的边缘，大家屏住呼吸看着它最终露出了笑脸。刹那间，火红的太阳霞光万道，把整个天空染得通红。游客们看了连连赞叹这人间的美景：天呐！太美了，简直太美了，美得无与伦比……

安然不着一言，看着太阳缓缓地从湖面一点点升起，看着它放射出耀眼而又美丽的光芒，看着它燃烧自己带给世间光明和温暖。这一刻，她心醉神怡忽然感觉就像有一股电流通过了全身——酥了，醉了……

吃过早饭，五人向下一站——茶卡盐湖进发了，一个鬼斧神工让人叹为观止的景点。茶卡盐湖，本是一个鸟不拉屎的地方，可这两年却成了享誉全国的旅游胜地，故他们也想去那里亲身感受一下天空之镜的神奇。

来到橡皮山上，几个人停下车来小憩一会儿，顺便拍了几张照片。江海涛和周宇租了两匹马来骑。两匹马，一白一黑，都昂着头，精神抖擞，配的鞍和颈下挂着的铜铃非常好看。江海涛不敢骑上去就一直拉着看，而周宇一个翻身就跨到了马背上，很是熟练和轻巧敏捷。

几匹马都是受过训练的，跑起来虽不会很快但一定很稳，能让那些热血男儿们好好过一下瘾，一个人十块也算合理。

周宇一本正经地开车，远处风力发电机的螺旋桨不知疲惫地转着，形成了一道亮丽的风景线。飞驶了两个小时，茶卡盐湖便出现在了他们眼前，它有着天空之镜的美称，清澈得如同明净的镜子，能把一切东西都完整地映衬出来，令人仿佛置身于天地间的幻境之中。

据说，人们在这里能寻找到最美的自己，还能够洗礼自己的心灵。透过车窗远远地望着，安然心潮澎湃、有激动，好奇那里将是怎样一幅奇观，又是否真的能洗涤人的心灵？

四、天上人间

说话间，汽车就缓缓驶进了茶卡盐湖停车场。五个人停好车，背上各自的背包，撑开遮阳伞在烈日炎炎下向景点走去。

虽然他们都是大学生，来之前还做了一些功课，可当茶卡盐湖真正呈现在他们眼前时，一个个都被它的美给惊呆了，连连感叹着大自然的鬼斧神工。

随后他们参观了成吉思汗盐雕、盐晶灯、盐迷宫、盐水池等等，他们一个个欣喜若狂，张开双臂大声呼喊："茶卡盐湖，天空之境，我们来啦！"

穿上鞋套小心翼翼走进盐湖，不知是蓝中泛白，还是白中透着蓝，分不清天在湖里，还是湖在天空中。正所谓人在湖中走，宛如画中游，让人感觉进入了如梦如幻的人间天堂一般。天空之镜，名不虚传。安然身着红色的连衣裙，脖子上围了一条黄纱巾，斜斜地系成一个大蝴蝶结，站在湖深处张开双臂，慢慢合上双眼，用自己最纯洁的心灵来窥探盐湖的魅力，用个人最虔诚的信仰来领略盐湖的风情。微风轻轻拂来，吹起她脖子上的黄纱巾，而她开始慢慢转动起来，一直盯着她的江海涛拿起相机一阵抓拍，把她最美的一刻全拍了下来。

张开双臂拥抱着整个世界，这一刻，安然抛开一切尘世的烦恼，只想把自己交给天空之镜，只想和这绝世美景相融在一起。江海涛目不转睛地看着安然，看着她如一只陶醉了的蝴蝶，已然无力把目光从她脸上挪开，只有痴痴呆呆地看着安然，仿佛在看下凡的仙子。

湖面上一个红裙女子，湖下面一个红裙女子，仿佛要在湛蓝的天空中翩翩起舞，看到这一幕游客们都惊呆了。他们一个个的，都被她清新脱俗的外表所吸引，更被眼前这幅无与伦比的画卷给震撼。此时此刻，安然已经与盐湖融在一起了，她好像丝毫没有听到人们的尖叫声，还是不断地在转动着、越转越快，直到晕倒在湖里为止。

见她倒在湖里，康瑞和温昕大惊失色，赶紧上去扶了起来，江海涛更是惊慌失措地跑了过去。大家都为安然捏了一把汗，担心她在这高海拔的地方有什么闪失。就在安然倒下去的那一瞬间，她被冰凉而又温暖的湖水给激灵醒了。见她安然无恙，江海涛悬着的心这才放下来，随后人群中响起了一阵欢呼和掌声。

此时，安然好像从梦中醒了过来，有些恍惚迷离，看到温昕她们几个为她流泪，听到欢呼声和掌声后，安然脸上泛起了红晕。看着大家，她不知道该说什么才好，不由自主把食指放在嘴唇前："嘘……别吵醒了她！"

听她如此幽默，温昕她们随即哈哈大笑了起来。然而，安然突然莫名得惆怅，说不清是幸福还是痛苦。她站定着，很久不动，眼睛望着远处，领略着大自然的鬼斧神工，接受着天空之镜的洗礼。

天空之镜，美轮美奂；天在湖中，湖在天上。他们又来到了盐湖观光塔。

只见盐湖和天空仿佛连在一起，白中映着红、红中透着白，分不清哪里是天空，而哪里又是盐湖。

坐在车里，望着慢慢远去的茶卡盐湖，几个人就像孩子离家时离别母亲一样恋恋不舍。笔直的高速公路似乎能延伸到天边，触手可及的云儿从

他们身边慵懒地溜走。江海涛意犹未尽,扭过身子和她们三个说这说那,一脸的喜悦和激动,然后手一扬便又赋诗一首:

千年雪峰尘如烟,
圣湖有灵共长天。
百味之首幻仙境,
天造神镜谁梳妆?

凭栏顾影思江南,
落日余晖妆明镜。
惟愿桃李遍高原,
经幡飞处诵祈福。

"这首诗作得不错。"温昕和康瑞赞不绝口,就连周宇也说写得好,江海涛就有些得意扬扬了。江海涛很想听安然夸他两句,可安然却一直望着窗外像是没听见一样。江海涛虽然有点失落,但他看到安然的脸上挂满了喜悦时,感觉比喝了蜂蜜还要甜。

驱车来到青海湖151基地。湛蓝的青海湖还是那样宁静、一望无际,微波粼粼的湖水实在太清澈了,又那么地安静,像一个美丽的姑娘慵懒地躺在绿茵茵的草地上。这一刻,安然对自己说:"这里就是人间净土,便是我向往的天堂,可以让心灵流放的天堂!这儿没有都市的喧嚣,没有俗世的功名烦忧,没有尔虞我诈,没有欺骗与谎言,也无浮躁谄媚,有的只是清新自然的空气,自由翱翔的飞鸟,还有纯洁的心灵和真实的自我……"

原本,他们计划还要去二郎剑转转,乘船到湖心岛去看看。可他们在茶卡盐湖待的时间太长了。眼看夕阳快西下了,五人依依不舍地走出了景区。周宇见康瑞她们有些失落,就说没关系,我们过几天再来看环湖赛。听了这句话，安然和温昕这才喜笑颜开，立马就问他什么时候来，来了去不去仙女湾？

临出发前，江海涛招呼大家赶紧过来看好看的，随即几个人就跑过去一饱眼福。四个人以为他发现了什么美景，可没想到眼前的一幕让她们目瞪口呆，彼此面面相觑、啼笑皆非。眼前不是什么美景，而是两匹枣红马正在配种，江海涛在一旁看得兴趣盎然，激动得跟看到了什么似的。安然和周宇狠狠瞪了他一眼，温昕捂着嘴笑弯了腰眼泪都出来了，康瑞尴尬地转过身跟着安然走了。

在这一路上，江海涛不明白她们刚才怎么会那样看他，甚至还骂他是斯文败类。江海涛想不明白，一个人自言自语："我又错了，错哪里了……"

江海涛憋不住了，扭过身子道："我搞不懂，这有什么见不得人的？有那么肮脏和龌龊吗？"康瑞听了两颊有些绯红，扭过头去看窗外的美景。

江海涛喝了口水，又道："爱情是神圣的，这男女情爱本是世间最纯最美的，为什么世人要羞于表达和吐露呢？为什么要把这么美好的事情遮掩起来？甚至不能言说，连想一想都是羞耻呢？……"

听了这话，温昕不知道该怎么回答，坐起来大声骂道："衣冠禽兽、斯文败类！真不知羞耻，臭流氓……"

江海涛很是纳闷，本来他很想和她们好好辩论辩论，可被温昕骂得体无完肤，而康瑞和安然也显然不想听。为了不被她们赶下车，江海涛只好闭上了嘴巴。

安然一直侧脸望着窗外，她看到一个年老的牧民在玛尼堆旁对着远处的雪山朝拜。夕阳照在牧民的脸上，有一种极致的苍凉之感。她想那些雪山对于他们来说，肯定有着特殊的意义。

须臾，五个人来到了日月山。远远地，就听见歌声飘扬，十分悦耳。安然问康瑞这是什么歌，这么好听。康瑞就给她俩解释这是"花儿"。

今天，她们恰好碰上了日月山的花儿会，日月山上人山人海，从服饰上看有藏、汉、回、蒙古、撒拉等好几个民族。他们都有一副唱花儿的金嗓子,无论是在田间耕作,在草原上放牧,还是外出打工,都要唱上几句悠扬的花儿。尤其是每年的花儿会上,那才叫群英荟萃。她们刚下车,就听到有清脆的声音唱道:

大路上上来的挡羊娃
手拿了三尺的鞭竿
我把你心疼着擦一把汗
你给我漫上个少年!

听她这么唱,那帮年轻人们吹着口哨喝彩,当即举起啤酒瓶连连叫好,就像打了兴奋剂似的。刚喝了一口,一个眉清目秀的男青年就站起来唱道:

弯弯的路儿崖沿上开
崖窝里
千朵万朵的花开
我就是猛虎下山来
尕妹妹
你是个枪手了打来!

随即,其他几个男青年都"噢……噢……"地大声喊了起来,然后大家把目光转向那女青年,看她接下来会如何对唱。那女青年落落大方,仰起头如男人般豪爽地顶了一大口啤酒,然后笑着对唱道:

一年养下的红鸡公
清早里叫了个三声

论坛上来的尕阿哥
你是唱少年的能人！

唱完，女的又仰头喝了一大口，然后笑眯眯地看着这几个男的，把目光停留在对方身上等他对唱。立时，那男的咧开嘴灿烂地笑了笑，抬起右手捂着右耳朵，用低沉的声音唱道：

达坂山根里的雪大呗
雪鸡儿叫鸣着里
我唱了尕娃娃耍笑话
唱花儿
阿哥们才学着哩

回去的路上，康瑞讲起了日月山的美丽传说。公元638年正月，一支庞大的送亲队伍护送着美丽的文成公主走过日月山口，公主是唐太宗李世民的女儿，为了汉藏友谊永续长存，文成公主带着使命前往吐蕃和亲。相传文成公主走到日月山，就非常想念她的父母，所以就拿出父皇给她的日月宝镜，从镜子里不仅能看到故土长安，还能见到因舍不得女儿离开而痛哭流涕的父母，文成公主伤心欲绝，随即将宝镜一丢，宝镜立刻将山劈成了两半，后人为了纪念公主，就在两山上各建亭子一座，曰"日亭"和"月亭"，日月山也由此得名。看到公主泉，看到回望石，再面对文成公主塑像时，守望着无尽的苍凉和沉甸甸的传说。安然和温昕感慨万千……

五、欢乐的夏日

清江一曲抱村流，长夏江村事事幽。夏日的农村山清水秀、百花争艳，潺潺河水，来无尽、去无休，倾唱着无尽的喜悦，曲曲折折向东流。

小暑大暑，上蒸下煮。天上的太阳，像一个大火球一样火辣辣地炙烤着大地，一切树木都无精打采、懒洋洋地站在那里。一旁的小河边，几个小姑娘们追着蝴蝶跑来跑去，远远近近地不时传来一声声甜甜的欢笑声和布谷鸟的叫声，宛如天籁之音让人心旷神怡。从九泉村流下来的泉水匆匆向东流去，河里有几个调皮的男孩子们则挽高了裤腿在捉鱼。以前，海娃和小波他们每到夏天也经常在河里摸鱼、打水仗。今年，随着政府有关部门的大力整治，河里的水开始一天天变清了，随之又看到了男孩子们的身影。

七八个男孩子都八九岁大，他们都挽高了裤腿在河里摸鱼。有两个还直接脱了裤子光着屁股，一个挂着黄鼻涕的小男孩手里提着一只活青蛙站在河边半张着嘴看。温暖的河水淙淙流淌，河里的鱼不怎么大，数量也不怎么多，但对于孩子们来说，还是一件快乐的事。

"哎哟！我的脚……"突然，摸鱼的一个孩子大叫一声，脖子上套着一个铁环。随着他的声音看去，直见他从河水中抬起一只脚，脚底板冒着鲜血，仔细一看原来被玻璃给扎了，疼得他咬着后槽牙直叫唤。旋即，几个人把他扶到了河岸上，取下脚底板上的玻璃一看，伤口足足有三厘米那么长。见鲜血流个不止，其中一个抓了一把土撒了上去，可血还是流个不止，大家一脸的惊慌和茫然无助。

见此，大家都不敢再下河了，一个个都穿上了裤子或鞋。倒霉蛋回家了，见河里隐藏着危险不能玩，随后他们就来到了六百米外的水库。领头的是刘大嘴的儿子张晓东，他头皮光溜溜的犹如一块西瓜皮，后面跟着一群孩子，一个个脏得就像泥猴子似的。此时，已经有一些男孩来水库玩了。站在堤坝上定眼一看，牛犇他们三个也在，这让张晓东有点发怵，他不敢下去，上次因为塞烟囱，他妈妈可没少骂他们三个，还让牛犇挨了一顿打。这些天里，张晓东不敢和牛犇他们一起玩，老远见了不是躲起来就是跑回家。

牛犇站起来大声喊让他过来。张晓东一听，心里咯噔一下，想拔腿就跑，心想牛犇叫他过去肯定会揍他一顿，还是溜之大吉，免受皮肉之苦。可就在他转身的时候，小波大喊让他过去，并保证不会打他，不然的话以后见一次打一顿。听了小波的话，张晓东愣在堤坝上犹豫不决。他顺手打了一个水漂，随之溅起了一朵白菊花一样的水花。打水漂每个孩子都是行家里手，可在他们一伙中只有张晓东打得最远，石片蜻蜓点水般飞过去后，石头便在水面上泛起朵朵水花，很是好看。

见张晓东不敢过来，小波又大声喊让他放心大胆过来。"之前的事跟你没有关系，不会为难你"。听了这话，张晓东心里踏实了一些，因为他对小波多少了解一点，知道他是非常讲义气和规矩的人。张晓东想了想，大声问道："谁知道你们是不是骗我？"

"你尽管放心过来，我保证不会碰你一下，骗你是小狗！"听小波这么说，张晓东如吃了颗定心丸似的，彻底放心了，随即带着"虾兵蟹将"走了过去。见他们走近，牛犇一骨碌翻起来，瞬间就锁住了张晓东的脖子，还龇牙咧嘴攥着拳头挥舞在他面前。眼看着拳头就要落下来了，吓得张晓东闭上眼睛说："小波出尔反尔，不讲江湖规矩。"

牛犇听了坏笑着说："小波是答应不碰你一下，可我和海娃并没有答应你。今天老子要报仇雪恨，不把你打出屎来我就不姓牛！"说着，牛犇就要一拳打在张晓东头上了，然后再拳打脚踢把他暴打一顿。见牛犇要动手，小波上前一把抓住了牛犇的手腕，说道："按江湖规矩不要为难他，不能说话不算数。"听小波这么说，张晓东这才睁开了双眼，随即挣脱牛犇的手躲到了小波身后。

有小波护着，张晓东也就不怕牛犇了，见他脚指甲上都抹了红红的指甲油，便捂着嘴笑了，但没敢出声。随即，小波让他俩握手言和了，牛犇虽然有些不情愿，但仔细一想，其实自己和张晓东也没啥深仇大恨，就是一想起刘大嘴有些不舒服。

张晓东等一群泥猴子们也脱了衣服和裤子,在小波和海娃的带领下,几个毛孩子试探着下了水,一边"咝咝"地往嘴里吸着气,一边慢慢向前走去,一个个都亢奋地扭动着葡萄色的小屁股。他们站在湖边的浅水里洗头、洗脸、洗脖子。几个剃了头的,头皮青溜溜直放光。

这里是水库的里端,一二十米内水不怎么深,而且被太阳晒得热乎乎的,非常舒服。水只淹到了他们的膝盖,再往里走很快就到大腿,只见小波一下子扑进了水里。随之,水面的平静被他打破,以他为中心泛起了层层涟漪。水泛着微微蓝光,就像是天上一泻千里的云层一样。四周的光一齐往小波身上扑,两颗水珠挂在他的腮上闪闪发光,浸湿的头发紧紧贴在额头上。

孩子头皮早已晒得发烫,赤裸的胳膊也被晒得发疼,现在用水一泡感觉特别舒服。他们大着胆往前走上几步,水位漫过肚脐眼很快就到达了胸口,直激得他们一口一口地喘着气。说是游泳,可除了海娃和小波外都只会狗刨,所以,大家到这里谁也不敢再往前走了,然后转过身来打起水仗来了。烈日炎炎似火烧,地里的庄稼叶子都蔫了,村庄里如半夜里一样非常静谧,唯有水库这边热闹非凡。打过一阵水仗后,所有人身子扑倒在水里扑腾几下就到了浅水里,然后懒洋洋地躺在这里,那感觉比蒸桑拿还要舒服,这种舒服城里的孩子们可是无处享受的。

他们抓起脚下的泥,彼此乱抹一通,没几分钟都变成了泥人。可无论抹成啥样,大家往水里一钻,出来后就变得干干净净了,从水里出来,遍身都是水珠儿。光滑的皮肤上,水珠儿往下滚动着,一串一串的,在阳光的照耀下如一颗颗珍珠在闪闪发光。

就在这时,校长韩清林开着车来到了堤坝上。一见是韩校长的车,大家一个个都紧张起来,水里的几个也开始往外跑。车刚停下,韩校长就从驾驶室出来,手里拿着一个小喇叭立马喊了起来:"你们这些兔崽子,屁股又痒痒了是吗?"他一边喊着一边冲他们小跑了过去。一看又是韩校长,一手还拿着柳条冲他们跑了过来,所有人提起裤子就跑了。

对农村的孩子来说,在这样的炎炎夏日里没有比水库更好的去处了。虽然这里充满了无穷的欢乐,但是他们却忽略了潜在的危险。谁都忽视了这个看似最美好和安全的地方,往往也是最可怕、最危险的魔窟。

这个水库看似平静,可十里八村有谁不知道它已经吞噬了好几条鲜活的小生命?

因此,一到夏天韩清林就经常往这儿跑,暑假里几乎每天都来一两趟。学校尽管有规定学生们不能来水库游泳和捉鱼,可每到双休日和暑假还是有很多男孩子来这里。他们的父母大多出去打工了,爷爷奶奶的话又没有威慑力,所以只能寄希望于学校里的老师们多费心力了。今年暑假前,韩清林就告诫孩子们不要去水库玩,也嘱咐家长们为了孩子们的安全,要看好自家的孩子,避免再酿成悲剧。韩清林和几个留校的男老师组成了监管队,轮流每天来水库一两趟。

黄昏时分,安然和温昕悠然漫步在田埂上,她们望着炊烟笼罩的村庄,再看看远处火红的夕阳,没有城市的喧闹,看不见来去匆匆的人流和嘈杂的汽车轰鸣,只有在不远的田野里,青蛙"呱呱"地叫声此起彼伏,一浪高过一浪,像是在歌咏比赛一样。

吃过晚饭后,孩子们撂下碗筷就跑出了家门,然后和几个玩伴开始捉迷藏。在这凉风习习的夜里捉迷藏很好玩,藏在青草堆里就像是从人间蒸发了一样。

可有时候,因为藏得太过于隐秘,玩伴找不到就自己回家了,害得大人们打着手电筒半夜找。仰望着幽蓝色的夜空中缀满银星的天幕,月亮在白莲花般的云朵里穿行,屏住呼吸尽量不被对方找到。看着一个黑影走过去,随即传来"啊"的一声,然后又听到大喊:"我掉到坑里了,快来救救我!"

天上的月亮和星星听了忍不住笑了,可半天了赶来施救的人却不见一个。不见有人出来，就只能一个人扫兴回家……

六、母亲

吃过早饭，康瑞就带安然和温昕来到了小树林，夏日的"罗布林卡"是山沟里风景最美的地方，也是最吸引人和最热闹的地方。

一片片碧绿的树叶，层层叠叠挡住了在吐火的太阳。七八个老人围坐一团在树荫下下象棋，好不热闹。十几个妇女围坐一团，簸箩里针头线脑一应俱全，各个飞针走线纳着鞋底，不时传来阵阵欢笑。安然她们和妇女们坐在一起，一面看她做针线活，一面听她们唠家常。近一年的学习，现在安然能听懂大部分当地方言，也能简单地说上几句。

见安然和温昕皮肤白得如羊脂，一个老妇人伸出生满皱纹的老手，轻轻抓住安然的手，对大家说："瞧瞧人家这手，这才是女人的手，像剥了皮的葱白一样，溜光水滑的。"听了这话，安然有些不好意思。其他人看了都哈哈大笑起来……

就在这时，一个五十多岁的老妇挑着扁担，面带微笑朝这边走来，几个眼尖的妇女发现了她，如同盼到了救星一般，热情地挥手示意让他走快点，一位中年妇女更是大声喊着迎上前："你可算来了，我们等你好半天了！"

老妇姓刘，是沙柳村出了名的巧妇。针线活、茶饭样样俱佳，尤其是她挑的酸奶、酿皮和甜醅这三样，更是她的招牌。因其秘方独特、不外示人，故村民们都叫她"留一手"。大家都喜欢吃她做的美食，特别是在这炎炎夏日里，能吃上一碗那可是莫大的享受。

"留一手"家里穷得叮当响，丈夫八年前在工地上摔残了。为了供两个儿子上大学，她就做起了小买卖。别看她身材娇小，她可是十里八村出了名的女强人，用自己勤劳的双手供老大读完了大学，老二更是班里的学霸，比老大还要优秀。

大家一拥而上，有的买了酿皮，有的买了酸奶，一个个脸上都堆满了笑容。吆喝声起，贪玩的孩子们也一蹦一跳跑过来，围着妈妈或爷爷奶奶要吃的，没有大人的孩子只能咂嘴弄舌，馋得直咽口水。从一旁走来两个年轻人，穿得花花绿绿，让人分不清是男是女。他们原本在树林里赌钱，看到"留一手"来了就过来解解馋。俩人二话没说端起酸奶就开始狼吞虎咽，每人吃了两碗后抹抹嘴，又给那边的同伴要了几份。

"总共42块！""留一手"打好包时报出总价。小伙子算也没算，就掏出一张一百元递给她。"留一手"没有多想，高高兴兴收了钱，掰着指头算了算，然后给对方找了余额。拿到钱后，两个小伙子数都没数就走了，眨眼间便消失得无影无踪了。

这时，一个老汉凑过来，善意地提醒道："大妹子，你把钱拿出来好好看看，这俩小子可不地道，我担心给你的钱有问题。"一听这话，大家都围了过来看个究竟。"留一手"也立刻掏出了钞票，一手掀起了衣襟擦了一下眼睛，在阳光下举起钱来仔细查看，一脸紧张的神色说："不能吧，大家都是一个村的，我和他妈关系还不错哩！"

突然，一个老头惊慌失措地喊道："假的，指定是假的！"一语未了，"留一手"的脸"唰"的一下子就全白了，就像一张白纸一样。她神情恍惚，"呼哧呼哧"地喘着粗气，为保险起见，又仔细地查验了一遍。骤然间，两串眼泪就流了出来。她揉着老花眼，张着嘴越看越急，越急越难辨真伪，跺着脚不知该如何是好。

"不行，不行，我得去找他俩，这钱不管是真是假，必须得换过了才行。"她抽噎着说道，脸色白得像一张纸。

就在她准备迈步时，刚才那老汉上前拦住了，劝道："我看还是算了吧，即便你找到他俩这钱也换不回来。你也不想想那俩是啥人，他们可是混世魔王呀！能承认给了你假钱？吃亏是福，我看你还是自认倒霉吧，吃一堑长一智，以后多留个心眼好了。"

然而,"留一手"咽不下这口气,她撩起衣襟擦了眼泪,嘶哑着声音说:"他们咋能这样?我老两口起早贪黑、辛辛苦苦一天才挣几个钱,他们咋能给我假钱呢?这两个挨千刀的难道良心让狗吃了?我回去怎么跟老头子交代呀?"说完,坐在地上双手拍着腿,悲悲戚戚地哭了起来……

老汉捋着山羊胡,感叹道:"唉!这世道变了,人心不古了!现在的社会越来越好了,可人心越来越不像样了。按理讲,咱们庄稼人最淳朴憨厚,也是最善良与厚道的,可今时不同往日了!"

就在此时,安然挤进去说:"婶子,我看这钱不是假的,可能是看走眼了。您不妨让我看看,我虽不是验钞机可分辨真假还是有一手的。"

"安老师呀!好好好,你快帮我看看,这钱到底是真是假?""留一手"虽然神情恍惚,但还是认出安然是学校里的老师,故二话没说就把钱递了过去。

安然左手接过钱,拍了拍"留一手"的肩膀。随后,像个专业人员一样,有模有样地查验起了钞票。半晌,她转过来甜甜地笑着,说:"婶子,您尽管放心好了,我保证这钱是真的。"随即她左手插进裤兜,右手把钱递给"留一手"。

啊!"留一手"瞬间安静了下来,她擦干眼泪咧着嘴接过钱,瞪大眼睛用质疑的目光看看钱又看看安然。

这时候,大家也都安静了下来,一个个带着质疑的眼神反复打量着钞票。其中一人拿过钱翻来覆去看了好几遍,随后笑着对"留一手"说:"没错,这钱是真的,看来王老汉刚才在跟你开玩笑哩!"

"我可没开玩笑,这钱明明是假的,这么明显你们还看不出来?"王老汉不答应了,他拉长了脸两步跨上前,顺手把钱拿过来,准备给大家讲个清楚。但就在开口的一瞬间,他瞪大眼睛呆住了,揉了揉眼睛,又仔细查看了一遍,然后自言自语道:"真是活见鬼了!"

"青天白日哪来的鬼,是你刚才看走眼了!要不是安老师,咱们岂不冤枉了人家?"顷刻间,大家又恢复了原来的热闹劲儿,躲到树荫下又说又笑。安然她们要了三碗酸奶,坐在树荫下边吃边和大家说笑……

吃着酸奶,安然心里无奈地叹了一口气,在一切"向钱看"的潮流中,一些人遗失了中华民族的传统美德,迷失了方向、迷失了自我,丢失了做人的根本——善良。

酸奶还没吃完,看见一个女人披头散发走了过来,除了安然和温昕,其他人都知道她是白崖沟村的彭玉莲。她脸上没有光泽,走路摇摇晃晃的,像个病人似的。一看到她,大家顷刻间就不笑了,一个个一副怪异的表情,脸上还带着同情的神色。

十六年前,俊俏的彭玉莲上了花轿,嫁到了白崖沟村许家,一年后就生了一个胖娃娃,一家人别提有多高兴了,亲戚朋友们羡慕不已。为了过上更好的生活,也为了给儿子许宾一个美好的未来,彭玉莲就跟着丈夫去江苏打工了,五年里两口子起早贪黑累死累活为了他们的小家而努力着。眼看着孩子一天天长大了,小两口省吃俭用也攒了一点钱,穷日子看着似乎也快熬出头了。可就在前年夏天,彭玉莲的儿子许宾被淹死在水库里了,随后一个幸福的家庭就此破碎了。母子连心,肝肠寸断。从那以后,她就整天抱着一个洋娃娃,披头散发,表情呆滞,疯疯癫癫到处寻找自己的孩子。

她原本俊俏的脸蛋上早已沟壑纵横,嘴唇干裂得如同木乃伊,头发生锈,面色苍白,两眼深陷。上身穿了一件半新不旧的衣服,裤子皱皱巴巴如一张破羊皮,两只裤腿一个长一个短。脚上只穿一双单鞋,右边那只还破了一个洞。安然看了看彭玉莲,心里有一股说不出的难受。

这时,一个六十多岁的老妇人站了起来,问:"怎么了,宾宾又出去玩啦?"她走上前抓住彭玉莲的手拉她坐了下来,其他几个女人稍微凑过来一点,有的则躲到了一旁,就像见了麻风病人似的。

彭玉莲皱着眉头呆呆地想了想,咧开嘴笑着说:"是啊,这娃娃太调皮了。"彭玉莲忽然停住了，仰起头顿了顿，一副神秘而又诡异的样子。"我让他进屋吃饭，可他又跑出去玩了，等找到看我咋收拾他。"

"对对对，等找到了好好收拾他一顿，咋就这么不听话呢。"老妇的眼里充满了同情，一直紧紧握着她那双粗糙而干瘦的手。

"也不能真打，吓唬吓唬他就行了，我可舍不得打哩。"说着，她冲安然甜甜地笑了。看到她的笑脸，尤其是一对甜甜的酒窝，安然想象着她年轻时候的美……

老妇人接着问："你出来找宾宾，你男人知道吗？"

"他咋知道哩。他种完庄稼就出门了，跟几个朋友出去挣钱了，说等地里的麦子黄了就回来，还要给我娘儿俩带好吃的哩。"听她这么说，老妇人的眼睛里饱含着泪水，安然心里也发酸。

老妇摸着她的肚子问："你还没吃晌午吧？你肚子饿不饿呀？"

"吃过了，刚才和宾宾吃的。"

见彭玉莲可怜，温昕从兜里掏出100块塞到她手里，说："婶子，这钱你拿着吃点饭吧。"

"这不是宾宾的照片，你们可哄不了我。"彭玉莲把钱扔到了地上，然后歪着头笑眯眯地从怀里掏出了一张照片。"你们看，这才是哩。"照片有些发黄，但被她保存得很完整也很干净。

老妇人叹了口气，说："她不认钱，也不要钱，只要自己的儿子。不知道啥时候跑出来的，也不知道又几顿没吃了。"说着，从"留一手"那买了一碗酿皮给彭玉莲吃，"留一手"也把酿皮盛得满满的。

接过碗来，彭玉莲看着老妇人笑了笑，然后狼吞虎咽地吃了起来。这时，一个男人骑着一辆自行车赶来，他拧紧了眉头，一副十分焦急的样子。男子四十多岁，高高瘦瘦的，略带了几分凝重和沧桑。来人正是彭玉莲的丈夫——许发魁。

他今年四十一岁，可他早已是满脸的皱纹，花白的头发，一点儿也不与自己的年龄相称。两年来，他从未嫌弃过自己的病妻，一直和她相濡以沫。看到他，安然心想："曾经，多少个漆黑的夜晚他俩一起度过，以后，不知道还有多少风吹雨打要一起面对。"

儿子已经灰飞烟灭了，可在彭玉莲心中儿子还活着，只是贪玩跑出去玩了，等玩够了就会跑回来……

七、生日快乐

一连两天，都是阴雨连连，这对于靠天吃饭的山里人来说是求之不得的，过了夏天就要秋收，庄稼只有在夏季吸收了充足的养分才能结出饱满的麦穗。

在暑假里，孩子们除了每天一两个小时的写作业时间外，其他时间都是在外面疯玩，下雨天只能待在家里，但孩子们聚在一起一样玩得开心。在聂小波家的房梁下，聂小燕和两个同龄的女孩在猜谜语："煮一个鸡蛋需要5分钟，那么煮8个鸡蛋需要几分钟？"一听聂小燕这么问，其他两个就掰着手指头算了起来，就像在算复杂的方程式一样。

就在这时，牛犇打着伞走到跟前插嘴到："就你这智商还脑筋急转弯呢，这么简单的都不知道。一个5分钟，8个就是40分钟嘛。"聂小燕鄙夷地瞪了牛犇一眼。牛犇当然是故意说的，这些是他们两年前就玩剩下的，那几本脑筋急转弯还是他的呢，答案都刻在了牛犇的心里。

牛犇看屋里没人，便问："小燕，'钢蛋'呢？"

"我咋知道，我们又不是连体的！"听她这么回答，两个小姑娘都乐了。"今天不是他生日吗，说好了要给他过生日的，这家伙到底去哪儿了？"

就在这时，聂小波和海娃回来了，提着几个塑料袋和一个蛋糕盒，满脸喜色。看到牛犇，聂小波自然很高兴，几个人你推我揉进了屋，随即开始准备过生日了。今天这个生日对聂小波来说是既开心又难过。本来，奶奶答应要给他们做一桌好吃的，可一大早就去医院给爷爷抓药了，说晚上回来给他过生日。这两年，小波的爷爷身体还是那样，瘫在炕上动不了。奶奶无微不至地照顾着，希望奇迹能出现，可两年了还是那样。刚才，海娃一来，他俩就出去了，拿着奶奶给的100块和自己攒的一部分钱，从商业街买了这些东西回来。除了一个蛋糕外，其他的都是一些零食和饮料。

看到这么多好吃的，牛犇咂着嘴不停地咽口水，摸着蛋糕想立刻打开来先吃一块。这时，又有几个小波的玩伴也来了，看到大家来给他过生日，小波自然很是高兴了。十几个孩子围坐一桌，蛋糕在最中间，各种零食摆在蛋糕周围，小波接过他们的生日礼物，别提有多高兴了。大家见牛犇什么也没拿，有同学就问他给小波的生日礼物呢？

牛犇听了，看着大家笑了笑，说："我的礼物已经在小波手里了。咋！难道你们看不到吗？"大家一听都愣了，因为小波手里什么都没有。昨天，牛犇说今年要给小波一个大大的惊喜，绝对让他满意。小波还有些期待呢，刚才进来时还特意看了看他拿了什么，现在听他这一说就更愕然了。

牛犇笑了笑："嗨！也难怪。我送小波的是'皇帝的新装'，你们看不到也很正常！"听他这么说，在场的所有人都恨不得把这胖子踢出去。

见大家都瞪着他，牛犇从口袋里掏出一部手机，笑眯眯递到小波面前说道："小波，生日快乐！"大家看了大吃一惊，然后睁大眼睛"哇"的一声。

这是一部苹果手机，是去年他爸爸淘汰下来的，牛家辉为了显摆自己家里有钱，就把手机给了儿子还让他带到学校。

聂小波看着牛犇问："你真舍得送给我？"拿着手机，小波双眼放光，一脸的喜悦，跟中了头等彩票似的。

"这有啥舍不得的。你和海娃是我最好的哥们儿，哥们儿过生日我当然要送点贵重的东西，别说是区区一部旧手机，就是崭新的我也舍得！"听了牛犇这话，小波心里着实感动了一番，可他哪里知道这小子另一个兜里还有一部华为手机。

上个星期，牛家辉又换了一部新款华为手机，所以旧款就便宜牛犇了。之前，牛犇还正为生日礼物发愁呢，没想到老爸一换手机就解决了，而且还是一份超级大礼。小波拿着手机，激动得紧紧抱住了牛犇，连连说不愧是好哥们儿。聂小燕把蜡烛插在蛋糕上，然后给小波带上喜庆的生日帽，一场没有家长的生日聚会就此开始了。海娃拿着吉他弹起了《生日快乐》，大家在他的乐曲中唱起了歌：祝你生日快乐，祝你生日快乐……

唱完歌，大家让他许个生日愿望，说过生日许的愿望肯定能实现。听了这话，小波扭过头看了看海娃，他心里感到非常温暖，很欣慰能有这么一个懂他的朋友。他虽然不能开口说话，但他们几乎每天都在一起，也是唯一能懂他的好朋友。

随即，小波双肘支在桌子上双手合十，闭眼许愿。大家都看着他，猜他许了什么生日愿望，许完了愿，睁开双眼，笑眯眯地看了看大家，然后和大家一起吹灭了蜡烛。一声声生日快乐，让小波听了非常开心和幸福，看着眼前的玩伴和朋友们，他的心里特别高兴和满足。这几年里，小波每年生日愿望都希望爸爸妈妈早点回来给他过生日。

小波扭过头去看了看大门口。这一刻，他多么希望看到爸爸妈妈的身影，多希望和自己的爸爸妈妈一起过生日，可大门外什么也没有。今天，收到了一大堆生日礼物，牛犇给的手机让他喜出望外，可他更希望看到爸爸妈妈。因为和爸爸妈妈在一起过生日才快乐，他们的陪伴才是最好的礼物。

回过头来，小波拿起刀切起了生日蛋糕，蛋糕不怎么大，他先切了个十字分成四份，接着将其中一份取出来放进了冰箱，然后按人头切了桌上的三份。接过蛋糕，牛犇急不可耐赶紧吞了一口，然后对小波竖起大拇指说："哥们，真够意思！"

平日里烤野味时，他们三个都是平均分配，可有时候为了调侃牛犇，海娃和小波故意少分他一点。今天，小波多给牛犇切了一点，这让牛胖子看了既高兴又温暖。大家围坐一圈，一边看着《熊出没》，一边挑着蛋糕吃，一个个满脸堆满了笑容。吃完蛋糕，小波从柜子里拿出了一瓶天佑德，说过生日了喝几盅酒高兴高兴，难得没有家长和老师，还不得好好疯一下。

牛犇吃着"唐僧肉"，看小波和海娃喝酒，其他孩子们也看着。这四十多度的白酒是过年剩下的，小波和海娃各喝了一盅，看着他俩咂着嘴，好像很过瘾，几个胆大一点的男孩子也跟着喝了起来。几盅下去，几个孩子就天旋地转了，海娃和小波他们也开始迷迷糊糊，牛犇只喝了两小口就从凳子上掉了下来。

天麻麻黑了，小波的奶奶买了药回来了。一进家门，她就听到震耳欲聋的音响声了，一进屋眼前的一幕更让她震惊。十几个孩子东倒西歪，趴在桌子或躺在沙发上呼呼大睡，脸红得就像熟透的西红柿……

八、男子汉

"洛桑呢？"牛家辉一进门就问葛玉梅，一脸的不高兴就像谁欠了他多少钱似的。

牛家是藏族，家里人都叫牛犇的小名，村里的一些孩子都知道，海娃和小波也清楚。

葛玉梅给刚刚回来的丈夫倒茶："他还能去哪儿，当然是去玩了呗。"

"这个臭小子，一天到晚除了玩啥也不干，我累死累活也不知道心疼一下。今天正好是个机会，我要让他帮我干一点活，他就不见了！"

"他那么小能帮你干啥？你不就是要宰几只羊嘛，水我已经烧好了，还是老规矩，我来帮你吧，然后你去送，我看肉摊。"在葛玉梅眼里牛犇还是个孩子，所以家务活一点也不让儿子干，就连洗碗扫地都怕他累着。

昨天，牛家辉接了一单生意。镇里有一家人要办丧事，说好地让他今天下午宰几只羊送过去，羊要越肥越好。今天一大早，他就一个人出去拉羊了，葛玉梅像往常一样烧好了水。

"我俩是没问题，可他也不小了，我得锻炼锻炼他，要让他做一个男子汉！"牛家辉五大三粗，他没多少文化，可宰杀牛羊却是一把好手。

这几年，牛家辉一直做牛羊肉生意，婚丧嫁娶、祝寿满月，十里八村谁家办事都要找他买牛羊肉。在九泉村，牛家辉和他哥哥属于外来户，他虽然没多少文化，可在九泉村却是屈指可数的有钱人，家里不仅盖起了两层的小洋楼，而且还买了私家车。牛家辉从不过问牛犇的学习和成绩，只要儿子能练就一身胆量就行。然而，牛犇从小就胆小如鼠不说还有点娘娘腔，这让牛家辉有些大失所望，看儿子咋都不顺眼。作为父亲，牛家辉见今天是个机会，就想锻炼一下他，不能再让他玩那些女孩子玩的游戏了。

"那你先喝茶歇一歇，我出去把他找来。"葛玉梅想出去找儿子，可被牛家辉拦住了。

"还是我去，你去了他不一定能回来。"说着，牛家辉放下茶杯就起身就走了。

此时，牛犇和小波正在海娃家门口荡秋千。十几个孩子，围着一个秋千架，玩得忘乎所以，一声声尖叫回荡在海娃家门口。

"哦……哦……再用力些……"牛犇坐在秋千上高兴地放声大喊着，希望海娃和小波把他推得再高一些。牛犇兴奋极了，风儿将他的头发吹起来，将他单薄的衣服鼓起来，将他欢乐的笑声飘起来。他尽情地叫着，欢快得不得了。

就在这时，牛家辉找来了。隔着车窗，看到儿子坐在秋千上荡来荡去，心想这还像男孩子玩的游戏？汽车没有熄火，牛家辉放下车窗玻璃，按了两声喇叭。看到老爸，牛犇脸上的笑容立马就消失了，手忙脚乱的，差点从秋千上掉了下来，海娃和小波随即拉住了秋千。牛犇走到车前就朝海娃和小波招手——示意他俩也过来。

两个人看了面面相觑，都不敢过去，害怕牛家辉因堵烟囱的事找麻烦，那次在他家可闯了不少祸呢。见他俩杵着不动，牛犇就跑过来说是他爸爸让他俩去帮忙，然后拉着他俩一起去了屠宰场。

刚一下车，一股浓烈的腥臭味儿就扑鼻而来，一旁的铁案上，十几把钢刀在阳光下明晃晃的，让海娃和小波看了有些瘆得慌，铁案下面的血迹更让他们不寒而栗，一旁是两个铁架子，上面悬挂着几个油光闪闪的铁钩子。最引人瞩目的还是那两个桶，它们是用来暂时存放污水和粪便的。环保局封堵了屠宰场的排污口，但牛家辉哪里能干，利用两个晚上，从屠宰场埋了一条暗道到河里，待夜深人静后通过暗道将桶里的污水排到河里。

这些年，每次来屠宰场，牛犇最多也就是给爸爸递个盆子、拿个壶什么的，可今天爸爸竟把刀给了他，让他从今天开始学杀猪宰羊。一听爸爸的话，牛犇顿时就傻眼了，拿着刀吓得双腿直哆嗦。

牛家辉拉过来一只羊，一把推倒，一条腿跪着将羊按在地上说："过来，像我一样一刀子进去，然后你就成男子汉了！就这么容易，没你想得那么难。"说完，他抬头看着双腿哆嗦的儿子，等他过来白刀子进去红刀子出来。

听了爸爸的话，牛犇拿着刀战战兢兢往前挪了两步，然后扭过头看了看海娃和小波，又看着一旁的妈妈，眼睛里充满了祈求。葛玉梅鼓励他不要怕，按爸爸平日里那样就行。牛家辉看着他的样子，想起昨晚娘俩用海娜包红的指甲，气就不打一处来。牛犇从小就胆小，动不动就淌眼泪，牛家辉告诉他男人可以哭，但绝对不能怂，要做男子汉。

"快点，你还等啥呢？"牛家辉催着牛犇立刻动手。牛犇看了看爸爸，又哆嗦着往前挪了两步。偌大的一只羊，在爸爸的按压下使劲挣扎着，可怜巴巴地哀号着，眼睛直盯着牛犇看。看着它的眼睛，牛犇觉得羊好像是在向他求饶。

牛家辉铁青着脸，半吼着说："愣着干嘛？还想不想要下个月的零花钱了,你要是宰了这只羊,从下个月起零花钱翻倍。"这很有诱惑力。牛犇青着脸哆嗦着,慢慢蹲了下去,海娃和小波在后面看着有些发怵,心怦怦直跳,都快提到嗓子眼了,他攥紧了拳头看牛胖子怎么下手,初八摇着尾巴也看着。他俩知道,牛犇胆小如鼠,平日里连只鸟都不敢杀。可是今天,让牛犇拿这么大的刀宰杀这么大的羊,这岂不是故意为难吗。

"像我往常一样,左手抓住它的犄角,然后右手用力把刀捅进羊的胸口,要么直接抹了它的脖子,就这么简单!"牛家辉指点着怎么下手,可牛犇好像一句也没听到,只感到后脊梁一阵一阵发凉。抓住犄角,牛犇感觉到羊在不停地颤抖。随之,牛犇如筛糠般浑身哆嗦了起来,脸色白中发青,嘴唇干得要命,拿刀的手像是被抽了筋般软得无力,心怦怦地感觉快要跳出来了。

"对,现在使劲一刀子捅进去就行了,然后你就是一个男子汉了,以后有双倍的零花钱。别怕,我十二岁就跟着你爷爷学宰羊,你今年都已经十三岁了!还愣着干嘛呀,快动手!"

随着爸爸的一声令下,他浑身软得像一堆泥巴瘫倒在地,随即嘴里冒出了白沫,裤裆也湿了,双腿一下下抽搐起来。见儿子被吓倒了,牛家辉立马放开羊抱起了他,葛玉梅和海娃几个人大惊失色,又是捋胸口又是掐人中,慌得跟什么似的。十分钟后,牛犇的脸色开始好转了一些,呼出一口气后,哇地哭出声来。

见他醒过来,几个人这才松了口气。牛犇哇哇哭个不停,浑身不停地颤抖着,下身已经湿了一大半。牛家辉恨铁不成钢,坐在一旁气得直瞪眼,连连骂牛犇是废物,没有半点血性。葛玉梅心疼地抱着儿子一起哭,海娃和小波紧紧抓着牛犇的一只手。缓了半天,葛玉梅背着儿子回家了,海娃和小波也去了牛犇家,扔下牛家辉一个人宰羊。回到家里,葛玉梅拿衣服和裤子让儿子换上,随后做了一大盘可乐鸡翅给他压惊。

三个人还没吃完,牛家辉就来电话让小波帮他把电脑的密码解一下。

上次堵烟囱那天,小波解开了牛犇家的电脑,晚上牛家辉又设了更加复杂的密码,可几天后他自己竟然把密码给忘了。本来今天牛家辉想好好治治小波,可没想到儿子上演了这么一出。

解了半天,小波还是没有解开密码,最后只能不了了之。电脑解不开,三个人就跑到村委会去蹭网了,一直玩到日落天黑……

九、游戏惹的祸

雨淅淅沥沥,似烟又似雾。小波披着雨衣,戴着一顶草帽跑在村道上,初八跟在后面一副很不情愿的样子,在这雨天里,它显然不喜欢出来溜达。

几天来,面对阴雨绵绵的天气,小波每天都出来,蹲在村委会楼后玩游戏。今天,他带着初八径直来到了村委会。村委会四周都有墙,大门锁得死死的,只能翻墙进去,而这不高不低的墙对小波来讲简直如履平地,他刚扒上墙头,就见冯天宝笑眯眯地走到了跟前。冯天宝也是来蹭网的,网瘾比起小波有过之而无不及。这小子虽比聂小波小一岁,可长得矮冬瓜似的,上墙基本上每次都需要人帮。

砖墙近两米高,微微往里倾斜着,几条四五厘米宽的裂缝清晰可见,旁边用红漆写着"此墙危险、请勿靠近"几个大字。冯天宝仰起头举起双手,用两只充满祈求的眼睛看着墙头上的小波,小波像往常一样一把把冯天宝拉了上去。他刚跳下去,初八也从一旁的水洞钻了进去。跳下墙后,小波先是猫下腰,看里面有没有人,而冯天宝一蹲下就开始急不可待地玩起了手机。小波也慢慢走过去,还没有蹲稳当,只听初八狂叫了起来。小波抬头一看,直见面前的墙迎面向他倒扑过来。就在这千钧一发之际,他上前拽了一把冯天宝,旋即纵身往后一跃,重重地摔倒在地。同时听到"轰"地一声巨响,冯天宝的半个身子都被砖墙给掩埋了。

随着这声巨响,小波"啊"地大叫了一声,右小腿感到一阵剧痛。喊声未落，只见几块砖头滚过了头部，有一块擦过了他的右脸，一阵尘土扑过来掩埋了他们。小波心里清楚发生了什么事，惊恐万分地大喊着"天宝……天宝……"

早晨八点多，村民们坐在炕上吃早饭。离村委会较近的几户村民，听到这声沉沉的巨响后，立马跑出来查看究竟发生了什么事，有两家的狗跟着初八狂叫不停。出门一看，原来是村委会的后墙倒了，而且下面还压着两个人——灰头土脸的看不清，只听见发出痛苦的呻吟声和救命声。见有人被压，几个人三步并作两步跑了过去，徒手扒开砖把人救了出来。一个妇女用围裙擦了擦小波的脸，这才认出原来是聂家的小子，而另外一个已经血肉模糊了。

随即，村民跑出去叫了家属。聂小波的奶奶一看孙子受了伤，哭天抹泪地求人把小波送到医院，经检查后医生说只是轻微骨裂，没什么大碍。小波的奶奶这才放下悬着的心来。医生刚出去，村主任就指着小波的鼻子骂了起来，脸色阴沉着很是难看。之前，他曾多次警告小波他们不要去蹭网，说那堵墙很危险，说倒就倒，可小波驴耳朵灌东风，一句也没听进去。

冯天宝可就没小波那么幸运了，卫生院里哭着跑进来两个女人。听完医生的检查结果后，天宝奶奶泪眼婆娑，急得一个劲地拍大腿，嘴里语无伦次了。冯天宝伤得不轻，两个小腿和四根肋骨骨折，幸好头部伤势不重，这多亏了小波拉的那一把。卫生院条件有限，院长已经联系了县人民医院，让天宝奶奶不要哭了，赶紧去凑钱。

听到天宝奶奶的哭声，小波心里五味杂陈，懊悔得要命，恨自己那一把没把天宝给拉过来。

轻微骨裂没什么，大不了躺上一个月就好了，不至于让老人无法向小两口交代。聂小波的奶奶顺手拿起手机来，咬牙切齿，恨不得把它给砸碎了。老人虽然目不识丁，可她清楚就是这手机害了孙子，自从有了这部手机后，孙子就像变了个人，还差点酿成无法挽回的悲剧。

之前，小波虽然有些调皮爱贪玩儿，但手脚勤快经常帮爷爷奶奶端茶倒水干家务。自从有了手机后，他不仅不写作业，书也不看了，而且一天到晚不见人影，早出晚归比上班族还要赶时间，爷爷口渴了喊他半天都听不见。有时晚饭后还要出去，然后一直到半夜才回来。在这半个月里，小波确实沉迷在游戏里，在虚拟的世界里自我陶醉，不能自拔。在现实中，每天重复着枯燥而乏味的生活。可在虚拟世界里，他是万众瞩目的超级大英雄，可以无拘无束、自由自在，甚至为所欲为，这让他孤独的心灵找到了归属和满足。

奶奶絮叨了半天后就回家做饭了，奶奶前脚刚走，海娃后脚就跑来了。看到小波的头上缠着绷带，躺在床上右腿被高高地悬吊着，旁边立着点滴架还给他输着液时，瞬时就流下了两串眼泪。得知他没事，海娃这才擦了擦眼泪笑了笑，用手语说："我还以为你臭小子翘辫子了呢，还好只是骨裂躺一个月就好了。以后不能再玩手机了,害人的东西！"卫生院里没什么人，住院的只有小波和一个产妇。

小波左手捂着嘴角，难过地说："我都这样了你还说我，难道变成天宝那样你就高兴了？"

"别胡说八道，叫你不老实！"海娃比划着，在小波的腿上戳了一指头，疼得小波张大嘴"啊"地大叫了一声。"今天是一个警告，以后再也不能去那里蹭网了。刚才看到天宝奶奶哭得死去活来，我心里真是……"两个人聊着，就在这时外面响起来一阵刺耳的警笛声……

海娃以为小波的事惊动了警察呢，跑出去一看警车已停在了五味书屋门前，随即从车上下来几个穿警服的人。看到警察，海娃心里咯噔一下后立马跑了过去，周围的人已经聚了过来。大家议论纷纷，说这次康家的四丫头要发威了，看来李斌和牛家辉吃不了兜着走了。海娃不知道发生了什么事，只听得身边的一个人给另一个说道。

原来，昨天晚上，康正贤家的窗户被人砸了。半夜三更他们一家人睡得正香时，突然"砰"的一声就把他们从睡梦中惊醒了。韩清林光着脚出来一看，只见客厅里满地都是碎玻璃和一块砖头，吓得他目瞪口呆。老两口刚睡下没一会儿，被这一声差点吓出心脏病来。一见砖头，四个人就猜到是谁干的了。康凤英拿过扫把准备扫玻璃，随即被父亲抬手拦住了，说天亮后报警，韩清林的意思也是报警，不然有第一次就会有第二次，李斌和牛家辉还会打击报复，没完没了。

他们怎么惹着李斌和牛家辉了，这事得从一个多月前说起。

今年7月10日那天，康正贤偶然听到李斌和牛家辉要在商业街开网吧的消息，而且第二天就证实了此消息。大家都说这是好事，可康正贤一家人却不这么认为。当天晚上，康正贤就让韩清林提高警惕，说游戏就是电子鸦片，千万不能让他们把网吧开在商业街，不然就会害了一大批学生。作为校长，韩清林早就认识到网吧对学生的危害性，所以第二天就去镇政府找领导了。可一个月下来，上面好像并不重视这件事，而李斌和牛家辉的网吧快要开张了，俩人乐呵呵就等着数钞票了。

情急之下，康正贤跑到了县教育局和文化局，没想到文化局的局长是他的学生，当天下午文化局的人就来了。经康正贤这么一搅和，网吧就彻底没戏了，三十多台电脑和几台游戏机成了摆设。李斌和牛家辉怀恨在心。前几日在小面馆喝醉酒，扬言要报复康正贤，没想到这砖头这么快就来了。这么大一块砖头，小孩子不可能扔上来，而且这里还是韩校长家，谁也没有这个豹子胆。这半夜三更的，除了李斌和牛家辉还能是谁干的，康家在镇上又没有什么仇人。

雨下了一夜，淅淅沥沥的雨声中仿佛潜藏着驱不散的担忧，韩清林两口子一夜无眠。天刚一亮，康凤英就给在市里工作的四妹打了电话。

四女儿叫康凤晴，在市公安局工作，接到大姐的电话她就炸了。撂下电话，康凤晴就一个人开车回来了，快到家时给镇派出所打了个电话。康凤晴的脸上乌云密布，恨不得立刻把李斌和牛家辉给抓起来。然而泄愤归泄愤，她不能乱来，况且还不能确定是李斌和牛家辉干的，就算证实是他们干的也轮不到她越俎代庖。派出所的马所长和康凤晴说了几句，就带着几名民警去找李斌和牛家辉了。

其实，李斌和牛家辉也是康正贤的学生，虽不是班主任但也教过他们。李斌是后沟村人，这几年跟着哥哥李琦揽工程挣了一些钱，所以和牛家辉商量着开一家网吧，眼看着开张大吉却被老校长搅黄了。

康正贤让大家别看热闹了，叫大家回去各忙各的，说没什么事不要以讹传讹，然后带着一家人上了楼。他昨晚是主张报警，可没说要给康凤晴打电话，所以批评韩清林两口子糊涂，接着又叫康凤晴回市里上班了。听了父亲的话，康凤英这才认识到自己考虑不周。

从小到大，康正贤对六个女儿严加管教，要求她们做德才兼备的人。还要懂得和学会善待别人，懂得与他人分享，真诚待人。也正因此，六个女儿一个比一个有出息。

回到卫生院，海娃给小波讲了刚才目睹的一切，然后说都是游戏惹的祸，若没有手机和游戏也就不会有这么多事了。海娃让小波把手机还给牛犇，可小波哪舍得再还回去。一连三天，海娃帮小波奶奶给小波送饭。躺在病床上，小波这才心有余悸有些害怕了，这次要不是初八就难逃一劫，告诉自己以后不能再去村委会蹭网了。看到隔壁病床上的母子，他想起了自己的爸爸和妈妈，也认识到了生命的宝贵。

第四天，海娃用轮椅推着小波出院回家了，得知小波出了事，安然也提前回来了，村委会的后墙已经修好了，派出所那边也有了结果……

十、友谊的小船

这天，母女仨一起来摆地摊，何淼正在给一个客人装茶叶蛋，妹妹一个人在一边玩洋娃娃，李素琴坐在太阳伞下做鞋垫，一脸的喜悦。

何淼递过一个塑料袋，笑盈盈地说："好了，您的 20 个茶叶蛋，请拿好。共 20 块，谢谢。"对方接过茶叶蛋，交给何淼一张 50 元的钞票。

接过钞票，何淼拿起来在太阳底下看了看，然后收进包里一边找钱，一边给客人介绍妈妈做的鞋垫："您看这是我妈妈亲手做的鞋垫，就是这样一针一线做出来的，垫在鞋里特别舒服，您要不要来两双呢？"一听介绍，对方看了看在一旁做鞋垫的李素琴，然后拿起地上做好的鞋垫看了起来。"您看，这些都是我妈妈亲手做的，全部都是纯手工制作，特别耐穿。大的一双 15 块，小的一双 10 块，多买几双还有优惠，您要不要来两双试试。"何淼很热情，向顾客介绍鞋垫已经非常熟练了。

"好吧，那就来一双大的，一双小的，小姑娘小小年纪，真会做生意，长大了肯定特别有出息。"客户看着何淼说道。

何淼给客人找了 5 块零钱，然后高高兴兴地送走了顾客，一脸的笑容，充满了自信和快乐。在这个暑假里，何淼几乎每天都带着妹妹帮妈妈摆地摊，一个多月下来，何淼已经成了一个小生意人，煮茶叶蛋也是个老把式了。客人走后，何淼先给妈妈倒了一杯水，然后掏出钱，咧开嘴数了起来，一脸的高兴样儿。刚数到一半，李襄提着一个塑料袋就来了，她穿着一身连衣裙，飘飘然然像一只花蝴蝶："哟！这么多钱呢？都快成小富婆了。"

看到李襄又来，还给她们母女仨带了雪糕，何淼自然高兴不已。摆地摊很枯燥，尤其在这炎炎夏日里，李襄几乎每天来陪何淼，每次来都带雪糕或其他一些吃的东西，有时候甚至还给她们带盒饭。

"别再数了，赶快过来吃雪糕吧，今天的雪糕可甜着呢。"说着，李襄给她们母女仨一人拿了一个雪糕，然后自己也拿了一个舔了起来。

李襄刚舔了一口雪糕，便问："婶儿，淼淼管钱你放心啊？"

"这有啥不放心的，就几百块又不是万儿八千的！"李素琴擦着何果的嘴角回答道，一脸的喜悦。

看着李素琴，李襄一脸的羡慕。"你真开明，我爸就从来没让我帮他数过钱，更不要说替他管钱了，好像我会偷拿了似的。婶儿，我爸他们都不会让这么小的孩子管钱，可你咋就能让淼淼当掌柜的呢？"

"我就是听了安老师的话，让淼淼管钱就是为了锻炼她，让她从小学会理财，培养她节俭的品质……"李素琴说的是实话。暑假回家前，安然来何家跟李素素琴聊了很多，叫她大胆做生意，争取把生意做大，还让她好好培养两个女儿。鼓励孩子做点生意，不但可以赚点零用钱，而且还能培养女儿独立自主的能力和省吃俭用的生活作风。

李襄看着何淼问："今天这雪糕咋样，有没有感觉特甜？"

"雪糕不是都一样吗，为什么今天的就会特甜一些呢？"

"给你说实话吧，今天这雪糕是佳琪买的，怕你不吃刚才我没说。"一听这话，何淼脸上的笑容骤然不见了，看着手里吃剩下的半个雪糕，心里有点沉重。"佳琪知道错了，昨天她来找我道了歉，可怜巴巴的。我本来没打算原谅她，可她态度非常诚恳，看那个样子也特别可怜，所以就……"李襄一面说着，一面观察何淼的表情。

何淼看着雪糕，微微笑了笑说："你应该原谅她，她其实人不错，就是……"

听何淼这么说李襄笑了，还没等她说完就抢着说道："太好了，我就知道你能原谅她，所以今天把她也带来了。"说着，她站起来走到路中央朝来的方向招了招手，喊："过来吧！"话音刚落，何淼伸着脖子一看，只见蔡佳琪慢慢走了过来。走到跟前，蔡佳琪深吸一口气，俏脸上微微泛着红晕，亲切地打招呼道："婶子好！淼……淼淼好！"看着何淼，蔡佳琪咬着下嘴唇一脸的愧疚。看到蔡佳琪，又听到熟悉的声音在打招呼，何淼愣住了，不知道该说些什么才好。见她半天没有说话，蔡佳琪有些尴尬了，心里七上八下担心何淼不原谅她。

见何淼有些懵，李襄走了过来："淼淼，佳琪跟你打招呼呢！"

一听李襄的话，何淼这才回过神来："哦，佳……佳琪好！你咋来了？"

"淼淼,对不起,我今天是来道歉的,希望你能原谅我。"蔡佳琪一脸的歉意,态度非常诚恳。

何淼看着蔡佳琪,笑了笑问:"道歉!道啥歉呀?"一听何淼这话,蔡佳琪有些傻眼了,以为对方没打算原谅她。

见情况不妙,李襄赶紧道:"淼淼,你就大人有大量,原谅佳琪一次吧,她真的知道错了。"蔡佳琪连连点头,眼泪都快流出来了。

"不是,佳琪是我们的朋友,朋友之间还需要道歉吗?"听何淼这么一说,蔡佳琪和李襄这才喜笑颜开,一时间把蔡佳琪感动得稀里哗啦。

"谢谢淼淼!谢谢你能原谅我,也谢谢你还拿我当朋友看!以后……以后我一定会珍惜我们的友谊,再也不让咱们友谊的小船翻了!"蔡佳琪说得很诚恳,一脸的真诚让她俩看了十分感动,眼泪忍不住流了出来。

"既然是船,那就会遇到狂风暴雨和海浪,只有经历了考验它才会驶向远方,也才能到达彼岸嘛!"说完,李襄紧紧地抱住了何淼和蔡佳琪,半块融化的雪糕洒了一地,让何淼看了有些心疼。

看到她们和好如初,李素琴欣慰地笑了。就在这时,一辆汽车缓缓停在了地摊前,从车里下来几个披着大波浪卷的美女。见顾客来,何淼立马准备过去招呼买家,但蔡佳琪一手拦住说让她来。客人戴着太阳镜,认认真真挑了五双鞋垫,付了钱就走了。看着手里的一百元钱,蔡佳琪感到特别有成就感,虽然不是自己挣的,但比自己挣的还要高兴,这种感觉比花了一百块钱都美妙。接过百元大钞,何淼说这五双鞋垫挣了60块,可妈妈需要六天时间才能做出来。接着,她给李襄和蔡佳琪讲起了她的生意经。

在这五个月下来,何淼其实总结了不少经验,她说做生意的命根子就是一个字——诚。无论生意大小,不管卖什么东西,面对大大小小和各种各样的顾客,只要用这个"诚"字就能做成生意。不用讨好顾客,也不用贬低商品,而且还能揽到回头客。半天时间,让李襄和蔡佳琪听入迷了,感觉她就像一个商学院的教授一样,让她俩佩服得五体投地。

她俩的爸爸都是生意人，可从没听他们说过这些话，看来何淼天生是一块做生意的料。

没一会儿，火红的夕阳就要落山了，蔡佳琪感到特别开心，这三个多月可把她给憋坏了。自从那次吵架后，蔡佳琪在班里一下子就变成了孤家寡人。课间没人愿意跟她玩，让她一个人就像一只离群索居的小鸟一样。大家也都不跟她读英语单词和课文了，也没有一个人和她坐在一起吃午饭了，选三好学生时更没有一个同学给她投票。在这三个多月里，她切身感受到了没有知心朋友的孤寂。

那天逞口舌之快，那样骂了何淼后，蔡佳琪只痛快了一两天，然后就后悔了。在暑假里，蔡佳琪一直找机会给李襄和何淼道歉，她想挽回这份比金子还要宝贵的友谊。虽然每天都能见到何淼摆地摊，可一直不敢走过去说声对不起。昨天，她终于鼓起勇气对李襄道了歉，然后今天李襄就带着她来找何淼了。

太阳等不急，便慢慢落下西山，友谊的小船重新起航，在那不久的将来劈波斩浪，直到彼岸。

十一、焐地锅

吃过早饭，海娃就上了山，边走边背唐诗，等到了山坡上，他又开始练吉他，山坡上顿时传来了悠扬的乐曲声。

两个小时后，牛犇和小波带着初八朝山坡走来，看到他俩过来，海娃便停下了脚步等他俩过去。经过半个月的修养后，小波能慢慢下地走路了，只不过就是用不了大力气而已。虽说伤筋动骨一百天，可他只用了半个月就可以下地了，这多亏了奶奶养的老母鸡。他清楚家里的十几只老母鸡可是奶奶的心头肉，可这一下，他一个人就吃了好几只。平日里，奶奶连鸡蛋都舍不得多吃几个，而这次给孙子杀鸡，连眼都没眨一下。

今天，他们说好要烀一锅洋芋，海娃拿着一个小铲子开始找挖地锅的地方。走到山脚下，海娃帮牛犇把小波拉了上去，坐在树荫下稍作休息，三个人就开始分工干活了。小波拿小铲挖起了地锅，海娃和牛犇到山坡上去找柴火了。没一会儿，两个人就各抱了一捆晒干的柳枝回来，而小波也已经挖好了一个地锅，锅口大小非常合适。

海娃和牛犇给小波找了一堆土坷垃，然后两个人又去找柴火和"偷"洋芋了。烀地锅，除了要挖好搭台的台基外，关键的还是看垒什么样的土坷垃，这直接决定着地锅的质量和效果。因此，垒上面的土坷垃就是一个非常讲究的技术活。这土坷垃有大有小，最好弄成鸭蛋大小的椭圆形，一半土一半沙。柴火可以就地取材，花点时间能捡到一大堆，可土豆只能到地里去"偷"了。对他们来说，"偷"土豆是家常便饭，手到擒来了，可每次基本上都是海娃和小波去"偷"，牛犇大多是躲在一旁放风。今天，牛犇大着胆说跟海娃一起去，不然只靠海娃一个"偷"不了多少，而他今天想美美吃一顿呢。

还没到半山腰，海娃和牛犇就遇到了张小龙，他拿着弹弓正在一棵歪脖树下打鸟。张小龙是白崖沟村的，今天是去水库捉鱼路过这里，以前高志明在时，他几乎天天来这里玩，海娃没想到今天又遇到了他。

张小龙以前是高志明的左膀右臂，跟着高志明逃学、抽烟、喝酒、打架、玩游戏等。自从高志明被抓后，他就成了学校里的"老大"，每天带着几个学生耀武扬威。还抢了牛犇的五块钱，到现在牛犇还耿耿于怀呢，看到冤家自然很不舒服了。

一见到站在土坡上的张小龙，牛犇张口就喊道："张家娃，今天咋来我们这里来玩了，是不是来找高志明的？"牛犇故意大声喊，把树上的鸟儿都吓飞了。

看着鸟儿飞走，张小龙就来气了："你这个死胖子，你今天几个意思？看我咋收拾你！"

牛犇脸上露出挑衅的笑，仰着眉毛喊道："哦，是吗？有本事你就跳下来，谁怕谁呀！"土崖比较高，因此牛犇才这样刺激他。

"嘿！才两天没见，你这娘娘腔没变，脾气倒见长了！看我下来不收拾你。"张小龙一边这么说，一边看了看能不能跳下去，牛犇很张扬地对他做着鬼脸。

"下来下来，你不是号称'李小龙'嘛？怎么连这点坡都下不来？"见张小龙下不来，牛犇便开始有恃无恐。"看来，你的三脚猫功夫不咋的嘛！"听牛犇这么说，海娃劝他不要刺激张小龙，说他如果下来你就完了，可牛犇根本不相信他能下来。一听牛犇的话，张小龙瞬间就被激怒了，他看了看土崖的高度，然后一咬牙就跳了下来。见他跳了下来，牛犇头皮发麻，顿时就傻眼了。

"骂……你接着骂！"张小龙讪讪地笑着朝牛犇走了过来。"你小子挺能骂的，看能不能骂出个花来！"张小龙一副要拆了牛犇的架势。

看着张小龙虎视眈眈地一步步走过来，牛犇哆嗦着双腿，脸都吓白了。见张小龙要动手，海娃跨过来站在了牛犇前面。

张小龙装起弹弓，说："海娃，这事跟你没有半毛钱关系，你闪开，我今天要看看这娘娘腔到底长了几个胆！"

海娃双眼发红，鼻孔张开，摆出一副拼命的架势，比画着说："他是我哥们，不准你动他！"看到海娃的手势，牛犇感动得一塌糊涂，张小龙也有些犯难了，一比二他还真没有胜算。

牛犇躲在海娃身后，讪讪地说："张大侠，我刚才是跟你闹着玩儿的，我知道你一定能跳下来，这么点土崖对你算个啥呀！"

张小龙把双手弄得咯咯作响，微微笑着问："你刚才不是挺横的吗，现在怎么就怂了？"

"瞧你说的，我哪敢呀，谁不知道你是练家子，我那不是鸡蛋碰石头嘛！我们一起去焐地锅吃，'钢蛋儿'还在那边等着我们呢！"牛犇灵机一动想到了小波。张小龙跟聂小波关系不错，他多少要看在小波的面子上放他一马。

一听聂小波也在，张小龙立马就变了。见此，牛犇这才松了口气，心里暗暗佩服自己的机灵劲儿。

张小龙问："哦，'钢蛋'也来了？"

"来了来了！他前天说想吃焐洋芋。所以，今天我和海娃就带他出来了，好让他解解馋，透透气。现在他一个人在那边垒地锅呢，而我和海娃这不是要去偷洋芋嘛，没想到在这里碰到你了。"

"算了算了，好男不跟'女'斗。那还愣着干嘛？走啊，我跟你们一起去！"话没说完，张小龙就朝一旁的地里走去，跃跃欲试。

三个人溜进一块土豆地里，拿着小铲和木棍三下五除二，刨出了大大小小十几个土豆。刨着土豆，三个人提心吊胆，怕被人逮住。尤其是牛犇吓得嘴都干了。摸土豆可是有学问的，见到地垄上有拇指宽的裂缝了，说明下面就有土豆，手顺着裂缝伸进去，保准能挖到一个大大的土豆。焐地锅所用的土豆不能太大，不然焖不熟，所以他们只挖到了拳头大小的土豆。三个人灵敏地摸着土豆，不时又抬起头看向四周，生怕被人发现。

抱着土豆来到营地，小波已经点起火烧了起来，只见地锅里柴火"噼里啪啦"一声响，红红的火苗舔舐着土坷垃。看到张小龙也抱着土豆来，小波有些意外和惊喜，随即就跟他聊了起来。一个多月没见，二人还真有些想对方了，尤其是张小龙听到小波受伤的信息后还难过了好几天。柴火冒出的烟把他们的双眼熏得红红的，像老家的兔眼。没一会儿，地锅上面的土坷垃就被烧红了，这意味着最关键的时候也到了。海娃从容不迫地把最后一把柴添进去，然后拿早就准备好的一块大坷垃堵住火门，随即，四个少年就热火朝天地忙碌起来。

小波不慌不忙，把火红的土坷垃一个一个拨下去，牛犇和海娃把土豆一个一个地放下去，张小龙拿着一根木棍使劲捣鼓。就这样，不到两分钟就把土豆放进去了，上面被烧红的土坷垃也全都拨了进去，只见一股黑烟和热气冒了上来，而地锅里发出"滋滋"的响声。旋即，四个人把一旁准备好的一堆土堆在上面，然后争分夺秒用脚狠狠地踩了一阵。最后，海娃用手摸摸看哪里还在发热，有的地方再盖上一层土焐住，这是焐地锅最不能疏忽大意的，它直接决定着土豆的熟度。要是没弄好散了热，那一锅土豆就算白瞎了，半生不熟没一个能吃的。要是弄好了，那一锅土豆出来会香飘四溢，比那卤肉还要香呢。

检查了半天，只发现了两处散热的地方，盖了一层土弄好就算完事了，然后等上一个小时就可以吃了。牛犇一步也不愿意离开，几个人便坐在树荫下等。约摸过了四五十分钟，扒开上面的土，还没看到土豆就闻到了浓浓的土豆的香味，香味瞬间弥漫在了四周，牛犇吸溜着口水，初八更是摇着尾巴叫个不停……

几铲子过后，外皮金黄的土豆就出现在眼前了，一个个都散发着土豆特有的香气。看到了金黄色的土豆，第一个就被牛犇伸手抢了去，他刚拿到手旋即就扔掉了——太烫了。少时，十几个土豆被刨了出来，每一个拿在手里都火球般烫手，"噗噗"直吹个不停。一时间，土豆在几个人手里颠来倒去，嘴里发出"滋滋"的声音，满脸的喜悦和开心。牛犇咬了一小口，然后"呜呜"地说真香，紧接着又咬了一口。

以前，三个人每次焐地锅，都是把土豆分成五份，除了他们三人各一份外，其他的还要给家里的爷爷奶奶。今天，初八只得了两个，其他的海娃要留给安老师她们。

每次，牛犇狼吞虎咽都是第一个吃完，今天也一样。四个只有鸡蛋大小的土豆，他一口下去就像猪八戒吃人参果似的，没两口就吃完了。然后，他嘴巴半张开来，睫毛也不眨动一下，呆呆地瞅着海娃细嚼慢咽连连咽口水。

牛犇咽了口水，可怜巴巴地说："海娃，你借我半个让我尝尝行吗？"说完，用指头轻轻戳了一下海娃，微微噘着嘴一脸的乞求。

海娃用手语问："咋这么快就吃完了？"

"今天太少了！我都没尝出是啥味儿，你就借我半个让我尝尝味儿。"他两个嘴角黑乎乎的，一脸的祈求看着很可怜，就像是一个饿了好几天的乞丐。

"不行！剩下的我要给安老师她们。"海娃摇着头比画着，随后就拿着土豆扭过了身子。

"妈呀，你怎么这么抠。"牛犇一脸的吃惊。

海娃看了看牛犇，嘻嘻地笑了笑，然后牙疼一样皱着眉、吸着嘴，又是一连串摇头。

"你这人真没劲！"说着，牛犇瞅了一眼海娃。眼看快要吃完了，牛犇一把抢过来剩下的半个，然后边跑边往嘴里塞。

见海娃追了上去，小波的嘴咧得像个瓢，乐得鼻涕泡都快出来了。海娃故意把牛犇追了很远，其实他刚才跟牛犇是闹着玩儿的，好让小波欢乐起来。空中，一群鸽子时远时近地盘旋，一圈又一圈地翱翔着，虽然飞得很快但一点声音都没有。吃完，牛犇扶着小波回家了，海娃拿着剩下的土豆向学校飞奔而去。看到土豆，安然十分感动。她把土豆放进微波炉里热了热，一股香味充满了宿舍……

这是安然和温昕长这么大吃过的最香的土豆，温昕再三叮嘱海娃下次一定要带她们去。

第六章
ZHI FEI JI

飞得更高

一、教师节

9月10日，一个普通又不平常的日子，一个感恩和值得牢记的节日——教师节。

刚吃过早饭，康正贤就坐在椅子上看起了书，康凤英母女在厨房里忙个不停。教师节，对康家来说是一个非常重要的日子，比过年还要热闹。康正贤看书很投入，《海德格尔的智慧》，这是安然这次回来时带来的，是爸爸安浩轩嘱咐她带给康老校长的。除了这本，还带来十几本老康梦寐以求的好书，让他高兴坏了。

楼上楼下拾掇得一尘不染，炉子上的奶茶"噗噗"直冒气儿，好像在高唱着庆祝教师节的歌谣。陈桂香时而探头张望，时而自言自语。没一会儿，女儿们带着女婿和孩子相继到了。

客厅里堆了好多东西，衣裤鞋袜、保健补品，一堆一堆摆得满满当当。还没出嫁的六丫头康凤闪挽着母亲的胳膊，如小猫一样用脸蹭来蹭去，恨不得上去一头扑进妈妈的怀里。

康正贤有六个女儿，他为学校和家乡奉献了自己的一生，在镇里也算是有头有脸的人物，康正贤的弟弟有五个儿子，因此，弟弟和弟媳看不起他们两口子，祭祖时总挤兑他俩。虽然没有儿子，可康正贤视六个女儿为掌上明珠，从不让她们受一点委屈。在他的严格管教下，六个女儿都上了大学，现在一个比一个有出息。弟弟虽然有五个儿子，可没有培养出一个大学生，除了老大娶了媳妇，其他四个都还打着光棍。这些年里，康正贤没少接济弟弟一家，每到逢年过节时弟弟就来借钱，几十年来从没还过。老父亲、老母亲去世时，本应当兄弟两个一同尽力才对，这本是不可推卸的责任，可弟弟一分钱也拿不出来，康正贤便一个人出钱办了丧事。

如今，在英秀镇没有哪个人不高看康正贤一眼，对他的六个女儿也赞不绝口。他们一家三代有七个人民教师，这在英秀镇是绝无仅有的。饭菜还没做好，四丫头康凤晴一家三口也到了，紧接着张副校长带着十几个老师也来了。一时间，楼上楼下、厨房客厅里都挤满了人，有说有笑，热闹非凡……

客厅里摆了三张桌子，大家无比高兴，像往年一样，大家都很期待他讲话。见此，康正贤端起酒杯，笑盈盈地说道："今天又是教师节了！谢谢大家又来陪我这个糟老头子过节！啥也不说了，祝大家教师节快乐！"

大家都站起来同康正贤一饮而尽，康正贤让大家坐下，随即大家拿起筷子相互夹菜，亲热得就像一家人一样。酒过三巡后，在张副校长的要求下康正贤讲起了他的故事。每年的今天，康正贤都要给大家讲一些他的故事，激励年轻一代奋发向上。今天，他又讲起了以前的一些事。

二十年前，学校里破破烂烂的，基础设施建设极其不完善，每年夏天的雨季里，教室里会漏水进来，可老师们还是坚持上课。遇到这样的天气，老师们不仅被淋湿了，出门甚至还会摔一身泥。到了寒冬腊月，教室里虽然也生着炉子，可冷得直叫人发抖。老师们一个个裹得严严实实的，臃肿得像个大狗熊，可手冻得连粉笔都拿不稳。教室是这样，办公室也热不了多少，教学用品和器材少得可怜，黑板擦都是自制的，有时候断了煤块，大家连饭都吃不上。说到吃饭，那时候别说是食堂，就连自来水都没有，老师们还要抽空推着架子车去拉水，不然别说做饭，口渴了连水都没得喝。

记得有一年冬天，康正贤一个人出去拉水，装满水走到半路上车就翻了，把他甩到了路边的阴沟里。老师们等了半天不见回来，跑去一看才发现几个老乡扶着他，一瘸一拐地正往学校走。条件艰苦还能克服，最让老师们揪心的还是学生，准确地说是那些辍学的孩子们。那个时候，没有像现在这么好的政策和条件，很多贫困家庭的孩子为了生活辍学去挣钱，这是让老师们最不愿看到的。而每当有学生考出好成绩时，老师们就会高兴得不得了，比中了奖还高兴。

听着康老校长的故事，年轻的老师们都非常感慨，这对她们无疑是一堂教育课。最后，康正贤深沉地看着大家说到："同志们哪，世界上最光荣的职业就是教师，能有幸做一名人民教师我感到非常光荣，能把自己的青春和一生献给教育事业我感到自豪！现在我老了，把接力棒交到了你们手里。教育源于爱，若是心中无爱就当不好老师。对于一个国家来说教育是根本，对于一个民族来说，教育就是未来。你们大家都清楚，教育是贯穿每一个人一生最重要的事，直接决定着他的人生价值和对社会的贡献。"

"家长把孩子交给我们，我们可不能误人子弟呀，那样我们就成了罪人！当我们把学生视为自己的孩子，我们才配得上人民教师这个美称，才无愧于心、无愧于人、无愧于天地。最后，我希望在座的各位，尤其是来支教的几个新人，能从心底里真正喜欢和热爱这份职业……"

就在这时，一辆汽车又缓缓停在了五味书屋门口，随即下来四个人带着礼物笑眯眯地走了进去。韩清林两口子迎出去一看，原来是县文化局的赵局长等人，专门来给康老师过教师节了。看到学生来给他过节，康正贤自然高兴得合不拢嘴。听了康老校长的讲话，安然心里对这个家庭由衷地赞叹！在康家人身上，她看到了世代相传的敬业精神，还有对教育事业的奉献和对家乡的情怀。

一个老人，生于斯、长于斯，情感系于斯、认同归于斯；一个家庭，浓厚的家国情怀，一生奉献教育事业的热枕，早已融入了他们的血液里。康正贤出身农家，是这里的山山水水养育了他，是教育和知识改变了他的命运，四十年如一日地为家乡的教育事业做出了贡献。

二、月圆人缺

夕阳缓缓下沉，农家院里升起了袅袅炊烟，一缕缕淡青色的烟雾轻纱般飘散在雾霭中。鸟儿们叽叽喳喳叫着归巢了，像是也赶着去过节似的。

喝醉的夕阳，照在何家的小院里，苹果在枝头如羞涩的少女露出红艳艳的笑脸。在厨房里，隔壁的周婶卷起袖子，坐在灶堂里一下一下拉着风箱，一手时不时塞一把麦秸进去。灶火一闪一闪，把她暗黄的面庞映得红彤彤的，像刚喝了二两酒似的。为了过中秋，也为了那份久违的温暖，多少游子步履匆匆。中秋节，是一年中除了春节最让人重视的节日。

昨天，李素琴给何淼给了50块钱，让她买一些蔬菜、水果和猪肉，50块钱拿到市场上真没多少，何果太馋小月饼了，姐妹俩匀出6块钱买了三个最便宜的五仁月饼，只割了一斤猪肉。

周大婶蒸好月饼后，就急匆匆赶回家忙自己的事情去了，剩下何淼母女仨准备过节。何淼洗了芹菜和豆芽，又洗了几个土豆准备切了下锅，何果一看又是土豆就撅着小嘴说："今天可是八月十五，你能不能做点好的让我们改善一下？天天吃洋芋，都吃得我胃酸了！"听了妹妹的话，何淼心里很不是滋味儿，她何尝不想做点好吃的改善一下生活，可家里今时不同往日了，能省一块是一块。这半年妈妈是挣了不少，可每一分都是她的汗水，可不能挥霍了。

"咋，能吃饱肚子就已经不错了，你还挑三拣四。这洋芋还是舅舅帮我们种的呢。你别看它不咋样，它可是宇航员们的主食，你就知足吧！"

"那也不能天天吃呀！即便是好东西也不能这样吃。早上炒洋芋，中午煮洋芋，晚上又洋芋疙瘩的。你和妈妈天天说热爱生活，难道就这样热爱啊？"何果一脸的不高兴。

"好好好，今天我给你换个花样，做一顿洋芋酿皮咋样？"一听这话，何果脸上露出了一点笑容，但还是噘着小嘴不怎么高兴。

"唉！爸爸啥时候才能回来呀？掐指一算，他走了已经快一年了，我几乎每天晚上都能梦到他在冲我笑。要是他在的话，这个节也不至于过成这样，别说一年没吃过红烧肉了，就连苹果和梨都没有几个。"一听妹妹这话，何淼瞪她口无遮拦。李素琴听了，放下手中的针线活望向窗外。何果懊恼自己一不小心说了这些话，怕妈妈大发雷霆连节都没法过了，就在她正准备要说对不起时，妈妈怒气冲冲转过身来说话了："记住，以后你们两个不要再提他了，你们的爸爸已经不要我们了，就当他死了！"说完，两串豆大的眼泪顺着脸颊滚落了下来。

听了妈妈的话，何淼如释重负长长呼了口气，而何果的眼泪瞬间涌了出来，心里有一种说不出的难过。她紧紧抱着去年夏天爸爸给她买的洋娃娃，感觉就像抱着自己的爸爸一样。这一刻，她多希望爸爸能回来陪她们过节，多希望一家人像以前那样其乐融融啊，可这一切已然不可能了。近一年里，风言风语越来越多，就连三五岁的孩子们都这样说，一想到自己的爸爸已成为街头巷尾的反面教材，何果非常难过。

何果也明白村里人说的是实话，可她就是说服不了自己，无法接受自己的爸爸是这种人。她心里非常矛盾，一方面是爸爸买给她的生日礼物，另一方面爸爸如果已抛弃了她们，还留着它这个玩具干什么。看着小女儿，李素琴双眼噙满了眼泪，蹙起了眉头。一时间，屋里的气氛变得异常凝重，感觉整个空气都凝固了。

圆圆的月亮刚出来，安然和温昕就做好了一桌菜。经过一年的学习，如今她俩已经学会做几个简单的菜了，不至于像去年那样老去康家蹭饭。菜刚炒好，江海涛就提着水果和月饼来了，随即笑眯眯地坐下就吃了起来，虽然谈不上美味，但还是能入口。去年三个人在康家蹭了一顿，今年她俩说要大显身手一下。安然还没动筷子，爸爸妈妈的微信视频就来了。她拿手机给他们看了看一桌子美食，又看了看天上又大又圆的月亮后说：

明月几时有，把酒问青天。
不知天上宫阙，今夕是何年？
我欲乘风归去，又恐琼楼玉宇，
高处不胜寒。
起舞弄清影，何似在人间！
转朱阁，低绮户，照无眠。
不应有恨，何事长向别时圆。
人有悲欢离合，月有阴晴圆缺。
此事古难全。
但愿人长久，千里共婵娟。

安然得一首《水调歌头》，让江海涛低下头想起了千里之外的亲人。安然和温昕也有些伤感。随即，三人一边赏月，一边吃着五味俱全的美食，又时而推杯换盏吟诗一首。三个人的父母先后又发来视频，一大桌子山珍海味看得她们直流口水。安然的父母只有两个人过节，显得比较冷清和孤单。

"妈妈，你和爸爸没怎么吃呀？"看着视频，安然双眼里闪烁着泪花。"你俩得多吃，尤其是那盘阳澄湖的大闸蟹，必须吃光了，一只都不准剩下。每年中秋节，爸爸不是要小酌几口嘛，今晚爸爸可以多喝两杯，就当是我敬您的，但不能贪杯哦！"

"晓得！"听了女儿的话，安浩轩高高兴兴地拿起酒杯一饮而尽，然后拧上瓶盖把酒收了起来。

对着手机，安然泪眼汪汪："爸爸妈妈，我爱你们！中秋节快乐！"听了这话，安浩轩和徐惠珍感到特别幸福，感觉从耳朵一直甜到了心窝窝。

"你在那边也好好过节，一定要照顾好自己。那边天气已经冷了，所以你一定要注意保暖，可千万不能感冒了，记得每天给我们发视频……"听妈妈又唠叨了起来，安然虽感到温暖可不想再听了。

"哎呀！你尽管放心好了，我这里什么都好。好了好了，你和爸爸快去赏月吧，我们也要出去赏月了。"挂了电话，安然长长舒了口气，随后，三个人趴在栏杆上开始赏月。

就在这时，海娃和小波他们已经开始串巷翻墙了。一群群孩子背着书包，肆无忌惮地偷水果。经过一个月的休养，聂小波从17日就去学校上课了。以前，在他眼里，学校就是一座监狱，是让他最难受和最想逃离的地方，可在这近1个月的时间里，他却期盼能早一天回到学校去。看到小波回来，同学们都高兴得如见了亲人一般，异常亲切。本来，有几个老师提议让安然不要管小波，说趁机让他休学一学期，等明年再来。安然听了就有些不高兴，说自己的60个学生一个都不能少。

双休日里，安然吃了早饭就去给小波补课，中午时又帮小波的奶奶烧火做饭，趁机还要学一点老人的手艺。两天下来，安然跟小波的爷爷和奶奶混熟了，厨艺长进了不少。有了老师的细心讲解，小波不仅没落下课，后面还有了很大的进步。今天晚上，小波带着海娃和牛犊还有几个小毛孩，奔跑在龙宝村和九泉村的巷道里。其实，早在天还没黑，月亮没有爬上来的时候，这些村里的孩子们就已经按耐不住了。为这一刻，他们已经谋划了好多天。谁家没有狗，谁家有向日葵，谁家的果子好吃，谁家买了好看又好吃的小月饼，这些早已摸得一清二楚了……

天麻麻黑时，薄云在月光下缓缓飘移。童子军们就整装出发了，一阵阵咚咚的脚步声回响在巷道里，家家户户的狗儿们叫个不停。一队黑森森的人马在借着月光潜行，初八摇着尾巴跟在后面，兴奋地叫个不停……

说话间，有的已经摸进了院子，有的爬上了庄廓墙，任凭狗怎么叫，他们都不予理睬。有时，也会有人拿着棍子追出来，他们就如同兔子见了狼似的一哄而散，没一会儿辗转又来到别处。总之，不"偷"个尽兴决不罢休。因为，这是属于他们的夜晚，是老祖宗让孩子们放纵的一晚。

在湟水县，中秋节有一个风俗，叫"献月亮"，即天黑后在院子中间放一张八仙桌，上面摆上特制的大月饼和水果。这月饼是妇女们拿出看家本领精心制作的，用的面粉和一些食材也十分讲究，就跟艺术品一样让人看了不由心喜。

八仙桌中央是月饼，周围是几碟苹果、梨、香蕉、葡萄等，月饼前面是油灯和香，左右两边是一面镜子和一碗清水。当地人称其为"完月"，是一种祈福和祭祀月亮的活动。等到油灯燃尽后，就可以把桌上的东西拿进屋里吃了，而在这之前家家户户都必须打开大门，让孩子们随时进来"偷"桌上的水果。无论被偷了多少，哪怕是全偷了，主人家都不能追究更不能责骂孩子们，因为他们是月亮派来的使者。

月亮越升越高，"小偷"们"开始作案"，从赵家偷到钱家，又从孙家溜到李家。随后，他们便坐在草垛下清点收成，一个个就像泡在了蜜罐里一样甜。你几个苹果我多少梨，他几个向日葵和月饼，大家就像打了一场大胜仗一样兴奋，争先恐后地讲自己刚才的英雄事迹……

一弯盈盈的河水哗啦啦，水面泛起粼粼的波光，在月光下如白银般闪闪跳动着。明晃晃的河水你追我赶，水面上映着一个跳动的月亮，像在诉说着千万年的沧桑。一只猫头鹰蹲在树上，竖起一对长长的耳朵，瞪着两只圆乎乎的大眼睛，像侦察兵一样观察着他们的一举一动。

孩子们躺在打碾场的草垛下，呼吸着旷野的清爽空气，吮吸着麦草的浓浓芬芳。望着玉盘啃上一口苹果，心里别提有多美了，就连天上的星星都羡慕地直眨眼睛。就在此刻，其中一个唾了一口，皱紧眉头说："这苹果怎么是这味儿呀？"几个人细细一看，这哪是苹果呀，而是洋芋。没想到有人把红洋芋摆在了供桌上，而他竟当苹果狠狠咬了一口，结果把大家笑得肚子疼……

三、男人要勇敢

"快快快，敞开了吃，今天你们吃多少有多少，我让你们吃个够！"安然拿着筷子，招呼大家快捞锅里的羊肉，一脸的喜悦。

江海涛咂着嘴说："终于好了，我已经有些等不及了！"说着，他拿起筷子捞了一块羊肉给安然，然后，又给自己捞了一块，放在自己的料碗里蘸了蘸，就一口吃进嘴里。随即，他吸溜着嘴里发出"咝咝"的声音，接着嚼了几下，便咽了下去。

温昕瞪大了双眼说道："妈呀！你也太厉害了，这么烫竟一口咽了下去，真不愧是吃货！"说着，从锅里捞起了一块瘦羊肉，然后放在自己的蘸料里吃。

"这羊肉就得趁嫩吃才香！捞完了我再下一锅。今天，我让你尝尝什么才是真正的涮羊肉，让你们吃了一辈子都忘不了！"周宇一边捞羊肉，一边笑着给康瑞和安然说。在这初冬，就应该吃点这样又香又辣的，热热乎乎的，抚慰一下肠胃和我们的心，心理上藐视寒冷。

康瑞拿筷子拦住周宇："好了好了，你别再给我捞了，我吃不了这么多！"

看着周宇给康瑞捞羊肉，安然从心底里替康瑞高兴。她清楚周宇一直暗恋着康瑞，今天，安然和温昕买了一些羊肉卷和菜，叫上康瑞、周宇和江海涛吃火锅。去年冬季，有一天康瑞叫她俩去她家吃饭，过去才发现原来是要涮火锅。大冬天吃火锅再好不过了，尤其是在这世界屋脊的青藏高原，无疑是一种享受。涮火锅是好，可安然从小就不吃羊肉，最多也就是"撸"几个串而已。安然闭着眼吃了一口，没想到这羊肉特别好吃，还有自制的洋芋粉条，从那以后她俩就好上了这一口。

"对对对，赶紧捞，捞完了再下一锅，简直太好吃了！"安然一边说一边捞，没几下五个人就把羊肉捞完了。

周宇又把一盘羊肉卷下到了锅里，然后拿起酒瓶给大家倒酒。"吃羊肉得喝酒，这样才更过瘾！"说着，他给每人倒了半纸杯青稞酒，一脸的高兴。

温昕看着周宇的脸，说："呦！今天终于笑了，而且还挺好看的，我还以为你面瘫呢，每天跟个兵马俑似的。"她一副惊讶的样子，示意大家看周宇的脸。"这就对了嘛，整天板着脸多累啊，以后就这样。"

平日里周宇不苟言笑，只有见到康瑞时才露出一点笑容。今天，他满脸笑容是因为有康瑞在，而不是涮火锅有羊肉吃、有酒喝。周宇暗恋康瑞谁都知道。因此，大家都说："天气的好坏，听天气预报就知道，而康瑞的心情咋样，一看周宇便知道。"

"就是嘛，笑一笑十年少，干嘛总板着脸？有什么心里话就大胆说，有了心上人就勇敢去表白，不要老板着脸。"江海涛边说边看了看安然和康瑞。一听这话，几个人心领神会顿时都明白了。安然和温昕看了看康瑞，然后注视着周宇，看他作何反应。见康瑞没抬头，也没有说什么，周宇扭过头瞪了江海涛一眼，可心里热乎乎的。

"就你话多！来，今天咱俩碰一个，一年多了还没和你碰过杯呢。"说着，周宇把纸杯递到江海涛手里。

江海涛想了想："也是，一年多了咱俩还真没有一起喝过酒。"接过酒杯，就和周宇碰了一下。周宇随即一饮而尽，快活之极，江海涛看了看杯子里的酒，只微微抿了一小口，然后脸就皱成狗不理包子了。

见江海涛只抿了一小口，周宇有点不高兴了："你是个男人吗？抿一口哪成啊，感情深一口闷，感情浅舔一舔，你这是没拿我当朋友嘛！"

"就是！你看周宇都干了，这才是爷们，康瑞你说是不是？做流氓挺有胆量，喝酒咋这么娘啊？"温昕故意问康瑞，一脸的坏笑，意味深长。

"这里是学校，别流氓长流氓短的。我今天就让你们看看什么是纯爷们！"说完，江海涛眼睛一闭也干了，脸上的表情就像喝了一杯毒药似的。

周宇拍着大腿笑了："好！好事成双，再来一杯。"随即，又给江海涛倒了半杯。

看着杯子里的酒，江海涛傻眼了："这……这还喝呀？"

温昕"噗嗤"一声笑了。"喝呀,是纯爷们就得喝!"见江海涛一脸苦相,安然和康瑞也笑了。

安然也说:"对,纯爷们就得喝!落叶知秋,情谊如酒,这可是周宇的心啊。"一听安然这么说,江海涛顿时什么都不怕了,笑眯眯地看了看安然就干了。立时,从嘴到喉咙火辣辣的,如咽下去了一块炭火一样。

江海涛闭着眼说:"我的妈呀,这酒真难喝!"

"这是什么话,为了涮羊肉我特意买了两瓶好酒,怎么会难喝呢?来,咱俩再碰一个!"

"你饶了我吧!我已经喝了两杯了,剩下的酒还是和康瑞喝吧,你俩应该更有……才对!"江海涛灵机一动,把目标转移到了康瑞身上。周宇的眼光望着康瑞,嘴角上浮起了一丝笑容,意味深长。

一听这话,康瑞的脸一下就红了:"我……我不会喝酒。"周宇转过来想跟康瑞碰一个,可康瑞一句话就把周宇拒之千里之外了,一种尴尬的气氛也在房间里悄悄蔓延,周宇脸上很快恢复了往日的严肃。

见周宇有点尴尬,安然立即道:"肉又好了,大家还是先吃肉吧,酒慢慢喝。"随即,五个人又高高兴兴捞起了肉。

正如周宇所说,喝了一点酒这羊肉更香了,每一口都让人回味无穷。随后,五个年轻人一边涮火锅一边喝酒,一个小时后几乎把一大桌菜都吃完了。平日里,安然和温昕不敢多吃一口,可今天二人都破了纪录,整整两盘宽粉几乎都让她俩吃了。一瓶酒见底了,五个人也都喝得差不多了,一个个脸红通通的。安然和温昕感觉飘飘忽忽、身轻如燕,仿佛登临了仙界一般。本来,酒逢知己千杯少的周宇打算继续喝,可江海涛脑袋像秤砣一样耷拉着,实在喝不下了,另外,他俩还有其他活动,所以就勾肩搭背回去了。

回到宿舍,周宇带着江海涛背起准备好的包走出了校门,出了商业街朝对面的山上走去。他们这是要去山上露营,说是要锻炼一下江海涛的胆子。

此时，天已经黑了，路上不见一人，偶尔有汽车驶过。走到山脚下，除了猫头鹰的叫声什么也听不见。周宇准备上山，可江海涛却停住了脚步，他抬头望了望山，又看了看四周，心里暗自一颤，酒也醒了一半，说："咱们还是回去吧？这山上恐怕有狼！"

一听这话，周宇就笑了："放心，这里没有狼，我们只管上去就是了！"他说着就迈步了，可江海涛杵在那里不动。

"你咋不走了？不是你说要来山上露营的吗，怎么，怕了？"

"你才怕了呢，只是我们得为安全考虑，这是第一位的，不能给学校添麻烦……"

江海涛胆子特别小。昨天晚上，他吃过饭一个人在宿舍看恐怖片，目的是锻炼一下自己的胆量，不能让安然和温昕她们笑话。他放了一部恐怖片，然后关了灯，一个人坐在自己的床上看，可越看越害怕。每一个画面，每一声尖叫，每一段配音，都让他头皮发麻、汗毛倒立。他坐在床上顶上了被子，出现特别恐怖的画面时就用被子堵一下，响起特别恐怖的声音时就用被子捂着耳朵。即便如此，他还是紧张和害怕得不行，心脏"扑通扑通"像敲鼓似的一阵紧过一阵。可就在这时候宿舍门"吱"一声就开了，旋即有一个黑影走了进来。

见此，江海涛"啊"的一声，吓得瞬间把被子顶上头趴在了床上。他紧紧闭上眼睛，不敢睁开，想两步跑出去可又无路可逃，感觉都快窒息了。

房间里的灯亮了，听到"喂！你干吗呢？"江海涛又吓得大叫了一声，就连声音都变了。

一听是周宇的声音，他这才慢慢把头探了出来，瞬间，他把被子甩到地上，紧紧抱住周宇，哭喊着说："你把我吓死了！我以为是鬼呢！"

周宇回来找手机，进门打开灯一看，只见江海涛把头埋进被子，撅着屁股瑟瑟发抖。他想这小子大半夜鬼鬼祟祟搞什么呢，原来是在看恐怖片练胆量。一听，周宇就笑得前仰后合，随后说："明天晚上带你到山上去露营，那样才勇敢才刺激呢。"

两个人做好了准备，可刚走到山脚下江海涛就打退堂鼓了，刚才是由于酒精的缘故就跟着来了，可现在清醒了不少。"咱们还是回去吧，在操场露营也一样嘛，何必舍近求远去山上，上面晚上不一定会有什么呢！"说着，他抬了抬眼镜就转身了。

周宇一脸嫌弃地说："你还是个男人吗？这又不是什么深山老林，能有什么？即便有什么，能把我们怎么着！"见江海涛已走出七八米远，周宇仰头望了望山转身追了上去。一路上，周宇嘲讽江海涛胆小如鼠，说他不是男人，别说喝酒不行，就连到山上去露营都不敢。江海涛明明是不敢，却拿不能给学校添麻烦做托词⋯⋯

回到学校，二人在操场支起了帐篷，然后躺在帐篷里聊了起来。一年多下来，他们从陌生人到同事，从起初的偏见到欣赏，甚至已经推心置腹、无话不谈了。都说酒是男人们的话引子，这话一点儿也没错。借着酒劲，两个人都谈起了自己的心上人，江海涛说安然从今年7月份开始对他的态度有所转变，这让他高兴得如吃了蜂蜜一样。可周宇却闷闷不乐，学校里的老师们都知道周宇喜欢康瑞，可康瑞已经和黄啸天结婚三年了。作为一名老师，他怎么能做第三者，去破坏别人的婚姻呢。

周宇是白崖沟村人，跟龙岗村的康瑞家只隔几条巷道，小时候两个人一起玩又一起上学，直到大学他俩才分开。在大学里，康瑞认识了英俊潇洒的黄啸天，然后就确立了男女朋友关系。毕业回来后两个人就结婚了。结婚那天，黄啸天发誓对康瑞好一辈子。看着他俩卿卿我我、恩恩爱爱，周宇也只能在心里默默祝福了。

"情动潭影心，愁逐野云飞，花枝不摇残，错看几蹉跎。"谁也没有料到，不到两年黄啸天就变了，挣了钱开始在外面花天酒地，慢慢又夜不归宿了。就在周宇打算打报告，准备申请调离英秀镇中心学校时，康瑞和黄啸天的婚姻亮起了红灯，这让周宇既高兴又难过。

"你和安然很般配，我相信你俩肯定能走到一起。"听了这话，江海涛心里甜甜地，眼睛眯成了一条缝。"唉！可是我跟康瑞难啊……"周宇抽了一口烟，一脸的忧愁。

江海涛伸出头来坏笑道："我说你也真是，既然喜欢就大胆去追嘛，现在可是好机会呢！"

"去你的！我可不是那种小人。你以为我是想占有康瑞？我只想让她过得比我幸福，这是我最大的梦想。"

"行了，行了，你即便是圣人，在爱情上还是得现实一些！我知道你在顾虑什么，其实没必要。人啊，就应该随心随性而行，别在乎世俗的那些条条框框。"

周宇有些烦躁："哎呀，你不懂！"

"我有啥不懂的？我也是个男人，有七情六欲，也有喜欢的人。"春恨秋悲皆自惹，花容月貌为谁妍。"你已经错过了一次机会，难道还要错过第二次吗？"

"不！决不！"周宇回答得斩钉截铁且铿锵有力，声音回荡在空旷的操场里。

"这不就结了吗。男人就得要勇敢，像我一样写首诗勇敢表白，说不定就把她给打动了呢。"

"得了吧，你那些酸不溜丢的东西，我听着鸡皮疙瘩都掉一地，别再把她的牙给酸掉了，我还是自己想办法吧。"

"行！你尽管发起进攻，我帮着从中作梗。"

"啥？"他双眼睁圆，活像张飞。

"口误，口误，是从中斡旋，从中斡旋！"

接着，他俩唱了起来，声音越来越大："女人的泪一滴就醉，男人的心一揉就碎，爱也累，恨也累，不爱不恨没滋味……"

对酒当歌,人生几何。就在他俩唱得如痴如醉时,教师宿舍楼里有人出来大声喊道:"快睡吧,半夜三更的吼什么,小心把女鬼招来!"

四、康瑞的烦恼

当晚霞消退后,天地间就变成了银灰色,淡白的炊烟和灰色的暮霭交融在一起,若隐若现,飘飘荡荡。伸个懒腰,深吸一口新鲜空气,安然拉上温昕去散步。

寒露秋风夜,一夜凉一夜。这才刚进入寒露节气,青藏高原就开始让人们感到丝丝寒意了,还没走出校门,她俩就缩起了脖子。就在安然一脚跨出校门时,差点和迎面而来的黄啸天相撞,幸好二人的速度都不是很快。安然本想打个招呼,可黄啸天阴着脸好像很不开心的样子,嘴里嘟嘟囔囔着走了进去。黄啸天手上戴着戒指,手腕上戴着一块足有三两重的手表,脖子上有模有样打着一条红色的领带。身上穿着一件宽松的黑色外套,一双黑色的皮鞋擦得油光锃亮,一头浓密的短卷发油亮油亮的,整整齐齐像是被母牛刚刚舔过一般,腋下像往常一样夹着一个黑色的皮包,脸上却没有任何表情。只瞟了一眼,安然和温昕就看到了一个"暴发户"。

傍晚的秋风带着一股浓浓的寒意,河边的垂柳早已失去了夏日的婀娜风姿,裸露的枝条上残留着一些随时都会飘零的稀稀落落的黄叶,在冷冷的秋风里显出几许凄凉。河边静悄悄的,潺潺河水你追我赶向东流去,经过半年的整治,河里的水变清了,人们都出来散步。温昕陶醉在美景中,可安然却一副心不在焉的样子,时不时回过头向学校望去,好像还耸起耳朵在听着什么。温昕见安然心不在焉的样子,问她是不是想让江海涛过来,调皮地说她这就叫大诗人过来。安然好像没听到一样,然后说出了她的担心,随即两个人加快脚步回去了。

前两天,她们五个在一起涮火锅时,康瑞喝醉了,流着泪说她要离婚。

即便了解她和黄啸天的婚姻状况，可安然和温昕还是没往心里去，以为是康瑞心情不好才这么说的，刚才看到黄啸天来学校还阴着脸，因此，安然越想越不对。果不其然，她俩刚上楼就听到黄啸天吼道："真不要脸！母狗不发骚，公狗哪能跟着屁股转？还是为人师表的老师呢，真不知道'羞'字怎么写。你以为你俩的事我不知道吗？"宿舍门紧闭着，里面黄啸天的声音非常大。

"你不要信口雌黄诋毁我，也不要诋毁别人！这些无中生有的车轱辘话，你翻来覆去说这些有意思吗？"康瑞说话了，听声音好像很伤心。

"呦！我还没说是谁呢，你这就护上那个'西门庆'了？老子还没死呢，还轮不到他来搞我的女人！"

康瑞掷地有声地问道："在你心里，我还是你的爱人吗？你还有我们这个家吗？还在乎我跟谁好吗？"

"屁话！只要一天没办手续咱俩还是夫妻，你就不能给老子戴绿帽子，你不要脸我还要脸呢！"说完，他把烟头扔在地上，恶狠狠地看着康瑞。

"我是啥样的人你清楚，咱俩谁对不起谁你也心知肚明，你不要倒打一耙！"说着，康瑞轻轻抽噎了一下，一副非常委屈和伤心的样子。

"你虽然是我媳妇，可你是啥样的人，我还真不清楚。说啥五个人去旅游了，可我心里明镜儿似的一清二楚，一对狗男女把丑事都做出来了，还怕我说出来让人听见吗？骂我倒打一耙。真不愧是当老师的，口才真是了得啊！"黄啸天无中生有，一本正经地胡说八道。

此时的周宇听了这些如一头愤怒的狮子，要上去把姓黄的打得满地找牙不可。他可以忍受一切，但决不能让人侮辱康瑞，这一刻他的心在滴血，杀了黄啸天的心都有。江海涛紧紧抱住周宇，劝他不要冲动。安然和温昕肺都快气炸了，明明是他花天酒地在外面寻花问柳，却对康瑞倒打一耙。两星期前安然和温昕去县城时，亲眼看到黄啸天和一个妖媚的女人进了宾馆。温昕立时拿出手机拍了下来，她们本打算回去告诉康瑞，可又怕影响他们的婚姻和生活,所以就没说。没想到黄啸天还倒打一耙,冤枉康瑞和周宇不干不净的,这让安然和温昕忍无可忍了。

"你不要污蔑人!我和周宇只是同事关系而已,没你想象得那么龌龊。"说着,一行眼泪扑簌簌离了眼眶。

"还叫得挺亲切。开始我不知道,以为你俩只是同事关系,没想到他竟是你的小白脸!"他的眼神如刀子似的,咬着牙恨不得把康瑞撕成两半。

"你少在这里侮辱人!咱俩谁对不起谁你心里清楚,别以为你在外面干了些啥我不知道,只是不想说罢了。"说完,她狠狠瞅了他一眼。

黄啸天不知何言以对,反问道:"我在外面干啥了?还不是一天到晚累死累活挣钱,挣钱还不是为了你和这个家吗?偷野男人不说,竟然还反咬一口说我在外面搞女人,我叫你胡说八道!"说着,黄啸天狠狠地扇了康瑞一个嘴巴。

听到"啪"一声响,安然一脚踹开门就进去了,义愤填膺大骂道:"黄啸天你别欺负人,康瑞和周宇是清清白白的,那次去旅游我们三个一直都在一起。倒是你这个混蛋,在外面风花雪月有谁不知,两个星期前我和温昕还亲眼看到了,不仅看到了还拍了你和那女人的视频呢,你要不要欣赏一下呀?"看到她俩进来,黄啸天阴沉的脸就像门帘似的,一下就放了下来,恨不得要把她们赶出去。对付一个康瑞,黄啸天就像玩猴子一样轻松,可全校的老师们要是给她出谋划策,那他的小算盘就得打空。

温昕掏着手机,怒不可遏:"没错,我拍了你和那个女人进宾馆的视频。"打开手机没两下视频就出来了。"瞧你这色样儿,整个一癞蛤蟆上餐桌——恶心死人啦!"在铁证面前黄啸天哑口无言了,他眼睛瞪着安然和温昕,龇着牙像咬人的狗一样。

安然指着视频,道:"怎么样,现在没话说了吧?明明是你早就背叛了康瑞,你还污蔑康瑞给你戴绿帽子!你和康瑞已经三年了,怎么能这样污蔑她呢?其实,康瑞是什么样的女人,你心里比谁都清楚……"

"行了行了，哪里来的黄毛丫头，我们两口子间的事你们懂吗？"黄啸天恶狠狠地瞅了她俩一眼。"我看你俩也不是好东西！谁让你们进来的？谁让你们带她去旅游的？又是谁让你们跟踪我的？"他横眉竖眼，怒火直烧，一步步走过来逼问着，脸上掠过一丝明显的嗔怒。

"你！你不能欺负康瑞，我们是她的同事和朋友，所以这事我们必须管，也管定了！"安然没有怕黄啸天，上前一步双手叉在腰上，气得满脸通红扯着嗓子大声喊，一副要对抗到底的样子。

"好男不跟女斗，我不跟你们一般见识。"黄啸天转过身来指着康瑞的鼻子怒骂。"臭婊子！我今天来不是跟你吵架的，是来通知你离婚的，等离了婚你怎么样，我才不管。你记牢了，我的财产你休想拿一分！"话一说完，黄啸天拿起皮包顺手把茶几上的杯子摔在地上，然后怒气冲冲地出去了。

听到声音，周宇以为上面打起来了，冲了出来。刚跑到一楼和二楼的楼梯口间，周宇就和黄啸天相向而行了，两个人都咬着牙恶狠狠怒视着对方。黄啸天刚出去，安然和温昕随即过来抱住了康瑞，陪着她一起哭。立时，周宇和江海涛也推开门进来了，满脸同情。看着康瑞，周宇一阵阵心疼，想过去紧紧握住她的手，他发现她的手在轻轻颤抖……

学校的老师们都知道，康瑞和黄啸天是在大学相识相恋的，毕业回来后没两个月就结婚了。黄啸天是远山县人，家里比康瑞家要差很多，母亲37岁就守寡，含辛茹苦带他们兄妹三个，一家人省吃俭用好不容易供他上了大学。毕业后没找到工作，韩清林说帮他跑一跑，把他调来英秀镇中心学校当老师，可这小子心比天高。原来，黄啸天早就惦记着石子沟的砂石厂呢。在康正贤和韩清林的帮助下，他和两个朋友顺利开起了砂石厂，没两年就赚得盆满钵满了，不仅在县城里买了房，还买了二十多万的私家车。结婚头一年，黄啸天视康瑞为心肝肉，每天回来给媳妇做饭洗衣服，让康瑞享受着贵妃般的待遇。

第二年，黄啸天又开了一家预制板厂，买了一辆二手捷达，跑得也勤，回来还经常给康瑞带好吃的。那时，学校里的老师们都说康瑞找了好老公，康家人也对黄啸天赞不绝口，可从第三年开始，一切就变了。有了钱，黄啸天就蛤蟆跳秤盘——不知道自己几斤几两了。黄啸天在县城买了房子又换了新车后，就不怎么来学校了，即便来了也是躺在床上等康瑞伺候，对老师们更是用鼻孔看人。洗衣做饭，这些对康瑞来说根本不算什么。可即便她做得再好，也得不到黄啸天的赞许，对她横挑鼻子竖挑眼。

黄啸天让康瑞把工作辞掉，跟他一起去做生意、赚大钱，可清心寡欲的康瑞哪里舍得，做人民教师可是她从小的理想。康瑞发现丈夫有些不对，就和黄啸天好好谈了一次，可黄啸天除了找借口，就是不说他已经在外面有女人了。从今年五月份开始，黄啸天每次回来几乎都要和康瑞吵架。从青海湖旅游回来后，黄啸天就更没个好脸色，说康瑞和周宇不清不楚给他戴了绿帽子，随即就提出和她离婚。康瑞听了很生气，也感觉不认识自己的丈夫了，陌生得让她不敢认了。

昔日的山盟海誓犹在耳，可那份感情已经千疮百孔，也不再有温度。回想起那几年的热恋时光，回想起结婚前两年的宠爱有加，再想想丈夫的背叛和绝情，康瑞的心碎得像玻璃。离就离吧，这个世界上谁没了谁都能活。可黄啸天让康瑞净身出户，这让大家有些匪夷所思。按理来讲，黄啸天应该算是入赘到康家了，所以净身出户的应该是他才对，可他一分钱都不给康瑞。而康瑞无所谓，他的心都没有了要财产干啥，可康正贤和韩清林不同意。

大家都为康瑞叫屈，说不能太便宜了那个薄情寡义的人，让他净身出户，可康瑞什么也没说也没做。见她迟迟不回复，黄啸天这才来催康瑞了，因为他那边等着结婚呢。安然她们都骂着黄啸天，随即康瑞这才讲出来一个秘密——她，这辈子不能生育！

婚后第二年年底康瑞就怀孕了，可就在四个月时她却流了产。在去给学生上课前，康瑞就隐隐觉得有些不舒服，可她坚持把课上完后才发现不对,到医院不久便流产了。一家人伤心不已,尤其是康凤英和黄啸天的母亲。老天似乎是在捉弄康瑞,就在去年安然她们来英秀镇中心学校的前半个月,康瑞到西宁市妇幼医院做检查,结果医生说因为上次流产的事情,她这辈子可能再也不能怀孕了。听了这个噩耗,康瑞踉踉跄跄走出医院,一个人坐在路旁哭了好几个小时。回来半年多后,也就是今年三月份才告诉丈夫,黄啸天一听就炸了。

作为一个男人,没钱可以,怎么能没有儿女呢,这让他"大老板"的脸往哪里放,因此变本加厉地在外面找女人。康瑞不能怀孕,可别人没两个月就怀上了,故而黄啸天急得跟火上了房似的。另外,康家在英秀镇是出了名的教师世家,爷爷把自己的一生奉献给了家乡的教育事业,妈妈和爸爸也全身心投入。所以,康瑞想着要继承康家的精神。所以,这段时间康瑞正为此烦恼着呢,犹豫着做不出最后的决定。

听了这些,安然被一阵极大的伤感扼住了嗓子,她凝视着满脸泪痕的康瑞,心里不由对她敬佩有加,而对黄啸天蔑视和痛恨到了极点……

五、沉重来信

10月17日,早上第三节课后同学们又排着队来到了操场,高音喇叭里播放着欢快的《运动员进行曲》,乐曲很是欢快,可他们今天并不是去开运动会。

来到操场,一千多名学生按照班级整整齐齐坐好了,全校老师们也坐在了学生两边。大家刚坐好,韩清林就走上了主席台,一脸的严肃:"各位老师们、同学们大家好!"立时,老师和同学们都问韩校长好。

"今天,我耽误大家一节课时间,给你们念一封信,一封来自少管所我校学生的亲笔信。"刚才,各班的班主任给同学们说是去听一封信,可不知道具体是什么人写的,现在听韩校长这么一说大多同学就猜到是谁写的了。

在这半年里,韩清林每个月都要去一两趟少管所,一是为了探望高志明,二是了解他接受教育的情况。前天,韩清林和祁惠芳去少管所探监,这次去,他发现高志明变了很多,规规矩矩的,没有了以前的痞性。高志明是变了很多,可就是一直低垂着头不说话,韩清林问一句他答一句,自始至终没有跟妈妈说一句话。当韩清林问到想不想学校和同学们时,高志明流出了眼泪点了点头。随后,他说想给老师和同学们写一封信,韩清林随即找到少管所所长请求容许。主任了解了一下情况后,允许高志明给老师和同学们写信,所以,昨天韩清林又去了一趟少管所。

摊开信纸,韩清林看了看下面的老师和同学们,然后认认真真念了起来:

英秀镇中心学校的所有老师和同学们:

你们好!

我是高志明,曾是英秀镇中学的一个学生,没少让老师们费心和头疼,也没少让同学们憎恨与讨厌。今天,我通过写信的方式,在这里向大家真诚地道个歉。对不起!我对不起学校里的所有老师和同学们!尤其是我欺负过的那些同学,我在这里给你们鞠躬了,请你们原谅我好吗?

时间过得真快,不知不觉离开学校已经六个多月了,在这漫长的205天里,我每时每刻都在想念着你们,甚至每天晚上都会梦到你们。坐在教室里听老师讲课,和同学们一起玩游戏、打篮球,是多么美好的时光呀!然而,我却不知好歹,让老师们失望之极,也伤害同学之间的友谊,让大家对我恨之入骨了。我万万没想到自己会成为一个囚犯。现在,我非常后悔当初没听老师们的话,也非常懊悔自己成了学校里的害群之马。那时候,我以为和老师们对着干就是勇敢,每天欺负同学们感觉特别威风,现在才知道我太无知和自大了。

老师们,对不起!我让你们费心了。同学们,对不起!我让你们受苦了。请大家接受我的道歉,请你们原谅我的过错,我现在知道错了。有我这样的学生,是老师们的烦恼,有我这样的同学,是同学们的噩梦。现在好了,老师们可以轻松了,同学们可以无惧了。在此,我要借机提醒张、吴、聂等几个同学,千万千万不要步了我的后尘,我就是你们最好的反面教材。一失足成千古恨,现在我切身体会到了。以前是我把你们拉下了水,请你们原谅我并千万不要学我,特别不要玩手机沉迷在游戏中,这是我对你们的请求和忠告。

从学生变成罪犯,我很羞愧。我是家族和学校的耻辱!在少管所的这半年里,我每天度日如年,说实话肠子都悔青了。现在,我特别怀念以前在学校的日子,可我已经回不去了,如今才发现学校是最好的地方。同学们,你们一定要珍惜在学校的时光,一定要听老师的话好好学习。少壮不努力,老大徒伤悲。现在,我在少管所里接受文化教育,还有思想教育和技术教育,我以前浪费了太多的时间,现在我要把失去的时间都要抢回来。就让我们一起好好学习吧,然后两年后相见于江湖。

最后,我真心地祝老师们工作愉快!祝同学们好好学习、天天向上!

高志明

10 月 16 日

韩清林从头到尾一字一句念得很清楚,下面的老师和同学们也听得非常认真。高志明的妹妹高文华一直流着眼泪,张小龙和聂小波几个同学鼻子酸酸的,其他同学们低着头感觉压了一块石头一样。操场里一片寂静,这么多人好像连气都不喘。韩清林把信给了张副校长,让他给前排的同学们看看:"同学们都看一看,初三(2)班的应该认识他的笔记。这封信里的每一个字都是高志明写的,我和少管所的同志们没有改一笔,上面有几个错别字都没有改正。"

"我知道你们都很关心高志明,担心他在少管所吃不饱、睡不好,甚至会受人欺负和虐待是吧?"的确,在同学们心里少管所就跟电影里的监狱一样,心想高志明在里面肯定过着非人的生活,哪里知道少管所里跟学校差不多。"你们放心,他在少管所非常好。这次少管所的主任告诉我,高志明现在从思想上已经转变了,开始主动要求学习和上进了。从这封信你们应该能听出来,他已经不再是以前那个高志明了。你们大家都听到了,这封信写得非常有感情,而且充满了悔恨和反省,还有对我们的感情。看到他有此变化,作为校长我非常欣慰。"

听韩校长这么说,下面的同学们这才轻松了一些,高文华和聂小波还露出了笑脸,韩清林和张副校长也欣慰地笑了笑。同学们相互传递着看高志明的信,当传到张小龙手里时,他双手捧着信纸激动地流出了眼泪,看着它如同见到了高志明一样激动。刚刚他听得很清楚,不敢相信高志明悔恨和反省了,也不敢相信这信是高志明写的,让他有些陌生。

"今天,我把这封信给同学和老师们每人复印一份,希望大家当作警钟每天拿出来看一看。高志明是离开了校园,可学校里还有几个像他一样的学生,希望你们引以为戒,不要重蹈覆辙,误入歧途。我不想再看到第二个高志明,以后不想再往少管所跑,也不想再看到这样痛心的信了!"

"同学们呐,人能够接受教育是一件非常幸福的事,因为,通过教育我们会变成一个完整的人。我们每一个人都是生而无知的,所以需要通过教育来完善自己,让自己变得聪明和睿智,成为一个对社会和国家有用的人。我们的国家经过几十年的发展现在富强了,你们现在正处在一个好时代中,是多么的幸福啊!国家现在对教育非常重视,给了我们前所未有的好政策。所以,同学们应该懂得珍惜才是,要热爱祖国、热爱学习,以后成为一个对国家有用的人,而不是成为社会的蛀虫。学习虽然很苦,但它也是很快乐的,只要掌握了正确方法就可以。"

"你们是学生,但也是孩子。童年是人生的父亲,环境是人生的母亲。没有一个欢乐的童年,人生如同缺失了父爱;没有一个理想的环境,人生如同缺失了母爱。为了不让同学们成为第二个高志明,从这个星期开始我校要开始整治校风,对每一个学生都要严格要求和管理。好了,今天的活动就是这样,这时间也快差不多了,就不耽误大家吃午饭了。"说完,韩清林就解散了学生。

吃饭时,老师和同学们都在议论高志明,大家都很高兴他能洗心革面,尤其是聂小波。然而,张小龙和吴宝强几个就不一样了,他们表现出的是沉重,充满了迷茫,不知接下来该咋办。下午第一节是语文,安然像平日里一样给同学们上完了课,下课前她又看了看一旁用酸奶盒制成的信箱,当即眼前一亮,就把里面的信取出来拿走了。回办公室的路上,她高高兴兴地看着手里的两封信,既兴奋又紧张,如同拿到了情书一样。

见老师取出了信,同学们大多有些新奇,猜想着是谁投的。后面的书桌上放着一个酸奶箱,是安然十天前拿来放在这里的,酸奶箱是空的,用塑料胶带封好了上下口,又在上面做了一道长十四五厘米、宽一厘米的投入口。那天,同学们见了都很纳闷,不知道老师要干嘛,牛犇还以为要请他们吃酸奶呢。

原来,这是安然设在教室里的一个信箱,她让同学们有什么问题和困难就写信,然后装进她给每人发的信封里投进去。而她看完后,就写好解决办法和意见再投回来,以这种方式进行沟通和解决问题。

一年下来,安然发现很多学生都很内向和自卑,所以,他们基本上从不跟老师说心里话,即便在班会上也不说。在农村,尤其是留守儿童有很多心理问题,可由于性格等原因不敢和老师沟通。作为老师,要尊重学生、关心学生。为了和这些学生沟通,为了掌握他们的心理,也为了帮助他们解决一些问题和困难,安然就想出了这个办法。为了信件的安全,安然买了400个卡通信封,在上面盖了一个特刻的蓝印章,然后发给大家。要求很简单,就是让同学们把不敢说的心里话,还有个人或家里存在的一些问题和困难写下来,然后装进信封里写上一个密码投进信箱里。这样大家就不知道是谁写的,而老师看过回信时就用此密码。

这几天里,安然每天都满怀期待地留意信箱,可一个多星期一封信也没投进来。今天下课前又过来看了看，没想到竟然有两封信，这让她兴奋得不得了。这两封信虽然不是情书，但是在她眼里比情书都重要。来到办公室，安然顾不了洗手就打开了其中一封。从工整清丽的字迹来看，十有八九是一个女同学写的，安然多少也认出了她的笔记。她兴奋地看了起来，可随着一句句地看下去，脸上的喜悦之色就消失了。

这封信只有短短三百多字，可安然一字一句整整看了三遍，花了近二十分钟，然后倚靠在椅子上哀声叹气。她知道这封信是谁写的，等这第一封信也等了十天。刚才还兴奋不已，可此时她心里却无比沉重，不知道该怎么回信了。她知道留守儿童有不少问题，想出这个办法来尽可能地帮他们解决一些问题，可没想到第一封来信，第一个问题就让她束手无策。看着窗外玩耍的学生，她觉得他们很可怜很无助，顿时鼻子里酸酸的。

打开第二封，字迹很潦草，虽然有几个错别字，但写得很揪心。看了这封信，安然心里沉重得如压了一块石头。两封来信，都让安然非常沉重，她一遍又一遍地看信，然后一声又一声地叹气……

六、英雄的困惑

隔窗望去，高原秋夜的天空高远深邃，一颗颗星星像被水洗过似的，亮晶晶的点缀夜幕。经过一番思考后，安然连夜写了两封信，按各自的问题和烦恼做了回答，第二天早晨去上课时投了进去。

随后，昨天投信的两位同学就收到了回信，他们在中午打开信仔细看了两遍，没让任何一个同学看见。在第二节的班会上，安然先是给大家读了一篇作文，然后给同学们答疑解惑。班会每星期一节，以前都是班主任上语文课，自安然当了班主任后才落实下来。这一年多里，每次她都给同学们讲一些故事或寓言，通过讲故事和寓言给同学们答疑解惑，帮助他们从心理和生理上健康成长。

安然双手支在讲桌上，看着同学们微笑着说："同学们，今天我们来听听一位小英雄的故事和困惑，看我们能不能帮他解除心中的困惑。"同学们兴趣盎然、精神抖擞，完全不像是在昏昏欲睡的下午。

"首先，我给大家读一篇作文，然后我们大家一起来讨论一个问题，最后帮他解除心中的困惑。这篇作文写得非常好，题目是《难道是我错了？》。下面请同学们认认真真听，认真思考作者的问题，看他的困惑到底是什么？"

这两天，我心中一直在问自己：难道是我们错了吗？几天来没有答案，所以写成作文请教老师。

上个星期六，我吃完早饭，爷爷就让我去趟集市，买一点调料和几斤鸡蛋，说家里没有调料和鸡蛋了。每次去集市，除了买东西外爷爷都会额外给我一点钱，说让我想吃什么就买一点，可我不想浪费，所以便悄悄存了下来。集市上人来人往，小贩们有的叫卖，有的向顾客介绍商品，看上去非常热闹。在卖鸡蛋的摊位上，一个商铺的老板正在挑鸡蛋，商贩笑盈盈地介绍："你看我这些都是从村里收的土鸡蛋，你无论是炒还是煮都非常好吃……"

就在这时，我听到有人大喊"抓小偷！抓小偷！"闻声看去，只见一个小伙子从前面狂奔而来，人们纷纷闪到两边给他让路，后面有一个年轻女人在追。看到眼前的这一幕，谁都能猜到这小伙子就是小偷了，而那女人无疑就是受害者。见此，我想都没想张开双臂就把小偷拦住了。

小偷大概20多岁，尖嘴猴腮不像个好人。他大概认识我，推开我的左手怒吼道："死哑巴，不想活了吗？滚开！"他咬着牙，好像要对我不客气。

受害人追了上来，一把扯住小偷的衣服："他是小偷，快帮我抓住他！"小偷是被我拦住了，受害人也指证了他，可人们就像没听到一样没有反应。

小偷转过身，指着受害人的鼻子大骂道："臭婆子！青天白日你别冤枉好人啊，你他妈的才是小偷呢！"他很嚣张，而且一点儿也不怕大家。

那女人一把撕住小偷的衣服，说："快把钱还给我，不然我们就不客气了！"

小偷看了看周围的人，冷笑了一声，说："就你？还是你们两个？哼！还不够老子'下酒'呢。识相的就松手，不然老子弄死你俩！"他咬着牙这么说，一脸的狰狞活像阎罗王。

受害人喘着气说："快还我钱，不然你哪儿也去不了！"

"呦！你要带我回家吗？好啊，老子正好没媳妇呢，那我就跟你回去。咱俩生一堆胖娃娃，好好过日子。"小偷一脸的奸笑，大家听了都哈哈大笑起来。

受害人红着脸骂道："流氓！"

小偷扬手打了她一巴掌，怒着脸说："臭婊子！赶快松开，不然有你好看的。"

受害人很气愤地说："你偷了我的钱还打我？"说着，委屈地流出了眼泪，人们看着她似乎并不同情她。

"打你咋了？你要不是个母的，老子早放你血了。"听了这话，受害人脸色一白有些怕了，我虽然在他身后也有些发怵。

这时，一个中年男人说："姑娘，破财免灾。快松开，不然你会吃大亏的。"随即，周围的人们也都这么说，可大家一步也不敢上前。听大家都这么说，见这么多人没一个帮忙，受害人犹豫了一下就缓缓松了手。小偷转过身来要走，可我还张着双臂横在他面前，想让他还了钱再走。心想偷了人家的钱，还打了她，怎么能这么就放他走了。

我攥紧两个拳头想跟他拼了，可被那个挑鸡蛋的商铺老板狠狠打了一巴掌："妈的，吃了多少盐跑这儿来管闲事，还不哪儿凉快哪儿待着去！"说完，他笑眯眯地给小偷拱了拱手。"他还小不懂事，你不要在意！"小偷大摇大摆地走了，人们也像刚才那样各忙各的，商铺老板临走前让我以后别多管闲事，受害人对我说了几声谢谢后也走了。事情就这样过去了，我随后买了调料和鸡蛋也回了家，可整整两天我心里特别不舒服。

我一直在问自己，老师说和谐美好的社会需要每个人努力。我按老师讲的去做了，可人们为啥会这么对我？难道是我错了吗？

　　听了这篇作文，同学们都知道是海娃的大作，大多也知道这是一个真实的故事。那天，在集市上挑鸡蛋的就是蔡佳琪的爸爸，赶集的人们也都是沟里几个村的人，发生这样的事还没半天，大家自然就都知道了。刚才安然一开始读，同学们就把目光投到了海娃身上，聂小波、牛犇、蒲生斌等一些同学给他竖大拇指，女同学们大多看着他笑了笑，心中充满了赞许。"海娃好样的！海娃真勇敢！他是个英雄！"

　　安然走到海娃身边："同学们说，丁福海做得对不对？"

　　同学们异口同声回答道："对……"大家看着海娃都笑了，一个个眼睛里对他充满了赞扬。

　　"没错！丁福海同学能见义勇为，按照老师讲的去做，这一点太难能可贵了！"安然看着海娃笑了笑。"那下面，我们用最热烈的掌声表扬一下他吧？"立时，教室里响起来雷鸣般的掌声，震耳欲聋久久不能平息……

　　"下面，我请两位同学说说对他的评价，听听他在同学们心中是什么样。"安然放下作文本，看着前面的学生。"李襄，请你说说你对丁福海同学的评价。"

　　听到老师点了名，李襄站起来面带着微笑，说："丁福海是好样的，他是我们六年级（1）班的英雄，也是我们大家的榜样！"

　　"好，请坐。"海娃有点不好意思了。"聂小波，请你说说你对丁福海的评价，在你心中他是什么样的？"老师还没问完，聂小波就站起来看着海娃笑了。

　　"这还用问吗？他当然是太棒了！没有让我失望，给我们班争了光！在我心里……在我心里，他就是一个路见不平，拔刀相助的大侠！"听他这么说同学们都笑了，牛犇一边笑一边忙着画画……

　　安然笑了笑："好，请坐。"安然把一只手放在海娃肩上。"两位同学都说得很好。没错,丁福海同学是给我们班争了光,他是我们大家心目中的英雄,也是我们全班同学的榜样!我已经向学校申请给他颁发'见义勇为'奖,让他成为我们英秀镇中心学校的榜样。"听了老师的话,同学们都给海娃鼓起了掌,海娃一脸的惊愕,有些受宠若惊的样子。

海娃不想要什么奖,只想让老师帮他解开心中的困惑。这几天他一直在困惑着,想不通那天那些人们为什么只是旁观?那个受害人为什么要放开小偷?商铺老板又为什么要打他?

安然很了解海娃,知道他心里充满了困惑:"奖是必须要给丁福海同学申请的,因为做了好事就应该表扬。但是,这并不代表着这件事丁福海做得对。"一听这话同学们都傻眼了,一个个都心想难道海娃做错了吗?

安然慢慢走上讲台说:"同学们会惊讶,我们的班训中不就有"勇敢"吗?其实,这件事丁福海同学只做对了一半,他见义勇为没错,但是不能不自量力。"听老师这么说,海娃坐了起来开始认真听。

"同学们说,他应该强出头拦住那个小偷吗?又应该攥紧拳头准备和小偷拼了吗?"

聂小波第一个说:"这还用问吗,当然应该了,要换作是我也会这么做!"他说着,脸上充满了疑问,他真恨那天见义勇为的不是自己。

安然看着聂小波笑了笑:"我相信你也会,但你想过能打得过对方吗?"

小波想了想,说:"可能打不过,可就算打不过那也得拼了!"

"勇气可嘉,但这样做的结果会是什么呢?"听老师这么问,同学们都议论了起来。

"结果……结果要么是有人帮我一起把小偷治服了,要么就是我被小偷打得满地找牙呗。"一些同学们听了都笑了,小波也笑着挠了挠头。

"不,百分之八十只有一种结果。大家注意了,当时周围的人们都是冷眼旁观,还有那两个中年男人说的话。因此,我断定不会有人助他一臂之力。所以结果只有一个,丁福海同学会被打得很惨,甚至还会有生命危险。"

海娃站起来用手语说:"我不怕危险,不能因为怕就看着他跑掉,也不能让他那么嚣张!"

"好!很勇敢。但同样不可取、不值得同学们学习。"这话一出,所有同学们"啊!"一声下巴都快掉下来了。

小波也站了起来,一脸的狐疑:"照这么说,海娃就不应该见义勇为了?以后我们遇到这种事也不要管了吗?"看着小波,同学们心里也是这么问。

"问得好!这就是今天我给你们要讲的。请同学们要记住,你们现在还是孩子,没有能力与歹徒拼。真正的勇敢,不是对外,而是对内;不是对他人,而是对自己。所以,真正的勇敢是改变自己,绝非意气用事。"安然有的放矢地讲着,同学们一个个忽闪着眼睛,似懂非懂的样子。

"同学们一定要切记,无论是谁生命只有一次,保护好自己才是前提。所以,以后大家遇到这种情况后,你们选择的应该是第一时间报警,而不是和歹徒拼命。遇到这种情况是要见义勇为,但你们首先得考虑自身的安全,只有在自身安全的前提下才能见义勇为,否则就不要冲动。无论何时何地,你们要善于发现身边潜在的危险,不能让自己身处险境。"听老师这么一讲,同学们都觉得很有道理。

安然看了看同学们,又看了看蔡佳琪,问:"还有,同学们听了刚才的故事,都以为打了丁福海的那个商铺老板也不是好人,是吧?"

同学们异口同声回答道:"是的!"同学们都知道那商铺老板就是蔡佳琪的爸爸,这几天学校里很多同学都在蔡佳琪背后指指点点。

"不!你们不能太武断了,他很可能是一个好人。"同学们又听不懂了。"你们仔细想一想,他当时要是不出来的话,那接下来会发生什么事?"同学们一个个抬起下巴,思索着。"你们也都想到了,丁福海同学就会挨打,而且很可能还会受伤。所以,那个人很可能是个好人。"

下课铃响了。听了老师的话,海娃心里的困惑少了很多,可还有一些让他想不明白。人们为什么会冷眼旁观?

七、为了生命

这天，安然和海娃他们又来到了青龙山，为了鸟儿们的生命，师生五人勇敢地和二虎斗智斗勇。

秋季的青龙山，又是另外一番美景。站在青龙山山口，望着巍峨的青龙山，温昕有一些吃惊，这山比安然说得还要高。今天，她像安然一样也想征服这座山，也要挑战一下自己的极限，登上人生中的第一个"珠穆朗玛峰"。为此，她做了一周的准备，登山鞋等该需要的都准备了。走进山口，除了这条清澈见底的小河，两边只有大大小小的鹅卵石，已看不到上次那样的美景了。河水比春天要细一些，却比那时候更清澈，在阳光下一闪一闪流动着，如晶莹剔透的水晶。

看到泉眼上的石头，温昕还以为是一个玛尼堆呢，问牛犇九泉村是不是藏族村落。牛犇回道："村里包括他家有十几户藏族人家，可其他的都是汉族，所以并不是藏族村。"安然清楚这些，她拿着塑料桶带着海娃和小波跳过去灌泉水，说要带这水回去泡茶喝，所以特意准备了两个大塑料桶。在喝茶方面，温昕是个不折不扣的行家。由于小时候在温州，她爸爸又是以茶叶生意起的家，故从小对茶叶和泡茶很有研究。比如泡西湖龙井的水温是多少？用哪里的水泡径山茶好喝……

把水桶藏好后，大家开始登山了。坐在山脚，他们先是吃了一些零食：牦牛酸奶、士力架、鸭脖子、辣鸡爪、酱猪蹄、卤鹌鹑蛋，等等。然后，带着几瓶矿泉水就开始爬山了。海娃和小波爬在最前，陡峭的上坡紧挨着温昕的胸口。没爬多少，牛犇就喊肚子不舒服，可能是刚才吃得有点多了，因此也就落在了最后。上次是海娃和小波帮安然，你一把我一把拉了上去，这次换作是温昕了。五个人就像蜗牛似的慢慢挪动着……

牛犇喊他爬不动了，叫他们四个上去不要等他，自己坐在那里不动了。温昕和安然休息时，海娃和小波摘了几串沙棘果过来。她俩不认识是何物，小波介绍说这是沙棘果，是一种十分好吃的野果，酸中有甜非常好吃。安然接过繁盛的一串，上面的沙棘果，就像一颗颗黄色的珍珠。沙棘在这里是用来防风固沙的，这是青龙山随处可见的灌木。海娃说这些沙棘是多年前村民和学生们栽种的，现在成了山里的一道风景，也成了村民和孩子们取柴和摘果的乐园。安然一边听，一边摘了一个沙棘果放到嘴里。轻轻一咬，酸酸甜甜的果汁立刻让她兴奋起来。

经过一个半小时的努力后，在安然和海娃他们的帮助下，温昕终于爬上了巍巍的青龙山："我的天……我……我终于征服了青龙山！终于登上了我的'珠穆朗玛峰'！"温昕满头大汗，躺在地上上气不接下气，但满脸都是激动和兴奋，就像是在奥运会上赢得了世界冠军一样。这一刻，她感觉一切劳累都是值得的。

秋高气爽，晴空万里。从青龙山顶望着山下的沟壑，温昕连连感叹着。眼前虽不是车水马龙，但这清新的空气和一览无余的山野，却是在大上海绝没有的。

休息了近二十分钟后，安然就带着海娃和小波开始找扣子和捕鸟网，初八吐着红红的长舌头跑在最前面，温昕像伤兵一样跟在最后。没一会儿，海娃就发现了一张大网，上面捕捉了十几只麻雀和两只大鸹，安然又听到了它们的悲鸣声。

看着眼前的鸟儿们，安然二话没说上前就解救鸟儿们，然后咬着牙用力把网拽了下来，她一边使劲拽，一边骂二虎不是好东西，说他们丧尽天良，会遭报应的。把大网堆在一起，拔了一些干枯的草掏出打火机就点着了，看着猎网燃烧起来，而且越来越旺，师生四人都咧着嘴笑了起来。

来到另一个山头，安然又发现了一张大网，上面也已经捕捉了十几只鸟，其中一只全身的羽毛是蓝色的，看着就像一颗蓝宝石一样漂亮。立时，安然她们又解救了所有的鸟儿，帮助它们重新回到了天空。第二张大网又被点燃了，安然的脸上露出了笑容，可小波左看右看心里非常害怕。上次，他们只是烧了一张网，差点让陈银虎追上挨顿打。这次一下子烧了两张，二虎还不要了他们的命？那兄弟俩可不是吃素的。上山前，海娃和小波劝老师不要再冒险了，不然二虎兄弟非急眼了不可。

可安然却说："为了鸟儿的生命，我什么都不怕。"

烧完猎网，海娃和小波就催两位老师赶快下山，如果二虎兄弟来了就麻烦了。随即，四个人就匆匆赶着下山，可刚踏上下山的路就看到了二虎的车。原来，陈银虎看到山上有烟就赶来了，经过上次的教训他一猜就是安然她们，所以开着车来跟她们算账。见情况不妙，海娃和小波建议改道下去，可那条路陡坡很多，十分危险，安然说没关系我们小心一点。小波在前面带路，海娃轮换扶着安然和温昕，提醒她们小心脚下，还说这里有蛇。一听有蛇，安然和温昕就害怕了，脚下慌乱了起来。

见她们改了道，陈银虎从另一边爬了上去，手里还拿着一支火铳。还没到半山腰，他们就看到了陈银虎的身影，顿时，四个人心慌起来。小波说那边还有路，立时就带着他们跑了过去，可没想到刚过去就被陈银虎给堵住了。他怒气冲冲地骂道："妈的，跑啊！看你们能跑到哪儿去。"陈银虎喘着粗气，脸红得就像熟透的西红柿一样。

"想从这儿跑掉，真是孙猴子想逃出如来佛祖的掌心——门儿都没有！"说话间眼睛里闪烁着两道瘆人的光。

安然见陈银虎一脸的得意，脸上又充满了愤怒。陈银虎三十岁出头，高个，身形消瘦，浓眉大眼，一表人才，一点儿不像他们说的那样。看到陈银虎，海娃和小波心想这下完了，可安然和温昕却不怎么害怕，因为他看上去并不怎么可怕，眉宇之间带着几分俊秀。"老虎头上拍苍蝇——你们好大的胆子。上次让你们给跑了，这次你们插翅也难飞了！"陈银虎有点亢奋地笑了笑。"这两个妞还挺漂亮的！是你们的老师吧？看来老子今天有艳福了！"他看着安然和温昕，一脸的奸笑。

小波上前一步，笑了笑回答道："没错，她俩就是我们的老师，都是从上海来的支教老师，校长和镇里都非常重视她们。银虎哥，我们是来山上玩儿的，你就让我们下去吧？"

"少他妈跟我套近乎！"陈银虎瞬间变了脸色。"你还有脸叫我哥？烧我网的时候咋没想起来？你这个吃里扒外的东西，亏我以前还对你那么好！"陈银虎狠狠地骂道。

"大路朝天，各走一边。既然是支教老师，那就待在学校里好好教学生娃好了，可你们偏偏喜欢来烧我的网，你说老子能让你们下去吗？"

安然上前一步，瞥了他一眼，说道："你的网是我烧的。上次是我，这次也是我，跟他们无关！"说着，她挺直了背，一副大义凛然的样子，让海娃他们看了心中很是钦佩。

"吆喝！你还敢作敢当，也还挺仗义的！"陈银虎看着安然笑了笑。"你想我会相……相信吗？老子今天要一个个收拾，非让你们几个掉层皮不可！"一听这话，海娃咬着牙想要冲上去拼了，可被安然一把给拦住了。老师一个眼神，海娃便想起了之前给他讲过的话，随之，冷静下来快速想起了对策。

见此，安然心里一紧，站到海娃前面问："你想干什么？你捕鸟已经犯了法，还敢拿枪对着我们，难道你不知道现在正在扫黑除恶吗？"

"哦……是吗？你知道的还不少，不愧是当老师的！"陈银虎看着安然冷冷笑了。"捉几只鸟我犯啥法了？老子拿着自己做的火铳对着你们又咋了？扫黑除恶，哼！跟老子挨得上边儿吗？"

一听他没一点法律常识，温昕斜睨了他一眼，冷笑了一声，大着胆说："法盲！你捕鸟的行为已经犯了《中华人民共和国野生动物保护法》，还敢私造枪支，难道你就没看过《刑法》吗？"听她这一问，陈银虎就有点发怵了，可脸上一点都没有表现出来。

陈银虎咬着后槽牙，露出一抹杀气，睁大了眼说："少他妈给老子上课，我可不是你们的学生。什么这法那法的，管不到老子头上。现在都他妈给老子转过去，原路返回，上去后我慢慢跟你们算账。"

无奈，师生四人转过去原路返回了，不然，真不知道他会干出什么来。刚走了几步，温昕看到一条蛇"啊！"地大叫了一声，瞬间只听"砰！"一声响后，蛇被陈银虎一枪打死了，几只鸟儿受到惊吓，向四面飞去。温昕吓的后背一凉，双手紧紧抱头，一时不敢呼吸，而初八却跑过去享受了起来……

山谷中回荡着恐怖的枪声。安然看了看陈银虎，见他不会轻易放过他们，而自己必须要想办法保护大家，尤其不能让两个学生有任何闪失。所以，她拿出手机一边慢慢走，一边偷偷给江海涛发了条微信。此时，江海涛正把自己关在宿舍里搞创作，抓耳挠腮地在写参加比赛的诗。"我在青龙山上，万分危险，速来营救！"一看是安然发来的，江海涛差点没从椅子上掉下去。

突如其来的信息，让江海涛一时间不知道该怎么办。他想报警，可一想是不是温昕为了骗他去才这么说的，所以他拨通了安然的电话。听到安然的手机响了，陈银虎没让她接还把她俩的手机都收走了，说今天天王老子都救不了她们。手机关机了，这让江海涛不知接下来如何是好，他放下手机穿上鞋。看到床上的车钥匙，便拿起来出门向停车场跑去。

汽车刚驶进山口，江海涛就看到牛犇一个人跑了出来，一问才知道她们真被陈银虎给抓了。想拨打110求救，可手机却落在了宿舍里，只能豁出去了……

八、有惊无险

温昕已经筋疲力尽了，可在枪口的威逼下，不得不重新往山上爬，这次上去能否囫囵个儿下来就很难说了，说不定还会被先奸后杀、埋尸荒山呢。

温昕越想越怕，随之两条腿就变得更软了，她眼神慌乱无助。来到山顶，两张大网已不见其踪，陈银虎牙咬得"咯咯"直响，眼睛里迸发出愤怒的火花：

"上次是一张，这次竟然两张都给烧了，你们吃豹子胆了？"说着，他龇牙咧嘴地冲安然走了过去。见陈银虎虎视眈眈走过来，海娃两步走到了老师前面，挺着胸一副不怕他的样子，显然是在说"不准欺负我老师！"小波随后也走了上去，可温昕缩着脖子显然有些怕了，脸色骤然间发白，胸口一下下剧烈地起伏着。

陈银虎一把扇过去，把海娃一巴掌扇到了一边："死哑巴！敢在老子面前逞强，真他妈不知道自己几斤几两！"说着，他拿起枪托正要打海娃，却被上前来的小波拦住了。安然两步上前，抱着海娃心疼不已。

小波走近两步笑盈盈地说："哥，你消消气，不要跟他计较，你的网多少钱？我们赔就是了！"

陈银虎脸一寒，啐了一口唾沫说："你少跟我套近乎，以后不要叫我哥。"说到这里，陈银虎好像想起了什么，转动着眼珠子四下望了起来。

"我哥在哪儿？你们刚才看到我哥了吗？"原来是他想起了他哥陈金虎。他走了几步大声喊："哥……哥……"喊了几声却没有人回应。

陈银虎从口袋掏着烟，心想："明明说要来山里看看的，咋没人呢？"掏出打火机点烟时，他看到了一旁地上的酒瓶。"看来，这家伙今天又喝多了。"他把烟叼在嘴里，拿起枪朝天'砰'放了一枪，枪眼里射出瘆人的光芒，枪口喷出的青色烟雾在他身体周围袅袅飘散。听到枪声，江海涛以为上面开始搏斗了，心里一紧，一种不安涌上了心头。随即，他加快脚步使劲全力往上爬去，也不知道哪来的这么大劲儿。

此时，陈金虎正躺在一棵树下呼呼大睡，一声枪响把他从梦中惊醒过来。陈金虎迷迷糊糊，爬起来拿起衣服就跑了过去，头重脚轻衣衫不整。听到枪声，他就知道是弟弟来了，或许还有了可喜的收获呢。见哥哥一步一颠跑了来，陈银虎阴着脸问："你呀你，说要来看看情况，咋又喝醉了呢？你可真行！"他一脸的埋怨，埋怨没有看好猎网，让人给烧了。

陈金虎有点睡眼惺忪："你咋也来了？不是说好等我看看情况后再决定

哪天收网的吗？"

"收个球！还收网呢，猎网早让她们给收了。"陈金虎这才看到了安然她们，他拽起衬衣衣襟慢慢拭汗，一脸的疑问，听不懂弟弟在说什么。一见是小波他们，陈金虎就睁圆了双眼，像只坛子一样火急火燎地滚了过来，喘息不迭地说："好啊！又是你们几个，今天又来烧猎网了是吗？看老子不扒了你们的皮！"

陈金虎三十多岁，五短身材，跑起来就像一股旋风，又像一个肉球似的。见两张网都已经被烧了，他火冒三丈，气得满脸通红，尖着嗓子大声道："你们又烧了老子的网，而且两张都给烧了，看我不弄死你们！"他心疼地说着，把明晃晃的钢刀举了起来，一张黝黑的脸憋得通红，加上眼里带着红丝，看上去十分的吓人。见他举起了刀，温昕吓得脚底发寒，浑身颤抖"啊！"的一声，大叫了起来。安然一把抱住温昕，闭上眼睛正准备挨刀时，可后背却没一点儿感觉。她一只眼睁开一条缝一看，原来是被陈银虎给一把拦住了，钢刀反射出一道光，如恶狼寒光闪闪的獠牙。

"行了，你还真想杀了她们？"陈银虎比较理智一些。"你喝了多少酒，到底酒醒了没，这么大酒味儿！"确实，陈金虎酒醉还没有完全醒过来，身上还带着一股浓浓的酒气，像刚从酒池里捞出来一样。他衣衫不整，皱巴巴的衬衣上有一个扣子高攀了一眼，衬衣的下摆一边高一边低地斜吊着。

"没多少……就一斤……早醒了！"陈金虎满目狰狞地瞪着安然回答弟弟，眼睛一眨不眨一瞬都没离开，头上的青筋一条条像蚯蚓一样暴露着，粗大的脖子从敞开的衣领里露了出来。他那双布满了岁月的风霜和劳作刻痕的手，本该是拿着农具劳作在田间地头，可偏偏拿起了屠刀。

看着安然她们，陈银虎笑着对哥哥说："好了，别真把她们吓出个好歹来，那样会吃不了兜着走的，我们可不是刽子手！"听了这话，安然这才知道陈银虎刚才是在吓唬她们，一旁的海娃和小波被吓得目瞪口呆。

二虎兄弟，一胖一瘦，一高一矮，站在一起活脱脱就是一对"胖瘦头陀"。陈金虎满脸横肉，左脸上生了一个不大不小的痦子，痦子上长了几根黑毛，在阳光下看得一清二楚。而高高瘦瘦的弟弟，脸色有些苍白，这使得他看上去略带了几分凝重和沧桑。

见此，安然就知道陈银虎不会乱来，可她已经面无人色了，浑身微微颤抖着："还……还算你理智！既然不杀我们，那就赶快放我们下山，你们这可是在限制我们的人身自由，是在犯法你知道吗？"海娃和小波来到了安然身边，定眼观察着二虎的一举一动。

"他妈的，你们前后烧了我三张网！我看你们是活腻了。"陈银虎的眼光犀利，眉宇间带着一丝杀气，看着安然狞笑了一声。"有怨报怨，有仇报仇。你说，我怎么可能会这么轻松放了你们？"

安然想尽快脱身："那你想怎么样？是要我赔你钱吗？"她神色凝重，一双剑眉挑动着，显然内心十分紧张。话音刚落，温昕赶紧从包里掏出了钱包。

陈银虎上前两步，拿过钱包笑着说："钱是肯定要赔的，可不光赔钱这么简单！你们让我们损失不小，光赔几个网钱咋成啊。"说完，陈银虎扭过头看着哥哥，抽动着眉毛坏笑了起来。

温昕百感交集，神经质地颤动着，手脚冰凉，后背直冒冷汗，好像一只被关在笼中的野兔，一丝也不敢动。"我……我多赔你一些就是了，你要多少说个数，我回去就把钱给……给你们。"温昕不管陈银虎要多少钱，只想早一秒离开这里。

陈银虎两眉一扬，抽出温昕的身份证看了一眼，然后笑眯眯地看着温昕说："温——日——斤，口气不小呀，看来你家很有钱嘛。不愧是从大上海来的，有钱！"

听他把"昕"念成了"日和斤"，安然禁不住嗤笑道："没文化，真可怕！那个字念'昕'不是'日和斤'。"

陈银虎听了有点尴尬："哦，是吗？"说着，他拿起身份证仔细看了看。"还真是，刚才我看叉劈了。没关系，不管叫温昕还是温日斤，今天都逃不出老子的手掌，天王老子来了都没用。你们也看到了，这里是荒郊野外，除了我们没有其他人。现在，老子钱要收，人也要睡。"

"神经病！畜生！你……你他妈的别痴心妄想了，我一分钱都不会赔给你们。赔钱就是让你们为非作歹，继续做恶。所以，我是不可能赔你们一分钱的，你们以后也别再捕鸟了。"安然嫉恶如仇，脸上一阵青一阵白，两只眼睛里充满了愤怒。听老师骂人，海娃和小波扭头转眼盯着她看，怀疑她刚才是不是吃了毒野果，敢这么胆大妄为。温昕听了怕激怒陈银虎，真是阿弥陀佛。安然骂完，也被自己吓呆了，一想自己刚刚爆了粗口，有些不可思议。

"臭婊子！那就别怪我们不客气了……"立时，海娃和小波猛一下扑了过去，一把将他们兄弟俩抱住大喊让她们快跑。当即，陈金虎一脚就把海娃蹬开了，小波也挨了陈银虎狠狠一拳。见他打了它的主人，初八立刻扑向了陈银虎，咬住他的小臂不放。初八个儿不大，陈银虎一甩就甩出了六七米远，然后重重摔在了地上哼哼唧唧叫唤起来。陈银虎拿起火铳，咬着牙就要一枪崩了初八，可被小波展开双臂给挡住了。

就在这千钧一发时，江海涛从天而降了："喂！你……你想干嘛？"他满头大汗，如拉风箱般大口喘着气，湿漉漉的头发浸着汗水，一边问陈银虎，一边细细观察安然她们。

陈银虎闻声扭过头去，看着来人大声问："你是谁？哪儿来的？"问着，他踮着脚看还有没有人，一脸的愕然和紧张。

"我是镇中心学校的老师。你俩活……活腻歪了吗，敢绑架学校里的老师，吃熊心……豹子胆了？"江海涛双手支在双膝上喘着粗气，看着陈银虎宛如一座铁塔。"我已经……报警了，你……开枪吧。"一听报了警，二虎就害怕了。

陈金虎满脸的紧张和害怕，扭过头来问弟弟："咋办？这小子报了警，咱们快跑吧！"他目放凶光，脸憋得通红。

"怕啥！你别听风就是雨。他要真是报了警，警察早就来了。他们要是来，我们从这里就能看到，他这是在吓唬我们呢。"听弟弟这么一说，陈金虎想了想觉得还真有道理，随即走过去狠狠踢了江海涛几脚……

看到江海涛，安然和温昕如看到了救世主一样，心想这下有救了。可半天没看到其他人，更没有看到什么警察，一想就知道来了他一个人，而且还没有报警。看不出陈银虎还能分析出这些，看来想从他手里脱险没那么容易。安然想了这些后，故意提高声调问："你报的是什么警，是不是'森林公安'呀？"

江海涛是想和二虎拼了，可此时他软得就像泥巴一样，爬都爬不起来了，机灵一点只好配合安然："他们捕鸟，我当然向'森林公安'报警了。"一听这话，陈银虎脸色刹那间就变了。

陈银虎虽有些害怕了，可他还是半信半疑，走过去往山下看了看。江海涛看了看陈银虎，想一鼓作气扑上去把火铳抢过来，可他两只手紧握着火铳，胳膊和手臂的青筋暴起，随时准备着动手。江海涛知道没有多少成功的概率，所以就没有盲目行事选择了理智，只能躺在地上等待时机。

安然见他有些相信了，随即又大声问江海涛："你在哪里打的电话，他们怎么还不来啊？"

"我刚才听到枪声，又见你不回电话，就报了警。"江海涛躺在地上真佩服安然，温昕双肩颤抖着看他俩唱双簧。

"怪不得！"安然观察二虎的表情。陈金虎显然相信了，开始慌张和害怕起来，而陈银虎脸色却看不出什么。

陈金虎走过两步，慌张地说："我们快跑吧？警察来了就完了！"

"别害怕。就算他们来了又能把我们咋样？这里既没网又没有鸟，我把枪扔到下面的沙棘林里，他们一天也找不到。所以，就算他们来了也不能把我们怎么着！警察可是讲证据的，不能随便冤枉好人。"说着，陈银虎慢慢走了过来，看着安然和江海涛奸笑起来。

见陈银虎没上当，如此沉着冷静不好对付，安然有些束手无策了，只好壮着胆冲他冷笑了一声。陈金虎不时来回望望山下，一把一把擦着额头上的汗，而陈银虎坐在地上抽起了烟。温昕悄悄问安然怎么办，说不行就跟他俩拼了。安然说不要轻举妄动，等等再说，见机行事。

陈银虎叼着烟思忖一会儿后，略带几分诡异的眼神，慢慢蹲下说："两位大美女，趁警察还没有来，咱们聊聊天咋样？别这么干坐着。"

"好啊！"安然灵机一动，就问："那你说说，你兄弟二人为什么要捕鸟？你俩五大三粗有胳膊有腿，壮得跟头牛一般，为什么不出去打工挣钱，要干这个？"面对二虎，其实她心里怕得要命，可不能让他们看出来。

"你还挺好奇的。好吧，那我就给你们讲讲，就全当消磨时间了……"

见陈银虎的小臂上流着血，安然从小包里拿出几个创可贴，又拔了一棵老虎草摘了两片放进嘴里，一嚼没想到味道比黄连还要苦，随即扭过头把眼光投向了一旁的海娃，海娃随即就为陈银虎包扎伤口。陈银虎有些匪夷所思，不敢相信她竟然会对他这么好。

二虎兄弟都没什么文化，初中毕业后就去新疆打工了，干得是最苦最累的力气活。几年下来，兄弟俩累死累活，吃的苦数不清，可老板一跑，工资一分都没拿到。几年里，他们兄弟俩东一棒槌，西一榔头打工得到的都是仨瓜俩枣，好不容易攒钱给老大娶了媳妇，可没想到第二年媳妇难产死了。

银虎在上学时谈了一个对象，两个人从小玩大，情投意合，可就在陈家人去提亲时，对方的妈妈就谈婚论"价"了，向他们狮子大张口，要这要那一大堆。儿子大了就要娶媳妇，可一家人想破了脑壳也凑不出彩礼，最后眼睁睁看着心上人被别人娶走了。

两年前，陈银虎在花鸟市场见卖鸟挺赚钱，就买了一张网和哥哥上山了，没想到一个星期就挣了两千块。这钱来得太快、太轻松了，不用吃苦受累又不会被人骗，随即兄弟俩就靠山"吃"山了。只用了一年，兄弟俩不仅盖了新房还买了私家车，开始占山为王，伤害野生动物。

现在有了钱，媒婆把他家的门槛都快踩断了，可陈银虎的心中只有一个女人。而陈金虎呢，自媳妇死后他就天天喝酒，喝醉了就没完没了地唱《男寡夫上坟》（青海花儿），也不再娶新媳妇。听了这些，安然她们真不敢相信，他俩竟然还是个情痴。

他刚讲完，金虎就大喊道："来了来了，你快来看，森林公安来了，我们得快跑！"陈银虎听了过去一看，三辆小汽车摇摇晃晃驶进了山口。

他俩以为来人是森林公安，随即拿着火铳还了她俩的手机，就从另一条路溜之大吉。安然让他们以后别再捕鸟了，不然她就要向县林业局举报。陈银虎一边跑一边连连答应着，说他俩日后再也不捕了，让她们以后也不要再来。没一会儿，他们兄弟二人就无影无踪了，安然刚打开手机，康瑞的电话就进来了。

"喂，康瑞，我们没事。你让韩校长他们回去吧！嗯，好的，就这样，我们等你们……"

太阳快要下山的当儿，五个人坐在山顶看美景，温昕靠在安然身上心有余悸。须臾，康瑞和周宇背着包气喘吁吁上来了，打开包给他们拿吃拿喝。看到安然和温昕的狼狈样，康瑞上前抱住她们哭了起来。周宇查看海娃和小波受伤了没有，连连表扬他俩勇敢。随后，师生七人坐成一排，一边吃东西一边欣赏美景，初八蹲踞在小波身边，双眼被阳光映照成两个金色的光点。没了二虎，感觉风景好像变美了，眼前处处是美景。吃饱喝足了，江海涛随即诗兴大发：

黄叶翩飞云蝶舞，杨柳似火贯长虹。
山峦叠翠如勾画，溪水潺明映落霞。
飞沙翻滚没铁骑，金顶流光系驼铃。
丝绸古道今何在，高山寰宇绕鸟鸣。

此时，巨大的红日似乎触手可及，而眼前的景色宛若印象派的油画，色彩凝重得化不开。如梦如幻，心醉神怡。看到晚霞正在染红白云，夕阳正在一片浓浓的寂静中缓缓下沉，面对此景安然站起来也赋诗一首：

似是泼墨的流红晕染了靛蓝
仿佛汹涌的火焰冲破了夜帷
我恍惚看见阿房宫的屋脊
瞬息万变
又俨然圆明园的雕栏
举世无双
像流淌的血液热烈而温暖
如跳跃的党旗赤诚而衷心
风入林
云坐月
霞光渐隐
层峦谱新歌
好景悦心如醉了酒
可否荡了小舟游天河

江海涛看着安然长发披肩，晚霞的余晖斜照在她身上，如染了一抹嫣红，乌黑的秀发泛着几分飘逸和轻灵。她双臂抱前，犹如西方的维纳斯一样美得让人窒息！

第七章 ZHI FEI JI

孤独的心

一、暖心活动

11月3日，这天是星期六，学校放假不上课，从一年级到六年级的小学生们兴高采烈地来到了学校。

一大早，韩清林和张副校长带着一些老师忙碌起来，学校里打扫得干干净净的，还准备了仪仗队。安然和温昕带着仪仗队站在学校门口迎接"客人"，今天他们迎接的可不是县里来的什么领导，而是西宁市小学的一百一十名师生和"春之语"志愿者服务社的十六名志愿者。自3月份加入"春之语"志愿者服务社后，安然、温昕还有康瑞一有时间就去参加志愿活动，幸好志愿活动基本上都是在节假日举办。"春之语"志愿者服务社的几个满怀爱心和充满正能量的年轻人走到了一起，开始为弱势群体志愿服务。

虽然才短短一年多时间，可在这一年多里，该志愿者服务社始终坚持"奉献爱心、传递正能量、构建和谐社会"的宗旨；始终坚持"不忘初心、携手并进、不离不弃、无私奉献"的社团精神，一天天发展壮大了起来。在十一黄金周期间，安然在参加志愿活动时向晁社长反映了英秀镇中心学校的情况。得知这里的孩子们大多是留守儿童后，经"春之语"志愿者服务社组委会研究后，决定把英秀镇中心学校纳入服务社的帮扶对象，而且还牵线搭桥介绍西宁市小学为联谊对象。

今天，西宁市小学的四名老师带着一百零六个学生来英秀镇中心学校开展第一次联谊活动了。看到汽车,张副校长就指挥起了仪仗队,一百多名学生站在两边大喊欢迎、欢迎,热烈欢迎……

车门"哗"刚一开,晁社长和四名老师就接连下了车,安然随即过去介绍他们双方。韩校长一脸的热情:"欢迎晁社长!欢迎四位老师!欢迎所有的志愿者和学生们!"随即,三辆大巴车上的学生和志愿者们相继下车,和英秀镇中心学校的师生们一起走进学校。

来到操场,英秀镇中心学校的师生等候在里面,主席台上的桌椅和麦克风等也准备好了,上面一条长长的横幅格外醒目。看到他们,老师们带着学生又是一阵欢迎,让远道而来的朋友们倍感亲切。随即,韩校长和晁社长做了简短的讲话,然后活动就正式开始了。在安然和温昕还有西宁市小学两名老师的介绍下,双方六年级四个班的二百多名学生们就相互认识了一下,英秀镇中心学校的学生们有些害羞,西宁市小学的学生们倒像是主人。

活动第一项:"春之语"志愿者服务社和西宁市小学向英秀镇中心学校捐赠书籍、学习文具、还有一些体育器材。通过书籍,拉近了城乡孩子们的距离,让城乡孩子们的心贴得更紧一些,让城乡教育的距离缩得更短一些,让贫困山区的孩子们沐浴在雷锋精神的光芒下,帮助他们插上理想的翅膀。看到这么多好书,英秀镇中心学校的同学们都咧着嘴笑了。

紧接着,西宁市小学的四名老师带着二十几个学生,从三辆大巴车里取出了一些学习用具和一些体育器材。拿到新书包和学习用具,英秀镇中心学校六年级的同学们高兴不已,他们虽然不缺书包和学习用具,可这些礼物对他们来说无疑是一份巨大的惊喜。

活动第二项:给同学们上一堂"小学生地震逃生知识"课。

这一项是安然特意向晁社长要求的,服务社正好也有这方面的专业老师。

"同学们好!我姓马,单名一个忠字,你们就叫我马叔叔好了。"话音刚落,下面的同学们就异口同声地问马叔叔好!然后"小学生地震逃生知识"

课就开始了。

"地震,相信在座的每一个同学都了解过,有的还可能经历过,可对地震的逃生知识却知之甚少。现在中小学每年都有地震、火灾等逃生知识讲座,我相信你们英秀镇中心学校也上过。"听到这里,韩清林和张副校长面面相觑,脸上微微显出了几分愧疚。

"地震防、避、逃生等知识,不仅学生们需要好好学,在校的领导和所有老师们也要学。今天,我就给大家讲一讲地震时的逃生知识,希望你们认真听后牢记在心。当地震时,我们首先要保持冷静,然后观察环境,迅速做出选择。如果是在教室里,就要听老师的安排迅速躲起来,比如躲在自己的课桌下或讲台旁。如果是在家里,可以躲在……"

听了马老师的讲课,韩清林内心深深自责着,认识到自己在以前的工作是多么失职,直到现在,他才真正理解安然为什么坚持要求上这堂课了。马忠讲得口干舌燥,非常仔细,下面的老师和学生们听得也很认真,不知不觉半个小时过去了。在这短短半小时中,英秀镇中心学校的师生们学到了很多地震逃生知识,对几个校领导更是醍醐灌顶,敲了一次警钟。

活动第三项:玩游戏。

游戏分成了四个组,每组都有各校一名老师和三名志愿者,还有两校的学生若干名。在踩气球这一组中,志愿者们带着孩子们吹了几百个气球,然后绑在每个同学的两个脚踝上,一声令下后,只见同学们你追我赶,转过身来追着你"报仇"。他们大笑着相互追逐,让操场里一片欢腾,输了的孩子一脸的沮丧和不服气,直追得对方跑来跑去。管你是哪个学校的,我先"报销"了你的气球再说,没一会儿大家就不分你我了,除了欢笑还是欢笑。

踩气球的这边热火朝天,玩老鹰捉小鸡的也热闹非凡,趣味十足。安然当母鸡,西宁市小学的一个男老师当"老鹰",两个学校的二十几个学生就是"小鸡仔"子,几个志愿者在一旁边保护孩子们的安全。随着"老鹰"的扑来,"母鸡"展开"翅膀"保护自己的孩子们,而"小鸡仔"们就呼叫着躲起来。每一次捕捉,"老鹰"都带着凶恶的表情,"母鸡"也不畏凶险、表情十足,而"小鸡仔"们更是呼天喊地,怕得要命。一次次捕捉,一回回遮挡,一声声呼喊,让每一个玩游戏的人都热血沸腾,让观看的同学们揪心不已。

看着一操场的孩子们,听着他们清清甜甜的欢笑声,西宁市中心学校的老师们看到了乡村学生们的另一面。由于他们大多是留守儿童,所以平日里都比较沉默寡言。有些因父母常年在外打工,或家庭的变故,或亲人的离世,生活的艰辛让他们稚嫩的脸上鲜有同龄孩子该有的快乐,而这一刻却全然变了样。看着他们,晁社长抽着烟向韩校长了解起了英秀镇中心学校的现状,特别是学生们的留守问题。作为"春之语"志愿者服务社的社长,这两年来他已经了解了一些留守儿童的问题,很多问题让他出乎意料又触目惊心。所以,从今年起服务社也开展了针对农村留守儿童的"爱心妈妈、暖心爸爸"活动。

在农村,留守儿童是一个让人心酸而又无奈的社会问题。为了帮扶留守儿童,"春之语"志愿者服务社多次去学校,认真调研留守儿童现象,针对性开展帮扶工作。他们着眼当前留守女童保护意识差、安全隐患多的问题,致力于女童权益保护和全面帮扶,制订了"爱心妈妈、暖心爸爸"活动计划。对孩子们来讲,父母对他们最好的爱是陪伴,而不是物质上的给予。一个人在成长的过程中缺失什么也不应该缺失父爱和母爱,也就是不能缺少父母的陪伴。因为,只有在父母的陪伴下才能安全、健康地成长,才能塑造健全的人格和正确的三观。

经了解,晁社长才知道,英秀镇中心学校的留守儿童问题也一样让人揪心,这两年好几个孩子因缺少父母的陪伴而出了问题。当听到溺水儿童和少年犯的话题时,晁社长长长地叹了口气,点上一支烟,心里五味杂陈。约两分钟后,晁社长对韩校长说:"韩校长,我社有一项'琅琅书声'助学活动,是专门解决贫困山区和留守儿童上学问题的活动。从今以后,你们英秀镇中心学校就是我们'春之语'的定点帮扶对象了,我们可以从点到面,全力帮助你们学校,争取不再让一个孩子辍学,争取不再让一个孩子因缺少父母的陪伴而出问题。"

听了这话,韩清林感动得不得了,没想到晁社长如此有爱心:"那太好了!谢谢晁社长,谢谢你们的爱心!"韩清林有些激动,一时间不知道该说什么好了。

晁社长把所有志愿者叫过来,问他们有谁愿意帮扶这里的留守的贫困学生,志愿者们大家都清楚社里的"琅琅书声"助学活动。这项活动,本着物质帮扶与精神帮扶相结合的原则,每个帮扶的志愿者按自己的情况自愿帮扶学生,每学期按照小学生300元、初中生500元、高中生600元的标准,由帮扶志愿者提供助学金。帮扶不光是提供助学金,还要适时查看学生的学习情况,及时掌握他们的学习动态和思想动态。并以这些帮扶学生为基点,通过组织专项讲座、拓展性训练等方式,延伸开展法律进校园、民族团结进校园、安全教育进校园、心理健康进校园、爱心宣传进校园等活动,让更多的孩子们感受到社会的大爱,能有一个健康成长的好环境。

当场,就有七个志愿者表示愿意帮扶,之后又有其他不在场的志愿者通过电话向晁社长表示愿意帮扶,晁社长做了统计后,在韩校长和几个班主任的帮助下,英秀镇中心学校的26个贫困留守学生,当天下午就和26个志愿者们建立了帮扶关系。

一个平凡的人,即便没有宽裕的经济基础,也不代表就没有帮助他人的能力。慈善事业的最终目的不在于给予了多少,而在于你有没有一颗同情和善良的心。一个社会,无论发展到何种程度,贫困和富裕总是存在的。但缩小贫富差距,让所有的人都活在希望中,感受人间真情,却是可以通过人的努力做到的。

午饭过后,七个志愿者就跟着帮扶学生去了他们家,除了向他们的家长说明帮扶情况,还要进行第一次走访。他们刚走,两个学校六年级的男同学们举行了一场篮球友谊联赛，这是今天的最后一项活动。双方各派了一支队伍，西宁市小学的五个学生生龙活虎，各个都跟电线杆似的，一看就是打篮球的料。英秀镇中心学校这边是丁福海、聂小波、蒲生斌等人，他们也精神抖擞，毫不示弱。

其实，为了这场友谊联赛，周宇已经训练他们两个星期了，不知道今天能不能赛出水平取得好成绩来。打篮球，对于海娃和小波他们没什么难的，平日里和初中的学生经常切磋球技，也时不时举行一场球赛。可今天，他们的对手是城里来的高手，能不能取得好成绩就很难说了。球赛虽然打得十分激烈，可两队队员都表现得非常友好，最后，西宁市小学以 37 比 28 取得了胜利。赢了球赛自然有奖品，可输了球的也有礼物，双方拿到了不同的礼物和奖品。

一天的活动在友谊球赛中结束，两所学校的师生一脸的不舍。还没有离开，就问他们什么时候再来，安然希望他们以后每一次的活动，能够在孩子们心里种下一颗爱的种子，让它生根发芽，给予他们希望和温暖，让他们的生活绽放出七彩的光芒……

二、新的开始

"你别门缝里看人——把人看扁了，今天我要是赢了咋办？"海娃打着手语问牛犇。

牛犇看着他俩叠纸飞机，狠狠吃了一大口零嘴，嘟嘟囔囔地说："你肯定赢不了，这都已经两年了，你哪次赢过小波呀，这次肯定还是一样！"

"就是，我们想也赢不了，叠纸飞机小波可是专家，海娃你不行！"蒲生斌和几个男同学也这么说，在他们眼里海娃永远都赢不了小波。

海娃看着他们神秘地笑了笑，用手语问道："好，那我们就打赌，你们敢吗？"

牛犇咽下零食，大声说："这有啥不敢的，打就打！今天你必输无疑，那就准备好'大洋'买东西吧，要赌些啥？"

海娃又笑了笑，打手语说："赌啥你定，免得说我欺负你。事先说好了，既然打赌就要愿赌服输，到时候你小子可别耍赖。"

牛犇扑哧一笑，贪婪地说："谁耍赖谁是狗！大家都看到了也作证。既然你不认输，那就赌一袋辣条、一袋瓜子、5个辣鸡爪……"

见他如此贪婪，想狠狠宰海娃一把，小波就有些不高兴了。"行了行了，你这个吃货就知道吃，干脆赌一头牛得了！让你这饿死鬼吃个够。"

"没关系，越多越好，我今天正好没吃饱呢。"海娃看了一眼小波，一副胸有成竹的样子。

牛犇高高兴兴地说："就这些吧，再多了我怕吃不了，而且你也没那么多钱。你放心我不反悔，男子汉大丈夫说一不二！"他笑着看了看大家。

说话间，海娃和小波都叠好了飞机，两架纸飞机一个比一个好看，就跟工艺品似的。可是，今天的飞机与以前的不一样，怪不得他俩说这是一种新机型，比以前的要长一些，像战斗机一样。这是海娃和小波一起琢磨出来的，就是按战斗机的样子叠出来的，比以前那种更帅气，他俩给它取名叫"歼—20"，把以前那种叫"C919"。

他们刚走下教学楼，就碰到了安然。安然问他们要去哪里，还这么高兴像是要去看电影一样，有同学说海娃和小波要去赛飞机。随即，安然也跟着他们一起进了操场，看看今天他们谁会输谁会赢，牛犇又能否有那个口福？海娃和小波上了主席台，小波在自己的纸飞机机头上吹了一口气，然后身子一斜，抑足了劲儿把它抛向了天空。这种新型飞机果然厉害，别看机翼窄窄的，很不起眼，没想到真如战斗机一样敏捷。

"飞起来了！"同学们高兴地叫了起来。小波看着自己的战斗机冲上云霄，一脸的骄傲。看着飞机越飞越远，牛犇兴奋地直拍大腿。

"喔……喔……喔……"同学们追了过去，在他们的一声声惊叹中，飞机缓缓落地了。蒲生斌和段国龙等几个男同学一量，大喊说："39米、39米啊！小波破纪录了，没想到这种飞机还真牛逼！"

牛犇高兴地大喊道："海娃，听到了吧？39米！破了纪录，这就是飞机达人聂小波，也只有他才能做到。"他又激动又兴奋地拍着掌，"你认输吧，别飞你那破飞机了，免得输得太难看！"

海娃看着大家笑了笑，拿出一个橡皮圈套在左手的食指和大拇指上。同学们看了很纳闷，不知道他把橡皮圈套在手指上要干嘛，都一脸的问号。牛犇心想海娃大概是认输了要毁了飞机，可就在这时，只见他把飞机搭在橡皮圈上，然后，一拉就把飞机射了出去。

"哇哦……"在同学们的惊叫声中，海娃的飞机像有引擎似的，嗖一下就直冲入了云霄。大家把手搭在眉上，寻找着飞机到底在哪里，刺眼的阳光让他们睁不开眼睛。

只见他们一个个张大了眼睛，寻找飞机的踪迹，可海娃的纸飞机就像凭空消失了一般，谁也不知道纸飞机去了哪里，没过多久，在操场的那边，有几个同学大喊道："你们快看，飞机……"

所有人闻声望去，只见远处有一个小白点在缓缓下降。立时，十几个同学跑了过去，海娃站在主席台上一脸的自豪，一旁的小波半张着嘴有些吃惊，而牛犇则丢了魂似的惊呆了。

同学们跑过来了："天呐！海娃，你对这飞机施了魔法吗，咋能飞这么远？飞机落到对面的墙根了，要不是撞上墙它还能飞一段，真是神了！"

小波看着飞机问："那到底飞了多远啊？"

蒲生斌看着操场对面的墙，估摸着说："操场从这边到那边是70米，减去主席台后面的这几米，这飞机最少也飞了60多米！这还不算飞机撞到了墙上，不然它还会再飞几米呢！"一听这话同学们都惊呆了，牛犇心里"咯噔"一下，一下子就像挨了刀的皮球——瘪了。

小波有些匪夷所思，跳下主席台拿过海娃的飞机看了起来。原来，海娃在他飞机的腹部用刀割了一个豁口,看到这个豁口,小波就清楚了。很简单,这就跟打弹弓一样,刚才那橡皮圈就是发射器,借助发射器它能飞不远吗?小波给同学们一讲,大家都给海娃竖起了大拇指,安然也为海娃能多动脑子而点赞。

在叠纸飞机上,小波可算是一个行家里手了,这几年下来他总结了不少经验。比如,叠纸飞机首先要选好纸张,既不能厚也不能薄,不能太硬也不能太软。然后在折叠时要掌握好重心,飞机的重心要稍向后一点不能靠前,不然飞机一放飞就会直接栽到地上,最后就是放飞的角度和力度还有风向了。以前同学们都请教过小波,可那时候他怎么可能透露这些,今天要不是被海娃打败恐怕还不会说呢。就在小波讲这些时,牛犇抬高脚一步一步轻轻地向外走去,可没想到却被蒲生斌看到了。"胖子,你要去哪儿?"同学们"唰"一下,都把目光投向了牛犇。

牛犇傻愣住了:"我……我去上厕所……"

"你不是刚上了厕所了吗,咋又去啊?"

"你是喝河水长大的吗?管天管地,你还管得了我拉屎放屁啊?"话刚出口,他才想起老师也在这里,随即,舌头一吐立马转过了身。

聂小波大声说:"你小子别想溜了啊。愿赌服输,还是快去给海娃买吃的去吧,记住,一样都不能少,不然小心变成狗。"

同学们笑着说:"是一袋辣条、一袋瓜子、5个辣鸡爪……"大家记得一个比一个清,牛犇后悔刚才不该赌这么多,真想把自己的舌头给咬掉。

牛犇噘着嘴,说:"好,我……我这就去买!可我没那么多钱,今天先买三分之一,剩下的分期行不行?"同学们听了都笑了。

"行吧,跑得了和尚跑不了庙。反正你小子也跑不了,也不会耍赖的,除非想做狗。另外,我想海娃一次也吃不了那么多,分期就分期吧,以后慢慢买。"小波知道牛犇在想什么,所以在大家面前提醒了他一下。

随后,安然和何淼她们玩起了丢沙包,小波继续给蒲生斌他们讲经验。

其实，他们不是想听他的经验，而是在等牛犇回来分一杯羹，解解馋。海娃坐在旁边，他看上去有些郁郁不乐，把两只胳膊肘放到两个膝盖上，两个手掌像钳子样紧紧夹住了头，愁眉紧锁一副忧愁的样子。少时，牛犇按海娃的意思秤了半斤瓜子回来，他心疼不已地给了海娃，海娃随即就给大家分了。安然玩累了，就过来坐下和他们一起聊天。"海娃，今天赢了小波高兴吗？"听老师叫他俩小名，蒲生斌他们都有些惊讶。

海娃嗑了一粒瓜子后，用手语回答："当然高兴了。"他一边比画着，一边挤出一个微笑，有些勉强。

安然也嗑着瓜子，没有抬头："可我看你并不高兴呀，闷闷不乐，好像有心事的样子。"听老师这么一说，小波也发现海娃今天有些不对，细想一下他这样已经有好几天了。

"没……没有啊，我能有啥心事？就赢了场比赛嘛，有啥好高兴的……"海娃低着头连瓜子都不想吃了。

安然抬起头，看着海娃问："还是说说吧？我看你这个样子已经不是一天两天了，心里又想啥呢？"海娃知道老师早就发现他不对了，这让他既高兴又有些被剥光的感觉。其实，这几天他一方面想让老师发现他的不对，另一方面又在极力掩饰着自己。想让老师发现不对，是想和老师好好谈一谈，帮助他解决心中的烦恼和忧愁，而掩饰自己就是不想让老师为他的事烦心。

小波用肩膀撞了一下海娃说："是啊，你就说说吧，你看老师这么关心你！"

"好吧，既然你们想听，那我就说给你们听听。"海娃用手比画着，放下手里的瓜子坐了起来。"其实也没什么。就是……就是我就像纸飞机一样没有自己的航向。"看了他的手语，安然拿着一粒瓜子愣住了，小波和牛犇也一动不动了，蒲生斌和其他几个同学不明所以。

蒲生斌吐了一口："呸……这是啥，味道咋不对呀！"几个人仔细一看，原来是一颗鸟粪，虽然已经被嗑了一部分，但还是能看得出来。

牛犇笑了一声，说："是鸟屎，是鸟屎！没关系，不干不净吃了没病，这正好让你不生病。"他调侃着蒲生斌，然后摊开手看自己的瓜子里有没有鸟粪。

安然见蒲生斌吃了鸟粪，便把剩下的瓜子给了牛犇，牛胖子接过来高兴地笑了笑。"你买的这是啥呀，还给你！"把手里剩下的瓜子给了牛犇后，蒲生斌就一骨碌翻起来跑去漱口了。

安然看着海娃，大为不解地问："怎么会呢？你怎么可能会没有未来呢？"

海娃长长地叹了口气："我这个样子，以后能做什么？你们都有自己美好的人生，而我却没有！小学毕业后，我不知道该去哪里了？"说到这里，海娃流出了两串心酸的眼泪，强压着心中的难受。

原来，海娃自本学期开学就开始倒数他在学校的日子。当初，来旁听时学校就有规定，他只能读到小学六年级，不能上初中。在这两个多月里，海娃一直在想这件事，也开始想自己的未来。所以，他感到特别迷茫，如站在十字路口不知道何去何从。看着流泪的好朋友，小波和牛犇心里也酸酸的，想安慰他几句可不知道该说什么。这一刻，安然的心里也非常难受，她知道海娃比其他同学要敏感一些，没想到这段日子里他竟然在想这些。海娃才15岁，虽然比其他同学大两三岁，也比他们成熟一些，可他毕竟还是个孩子。

安然抓住海娃的手，凝视着他的眼睛，轻轻地说："海娃，不要想这些。向阳而生，逆风飞翔。你不是已经有理想了吗？不是说长大了想做一名音乐家吗？这是多么美好的未来啊！难道你忘了？"说完，她用力捏了一下海娃的手，以表示她的提醒和鼓励。

海娃听了有些激动："不！老师，我没有忘，也不会忘记。这是我的理想，我会为此努力的。可……可我这个样子怎么可能呢？爷爷让我心不要太高，还是练好唢呐以后给大家吹唢呐更为实际，说这样至少不会饿肚子。"

"不！海娃，你可以认输，但不能放弃。你在音乐方面非常有天赋，我是不会骗你的，你要相信自己。我对你说过，你是世界上独一无二的，你虽然身体有缺陷，但我的眼里，你永远是最棒的。别人可以不相信你，但你必须得相信你自己，你确实是不一样的'烟火'！"说着，她又用力捏了一把海娃的双手，微笑着轻轻点了点头。

小波也看着海娃的眼睛，说："没错！海娃，你是最棒的，要相信自己！"

看着老师和小波，海娃有了一些信心，可心里还是很怕："谢谢你们！老师你的话我都记在心里，可我心里还是有些害怕，不知道以后该怎么办？离开学校，离开你们，我不知道该怎么活着？"随着时间一天天过去，海娃确实害怕，不敢想象离开学校、离开老师同学们的日子。

"你这是杞人忧天，我们怎么可能会离开你呢，小波和牛犇不会，我也不会！你要感受到身边人对你的爱，同时也要用纯洁的心爱他们，生活在爱里面难道不幸福吗？"听老师说得这么掷地有声，海娃随即也放心了不少。

安然笑了笑，说："经过这一年的刻苦学习，你已经掌握了音乐的基本知识，接下来该进入下一个阶段，学着谱曲和作词了。从今天开始，我教你学谱曲和作词，你得更努力才行啊！"一听老师这话，海娃眼前一亮，瞬间来了精神。

"什么！我能学谱曲和作词了，这是真的吗？"海娃喜出望外有些不敢相信，谱曲和作词他想都没有想过。

安然笑了："我有骗过你吗？傻孩子，以后必须得更加努力才行呀！"

"老师放心，我肯定会努力的，一定好好学不让你失望！"海娃比画着，脸上露出了甜甜的笑容，看眼前的一切，他感觉生活瞬间充满了色彩。

三、心中的舞台

又到了音乐课，离上课铃响还有六七分钟，海娃和小波他们就把钢琴抬到了教室，同学们上完厕所坐在了自己的位置上，一脸的期待。

在这一年多里，除了有特殊情况外，每一节音乐课都要唱歌，所以同学们已经学会了很多歌曲，这给他们的成长带来了欢乐和色彩。以前，他们除了玩游戏就没有其他爱好了，而在这一年多里，他们每天都哼唱着，脸上多了些笑容。上课前高歌一曲，或猜歌名或接歌词，趣味十足。看着钢琴，同学们都想坐下来学老师弹一曲，他们每次看老师弹得入迷就格外羡慕。

每次在音乐课上看安然弹钢琴，看着她抬起手臂再慵懒地落下，看着她那优美醉人的身姿，听着钢琴奏出的优美旋律，在他们眼里，安然老师就是他们的莫扎特。

牛犇想试试自己弹出的调是否好听，可好话说了一箩筐，海娃和小波就是不让，就在这时，上课铃响了。像往日一样，安然行过礼后坐在琴凳上，然后让同学们唱一遍上节课学的歌。安然在钢琴上打着节奏，同学们坐直了高高兴兴地唱道："五星红旗迎风飘扬，胜利歌声多么嘹亮，歌唱我们亲爱的祖国，从今走向繁荣富强……"

"同学们唱得很好！但是，还需要唱得再投入一些。歌唱，不是硬邦邦地念出歌词，而是唱出心中的情感。所以，表达出内心的情感才是重点。就像这首歌吧，它是唱给我们亲爱的祖国的，所以要唱出对祖国的热爱和祝福，你们那样唱出来就没有感情了。好了，今天我们来学一首新歌,叫《祝你一路顺风》。这是一首表达离愁别绪的经典歌曲,相信你们一定会喜欢。"说着，安然把印好的60张歌词发给大家，同学们拿到歌词都乐开了花。

安然弹着钢琴，认认真真教学生们唱歌，眼睛里充满了对这些孩子们的关爱。

"那一天知道你要走……"

同学们像之前一样，看着歌词跟着老师一句一句学，充满了欢乐和喜悦。

孩子们学歌就是快，才教了两遍他们就会了。其实，有几个同学本来就会唱，经老师刚才那么一教，就唱得更好了。安然见同学们都学会了，就让他们自己唱了一遍。

那一天知道你要走，我们一句话也没有说。当午夜的钟声敲痛离别的心门，却打不开你深深的沉默。那一天送你送到最后，我们一句话也没有留。当拥挤的月台挤痛送别的人们，却挤不掉我深深的离愁……

同学们唱得确实好了很多，每一句虽不是唱得很到位，可唱出了离愁别绪，听着还真有那么一丝伤悲。尤其是何淼，她甜美的歌声中充满了离别的愁绪，让人听了忍不住从心里产生一种淡淡的忧愁。"非常好！同学们唱得非常好，尤其是何淼同学，她唱得最到位了，无论从情感和音调上都很到位。下面，我们请何淼同学单独给我们唱一遍，同学们都好好听她是怎么唱的，看看那些地方唱得比你好。"

何淼站了起来，两个脸蛋上泛起了淡淡的红晕，乌黑的眼睛闪耀着笑意和欢乐。安然看着何淼弹起了钢琴，面带微笑点了一下头鼓励着何淼，也示意她可以开始唱了。伴随着优美的乐曲，何淼在老师的鼓励下唱了起来。

那一天知道你要走，我们一句话也没有说。当午夜的钟声敲痛离别的心门，却打不开你深深的沉默。那一天送你送到最后，我们一句话也没有留……

何淼唱完了，随即教室里响起了一阵震耳欲聋的掌声，有几个同学还情不自禁站了起来，李襄等几个女同学甚至还流出了几滴眼泪。看着同学们给她鼓掌，何淼也激动得闪烁着泪花。这一刻，她犹如站在维也纳金色大厅里一样，已经征服了所有人。安然也鼓起了掌，走到何淼身边激动地说："何淼，你太让我出乎预料了，没想到你唱得这么好，你太让我吃惊了！"

何淼低垂下眼皮，把笑容敛在眼梢眉角之下，说："这都是老师教得好！"

"不！这不是我教得好，而是你有这天赋。从去年，我就发现你有唱歌的天赋，没想到你的天赋还不小。不！我不能埋没了你，从今天开始我要教你唱歌，要请专业老师给你辅导，要让你到真正的舞台上去大放异彩！"

"没错！老师，何淼在唱歌方面确实很有天赋，也应该好好培养她到真正的舞台上去表演。你不知道，其实她心中一直有一个梦想，有朝一日能去星光大道唱歌。"听李襄这么一说，安然对何淼更是刮目相看了。

"很好！很好！很好啊！"安然喜出望外，双眼噙满了泪花。"我要好好培养她，让她到星光大道，在我们百姓的大舞台上大放异彩！你们要牢记，人生只有走出来的精彩，没有等出来的辉煌。有梦想非常好，你们每一个也都应该有自己的梦想，应该树立了梦想从小努力。只有这样才不会迷茫，也才能开创出璀璨的人生！"

"老师，上星光大道就是何淼的梦想。为此，在这一年里她一直在努力着，好听的歌多了去了，尤其是《我是一只小小鸟》《烛光里的妈妈》《天之大》等歌曲，我们百听不厌，都是她最忠实的粉丝呢。"一听李襄这么说，安然安耐不住心中的好奇，想听听何淼唱得有多好听。

安然又坐到了琴凳上说："那我们再来一首《我是一只小小鸟》，看你能不能打动我和同学们。不要紧张，要相信自己，就当这里是星光大道了，来！"说完，安然认认真真弹了起来，而何淼就当在星光大道上一样唱了起来：

有时候我觉得自己像一只小小鸟
想要飞，却怎么样也飞不高
也许有一天我栖上枝头，却成为猎人的目标
我飞上了青天才发现自己从此无依无靠……

不到五分钟的时间里，安然全神贯注，比任何时候都弹得用心，而何淼也比任何时候唱得投入。教室里除了音乐和何淼的歌声，连同学们的一声呼吸都听不到。大家听着何淼唱歌,随着歌声他们都感觉变成了一只小小鸟,想要飞却怎么样也飞不高……

何淼唱完了,安然也弹完了最后一个键,同学们又鼓以最热烈的掌声。如果说刚才那首《祝你一路顺风》惊艳了大家的话,那么这首《我是一只小小鸟》就震撼了他们,这高音可不是谁都能唱出来的。同学们都知道何淼唱歌好听,可今天他们才真正领教了她的歌喉,何淼也才真正成了他们的歌星。

同学们都看着何淼,眼神里充满了对她的认可,让何淼看了倍感亲切。同学们都在等着老师表扬何淼几句,可安然弹完曲子后却低着头,她既没有鼓掌也没有表扬何淼,一脸的沉重像受了什么打击一样。见此,同学们交头接耳地问她怎么了。

看着老师,何淼也有些摸不着头脑,心想大概是让老师失望了,可自己发挥了最好的水平。在何淼心中,星光大道是一个超级大舞台,上星光大道唱歌是她的梦想。为了这个梦想,她从今年1月份开始练唱歌。每天炒菜时拿铁勺或胡萝卜当麦克风,扫地时拿扫把当麦克风,在家里唱得精疲力竭。虽然有梦想,心中也有一个大舞台,可她除了李襄没跟任何人说过,怕同学们笑话。何淼性格内向,自从爸爸走后她就更沉默寡言了,平日里也就跟李襄说说心里话。在何淼的世界里,音乐有着不可替代的位置,每当不开心或有什么心事时,她就会静静地听几首歌。

安然又来到了何淼身边,一脸歉意:"何淼,对不起,我之前忽略了你。你应该告诉我你的梦想,让我来帮你实现梦想啊,到星光大道去一展歌喉,让全国人民都听到你的歌声!你能有这样五彩斑斓的梦想很好,以你的实力一定会梦想成真的。就像你刚才所唱,你现在虽然是一只小小鸟,但总有一天你会飞起来的!从今天开始我要请上海文化大学音乐学院的专业老师辅导你。我相信假以时日,你会绽放得更加多姿多彩。但在那之前,你需要更加努力才行,不要让我们失望好吗?"

何淼已热泪盈眶,连连点着头说:"谢谢老师!您放心,我会更加努力的,不会让你们失望!"

"同学们谁还有梦想?不要怕,有梦想就大胆地说出来,让我们大家一起来努力。生命因梦想而怒放,人生因梦想而精彩。人活着就应该有梦想,也必须要有自己的梦想。因为,没有目标是可怕的,没有梦想是可悲的。如果你们不愿意说,那就把它写下来投进信箱里,看我能帮你们多少……"安然还没有讲完,下课铃就响了起来。

下课铃还没有停,眼保健操的口令就开始了。随即,安然监督学生们做起了眼保健操,大家做得一丝不苟。

从上学期3月1日开始,教委把预防学生近视纳入了绩效考核。随之,每天下午的眼保健操就被重视了,作为班主任,安然几乎每天下午都准时来监督,让他们从小保护眼睛,养成好习惯。

安然常对他们说:"把身体锻炼好,有健康的身体才能有好的成长;把眼睛保护好,用心灵的窗户发现身边的真善美,把读书的习惯培养好,用良好的阅读习惯成就璀璨的人生。"

四、小小心愿

清晨,拉开窗帘就看到纷纷扬扬的雪花,一片片不慌不忙地飘落下来。都说立冬三场白,可今年立冬都已经两个星期了,这才是第一场雪。

漫天飞舞的雪花,就像是一个个从天而降的仙女,带着清纯的芳香,飘飘洒洒来到了人间。地面上铺了雪毯,房屋上铺满了棉絮,大大小小的柳树也开满了"梨花",到处银装素裹宛如一个童话世界。走在雪上面,每一脚下去都踩的"咯咯"响,好像在弹奏着交响乐一般,让人听了不由心中喜悦。来到教室,同学们已经坐好,就等老师来上课了,一个个都穿着厚厚的棉衣棉裤。安然看了看同学们,脸上带着淡淡的忧愁。她让四个组长把本子发下去，然后转过身在黑板上写出《我的××》。

同学们都知道，这是上周五老师布置的话题作文，这"××"可以是爸爸或妈妈，也可以是老师或同桌等。安然知道，班里的同学大多是留守儿童，有些已经两三年没见到爸爸妈妈了，所以他们不知道该怎么写。同学们一直在回避着这个话题，可安然非要他们写一篇。她明确要求，这次只能写爸爸或妈妈，不能写爷爷或奶奶。一听要求，同学们就都傻眼了，尤其是那些留守儿童们。

安然把双手支在讲桌上，看着下面的同学们说："同学们，大家都拿到自己的作文本了吧？"

同学们异口同声道："拿到了！"他们打开本子，仔细看着老师写的评语。

"好！这节课我们不学新的，就来讲一讲你们的作文。"安然脸上没有笑容倒显得有些沉重。"这次大家写得不是很好，让我看了很是沉重。当然，并不是所有同学都写得不好，比如李襄和蔡佳琪两位同学，她们写得就非常好，感情非常真挚，可是拿到第一的却不是她们，而是聂小波。"同学们听了大吃一惊，都有些想不明白。既然写得好，那就应该得第一嘛，为什么把第一给了聂小波？所有人百思不得其解。

安然走到聂小波身边，看着同学们说："同学们不要惊讶，我给聂小波同学第一是有原因的。下面，我给大家读一遍他的作文，听完后你们就知道我为什么给他第一了。"说完，安然拿起小波的作文本读了起来：

我的爸爸妈妈

今天，老师给我们布置了一篇作文，要求写自己的爸爸或妈妈，不能写爷爷或奶奶。听了这要求，我心里"咯噔"一下就蒙了，因为不知道咋写。

记得在四年级时，语文老师就让我们写过这样一篇作文，那一次我写的是《我的爷爷》，还得了一个高分呢。这次，我本打算要写《我的奶奶》的，可老师竟然提出了要求。哎！我本来就不会写，这回可要命了。

掐指一算，我已经快三年没见到爸爸妈妈了，也不知道他们现在变成啥样了。在这近三年里，我每当想念他们时就会偷偷拿出影集翻看，要么就站在房里看他们的结婚照。快三年过去了，那本相册我不知道翻了多少遍，有好几处都快让我给翻破了，可三年了，我连他们的影子都没看到。

哎！有时候我在想，他们是不是已经把我和小燕给忘了，也忘了家里还有他们年迈的父母吧？我虽然有爸爸妈妈，可我感觉自己就像个孤儿，不知道什么是父爱和母爱，早忘了他们的怀抱有多温暖。别人家的孩子都有妈妈陪伴，衣服脏了有妈妈给洗，裤裆扯了有妈妈来缝补，可是我呢？跑题了，跑题了。还是写我的爸爸妈妈吧，可我该写些什么呢？他们现在是胖是瘦？是否计划着回家来转转？有没有像我和小燕这样想我们？这些我都不知道，咋写？真想逃学算了，可躲得了初一，躲不过十五。

算了吧，不知道就别胡编乱造了，免得把他们写成四不像，让老师和同学们笑话。既然不能乱写，那就写点我想对他们说的心里话吧。其实，我不想爸爸妈妈离开我们出去打工，他们说是要挣钱盖宽敞明亮的大房子，要给我和小燕更好的生活和学习条件。可是，在我看来家里的房子挺好的呀，我和小燕也没有缺吃少穿，他们要挣那么多钱干什么。爷爷说："人往高处走，水往低处流，年轻人就应该出去闯荡。"

出去闯就闯吧。可是，他们为什么三年都不回来，真怀疑回来后能不能找到家门。这几年，他俩每次打电话来让我好好学习，许诺我要是考好了就给买奥特曼或变形金刚，可我什么都不想要，只要有他们在我身边。所以，我偏跟他们反着来，不好好学习，而且还故意调皮捣蛋到处闯祸。因为，我要是学得越好的话，他们就会越放心、越不回来。老师们都说我笨，其实我一点儿也不笨，他们讲的我听一遍基本上就懂，而那些考试题也没有那么难，我只是不想答对罢了。因为，我不想让爸爸妈妈放心，不想让他们忘了我的存在，想让他们回来给我辅导功课考出好成绩。

这几年每次过生日，我唯一的心愿就是他们能早一天回来。我不要什么生日礼物，也不想吃什么好吃的，只要有他们在身边，给我一个怀抱就够。可生日愿望不灵，他们只出现在我的梦里。这两个骗子，走之前明明说好了一年就回来的，可这都快三年了还不见他们的影子，真是岂有此理。

都说我们小孩子最喜欢过节。因为，过年一家人能团聚，还有压岁钱拿，其他节日也有新衣服穿、好东西吃。可是，对我和小燕还有其他像我们这样的孩子们来说，逢年过节是我们最孤独、最不开心的时候。其实，我们都有很多话想对自己的爸爸妈妈说，想抱着他们撒个娇、卖个萌，让他们多关心我们一下。罢了，就算他们知道这些也没用。

现在，我只想对他们大声喊：

爸爸妈妈，你俩快回家吧，我想你们想得心都长茧了！爸爸妈妈，只要你们回来，我一定好好学习，天天向上！

安然读完了，她一字一句读得很慢，非常用心。同学们都能听得出来，这篇作文聂小波是用了心写的，里面的一字一句都是他的心声。的确如此，一开始，聂小波只是想随便写一点应付老师，可写着写着就情不自禁了，没想到竟写了这么多。刚开始听时，同学们就扭过头来笑着看小波，眼睛里充满了调皮的赞许。可听着听着，一个个都垂下了脑袋，脸上也变得凝重起来。海娃和几个同学，大滴大滴的泪珠滚落脸颊，恨不得趴在课桌上，放声大哭一场，心里都想着自己的爸爸妈妈。

无疑，聂小波不仅说出了自己的心里话，还说出了大家的心声。作为留守儿童，没有一个不无时无刻不在想念自己的父母，也没有一个人不天天盼着他们的父母回来，小波写出来的是大家的心里话，也是所有留守儿童们的心愿。他们不想住大房子，过生日时不需要生日礼物，只想有爸爸妈妈陪在身边。

看着同学们，安然心里很不是滋味儿："同学们说说，聂小波同学写的怎么样？"

同学们用低沉的声音回答道："好！"有气无力，一个个都像霜打的茄子似的。

"那你们说，我应不应该把这个第一给他？"

又是沉沉的低音："应该！"

"李襄、蔡佳琪，你们说我应该把这个第一给聂小波同学吗？"

听老师点名，李襄和蔡佳琪站起来，回答道："应该，老师做得很对！"

安然微微笑了笑，又问："严格地讲，聂小波这篇作文有点脱题，也没有你们写得好。我把第一名给他，你们就没有一点儿意见吗？"

"没有。"李襄抢先回答。"我觉得聂小波同学没有脱题，而且写得也非常好，给他第一我举双手赞成，没有一丁点儿意见。"紧接着蔡佳琪也是这个意思，这让小波和同学们听了有些意外。

安然笑了："很好！看来你们听得很认真，听出了这篇作文感人的地方。你们能这样想我很高兴，同学之间就应该这样。竞争是必不可少的，但能欣赏对方更加难能可贵，"安然十分欣慰。

安然一边往讲台走，一边说："同学们都坐起来，不要多愁善感了。我知道你们大多是留守儿童，大家一定和聂小波一样，每时每刻都在想念自己的爸爸妈妈，翘首期盼着他们能早一天回家。有很多话要对自己的爸爸妈妈说，期盼他们能早一天回家团聚，那你们就写下来寄给他们，让他们听听你们的心声。我知道在你们中间，有些同学像聂小波一样，已经很长时间没见到自己的爸爸妈妈了，所以在心里对他们多少有些埋怨。其实你们错了，天底下没有不爱子女的父母，只是迫于生计，他们不得不出去拼搏，想给你们更好的生活和学习条件。"

"你们说，要不是为了你们，他们能千里迢迢到异乡去打工挣钱吗？要不是为了你们，他们能加班加点，累死累活地工作吗？"听老师这么问，同学们都低下了头。"他们是因为爱你们才出去打工的，你们应该好好学习让他们放心才是，应该知道他们挣钱的辛苦，也应该体谅他们的心酸才对。

所以，这个双休日，你们回去给自己的爸爸和妈妈写一封信，一是对他们说说你们想说的心里话，二是写一些理解他们，感谢他们的话。你们不小了，应该懂得理解和感恩父母了！我希望我的学生都是好样的，好吗？"

同学们有点不情愿地回答："好！"

其实，安然心里一百个不赞同父母留下孩子去打工，可这时候她只能这么对学生们讲。听同学们回答得有气无力，安然想再给他们做做思想工作，可下课铃响了。回到办公室里，安然把聂小波的作文发给了聂小波的父母，然后劝他们回来照顾两个孩子……

五、胖子的烦恼

中午一到，全校的学生和老师们又拿着饭盒来打饭，食堂的几个窗口里，工作人员在忙碌着，饭菜的香气飘荡在校园里很是诱人。

海娃也来打饭，一脸的喜悦，可牛犇今天似乎不怎么高兴。今天食堂做了土豆炖排骨，还有酸辣豆芽和炒时蔬，算是比较丰盛了。要是在以前，胖子的口水早就流一路了，可今天他却提不起精神。打了饭菜，大多数老师和学生进了食堂，而另一部分则又回到了教室。海娃、小波还有牛犇在一块吃饭，因为牛胖子会抢鸡腿和排骨，所以，除了他俩没人愿意和他一起。

放下饭盒，三人先是夹了一块排骨吃，吸溜着嘴就像是在吃蟠桃似的。一眨眼，牛犇第一块吃完了又夹了一块，饭盒里只剩下土豆、豆芽和时蔬了。眼看着牛胖子又快吃完了，海娃见这小子直盯着他饭盒里的排骨，就知道他心里在憋什么坏了。因此，他立即夹起剩下的一块伸出舌头舔了舔，然后，放在饭盒里让故意让他直咽口水。见海娃舔了几口排骨，他自然不会再像以前那样抢了，随即把目光移到了小波的饭盒里，盯着他的排骨，满嘴都是口水。

小波看了看胖子的饭盒，然后看着他的谗样，问："咋，你又消灭得这么快？"

"食堂阿姨也太抠了，一人就两块哪能够吃呀，这么点连塞牙缝都不够。老师让我们热爱生活，可连肉都吃不到几口，怎么热爱生活呀？"牛犇拿筷子扒拉饭盒里的菜。"唉！这几个月我爸妈拿我当兔子养了，我已经有一个月没吃鸡腿和排骨了，刚才我真想把那一盆排骨给抢着吃了。"

聂小波吃了口菜，嘟嘟囔囔地说："你爸爸妈妈也是为了你好，你看你脸上的肥肉，都快掉下来了，确实不能再这样下去了。"

"我也知道他们是为我好，可他们不能连续几个月都不让我吃肉啊，现在我只能在学校啃个鸡腿。在家里每天除了白菜就是萝卜，不是菠菜就是土豆丝了。花朵开花还给追肥呢，我现在正是需要营养的时候，少吃一顿肉脑细胞就要死好几万，他们这样做就是在谋杀我！"

听了这些，小波有些同情他："看来你现在还真苦。给，今天哥们少吃一块，就当救济你了。"说着，小波把自己剩下的一块排骨夹给了牛犇。海娃和小波知道，牛犇这几天想吃肉想得都魔怔了，看他可怜巴巴的样子，聂小波于心不忍了，就大大方方地和他有福同享了。

牛胖子有些吃惊："你……你真的给我了？"他双眼一亮，把肥嘟嘟的脸笑成了一轮满月。

"看把你美的，不就一块排骨吗？"

胖子高兴极了，两只眼睛里放着光："谢谢！谢谢！小波你太够哥们了，以后我请你吃大……大餐。"还没说完，排骨就已经进嘴里了。

海娃看着牛犇，用手语说："我这块也给你吧，就舔了两下而已。"

胖子看了看，笑眯眯地说："好啊，舔就舔了，咱们是哥们我不嫌弃，再说你的口水我已经吃不少了！"

听了他们的话，一旁的蔡佳琪端着饭盒也过来了，她的饭盒里还剩一块排骨，菜倒是已经吃了不少。"牛犇，没想到你现在这么可怜！我这儿还有一块，要不你帮我消灭了吧，我不喜欢吃肉，这块又这么肥。"

听了这话，胖子如按彩球的乞丐——高兴得发傻了。他看着蔡佳琪眼睛眯成了一条缝，笑眯眯地说："蔡佳琪，你的心肠都赶上观音菩萨了！一点儿问题都没有，我帮你消灭了，我很乐于助人的。以后，你的肥肉我全包了，免得你吃不下浪费了。"

蔡佳琪把自己的排骨夹给了牛犇："好！就这么说定了。"何淼已经把第二块排骨吃了一半，不然她也愿意把自己的排骨给牛犇。

同学们看了很高兴，不是因为蔡佳琪把一块排骨给了牛犇，而是在这两个多月里她变了很多。开学后，同学们看到她们四个又在一起了，还像以前那样玩在一起，吃在一起，就连上厕所也形影不离。以前，吃苹果蔡佳琪都是一天一个，独享。现在，她每天带两个苹果和她们分享，有时候一个苹果四个人也要分着吃，带其他好吃的也分开来一起吃。

蔡佳琪能有这么大的变化，一方面是由于太自我而受到了同学们的孤立，另一方面是因为班主任安然和她谈了一次话的结果。安然不仅去了小波、海娃、何淼家，还抽空去跟蔡佳琪好好谈了谈，让她珍惜友谊，主动去给何淼道歉。在老师的教育和帮助下，蔡佳琪明白此时的友谊是最纯真、最真挚的，这不仅是一笔最宝贵的财富，更是一生中最甜蜜和美好的回忆。所以，她懂得了必须得把友谊珍惜好，大家团结互助、共同成长才是最有意义的。

吃完午饭，同学们就三五成群地聊了起来，而牛犇趴在课桌上不着一言。"胖子，你今天吃了五块排骨，咋还不高兴呀？快过来一起玩。"

听小波这么说，耕犇叹了口气："唉！你们耍吧，我今天没心情。"他像病了似的耷拉着眼皮。

"你今天咋了？是不是生病了？"小波拿着"王牌"走了过来，抬起一只手摸了摸牛犇的额头。"也不发烧啊，你到底咋了，还在为吃不着肉不高兴吗？"

牛犇一把拨开小波的手，然后托着自己的双重下巴，有气无力地说："我没病，也没有发烧，就是……就是心里有些烦。"

"咋，你有心事了？"海娃也走了过来，关心地看着牛犇。

"唉！给你们说了也没用，你们去玩吧，别管我，让我一个人待会儿。"

"你这样我俩还有心思玩吗？有啥心事你就给我们说说，看我俩能不能帮帮你。"

"你俩帮不了！"他垂头丧气，回答得有气无力。

小波挺起胸，大声说："你也太小瞧我们了，我和海娃可是侠客，专门路见不平，拔刀相助的，难道你忘了？"

牛犇机械地笑了笑，慢悠悠地说："我知道你俩是'大侠'。可……可我总不能让你俩去杀了我爸吧？"

小波坐在牛犇对面的课桌上，问："哦，原来是因为你爸！看来，他又请你吃'竹笋炒肉丝'了？"一听胖子又挨打了,同学们一个个都来了兴趣,立刻跑过来听。

看着同学们，牛犇有些伤心："我挨了打，你们是不是很高兴呀？一个个幸灾乐祸的样子！"

"怎么会呢,我们就是想听听嘛,看能不能想个办法给你报仇！"对对对,同学们异口同声道,点头如捣蒜。

"好吧,那就给你们讲讲,也给我想个办法……"牛犇停顿了一下又说道："昨天晚上，我妈正在做晚饭，我爸就回来了，他沏了杯铁观音坐在沙发上，让我把月考的卷子拿给他看看。我听了有点纳闷，心想老爸平日里从不过问我的学习情况，今天怎么一进门就要看考试卷。我没再多想，进屋就把三张试卷拿出来交到他手里，然后坐在一旁继续看动画片。我爸一边喝茶一边看试卷。他初中毕业没多少文化，当年在班里一直倒数第一。拿着卷子，根本看不懂试题，只看上面的勾和叉，还有右上角的分数。他的脸色就渐渐变了，三张试卷上面几乎都是叉，对勾只有星星点点的几个。

气得他对我骂道：'数学才考了 39 分！这样以后做买卖咋算账呀？你一天去学校究竟在干嘛？老师讲的都听到脚后跟去了吗？你可真给我丢脸，除了吃你还能干啥！我虽然不在乎你的学习，可你也得让我脸上挂得住呀。'说着，走过来狠狠踢了我几脚。听到客厅里有动静，我妈拿着菜刀就跑来了。进门一看，我躺在地上，蜷成一团，双手紧紧抱着头，而我爸怒气冲冲，一脚一脚踢着我，嘴里还骂骂咧咧的。我妈赶紧上去拦住：'咋了，咋了？干嘛这样打他？'"

"我爸拿起试卷，大声喊道：'你看看他考了多少。语文 63 分，英语才 32 分，数学只有 39 分，全班 60 个学生，他倒数第一！'接过试卷一看，我妈也傻了眼。'他怎么才考了这么点儿啊？上回还是 41 分呢。'我妈看着试卷难以置信。问道：'你以前不是倒数第二嘛，这次怎么成倒数第一了？'"

"我哆嗦着回答：'我……我也不知道，以前成绩一直都很稳定的，不知道这次咋就成倒数第一了。'这次小波考了第 35 名。"

"我爸骂道：'我看你就是一头猪，你除了吃就知道吃。不对，你比猪还要笨，是无药可救了，还有脸说成绩一直很稳定，你以为倒数第二就及格是吗？你倒数第二我就脸上有光是吗？我今天非要好好教训你一下才行，不然你都忘了自己是啥身份？'我爸从外面拿了半根竹竿进来，走过来就抢了起来，一见抢起的竹竿，我就像杀猪似的嚎了起来。'啪……啪……啪……'我爸使足了劲，每一下打在我的屁股或腿上，我都疼得惨叫着。"

"我爸气爆了：'我叫你只知道吃，我叫你只知道玩儿，我叫你不好好学习，我叫你就知道闯祸，叫你给老子丢脸……'我妈听着我的惨叫，再也看不下去了，'别再打了，别再打了。教训一下就行了，你还要把他给打死不成！'我妈说着，拿着菜刀站到了我前面，流着泪心疼得不得了。"

"我爸见我妈拿着菜刀，怕再打下去搞不好会闹出事来，随即就停了手：'今天就算了，如果你下次再考这么点，再考个倒数第一回来，看我不扒了你的皮！今天晚上罚你不准吃饭，马上回屋写作业去，写完了面壁思过，好好反省。'我站了起来，搓着屁股和大腿进了自己屋。"

"来到屋里，我想不明白爸爸这是咋了，平日里对学习不闻不问，今天突然间就像变了个人似的。"

牛犇哪里知道，牛家辉今天打麻将输了两千多块钱，而赢了他钱的人一直夸自己的儿子聪明，每次考试都是前五名，还是学习委员等，说牛犇遗传了他的基因才那么笨。所以，牛家辉回来就要试卷看，然后才大发雷霆拿儿子撒气了。睡到半夜牛犇被饿醒了，然后蹑手蹑脚悄悄来到了客厅，打开冰箱拿出剩菜就吃了起来，像饿死鬼脱胎似的。葛玉梅翻来覆去没怎么睡着，她知道丈夫有赌博的陋习，今晚这样打儿子肯定是因为输了钱，迷迷糊糊地猜他今天输了多少钱。

就在这时，她隐隐听到客厅有动静，以为又是隔壁张家的猫溜进来了，所以披上衣服就出去赶猫。可刚打开门，就看见冰箱的灯光前站着一个人，鬼鬼祟祟端着碟子正大口大口地吃东西，立时，就下意识地惊喊了一声："贼啊！"

当即，牛犇一惊手里的碟子"哐"一声就掉到了地上，吓得瘫倒在地上，牛家辉一听有贼，就从床上跳下来光着双脚跑到了客厅，可打开灯一看竟然是自己的儿子。两口子虚惊一场，走到儿子跟前只见他被吓得面无人色，浑身颤抖，嘴里塞满了剩菜还被噎住了。见儿子噎住了，葛玉梅立刻蹲下来用力拍了拍他后背，随即，他"呕"一声把嘴里的菜都吐了出来，两个眼睛里的眼泪也出来了。见儿子偷东西吃，牛家辉顿时又怒了，他抡起手在牛犇头上狠狠扇了两巴掌，然后拿起刚才的竹竿又给了儿子几下……

听完，同学们都哈哈大笑了起来，小波捂着肚子大笑着说："你呀，可真是个不折不扣的吃货，一顿不吃都忍不住！"

看着同学们笑他，牛犇有些生气："你们还笑！我在家里过得是水深火热，都快愁死了。昨晚我差点就'阵亡'了，你们咋就没一点同情心呀！"

海娃笑着用手语说："没那么严重，你这不是还囫囵着嘛。他是你的爸爸，不会下死手的，虎毒不食子嘛。"

"你们可不知道，他每次打我都使足了劲儿，打我比打贼还狠呢！只要他一瞪眼，我就浑身起鸡皮疙瘩，后背直冒凉风。昨晚，要不是我妈妈在，他差点打死我，我真怀疑他是不是我的亲爸，得去验验DNA才行。"

小波笑弯了腰，说："用不着验，你像豹子一样，身上有他的'斑点'，一看就知道是他的儿子。其实，我还挺羡慕你的，我想让我爸爸抽一顿还没这个福分呢。"说着，他不再笑，而是一脸的伤感。

"你可别站着说话不腰疼，不打到你身上你是不知道疼，我挨个打你还羡慕，你脑子进水了？我刚刚经历了身体和心理的双重创伤，你们也不想着安慰一下我，竟然还笑。"牛犇伤心地望着幸灾乐祸的同学们。

小波拍了拍牛犇的肩膀，叹了口气，说："唉！你不会懂的。算了！别想那么多了，咱们玩溜溜球吧。"说着，从裤兜里拿出了溜溜球。

"唉！"牛犇长长叹了口气。"我哪里有心情玩呀？四个月一斤都没减掉，学习又不好还胆小尿床，看来我是没有未来了！"

六、赤子之心

12月7日，这天是大雪节气，几场雪后青藏高原已经白茫茫一片了，英秀镇几条山沟沟也变成了冰天雪地。

下午四点半，办公室里静悄悄地，听不到一点声音，康瑞坐在办公桌前批阅试卷。突然间，她心里如针刺了一下，疼了那么几秒钟，喝了几口热水，然后又慢慢恢复了过来。心是不再疼了，可心里变得异常烦躁，感觉要出事。离婚后，康瑞就搬到五味书屋去住了，把宿舍交还给了学校。11月5日他俩到民政局办了手续，黄啸天像甩鼻涕一样甩了康瑞。康瑞没要黄啸天一分钱，因为在她心里，钱是世界上最轻浮的东西，她可不想拿钱玷污了自己，即便大家都让她不要犯傻，可她还是去把手续办了。

离婚后，康瑞不但没有萎靡不振，反而比之前更加精神焕发了，每天愉快地投入到工作中去，以饱满的热情站在讲台上给学生上课。在她心里，人民教师这个职业是神圣的，讲台这块地方是最圣洁的，她以这个身份站在这里感觉无比光荣。每天看着纯洁无瑕的孩子们，每天和他们在一起怎能不愉快呢？见她每天都很开心，康家一家子也就放心了，看来她真的走了出来。今天晚上，康瑞计划做爷爷最喜欢吃的洋芋疙瘩，收拾一下正准备回家大显身手呢，就在这时候手机突然响了。一看是爸爸的号，康瑞心里有一种说不出的预感，顿了一下，有点不敢接的样子。

"喂，爸爸！"康瑞接通了电话，心里有一些紧张。

"你怎么才接电话呀？快……赶快到卫生院来，你爷爷出事了，千万别让你奶奶知道！"韩清林讲得非常急促。

听了爸爸的话，康瑞心里一紧，像是丢了魂似的脸上没了血色。顿时，她浑身都快痉挛了，心里对自己说："家里的天塌了！"安然见她有些不对劲，就过来拍了一下她的肩膀，问："康瑞，你咋了？"

这一拍，着实把康瑞吓了一跳。她浑身一惊，回过头来看着安然，心跳如鼓，眼前一阵阵发黑，血管仿佛随时都要崩裂，一手支在办公桌上说："我……我……我爷爷出事了！"话音未落，便跑了出去。听了康瑞的话，安然感觉就像晴天霹雳，立马想起韩校长刚跑出去的情形。顿时，她也像刚才的康瑞一样，浑身猛烈地哆嗦了一下，如电流通过了身体一般。

回过神来，安然也跑了出去。"康瑞，等等我……"

来到卫生院，周宇和几个老师站在外面，一个护士拿着医用器具跑进了抢救室。康瑞一看也跑了过去，周宇他们想拦住，可没想到她力大如牛，没把他们顶翻就不错了。来到抢救室，只见几个医生和护士忙得应接不暇，爸爸蹲在床边双手紧紧握着爷爷的一只手，涕泪横流……

爷爷躺在病床上，满头满脸浑身都是血，像刚从战场上救下来的伤兵一样……

"你是怎么进来的？快出去、别影响我们救人！"医生走过来看见站在门口的康瑞，怒气冲冲，恨不得把她一脚踢出去。

韩清林抬头看了女儿一眼，对医生说："她是我女儿，是伤者的孙女。"就在这时安然也气喘吁吁地跑来了。

"出去出去,别影响我们！"一个护士把康瑞和安然推了出来,刚推出去,县医院的救护车到了。

"快快快！轻点轻点，小心他的头，千万要小心！"几个人忙忙碌碌，没到一分钟就把康正贤转移到了救护车上，鸣笛直奔西宁市了。

韩清林坐在救护车里，康瑞和安然还有张副校长他们开着五辆车紧紧跟在后面，一路飞驶。救护车里的医护人员忙个不停，韩清林紧紧地握着老丈人的手，心里乞求老天爷保佑。后面第一辆车就是周宇的，康瑞坐在副驾驶上泪流满面，双眼盯着前面的救护车恨不得它飞起来。半个小时后，救护车终于抵达了省第一人民医院，几名医护人员已经等在门口了。还没等韩清林下来，他们就把康正贤推了进去。看到老丈人被推了进去，韩清林也放心了一些。

大家站在抢救室门外，一个个都乞求老天保佑，眼睛一直盯着门顶的显示灯看，心里就像着了火，就差没冒烟了。近半小时后，门框上面的显示灯灭了，随后出来一个医生说："对不起！老人伤得太严重了，我们已经尽了最大的努力，趁现在醒过来了你们进去看看他吧……"

一听这话，康瑞眼前一黑，像泥一样瘫倒在地，韩清林双腿一软也站不住了，双手和胸前都是血渍。张副校长抓住医生的手求情："医生，您就救救我们老校长吧？他是为了救一个孩子才被撞的，无论什么代价求您救救他……"

"冷静、冷静，请冷静。你们的心情我理解，可我们真的无能为力了，老人确实伤得太重了，而且岁数也……"两个医生也走了出来，一脸的歉意。

老师们也央求道："医生，求求您，求求您救救他，用最好的药，最好的医生，钱不是问题……"

"张主任就是我们医院的权威，设备和药也都是全省最好、最齐全的。你们还是进去看最后一眼吧，时间不多了！"听了这位医生的话，大家都知道已经回天无力了，与其在这里浪费时间，倒不如进去看看老校长。

三个医生走了，周宇他们扶着韩清林和康瑞跟踉跄跄地走进了抢救室，两个护士正在擦老校长脸上的血。康正贤是醒了过来，可他除了眼睛能微微动一下之外，其他一句话也说不出来，各种仪器虽显示还有生命体征，但这是回光返照，时间不多了。韩清林跪在床边，紧紧握住老丈人的手，流着眼泪说："阿大，您放心，您会好起来的，医生说您没……没啥大事！"他勉强带着笑容，可这笑容比哭还要难看。

康正贤虽然不能说话，可脑子还清醒一些，他知道自己快不行了。看着大家，看着女婿和孙女，他眼角流出了眼泪，嘴唇微微动了动可就是说不出话来。见此，韩清林和康瑞的心都快碎了，真希望躺在上面的人是自己而不是他。康正贤动了动手指，显然是有话要说。大家都知道他有话要交代，可说不出话又不知道他要说啥。这时，只有韩清林知道他要交代什么，便颤巍巍握住岳父的手问："阿大，您是说让我们好好照顾那些书是吗？"

听到女婿这么说，康正贤露出了一丝笑容，微微点了点头。老师们看了，都感叹他们俩真是心有灵犀，更感叹老校长在弥留之际第一个交代的竟然是那些书，真是爱书如命。就在这时，他的手指又微微动了动，随后韩清林就说："您放心，我一切按您的意思办，除了留一些作纪念外，把所有的书都捐给学校，书屋我也会替您看着。"

听了这话，老爷子又微笑着点了点头，两滴豆大的泪珠从眼角滚了下来。护士提醒张副校长，伤者的生命体征越来越弱了，让他们有话快点说。张副校长听了，含着泪拍了拍韩清林的肩膀，然后出去打电话让他们快点。

"爷爷,您要撑住,您还要给我哄重孙呢?"康瑞在另一边握着另一只手,勉强挤出一丝微笑抽噎着说。

康正贤看了看孙女,微微动了动手指。康瑞知道爷爷要嘱咐她什么,随即就说:"爷爷,您尽管放心,我会找一个比黄啸天更好的,我以后一定会幸福的。"听了这话,他微微点了点头,把微弱的眼光投向周宇笑了。

接着,他看着大家又动了动手指,老师们都不知道啥意思。随即,韩清林转过身对大家说:"老校长是要说,让我们以后好好工作,做好人梯,做好孩子们的引路人和他们灵魂的工程师,给国家培养出合格、优秀的人才。"说完,他转过来问父亲。"是吗?阿大!"

听了这些,康正贤连连点了点头,眼角滑出一道道眼泪。老师们听了都被感动了。就这么一个勤勤恳恳的老人,把一生献给了自己的家乡和教育事业。做默默无闻人,干惊天动地事。多么高尚的一个老人啊!又是多么纯粹的灵魂啊!

最后,康正贤看着门,好像在等什么人,眼睛里充满了不舍和深深地眷恋。大家看了都知道,他是在等自己的老伴儿,想临走之前最后看一眼陪了他一辈子的糟糠之妻,还有六个女儿和一个孙子。此时,她们都已经在路上了,但他已经没时间再等了……

三十载教书育人,桃李万千不言悔。
一朝殒为救学子,百世清影留芳名。

康正贤就这样匆匆走了。他在集市上为了救一个孩子,被一辆刹不住的大货车给撞了。商业街摆集市已经由来已久,在很大程度上方便了当地的村民们。可集市摆在商业街,这在很大程度上又影响了交通。

没有从天而降的英雄,只有挺身而出的凡人。这天,商业街两边又摆满了摊位,衣服、鞋帽、干果、蔬菜、水果卖什么的都有。每年这时候,是农家嫁娶的高峰时期,因此摆摊的小贩们格外多,而大大小小过往的车辆就成了"蜗牛"。学校放学后,一些学生如潮水般涌到了集市,可就在这时一辆大货车驶来了,由于路上一层冰雪,悲剧就发生了。

康正贤与世长辞,是整个英秀镇的损失。听到这一噩耗后,村、镇、县里的领导前来吊丧。挽联是安浩轩一挥而就发女儿手机上的,然后安然挥毫泼墨写出来送了过来。看到这副挽联,前来吊丧的人们都想起了康正贤,他的一个当厅级干部的学生悲叹道:"谆谆如父语,殷殷似友亲。春蚕到死丝方尽,蜡炬成灰泪始干!"

陈桂香哭得上气不接下气,六个女儿和康瑞也哭得鼻涕一把泪一把,韩清林和康骏披麻戴孝,悲痛欲绝,海娃吹着唢呐泪流不止。吊丧这天下午,张副校长组织全校师生来到五味书屋前送别老校长,第二天清晨又在送葬的路两边送最后一程,一千一百多名师生没有一个迟到的,一个个泪眼婆娑,如送别自己的亲人……

捧着一颗心来,不带半根草去。当初,他轻轻地来到了这个世界,现在又轻轻地回去了。葬礼结束后,当天下午韩清林就把32662本书捐给了学校,只留下五味书屋的5000多本书和53本笔记作纪念,每个女儿都把它们视为精神财富。

雪下了起来,就好像是老天爷也在祭奠康正贤似的,安然站在四楼上望着老校长的坟包,内心无比沉重,便赋诗一首:

师魂
一支粉笔写春秋,
三尺讲台铸师魂;
半生授业解人惑,
万千桃李满天下。

青丝染霜终不悔，
还教儿女继父业；
舍己救人泪始干，
人间天国香坛祭。

七、自强不息

　　星期六一大早，当温昕还赖在被窝里时，安然吃过早饭就出门了。推开门的刹那间，露出冬天一抹如玫瑰水晶般的晨曦，温柔的光线瞬时洒了进来。

　　下了几场雪，外面变得白茫茫一片，更给山沟平添了一份寂静，四周的一切仿佛消失于混沌的迷雾中。天空阴沉沉的，路面上原本已经融化的雪水又冻成了坚硬的冰，车辆不得不缓慢行驶，行人穿得要多厚就有多厚，一个个捂得严严实实的。看着康瑞的窗户，窗帘没有拉开，安然心想她还没起来，站在街上，迎面的寒风吹得她脸疼，只好先去了何淼家。

　　康瑞确实还没有起床，在这些天里，她们一家沉浸在失去亲人的悲痛中，陈桂香已经有三天茶饭未进，最后病倒在床，幸好有几个女儿和康瑞的照顾，这才好了些。康凤英瘦了一大圈，韩清林接管了岳父的书屋，他最近一天到晚泡在书屋里抽烟、发呆。而康瑞呢，她把爷爷生前所做的读书笔记搬到了自己的卧室，每天眼睛一睁，就翻个不停，一边看一边流泪直到凌晨。

　　西北风呼啸而来，寒气袭人。路上都是雪，被车辆碾压在地上都快成冰了，每走一步都需要小心翼翼才行。不敢疏忽大意，不然非摔得鼻青脸肿不可。

　　来到何淼家，两个小姑娘把院子打扫得干干净净，屋里热烘烘的，很是舒服，破旧的烤箱上炖着熬茶。几个妇女唠着家常，姐妹俩趴在炕桌上写作业。见安老师来，何淼一家如看到亲人般高兴："安老师，你来了。"何淼满脸堆笑，像春日里盛开的花朵，一旁的果果也咧歪了嘴。

"淼淼，快给安老师倒杯热茶！"见她被冻得脸都红了，尤其鼻尖红红的，像一颗红樱桃似的，李素琴看了很是心疼。"快，快过来烤烤手！"安然脱了口罩和手套，走过来就把手架在烤箱上面，恨不得把冻紫的双手伸进里面去。炕沿上坐着五个妇女，每人手里拿着一摞厚厚的鞋垫，她们看着安然笑了笑，安然接过茶抿了一口，然后说："你们忙你们的，不用管我。"说着，她拉开拉链把揣在怀里的一个包交给何淼，里面是洗面奶、护肤霜、护发素、擦脸油等一些护肤品。为了不被冻着，老师把它们揣在怀里，让何淼看了非常感动。

安然就知道这五个妇女是来交活儿的，她们来自沙柳村，是李素琴的第一批绣娘。有两个年龄和李素琴差不多，另外三个有五十多岁的样子，各自身上透露着农村妇女的淳朴。她们拿着自己做的鞋垫，摆满了李素琴家的炕沿，每一双都那么好看，就像艺术品一样。安然一边烤火，一边喝茶，听李素琴指出她们做的鞋垫的不足。李素琴从鞋垫的款式以及图案的线色搭配上一丝不苟地验收着。

李素琴拿着几双鞋垫，对一个年轻绣娘说："桃花，你这几双可不行。不仅有点太肥了，这花样也太老气了……"

这个叫桃花的女人半个屁股垮在炕沿上，笑着对李素琴说："嫂子，我已经尽力了，你睁只眼闭只眼就收了吧？下次我做好一点就是了。你放心吧，城里人也没你说的那么挑，他们又不懂针线活，看不出个啥门道来。再说了，这是鞋垫又不是衣服啥的，垫在鞋里有谁能看见呀？"说着，她把鞋垫往李素琴那边推了推。

"你可不知道，城里人可不是一般的挑啊，他们虽然不懂针线活，但是像你做的这样的东西根本入不了他们的眼。你还是拿回去吧，以后跟着周婶儿学，你看她做得多好呀。不肥不瘦，花样还好，线色搭配也非常好，一看就能吸引人的眼球。"李素琴把两个人的鞋垫摆在一起让她们看。

做鞋垫，李素琴可是一把好手，什么样的问题都逃不过她的法眼。在过去的短短半年里，光鞋垫就挣了一万块钱，越来越多的顾客闻名而来。今年短短7个月就挣了近两万块，这比政府和安教授一年资助的钱还要多。这样一来，她们一年就有3万多的收入了，母女仨的生活根本就不是问题了。然而，安然却让李素琴不要小富即安，要做大做强。

就在上个月，安然提议李素琴开个网店，把这些鞋垫和香包放到网上去卖。李素琴虽然有点文化，可她不知道什么是网店，更不知道怎么在网上卖产品。因为一窍不通，她自然就没有信心，安然安慰李素琴可以慢慢学，鼓励她。当即，安然就挑了十几双好鞋垫，还有十几个香包拍了些照片，然后回去就把它们放到了网上。短短两天时间，安然就卖出去了一百多双鞋垫和20多个香包，这让李素琴大吃一惊。第三天，李素琴就拿出所有的钱让安然帮她开了一家网店，随后就在村里找了几个妇女帮她做鞋垫。大家都不相信她能做这么大的事，别说别人了，就连李素琴自己都感觉像在做梦。然而，"莫之为而为者，天也；莫之致而至者，命也。"

李素琴看着她们五个，一本正经地说："我们刚刚起步，不能糊弄和欺骗消费者，那样以后有谁还买我们的产品，这不就是砸了自己的饭碗吗？"

桃花拿起自己的那几双鞋垫，对李素琴说："好吧，那这几双就算了，我拿回去送亲戚朋友。以后我保证好好学，决不再这么马虎了。"

"好！我们大家要一起努力，不要浪费材料和时间，把刺绣和堆锈推向全国，让我们挣更多的钱，过上更美好的生活！"听了李素琴的话，周大婶就起身回去了，现在她们可不想扯闲篇浪费时间了。

送走她们，李素琴就和安然聊了起来："我估摸着你今天就会来，没想到还真来了！"

安然端着茶杯坐到了沙发上："你刚才讲得很好，在产品的质量问题上不能打半点折扣。为了保证质量，你必须找一个专业人员来把关，还要请堆绣、刺绣的专家来培训她们，只有这样才能发展你的事业。"

李素琴笑了笑，说："咱俩想到一块儿去了，我正想叫我妈过来教教她们呢，她可是咱们村里刺绣的老把式。至于要找人把关，我看没那个必要吧，我认真一些就行了，村里还有谁能赛过我？"

"我知道你的手艺好，可你拿手的只是刺绣而已，对堆绣还有青绣和藏绣等都还不了解。另外，你把所有事儿揽在你身上，身体也吃不消的，所以你一定要找人把好质量关，只有保证了质量，这个产业才能有发展，不然你就是摆地摊也不会长久。"

"你说的很有道理，可我就算找一个把控质量的总监，请专家好好培训她们一下。可……可就咱们能请得起专家吗？"

安然微微抿了一口茶，说："不用担心，我回去后联系一下残联，看他们能不能帮一下，还有妇联和扶贫办呢。无论如何，就是贷款也必须要请，不能再犹豫了。另外，你不能光做鞋垫和香包，你得有更多更好的产品才行，否则也不会有发展的。"听了安然这话，李素琴有些傻眼了。

"啊！还要贷款呀？"李素琴脸上的笑容消失了。"还要有更多更好的新产品，我们哪有啊？"她一脸的愁容。

"你不要发愁，请专家的钱由我来想办法，至于新产品嘛……其实就在身边，可以做珠绣、刺绣、堆绣、青绣、藏绣等艺术品，这些才有竞争力，能赚钱的产品。如果，光只有鞋垫和香包的话，那你最多也就只能维持半年，不可能带着你的姐妹们致富。"

李素琴张大了嘴："啊！没那么悲观吧？鞋垫和香包不是很受欢迎吗？上个月挣的也不少呀！"

"你现在不是在摆地摊，而是在借助互联网做生意。所以，你得有生意头脑和忧患意识，否则以后一分钱都赚不到！你不是要努力给两个女儿更好的生活和学习条件吗？那你就必须这样做，除了坚强和拼搏外你别无选择，除非……"

"不！我决不会放弃，我已经没有退路了。我已经是死过一回的人了，所以没啥可怕的，也没有啥不敢的，大不了从头再来嘛。可是，我现在自食其力已经很满足了，没有那么大的野心和抱负，只要衣食无忧供她们俩上完大学，能脱贫不再向政府要救济就别无所求了。"

安然笑了笑："我知道你在想些什么，可你就不想活得更精彩，更有意义吗？既然老天给了你重生的希望，那你还想再像以前那样活着吗？据我了解，省政府现在非常重视青绣，听说明年省上要成立'刺绣协会'呢，所以，我们得抓住机遇，赶快发展壮大。"听安然这么说，李素琴心里很是触动，她的确不想再像以前那样活下去了。

李素琴沉默了一会儿，说："谢谢安老师！谢谢你为我着想！你说的没错，我得活得更精彩、更有价值、更有意义，只有这样才对得起你，才对得起我之前受的那些罪，也才有资格做淼淼和果果的妈妈。"说完，看着两个女儿流出了眼泪。

安然听了很高兴："好！那我就帮你去办，联系残联和妇联那边的同志，再请专家发展更多的产品。你呢，就坐在家里当好经理就好了。"

"好！那就辛苦你了。"李素琴握着安然的手，感动得稀里哗啦。"那以后大家一起努力吧！撸起袖子加油干，为梦想奋斗是最幸福的。在这个时代中没有白吃的苦，也没有白受的累。相信，我们的明天会更好！"说完，两人抱在一起笑了……

不经苦难，如何修成正果；不经苦难，如何顿悟人生。经历了死亡后，李素琴在苦难中学会了坚强，对生命也有了重新的认识。苦难是化了妆的礼物，经过了苦难的洗礼，现在的她更加热爱生命，热爱生活，懂得珍惜自己的生命了。因为，苦难让她懂得生命的价值，让她对生活的认知更多，也让她明白了人生就是四个字——自强不息！人生没有白费的努力，也没有碰巧的成功。今天的这一切，都是她起早贪黑日复一日奋斗来的。现在，她以身作则告诉两个女儿："若不坚强，没人会怜悯你的脆弱，人生也不会相信眼泪。人，唯有自强不息才能在逆境中成长，才能扼住命运的喉咙，也才能赢得生命的尊严！"

以前，李素琴一心想出门打工多挣钱，把自己的女儿培养成才，一家人过上梦寐以求的幸福生活。然而，一次意外不仅彻底破灭了她的美梦，还让这个家庭支离破碎陷入了绝境。还好，在安然一家人的救助和帮助下，她不仅重拾了对生活的信心和勇气，还凤凰涅槃，成了企业家，带着几个村的妇女们一起脱贫致富，成了村里有名的个体户了。生活改善后，李素琴的幸福观也就变了，她经常说："我是不幸的，但也是幸运的，命运虽然捉弄了我，可它磨砺和锻炼了我，更让我认识到了生活的重心。什么才是幸福？跟父母有说有笑就是幸福，看着孩子健康成长就是幸福……"

八、生日宴会

12月28日，这天是一个普通的日子，可对聂小燕来讲是最重要的一天，因为十年前的今天她来到了这个世界。

从一个月前，小姑娘就开始期盼早一天到来，也不止一次地问奶奶怎么给她过生日，奶奶说煮几个红鸡蛋再做一顿拉面就行了。她听了很失望，说蛋糕必须要给她买一个，小一点也行。然后通知几个好朋友来给她过生日，还叫海娃和牛犇也过来一起热闹。

今天早上一睁开眼睛，聂小燕就激动不已，没心思上课了，期盼着时间快点过去，天快点黑，可总感觉今天的时间过得特别慢，好像老天爷故意跟她作对似的。几个好朋友都问她要啥礼物，她听了高兴得有些眩晕，什么都想要可嘴里说啥都行，还说不用带礼物，人来就行。下午最后一节课，康瑞来给六年级（1）班的学生上美术课，上完课她要跟安然和温昕去参加一个活动，一个既温暖又非常有意义的活动。之前一个星期里，都是安然、温昕还有周宇她们代她上课，从这个星期一开始，她来给学生们上课了。

此时，虽然还没有从失去爷爷的悲痛中走出来，可她跟之前一样，对教学工作一丝不苟。康瑞不仅是三四年级的语文老师，又兼着三四五六四个年级的美术课程。

今天上课，安然在黑板上画了一只猫，让同学们照着把它画出来，大家画得十分专注。

"牛犇，让你画猫，你咋画人呢？"康瑞拿起一个厚厚的画本。"这也不是美术本，你的美术本呢？"

牛犇把自己的美术本拿给老师："猫我已经画好了，这是我的画本。"

康瑞接过美术本一看，果然早已画好了，惟妙惟肖、栩栩如生。她放下美术本，看了看牛犇，开始翻看画本上的画。画本很厚，上面都是漫画书上的人物，什么孙悟空、猪八戒、奥特曼、超人、蜘蛛侠、钢铁侠、绿巨人、喜羊羊、懒羊羊、灰太狼、猪猪侠的一些故事。除了这些，还有学校的老师和同学们，有的老师戴着眼镜一脸凶相，有的拿着教条龇牙咧嘴，头发都倒立起来了，像被炸了似的。仔细一看，康瑞发现还有她和她的爸爸，还有安然和温昕她们几个，甚至还有二虎兄弟和初八呢。翻着画本，康瑞一脸惊讶，不敢相信这些是牛犇画的。

康瑞看着牛犇问："牛……牛犇，这些都是你画的吗？"

"是的，都是我画的。"牛犇有些怕，因为上面有好几个老师呢，而且一个比一个夸张，有的甚至跟小鬼似的没法看。

康瑞微微笑了笑，问："你这漫画是谁教的？"

牛犇颤巍巍地说："没……没有人教，都是我从漫画书上看的，然后就照着画了下来。"他有些怕，两个手掌心都出了汗。

康瑞放下画本，微微笑了笑，说："画得很好！以后继续努力。不过，可不可以把我画好看一些？"听后，牛犇这才松了口气，咧开嘴笑了起来，同学们看到"康老师"也笑了起来。

"嗯！我以后一定画好看，把每一个老……老师都画好看一些。"

"不！不要受人干扰，你想怎么画就怎么画，这一点非常重要……"听着他们俩的对话，同学们都好奇牛犇的画，一个个伸长了脖子想看看里面的画。

下课后，同学们都过来围着牛犇的课桌，好奇地抢着看他的画本。上面一个个英雄人物，一幅幅夸张的漫画，特别是几个老师的表情，让大家看了差点笑破肚皮。看过后，同学们都惊讶牛犇还有这本事，真是人不可貌相，海水不可斗量。他听了高兴得快要飘起来了。

"没看出来啊胖子，你还有这一手！""我以为你除了吃没啥能耐，没想到还会画漫画！""画得确实不错，尤其把周宇画得像钟馗似的，过瘾！""你把我们班里的故事画了不少，真不错！"

终于放学了，校门一开学生们就撒着欢跑了出来。聂小燕买了一包辣条，和两个好朋友一边吃，一边蹦蹦跳跳回家了，脚步比以往快了很多。回到家里一看，奶奶竟然什么都还没有准备，既看不见蛋糕也没有买肉和菜，这让小姑娘噘着嘴一脸不高兴："奶奶，你咋啥都没准备呀？我的朋友们可马上就要来了！"她拉着脸急得直跺脚。

奶奶听了笑了笑，说："着啥急呀，我手里的活儿还没干完呢，你也不知道给我搭把手。等着吧，我啥时候做完了啥时候给你们做。这一天天的，我都成你们的老妈子了，累得腰酸背痛，到现在连晌午饭都还没吃呢！"说完继续忙活，那双又黑又粗的手像松树皮一样。

小燕伸出手："那你把钱给我，我这就去买蛋糕和肉菜，不然她们来了会笑话死我的！"说着眼泪都快流出来了。

奶奶又笑了："不用了，一会儿会有人送过来，蛋糕和肉菜一样都少不了。"她给孙女卖关子，两只眼睛里充满了无限的慈爱。

听了这话，小燕高兴地笑了："奶奶，你原来叫人去买了。太好了，太好了！你可真是我的好奶奶。"她兴奋不已，抱着奶奶撒了个娇，就在这时小波也进门了。"时间不多了，我得进去换套衣裳，再梳梳头打扮得漂漂亮亮的……"话还没有说完，小燕转身就跑进了屋。

小波听了就喊道:"你别掤饬了,小心弄成妖精,把他们吓出个好歹来!"

须臾,高文华和几个小姑娘就来了,每个人都带着生日礼物。小燕见她们来就乐开了花,随即和她们说说笑笑,一起进了客厅。小燕换了一套新衣服,把头发梳得光溜溜的,还卡了六个发卡,就差没戴头冠了,小波看了心里就两个字——妖精。几个小姑娘先夸小燕的衣服漂亮,又说她的头型好看。就在这时,听初八"汪……汪……汪……"几声,小燕以为又有朋友来给她过生日了。跑出去一看,竟然是康瑞、安然、温昕三位老师,着实让她大吃一惊,不敢相信自己的眼睛。"老……老……老师,你们咋来了?"

康瑞提着蛋糕,微笑着回道:"我们仨来给你过生日呀!怎么,不欢迎我们吗?"她化了淡淡的妆,但难掩眉眼间那一丝慌张。"不不不!当然欢迎了,快……快进屋!"聂小燕有些不知所措,她万万没想到,三位老师竟然来给她过生日,而且买了蛋糕和那么多东西。

此时,康瑞穿了一套比较鲜艳的衣服,在学校时胳膊上戴的孝也不见了。她知道在农村,戴孝的人是不能随便到人家去的,这是规矩。今天她本不想来的,可安然和温昕死活不答应,而且她又是聂小燕的班主任,更是学校里"爱心妈妈"的成员。这个组织是在安然、温昕、康瑞三人的提议下建立的,旨在帮助和关爱留守儿童,在她们看来,留守儿童们是孤独的小草,需要有人来关怀他们。所以组成"爱心妈妈"组,就能用母亲般的爱来关怀孩子们,让她们健康安全成长。

中午,安然给小燕的奶奶打了个电话,征得老两口同意后康瑞就来了。她们让老人什么都别去买,说她们都已经买好了,蛋糕买了最大的。农村是有这忌讳,可对于小波的奶奶来说,康瑞她们家的人可不一般,平时想请都请不来呢,她才不会管那些。

就在小燕不解时,海娃、牛犇和其他几个朋友陆陆续续都来了,一见三位老师都傻眼了。"啥情况?"他们的眼里只有这三个字,一脸惊愕。"你们不要多想,今天是聂小燕同学的生日,我们是特意来给她过生日的。你们先吃会儿零食,我们去给你们做好吃的。"说完,她们三个围上围裙就忙活了起来。聂小燕家,安然已经来过好多回了。所以不用小燕奶奶说,她就知道油盐酱醋放在哪儿,也清楚哪个是和面的盆,哪个是洗菜盆,就像到了自己的家一样。没一会儿,她们就做好了八荤四素十二个热菜,由于是大冬天所以就没拌凉菜。

须臾,小燕的生日宴会就开始了:"祝你生日快乐!祝你生日快乐!Happy birthday to you! Happy birthday to you……"大家用汉英双语唱了两遍,小燕听了非常激动,她幸福得快要晕过去了。每年过生日,他们一帮孩子基本上都是吃一堆零食,小燕和小波有奶奶给他俩做一些吃的,而那些没有爷爷奶奶的,除了零食啥也没有,有的虽然有爷爷奶奶,可他们忙得根本顾不上。所以,过生日就成了这些留守儿童的奢望,孩子们没有一个不期盼过生日的。

小燕许完愿后,在大家的掌声中吹灭了蜡烛,然后接过了老师和朋友们送的礼物,感动得眼泪花都出来了。看着三位老师和好朋友们,看看慈祥的奶奶和一堆生日礼物,再吃着甜甜的蛋糕,这一刻,她感觉自己是世界上最幸福的人,唯一的遗憾就是爸爸妈妈不在身边。可是,此时此刻的爸爸妈妈在哪里呢?连个电话都没有打过来……

看着一大桌子好吃的,牛犇连连咽口水。"哇哦!这么多好吃的,每一样都是我爱吃的!"他两眼放光,不停地抽着鼻子,闻着这些美食味道,他真想一个人包了全场。

"好了,大家快吃菜吧,一会儿就凉了。"听安老师这么一说,牛犇第一个拿起了筷子夹了一块红烧肉。小燕的奶奶招呼大家别客气,多吃肉,随即各夹了一点给老伴儿送了过去。

一大碟子红烧肉色香味俱全,筷子轻轻那么一挑,还没搁嘴里就滑下去了,还有让人垂涎欲滴的可乐鸡翅,恐怕唐僧肉都没这么好吃。再夹一块糖醋里脊,酸中带甜,甜中透着酸,味道更绝了。没一会而,就看着他们把十二个盘子里的菜一扫而光了，温昕张大了嘴问："这就是传说中的风卷残云吗？"听了这话，孩子们搓着肚子，不好意思地笑了笑，牛犇半躺在沙发上直连连打嗝。这时，康瑞端来了一碗面："面来了，面来了！"牛犇抿了抿嘴唇，可没想到这碗长寿面是专门给小燕一个人做的。

小燕嘴上沾着一圈油晕，看着碗里的面条，说："老师，我吃不了这么多。"

康瑞笑着说："这碗面你必须得吃。放心吧，里面就一根面条，面汤你可以剩下。"听了老师的话，小燕拿起筷子就捞起了面条。她吸溜着，可越吸越长，如一根长长的细绳子，吃得她放下筷子感叹道："我的个妈呀，这一根面条也太长了！"

"这是长寿面，越长越好，这是个讲究。什么意思呢？就是图个吉利，祝你学习越来越好。"听了老师这话，小燕心里非常感动和温暖，她过了这么多年生日，竟然还没吃过这么长的长寿面。

"好了！天色不早了，生日也过完了，那我们就回去了。"说完，安然她们仨站起来穿衣服，准备回去。就在这时，小燕突然跑过来紧紧抱住了康瑞，把糊满了眼泪的脸蛋，紧贴在她后背，许久都不肯放开。随后说："老师，我……我……我能叫你一声'妈妈'吗？"一听她这问，三个老师惊愕了，这让她们有些猝不及防。

康瑞转过来，抱着小燕说："当然可以。其实，在我心里，你们就是我的孩子。"

"妈……妈妈！"小燕慢慢抬起头来，满脸都是阳光般甜甜的笑容，一双眼睛弯成了两个月芽儿，小嘴巴成了花骨朵儿。

九、倦鸟归巢

风吹石头跑，氧气吃不饱；夏天下大雪，四季裹棉袄。这就是青藏高原，一个广袤、神秘而又贫瘠的地方，一块令人心驰神往的圣地。

这天是小寒，随着冷空气的到来，大地换了容颜，山沟里除了喜鹊和一些小鸟外，昆虫们早已销声匿迹了。冬季总是这样寂寥，当凛冽的寒风吹过大地，太阳悬在灰白的空中，山间地头了无生息，一片荒芜……

吃过早饭，丁万元抽着烟，海娃坐在炕沿上听曲子。他耳朵里插着耳机，随着乐曲身子轻轻地摇晃着，还拿着铅笔当指挥棒闭着眼舞弄着，如痴如醉，样子就像一个指挥家一样。桌上的MP4是安然送的，那是安然在大三那年买的新款，虽然已经有几年了，但由于没怎么用过还是崭新的，海娃把他当宝贝一样，珍爱有加。在这两个多月里，他每天都把MP4带在身上，除了上课和睡觉外几乎都在听乐曲，什么巴赫、莫扎特、贝多芬、舒伯特等人的乐曲让他沉醉其中。以前除了贝多芬的几首曲子外，就从没有听过这么多，没想到他们的乐曲如此美妙。如今，他喜欢上了几位大师的乐曲，甚至对巴赫和莫扎特的乐曲爱到狂热。

昨天，安然说今天来他们家辅导他，故爷孙俩把屋里拾掇得很干净，浓香的奶茶也已经炖好了。海娃作了一首曲，今天他俩说好要一起修改。曲名叫《无声的呐喊》，是他花了四十个日夜才创作出来的，经过几十遍的修改后他听着已经完美了，可安然听了说还有一些毛病和不足。海娃以前做梦也不敢想，自己这个样子还能像那些作曲家一样作曲。安然第一眼看到乐谱时，满脸的惊喜直夸海娃就是一个天才，她没想到三个月时间，海娃竟然创作出了自己的处女作。

海娃坐在炕上听乐曲，外面的狗急促地狂叫了起来。随即，海娃以为是安然老师来了，高兴地跑出去迎接她，可一到门口，脸上的笑容也不见了，张着嘴一副愕然的样子。来人不是安然，而是四个大人和一个孩子，其中，两个年老的人是海娃的姥爷和姥姥，两个年轻人有些眼熟，好像在哪里见过，小女孩小脸通红，扎着两个小辫子，非常可爱。看到海娃，姥姥上前把他拥在怀里，转过身看了看两个青年人，脸上的表情意味深长，两个年轻人呆呆地看着海娃。

就在这时,丁万元也笑眯眯出来了,可当看到他们几个后,一下子愣住了。他半张着嘴,睁大了双眼,盯着两个青年人看,两只深陷的眼睛里噙满了泪水,下颚不停地微微颤抖着有些激动。手里的脸盆"咣当"掉到了地上,声音很大,余音很长。海娃回过头来看着爷爷,心里和脸上都充满了疑问。年青男人看着眼前这个高瘦的老头,脸上满是皱纹,肩膀有点向前探,佝偻着腰更显老态,立时,他热泪盈眶,显得非常激动,微微上前两步后又愣住了,他扑通跪倒在丁万元面前,哽咽着说:"阿大,我……我俩回来了!"

听到这话,海娃感觉如晴天霹雳一般,他的心像被什么尖锐的东西刺了一下,一股酸楚的滋味噎在胸腔,脑袋嗡地一声,感觉全身的血液都凝固了。他愣在那里,张着嘴傻傻地看着,一时间不敢相信自己的眼睛和耳朵了。

海娃眼前的人竟然就是自己的爸爸妈妈,怪不得好像在哪里见过似的,原来他俩就是照片上的人。他没有也不敢看他们两个,只是一个人呆呆地站在一旁,好像丢了魂似的半天一动不动。吕文英两眼热泪看着海娃,面对着儿子,吕文英想要说些什么,可半天都张不开嘴,不知道该说些啥。她上前两步,想抱一抱儿子,可海娃却连连退步,躲到了爷爷的身后。海娃脑子里一片空白,好像看到两个陌生人一样,不知道该怎么面对他们,即便知道她是自己的妈妈,而且还等了足足十三年。见儿子退去,吕文英心里别提有多难过了,没想到在儿子眼里她不是母亲,仿佛是一个倒卖儿童的人贩子。她慢慢直起腰退后一步,双手放在胸前搓着,寻求帮助似的看看海娃的姥姥,将目光停留在她的脸上,大约有五六秒钟后,她的目光就涣散了。女儿脸上无助的表情让母亲心中酸楚。

"亲家!最近好吗?"丁万元说话了,满脸的亲切。"志成和文英回来了,咱们进屋说话吧,这大冷天的……"

家里还是十年前的房子,比以前破旧了许多,小两口看了有些心酸。屋里也没多少变化,家具基本上还是以前那些,土炕还是以前的土炕,不过干干净净非常温馨。里面暖烘烘的,炉子上的茶壶"噗噗"地冒着气儿,像是在欢迎他们的到来。丁万元既高兴又气愤,真想把他们赶出家门。这十三年来,他俩丢下父亲和孩子杳无音信,就像是从人间蒸发了一般。在这十三个春夏秋冬里,爷孙俩相依为命,不知吃了多少苦,遭了多少罪,心里又承受了多少煎熬。丁万元有一肚子的心酸,更有一肚子的话要对儿子和儿媳说。然而这一刻,他却无言了。

这些年,丁志成和吕文英一直在广东,开始俩人在东莞一家玩具厂上班。虽每天都加班加点,可两年下来还是没挣多少钱,随后又辗转到了深圳。丁志成进了一家电子厂,吕文英去了一家服装厂,俩人没日没夜辛苦上班。过了两年,他俩生了一个女儿,身体健康,聪明伶俐。在这十三年里,丁志成从没跟父亲联系过,因为他无法面对被自己遗弃的父亲和儿子,那个家已经成为了过去,已经没什么值得留恋的。然而,每当夜深人静时,内心里一直有个疙瘩不能散去,妻子吕文英总会跟他哭闹着要见海娃,虽然当年赌气离家出走,但是当他们在外面过够了漂泊的生活,心里总觉得对不起海娃,更对不起老父亲,所以就觍着脸回来了。这十三年来,爷孙俩一直在思念他们,期盼着他俩能早一天回来。那样,以后的家长会他俩就可以参加了,衣服裤子破了更有人洗补了。还有,以后的中秋节不再孤单了,过年也不会再冷清了。

以前,海娃多么渴望能看到爸爸妈妈,也多么渴望被爸爸妈妈抱一抱。然而,自从安然出现以后,他感受到了一种母爱,那颗孤独的心变得温暖。现在,在海娃的世界里只有爷爷和安老师,在他最不想念也最不需要爸爸妈妈的时候,他们却带着个妹妹突然出现了。盼星星盼月亮,等了十三个春夏秋冬,等他终于看到自己的爸爸妈妈的时候。按理说海娃他应该感到高兴才对,可他一副心事重重的样子,板着脸不愿跟他们说一句话。

几天来,海娃天一亮就背着书包去了学校,回家后他既不看电视也不和他们说话,一个人戴上耳机听音乐。丁志成和吕文英给他买了一大堆东西,都是两个人精挑细选为他准备的,可不管是什么他看也不看一眼,即便是最渴望的变形金刚和游戏机。两口子想方设法讨好爷孙俩,可丁万元也只是一副不冷不热的样子,而海娃噘着嘴就更不用说了。好几天了,他没跟他俩比画着说过一句话,一直像陌生人那样对他们冷眼相待,始终躲躲闪闪,显得很别扭。

见此,爷爷对他说:"做人不仅要善良,还要懂得宽容才是。"他清楚孙子心里想啥,也知道为什么是这态度。海娃虽然不能说话,也没有对他俩说什么,可他心里跟明镜儿似的,一切都一清二楚,包括丢弃他的事。也正是这件事,他才无法原谅他俩,也不知道该咋面对他们。海娃心里很难受,一肚子的心里话只能对安然老师说了。安然随之给他做思想工作,给他讲了不少道理。让他不要怨恨,要原谅和接受他们,要珍惜这份缘分和亲情,苦口婆心给他讲了很多……

两口子回来,本打算以后一家人好好过日子,借此弥补对父亲和儿子的亏欠。可没想到,宽厚的父亲是原谅了他们,而儿子却对他俩冷若冰霜,村里人对他俩也不大热情,让他俩成为众矢之的。所以,他俩打算回去继续打工,得知海娃家里的情况后,安然延缓了回上海的时间,特意跑来给他们一家人做思想工作。她首先做了海娃的工作,然后,与丁志成两口谈了很多。一星期后,安然安排了一次聚会,让他们一家五口坐在了一起,。一桌菜几乎没动,可几个人的真心话说了不少,还流了不少的泪。一个家就这样被挽救了回来,海娃终于有了自己的爸爸妈妈,再也不用在深夜里独自流泪了,再也没人说他是没爸没妈的孩子了……

海娃家的事解决了,家里每天充满了欢声笑语。见此,安然替他们高兴,为此虽然没能回上海过年,但心里比回家过年还要高兴。

十、寒冬腊月

没几天,就到了寒意十足的腊八节,一个寒意十足而又温暖的节日。每年这时候,是青藏高原最冷的时候,而村民们却忙得不亦乐乎。

一大早，康瑞母女就在厨房里忙个不停。差不多做好了，安然和她爸爸妈妈就进书屋了。刚进门口，安浩轩就扭过头看书屋，虽然一切和去年一样，但老主人已经不在了。昔人已乘黄鹤去，此地空余黄鹤楼。落月屋梁，躺椅上空空荡荡的。去年，安浩轩他们八个人围坐一桌，边吃边聊好不高兴，可今天上上下下再也看不到他的身影了。一家人虽是热情，可显然还没走出失去亲人的悲痛，一个个强颜欢笑，都带着深深的悲伤。

安浩轩两口子既是稀客也是贵客，康家自然要好好招待他们一番了。康凤英母女准备了一大桌，有肥而不腻的手抓羊肉和牦牛肉，还有酸酸爽爽的酸菜粉条，以及个大馅多的地皮菜包子。去年，地皮菜包子让安浩轩他们赞不绝口，故今年她们母女特意做了一些，另外还给他们做了洋芋酿皮，都是一些青海风味的家常菜。

安浩轩吃了口菜，说："为一大事来，做一大事去。康老校长已经驾鹤西游了，你们节哀顺变，不要再悲痛了，尤其是陈嫂子，您得保重身体呀！"

陈桂香微微一笑，回答："您放心，我们会振作起来的。谢谢您和徐教授千里迢迢过来看望我，二位有心了！"说着，看了看一旁伤心欲绝的康瑞。

"老嫂子，你不要这么说。我和康校长虽只有一面之缘，可他给我留下了非常深刻的印象。他的纯朴、他的品质、他的修养、他的初心、他对家乡的情怀、他对书籍的痴爱、他对教育事业的热爱和贡献，他舍身取义、见义勇为的精神是多么可贵啊！"说完，他提起酒杯一饮而尽。

"可不是吗！他对家乡的教育事业做出了很大的贡献，对人民教师这个职业爱得深沉。这辈子，他把自己奉献给了自己的家乡，把一颗滚烫的心献给了教育事业，燃烧自己照亮了千千万万个孩子，给我们一家和学校留下了一笔不可估量的精神财富！"说着，陈桂香流出了眼泪。

"你们不要再难过了。老校长这辈子没有白过，他做了自己喜欢做的事，是一个纯粹而高尚的人。不要人夸好颜色，只留清气满乾坤。现在他虽然已经不在了，可我相信人们会永远记住他，因为他已经活在了他们的心中！"

听了这话，康家所有人心里好受多了。

"谢谢！谢谢您安教授，还是您了解我岳父。"韩清林感慨道。"来，安教授，我替我岳父敬您一杯。"说完，两个人提起酒杯仰头饮尽。

放下酒杯，安浩轩问康瑞："康瑞，我听安然说你爷爷留下了53本笔记，你看完了没有？"

康瑞擦了擦泪回答道："爷爷留下的53本笔记，我已经看完了。里面都是他从教30年的教学经验，其他的都是他这辈子的读书心得和领悟，让我受益匪浅！"

"我想也是。他从教30年，肯定会有很多教学经验，这对你们包括我都是一笔无形的财富。这辈子他爱书如命，读书心得和领悟也自然少不了，这又是一笔花钱都买不到的财富啊。你们一定得好好看、认真学，这可是真正的财富啊！如果可以的话，我也想借来学习学习，不知可否？"

"当然可以！我这就去拿。"话还没说完，康瑞就起身准备去拿笔记本。

"不急，慢慢来。今天你们家还有客人要来，我们三个先去看看老校长，另外还有点事要办。你们先忙，我们下午回来时再来取。"

康瑞停下脚步说道："好吧，那我下午给您送过去。"

"快吃快吃，菜都快凉了。"康凤英给徐惠珍加了一个热气腾腾的包子。"这包子就得趁热吃，尝尝是不是和去年一个味儿。"她一脸的热情，但比去年消瘦了一些，精神也没那么好。

大家边吃边聊，没一会儿一桌菜就所剩无几了，安然本想帮康瑞刷碗洗盘子，可康凤英说什么也不让她干。所以，她带着爸爸妈妈就去给康正贤上坟了。刚走出屋，寒风一阵比一阵急。到商业街，几个人买了一些纸钱和香烛什么的，安浩轩还特意从上海带了一瓶茅台。韩清林开车把他们送到了山脚下，今天要不是上面有领导要来他们家，他肯定会陪他们一起去。所以，把他们仨放到山脚就回去了。紧赶慢赶，刚到五味书屋领导们的车就来了。从四辆车上下来十来个人，一个是主管教育的邓副县长，一个是县委宣传部的张部长，两个是县教育局的领导，三个是镇里的领导，其余的是电视台的记者和司机。

立时，陈桂香和康凤英她们仨也笑盈盈迎了出来，韩清林代表一家人欢迎他们："欢迎各位领导！快快快，大家快里面请。"

"不！我们先办正事！"邓副县长是个转业军人，一身正气，说话办事雷厉风行。"把牌匾请过来。"他一声令下，只见县教育局的两个领导抬着一块用红绸盖着的牌匾，红绸中间挽着一个大大的红花。

还没等韩清林说话，只听邓副县长一声："点炮"，两个司机和一个镇领导就点着了鞭炮。顿时，震耳欲聋的鞭炮声响彻了山谷。人们闻声赶来，不知道康家为什么要放鞭炮。

鞭炮声停后，邓副县长站在康家书屋门口，大声对大家说："乡亲们：今天，我代表县委县政府，来给康家颁发'光荣之家'牌匾的。我是咱们县主管教育的邓副县长，这位是县委宣传部的张部长，这两位是县教育局的李局长和赵主任，那三位不用我介绍你们都认识。"

"对康家的情况，相信在场的乡亲们比我都清楚，他们一家出了七个人民教师，各个都师德高尚、业务精湛。尤其是冰壶秋月的康正贤康老校长，他从教30年任劳任怨、无怨无悔,拥有一颗赤子之心。为了家乡的教育事业，他在这个山沟沟里默默无闻地奉献了一生，为了救学生他付出了自己宝贵的生命。他就是我们的榜样，不仅是一个优秀的教师，也是一名优秀的共产党员。他曾两次荣获'优秀教师'称号,三次荣获'优秀共产党员'称号。今天又荣获'见义勇为'英雄奖，他们家还是'光荣之家'，这一切荣誉都是他和他们家的。"

"做默默无闻人，干惊天动地的事。在一个普通的岗位上，他用初心坚守了30年，用朴实纯粹书写了精彩的人生，最后还舍生忘死救人性命。以后，我们要向康老校长学习，学习他的奉献精神，学习他对家乡的情怀，学习他见义勇为的精神。他就是我们身边的榜样，他就是我们学习的楷模，他就是我们心中的英雄！好了，下面举行挂牌仪式。"

立时，又是一阵响彻山谷的鞭炮声，人们捂着耳朵退后几步看热闹。在鞭炮声中，在韩清林和张副校长等人的帮助下，"光荣之家"牌匾稳稳当当挂在了五味书屋的门顶。牌匾是铜制的，金灿灿地发出耀眼的光芒。听了邓副县长的讲话，看着这块金黄色的牌匾，看着上面"光荣之家"四个字，大家一个个都羡慕得不得了。在整个英秀镇，荣获"光荣之家"的只有他们一家，而拥有这么多殊荣的也只有康正贤一人。因此，乡亲们一边看金灿灿的牌匾，一边夸赞着已经离世的康老校长……

韩清林看了看牌匾，热泪盈眶："邓副县长、张部长，各位领导们里面请！"

邓副县长紧紧抓住陈桂香的手，说："节哀顺变！康校长是我们的榜样，你们为他自豪……"说着，大家随邓副县长和陈桂香进了书屋。

看到书架上的书，邓副县长和张部长他们非常感慨，一边走一边轻轻触摸着摆得整整齐齐的书，他们感觉仿佛和康老校长对话一样。十个书架擦得很明亮，上面的书籍分门别类，摆放得十分整齐，还有一些连环画被康正贤保护得非常好，可见它们在他心里是何等地位。来到二楼的书房，看到康正贤生前最爱的八百多本书，还有此生荣获的一些奖杯和证书。尤其在最高一格里，摆放的三个"优秀共产党员"证书和两个"优秀教师"证书时，邓副县长静静注视了几分钟，大家也跟着他注视着它们。

在书桌上，台灯一看就有些年头了，这种款式几乎已经看不到了。韩清林说，这是老人在退休前两年得的奖，这些年一直用它舍不得换掉。书桌也有些年头了，虽然有些老式和笨拙，但被擦得一尘不染，一本《傅雷家书》摆放在中央。韩清林说，这本书是老人出事前看的，所以就一直这样摆放在这里。说完，韩清林拉开了里面的一个抽屉，从里面取出了一大堆信，有些信封已经发黄变色了。就在大家不解时韩清林解释说，这些信是他前些天发现的，是老人生前资助过的贫困学生写给他的。在过去的21年里，他资助了117个贫困学生，从最初的一年200多块，到现在的每年3000多元。

看了这些,听了这些,邓副县长定眼看着墙上苍劲有力的"此生甘为孺子牛"七个大字,不禁感叹道:"千言万语,都讲不完这个先生。同志们哪,大家都好好看看吧,这就是我们的康正贤校长!一个普普通通的共产党员!一位默默无闻的人民教师!一个见义勇为的平民英雄!"大家听了都沉默了,都被离世的康正贤给感动了。

　　此时,安浩轩站在康正贤的墓碑前,有些伤感。安然母女在墓碑前供献了祭品,点上一对白蜡,又敬上三炷香,安浩轩点燃了纸钱。刹那间,墓碑前升起了一根烟柱子,烟柱中有黑蝶般的纸灰在盘旋上升,有几只乌鸦在一旁的树梢盘桓,一阵寒风吹来,一丝清香的泥土气息迎面而来,让人有一些凄凉。立时,树上那几只乌鸦扇动着翅膀叫了起来,准备等他们走后美餐一顿,一只只急得上蹿下跳。

　　看着墓碑,安浩轩想起了徐志摩的诗:

轻轻的我走了
正如我轻轻的来
我轻轻地招手
作别西天的云彩
……
悄悄的我走了
正如我悄悄的来
我挥一挥衣袖
不带走一片云彩
……

　　下了山坡,走在去何淼家的路上,安浩轩没有说一句话。一进村里,就听到孩子们欢快的喊叫声,走进一看原来他们在追着踢猪尿泡。每年这时候，村里家家户户就开始杀猪，故孩子们就有猪尿泡玩了，这是他们自己做的"足球"。他们不顾风寒，冻得龇牙咧嘴，腮帮子发红，直玩到天黑后才回家。一旁，几个孩子在烤猪脾脏，一股烤肉的味随风扑鼻而来，他们直咂嘴弄舌、垂涎欲滴。还没烤熟，他们就如土匪般抢着吃了起来，有的两块三块，有的一块也没落着，直急得在一旁跺脚。塞进嘴里，如含了一块炭火一样烫得一个个直转圈儿，然后脖子一伸眼一闭咽了下去。

  进了何淼家巷道，看见草垛下有个筛子被半截木棍支起，下面洒了一些麦子作为诱饵，木棍上栓着一根细长的绳子，直延伸到门后。一只喜鹊飞了下来，落在筛子前两三米处。它歪着头，用它那圆溜溜的、黑宝石般的小眼睛看了看，旋即张嘴"喳喳"叫了两声，似乎在乞求着什么，它一跳一跳慢慢朝筛子接近，尾巴一翘一翘显得非常谨慎。安然一笑，顿时把它吓得旋即就地跃起，猛地向空中箭一般地飞了去。见即将捕获的猎物飞走，藏在门后的两个男孩骂骂咧咧地出来了，两个脸蛋冻得通红，吊着一串清鼻涕。一看是学校里的老师，俩人紧急刹车转身就跑了进去，徐惠珍笑着说这些孩子真有意思！

  太阳正在西转，疲惫地驱赶着严寒，淳朴的乡村张开热情的双臂，何家的烟囱里炊烟袅袅……

第八章
欢声笑语

一、成长的烦恼

"同学们,通知你们一个好消息。"安然看着学生们一脸的喜悦。"今天早上学校收到通知,让我们英秀镇中心学校的学生们参加《青少年校园歌手》大赛!"

同学们听了无动于衷,就像听了一个陌生的人名或一句普通的话一样,根本不知道《青少年校园歌手》大赛是什么。看着他们的表情安然有些失望,她以为同学们会欢呼雀跃,可结果让她大跌眼镜。显而易见,同学们不知道《青少年校园歌手》大赛的举办有什么意义,以前没听说过类似的大赛。无奈,安然只好先给同学们简单地介绍一下了:"这是省教育厅、省文联联合举办的面向全省中小学生的一个活动,是真正检验和展示学生们才艺的大赛。如果能在这大赛上拿到一个名次的话,那将是参赛者无比的荣誉,对学校都有很大的影响力。"

安然看了看何淼,然后看着海娃说:"长话短说,我希望我们班有才艺的同学可以参赛,并争取拿一个名次给学校争光。"见老师看着他,海娃心里已经有数了。

"这件事慢慢来,我们先上课。"说完,安然拿起粉笔在黑板上写了一首诗:《元日》……

"同学们请跟我朗读。"安然给学生们上课,雪花从阴云密布的空中飘落下来。"爆竹声中一岁除……"

"爆竹声中一岁除……"同学们看着黑板上的诗，跟着老师慢慢地朗读得很有韵味，尤其是海娃心里想象着诗中所体现出的意境。

"不错！大家读得很好。"安然看着学生们，两只眼睛里满满的都是鼓励。"但是有一个字的声调没读准，从而影响了整首诗的韵味。标准的普通话不仅要读准每个字的音节，而且还要读准每一个字的韵律，尤其是诗歌。请同学们都看仔细，要按照声调好好读，我们大家再来一遍。"

同学们都读得很认真，可柳文君趴在桌子上若有所思，与往日判若两人。往日里，她无论什么课都很认真，老师提问也会积极举手，可今天却跟霜打的茄子似的，从上节课就这样趴在课桌上。同桌张国祥以为她病了，因为今天她的脸色与往日不同，此时变得更苍白了。张国祥举手了："老师！柳文君好像病了，你快来看看。"一听这话，安然放下课本，立马走下了来，同学们也都把目光投向了柳文君。

"柳文君，怎么啦，你哪里不舒服？"安然摸了摸柳文君的额头，嘴角上长着一个粉刺疙瘩。"也不烧啊！……脸色这么难看肯定生病了，你哪里不舒服呀？"

柳文君还是趴在课桌上，一手捂着小肚子回答："我……我肚子疼。"

安然有些担心："走！我背你去卫生院看看，可能是吃坏肚子了。"班里大多是留守儿童，他们经常吃坏肚子，换季节时尤为高发。

柳文君刚站起来，就听见后位的蒲生斌大喊："啊！血……"安然闻声看去，只见柳文君的屁股上有血。立时，安然一把按住柳文君让她又坐了下来，然后脱下自己的上衣披在她身上。

当即，蔡佳琪从书包里拿出一片卫生巾转过身递给了老师，诡秘而迅速。

来到宿舍，安然让柳文君躺在自己的床上，给她盖上被子后冲了一杯红糖水，又拿出给自己准备的暖宝给她贴上。看着老师这么无微不至地照顾她，柳文君鼻子里酸酸地，她感到老师特亲切。她的父母都在江苏打工，四年来一直住在姥爷家借读。从去年冬天,班里大一点的女同学们就开始来了月经,安然随即就给她们讲一些生理健康常识,比如如何做到健康防护,清洁卫生等。对于女同学们来讲,这就是她们在这个年龄段成长的烦恼,不光是来月经让她们有些难为情。乳房的发育也让她们不敢挺胸了,课间去上厕所时都低着头,双手羞羞答答抱在胸下,大一点的男同学们见了吹口哨,中学生们甚至会乱吼一通。唉!这都是成长的烦恼。

开学还不到半个月,同学们就给安然写了不少信。几个女同学说自己来月经了,问她怎么办?该如何处理?有两个说他的爸爸妈妈在闹离婚,问她应该跟爸爸还是妈妈?有的说爸爸妈妈过完年又出去打工了,他们心里很孤独。牛犇说他又被爸爸打了,他不知道该怎么办?

下午,学校又举行了一次家访活动,所以给学生们放了假。顶着风雪,安然先是把柳文君送回了家,随即去牛犇家家访,一走就是近四公里。在下雪天,牛家辉也就没有出去摆摊,和几个狐朋狗友在家里打麻将。

"牛犇的父母在家呢?我是牛犇的班主任,今天下午是专门来家访的。"牛家辉和葛玉梅都认识安然,也知道她是儿子的班主任。

葛玉梅非常热情,连连招呼着安然:"安老师,快请坐、快请坐!"葛玉梅给安然倒了一杯水,牛犇给老师端了水果就回自己屋了。

"谢谢嫂子!"安然接过来吹了吹抿了一小口,走了半天她还真有些渴了。她喝了一口水后说道:

"本次家访是学校安排的一项重要工作!得需要班主任与家长交流,了解每一个学生的家庭状况和学习环境,然后老师和家长一起教育他们,为今后的教学工作打好基础,这是必不可少的。"

牛家辉冷笑了一声:"呵!听着还挺重要嘛。"牛家辉知道安然和康家的关系,所以对她没有好态度。

安然很有耐心:"就是很重要,不然教委也不会要求。"

"也是,我们把娃娃交到学校,你们当老师的就得操心好,不然国家为什么要下大力气培养你们？"

"是啊！所以我们责任重大，对家访工作必须重视，可不敢搞形式走过场。既然你也认为家访很重要，那我们现在就开始吧，你们说说牛犇的个性，还有他在家里的表现以及学习情况？"安然拿出了笔记本和笔。

"碰"牛家辉继续打麻将，好像没听懂安然的意思。"他的个性？他除了贪吃和胆小没啥个性，学习方面你应该比我们更清楚才对呀。"

"没错，牛犇是有点贪嘴和胆小，学习成绩也不怎么样……"

还没等安然说完，牛家辉急忙又张了口："这说到学习我倒要问问，我说你们这些老师是怎么教的呀，这小子咋会每次都考倒数第一？是我们家牛犇笨呢，还是你们不会教呀？"打麻将的三个人听了笑了。

听丈夫这么问，葛玉梅瞪了他一眼，说："安老师，我家这口子没文化不会说话，你别计较。"

安然笑了笑："哪里？牛老板心直口快，有什么说什么，很好啊。"

葛玉梅说道："牛犇在家里很听话的，经常帮我干家务。"

"听话？"牛家辉扔掉烟头骂道："这个臭小子，干啥啥不行，吃啥啥不剩。他除了吃就知道闯祸，哪有经常帮我们干活了。既然学习一塌糊涂，那就教他学手艺，可这个窝囊废竟然尿裤子了，真丢我的脸！"

"说到这里,牛老板我必须得说你几句了。"安然喝了口水坐了起来。"牛犇还是个孩子，你教他杀猪宰羊不合适，还拿零花钱来引诱他，这很不利于他健康成长……"

"他都已经13岁了,还小啊？我是教他宰羊，又没让他娶媳妇儿生儿子，咋就不利于健康成长了？"听他这么问，那三个男人"扑哧"一声笑了。

葛玉梅有些不高兴了，瞅了男人一眼："你说啥呢？好好说话，别口无遮拦，这可是安老师！"

"我说话咋了？就是这么个理儿嘛！"牛家辉朝老婆翻了个白眼，叼了一根烟一副粗野样儿。"我13岁时，已经是宰羊的好手了，可他现在啥都不会，这么大了连尿都夹不住。"

"牛老板，你给牛犇零花钱没有错，可你不应该让他和同学们攀比，他拿的手机比我们老师用的都要高级。他们这个年龄不应该攀比，要比也是比知识和眼界。你是应该给他零花钱，可你更应该让他知道你赚钱的辛苦。这样，他才能学会克制欲望，不乱花钱，才能帮助他树立正确的财富观和价值观。至于牛犇尿床的问题，你们有没有想过这也许是一种病？你们应该带他去医院看看。"听了这一席话，葛玉梅觉得很有道理，心里暗暗佩服安然很有文化。

"啊！连你也知道他尿床？这个臭小子，把脸给丢到家了！"牛家辉看着儿子的房门横眉竖目，一脸嫌弃的样子。"没错，他这就是一种病，一种没出息、窝囊废的病，也是一种欠抽的病。你等着看，我非治了他这病不可。"说完，他气哄哄把一张牌打了出去。

"牛老板，你不能用粗暴的方式教育孩子。简单粗暴的教育导致的后果首先是孩子的不自信，然后是极端的反叛。我听说，你经常拿竹竿惩罚牛犇。其实这样是不对的，教育不应该用粗暴的方式，惩罚也一样。你知道吗？牛犇为此越来越怕你，也越来越胆小了，甚至都有些郁闷了。"

牛家辉突然站了起来，一脸的愤怒："老子还郁闷着呢！他有啥好郁闷的？不愁吃、不愁穿、饭来张口、衣来伸手，都快成我老子了。"

安然看着牛家辉顿了顿。"你们对牛犇的爱没得说，可父母绝不仅仅是给孩子吃和穿的，你们应该多跟孩子沟通和交流，在满足物质的基础上要给他关爱，一定要重视和处理好亲子关系。这个年龄段的孩子很敏感，你不能用粗暴的方式教育和惩罚他，应该让他感受到父母的关爱才是。"

葛玉梅听着非常有道理，连连点着头如捣蒜："对对对，安老师说得没错，你就是太粗暴了。"

牛家辉不高兴了，白了安然一眼："我是他老子，还都不是为了他好？树要攒，人要管。棍棒之下出孝子，男孩就应该用棍棒来教育，这样长大了才会硬气。"牛家辉振振有词，坚信自己的教育方式没有问题。

"牛老板你错了，教育孩子不能用棍棒，关键在沟通和交流。他们虽然是孩子，可也有自己的人格和尊严，要是一味用粗暴方式教育，那只会适得其反。从牛犇的身上，我已经看出了一些问题，所以你不能再这样教育他了。"听安然这么一说，牛家辉也觉得儿子这段时间有点不一样。

"算了算了！随你们的便吧，反正就是窝囊废一个，我对他不抱啥希望。"说着，他又坐下准备打麻将。

这些年来，牛家辉只关心自己的生意，从来没关心过儿子的学习。除了生意，他一有空要么就跟去打麻将，要么就跟狐朋狗友们推杯换盏。对自己的儿子，正如他所说的，不抱多少希望，他早就认定儿子成不了才。

"不！牛老板，其实牛犇很棒的。作为父母，难道你们就没发现儿子身上的优点和长处吗？"

牛家辉扑哧地讥笑一声："就他，还有优点和长处？"

"当然。瑕瑜互见，每个人都有优点和缺点，牛犇也不例外嘛。"

牛家辉冷笑了一声，嬉皮笑脸地说："对，他也有。他的优点就是能吃，而长处就是体重。"听了这话，那三个男人又咕咕咕笑了起来，葛玉梅瞪着他们一脸的不高兴。

葛玉梅饶有兴趣地问："安老师，你说说我家牛犇有啥优点和长处呀？"

安然喝了口水，笑了笑回答道："牛犇虽胖了一点，可他很可爱很有幽默感，而且画的漫画非常棒，难道你们就一点儿都没有发现吗？"

葛玉梅笑了："你别说，我儿子还真有幽默感，还有他那画也画得好。"

"这些都有啥用！就他那鬼画符也叫画？"在牛家辉眼里，儿子除了能吃一无是处。

"牛老板，你可别小瞧了那些画。那可是漫画，而且还画得非常好呢。如果好好培养的话，牛犇以后会有很大成就的。"听了安然的话，葛玉梅心里有些惭愧。

立时,葛玉梅起身进了儿子的房间,拿了几本画本出来和安然看了起来。随后,牛犇也出来贴在妈妈身边。

二、水到渠成

3月29日上午,第二节课后,全校师生在优美的乐曲声中来到了操场。每天这个时候,是学生们跳锅庄舞的时间,可今天他们却不是为了跳锅庄舞,而是见证一个仪式。在全校所有老师的支持下,经英秀镇中心学校教委研究决定,今天正式成立英秀镇中心学校"爱心爸妈"团。把现在的"爱心妈妈"组织发展壮大,让更多的老师融入到这个集体中来,用爱心帮助更多留守儿童。安然她们的"爱心妈妈"小组组成虽然还不到半年时间,可她们三个用爱心赢得了全校师生们的认可,故学校决定成立英秀镇中心学校"爱心爸妈"团。起初,组建"爱心妈妈"组时老师们都是旁观者,现在不仅全校女老师都成了"爱心妈妈",就连大部分男老师也加入进来成了"爱心爸爸"。

学校里大多是留守儿童,问题学生也大多出自他们,而"爱心妈妈"们的工作立竿见影,短短半年就让很多孩子们真正得到了本该拥有却一度缺失的母爱。"爱心妈妈"们的成绩韩清林和教委一清二楚,知道成立"爱心爸妈"团对学校意味着什么,对学校里的几百名留守儿童意味着什么。韩清林站在主席台上讲道:"各位老师,各位同学们!今天,我们大家在这里见证英秀镇中心学校'爱心爸妈'团的成立。作为英秀镇中心学校的校长,我很高兴看到'爱心爸妈'团的成立,为'爱心爸妈'团的各位老师们点赞。我们大家都知道,'爱心妈妈'和'爱心信箱'是安老师的想法。我校很荣幸,能有安然这样的支教老师,更荣幸能有这些充满爱心的教师!我们英秀镇中心学校是很穷,可你们就是我校最美的风景和财富。今天,我们不仅要成立'爱心爸妈'团,还要在每个班设立'爱心信箱',双管齐下来关爱和帮助更多留守儿童,提高学校风气和教学质量。从今以后,学校里的'爱心爸妈'就是同学们的'妈妈'和'爸爸'了，有什么心里话和困难就对他们说，也可以把问题和困难写出来投到'爱心信箱'，我们会尽力帮助和解决同学们的问题。希望同学们理解我们的良苦用心，好好学习，让父母放心，以后对社会主义建设做出贡献。好了，接下来用我们热烈的掌声把'爱心爸妈'团的老师们请上来，让同学们认一认这些可爱的'爱心爸妈'们！"

韩清林话音刚落，28个老师们胸前佩戴着小花就上主席台了，在韩校长身后整整齐齐站成两排。韩清林一脸的喜悦："同学们请看，他们就是我校的'爱心爸妈'们，从今天起他们不仅是老师，同时也是你们的'妈妈'和'爸爸'。以后有什么心里话和难处就找他们，他们就是你们另一个爸爸和妈妈。好了，下面有请'爱心爸妈'的代表安然老师给大家讲话，听听她当初组建'爱心妈妈'组和设立'爱心信箱'的初心。大家鼓掌！"

安然上前两步，下面一阵掌声后讲道："各位老师，各位同学们，大家好！今天，很高兴看到'爱心爸妈'团的成立，我也很荣幸成为一个'爱心妈妈'。同学们也看到了，其实我比你们大不了多少岁，在家里还经常跟爸爸妈妈撒娇呢，没想到这么年轻就成'妈妈'了。"

看学生和其他老师们听了都笑了，她又继续说道：

"做支教老师，是我多年以前的愿望，爸爸妈妈也支持。报名西部计划那天，我非常激动和自豪。当得知要来青海支教时我更欣喜若狂，因为这里是我从小心驰神往的地方。来到这里，说实话和我之前想象的还是有落差，但是孩子们的纯真深深地打动了我。看到他们一双双渴求知识的眼神，看到你们孤寂无助的心灵，我的心里非常非常难受。你们的爸爸和妈妈为了生计不得不出去打工，留下你们让爷爷和奶奶带着。因此，你们的内心是孤寂的，小小的心灵也面对冷漠，你们不应该是这样的。你们应该笑口常开有童年的天真，不该这么有早熟的惆怅，更不该被忽略和遗忘。

所以，我想尽自己的微薄之力帮助你们，想让你们的眼睛不再那么空洞，想让你们的内心不再那么孤寂，想让你们的脸上天天都有笑容，想让你们的童年多一些欢乐，这也是我当初组建'爱心妈妈'组和设立'爱心信箱'的初心。今天，教委和校领导又决定成立'爱心爸妈'团和设立'爱心信箱'，相信这种举措以后会关爱和帮助到更多的留守儿童，会解决同学们更多的问题和困难，会带给你们更多的欢乐和美好。"

讲完，安然转身给韩校长他们鞠了一躬，老师和学生们都给她鼓起了掌。

韩清林走上前说道："非常好，安老师讲得非常好！她的每一字一句都带着对学生们的感情，也充满了对教师这一职业的热爱。安老师是好样的。在此，我代表英秀镇中心学校感谢安老师来我校支教，也感谢你当初组建了'爱心妈妈'组和设立了'爱心信箱'！"听了韩校长的话，安然有些受宠若惊。当初，她设立"爱心信箱"只想和自己的学生多沟通，让那些性格内向，不愿意说话的同学通过写信的方式把自己的困难告诉她。在半年时间里，全班几乎所有同学都给她写了信，有些甚至已经写了三四封，因此学生的心理问题得到了及时解决。

韩校长估摸着已到午饭时间，就一声令下散会了，此时食堂里的工作人员也已经做好了午饭。今天，几乎所有老师和学生们都在食堂吃，一个个吃得津津有味。以前，学生们都把饭盒打得满满的，吃不了的都给倒了，可从这个学期开始，学校开展了"光盘"行动，在校期间的一日三餐由各班班主任监督，让学生们从小养成节俭的美德。这样一来，学校食堂残羹剩饭也就少了。

五星红旗迎风飘扬，胜利歌声多么响亮，歌唱我们亲爱的祖国，从今走向繁荣富强……

吃过午饭，同学们一个个拿着编织袋，高唱着这首《歌唱祖国》出发了。

一出校门，师生们以各班为单位，开始捡垃圾，主要是路两边的饮料瓶和各种零食袋，还有纸飞机。学校周边，垃圾一直是个老大难问题，一千多名学生，每天的零食袋就是一个不小的量，风一吹墙角里就成堆成堆的生活垃圾。昨天，韩清林在校周围转了一圈，才有了今天的这次活动。

"这垃圾咋这么多呀！""这个酸奶瓶真臭！""这是啥呀？"这些垃圾是谁扔的呀，这么没素质和环保意识！""你们看，这飞机还能飞呢。""我们又不是环卫工人，叫我们捡垃圾真是的！"

吃过晚饭，安然和温昕出去散步时，出门看见康瑞上了周宇的车，随后汽车就驶出了商业街。来到山坡上，康瑞等着他有啥重要的事要说，可周宇呵呵一笑从后背伸出手，把一束鲜红的玫瑰花献在她面前说："生日快乐！"看到玫瑰花，听到生日快乐四个字后，康瑞这才想起今天是她的生日。她看了看玫瑰花，又看了看笑呵呵的周宇，然后接过花羞羞答答地说："谢谢！你咋知道今天是我的生日？"康瑞有些感动，也非常喜欢这束玫瑰花。

周宇笑了笑："你的生日我一直记得，这些年从来没有忘记过，以前只是没机会给你过罢了。今天晚上，我要给你过生日，要给你送一份特殊的生日礼物。"山坡上四周黑黑的，让康瑞有了几份害怕。

周宇打着手电筒从后备箱提出一包东西，然后在山坡上一会儿走，一会儿蹲下，不知在忙活什么。康瑞很想去帮忙，可不知道他究竟要干什么？但她知道周宇要给自己一个惊喜，一个让她一生难忘的惊喜。"好了，过来吧！该是给你惊喜的时候了！"康瑞高一脚低一脚，来到周宇刚才忙碌的山坡上。

"什么惊喜啊？"康瑞看看山坡似乎也没什么变化，刚刚冒头的半弯月光下，风轻轻地吹着，远处不时传来几声狗叫声。

"不要眨眼睛，见证奇迹的时刻到了！"周瑞睁大眼睛静静地看着周宇能变出什么新花样来。"变！"周宇突然大吼一声，只见夜色中两团火球从周宇手中冲了出去，落在地上。"呼！"顿时，一连串火苗在山坡上亮起，旋即急促地向四方扩展开来。

"看吧！这就是我给你的惊喜！"周宇看着康瑞，指着火焰兴奋地说。

火苗在山坡上翻腾着，迅速连在一起，显得格外耀眼，而且似乎是个图案。康瑞仔细看去，那图案是"I LOVE YOU！"，它在夜空下格外醒目。

"周宇！"康瑞的眼泪夺眶而出，这一刻，康瑞太感动了，感动得不知道说什么好。和黄啸天离婚后，这半年里她太压抑了，爷爷的突然离去更让她猝不及防，这半年是她人生中最痛苦和难过的日子。

"康瑞，我爱你，这三个字压在我心底已经好几年了，只是不敢说出来！"周宇紧紧抓住康瑞的双手。"过去的都已过去了，你应该开始新的生活，请接受我好吗？我虽然不会甜言蜜语，但是有一颗真心。你是我心里唯一的女人，我要用一生带给你幸福，爱你直到地老天荒！"

听了他的话，康瑞含情脉脉，脸像清晨的太阳一样，泛出红晕，抱着玫瑰花娇羞地轻轻点了点头。看到康瑞点头，周宇的心酥了，紧紧地抱住她，幸福得一塌糊涂。

火焰一样的纯情，充满了热忱的火。万两黄金容易得，知心一人却难求。这一刻，天地静默，只有两人甜蜜的呼吸声，天上的繁星在祝福着他们。

三、汗水的味道

"这个音节有点问题，你看这样换一下是不是好了一些？"安然给海娃提意见，这是海娃为参赛谱的曲子，花了二十天时间。

海娃用手语说："没错，这样一换的确好了一些。但换成这个音节的话，后面的这个音符就需要八分的了，否则有点快？"

安然笑了笑，说："非常不错，看来你已经入门了，而且非常有天赋。"海娃听了笑了笑。

"你很有音乐细胞，这首比上一首好多了。"安然心里非常欣慰。"以后，你要用心灵多听、多感受，这两点非常重要。因为，乐曲是心灵的语言，它可以表达你的喜怒哀乐，也可以奏出人身上的真善美。所以，保持一颗纯洁的心灵特别重要，它是一切创作的灵感和源泉。譬如，聆听音乐不仅是在咀嚼人生，也是一种感情的寄托。你在谱曲上很有天赋，我相信你以后会创作出很多美妙的乐曲，来涤荡人们的灵魂。"

安然虽然不是专业音乐人，可她对音乐的理解却很独到，他把海娃带入了音乐的大门，经过这一年半的刻苦学习，海娃已经掌握了音乐的基础知识，并且在安然的鼓励下开始谱曲，这对海娃的人生来说是多么难得的经历。

"谢谢老师！我都记住了，以后我会更加努力的，用纯洁的心灵去感受和创作，争取谱出美妙的乐曲报答你和爷爷。"在海娃的心里爷爷和安然老师的位置是无人替代的。

"热爱生命，热爱生活。以后，你可以是个农民，也可以是个流浪者，但必须是个理想主义者。我是你的老师，更是你的姐姐，不需要你报答。你的成长和成才是对我最好的报答。只要你以后能在这方面有所成就，能创作出人们喜欢的乐曲来，那就是对我最好的报答。"看着海娃，安然心里有说不出的喜欢。

中午1点，四年级以上的师生在韩校长的带领下出发了，大家唱着歌，雄赳赳、气昂昂。男老师和男同学们都扛着铁锨，女老师和女同学们背着水壶和饮料，迎着暖暖的春风走在大路上。嘴里唱着："我们走在大路上，意气风发斗志昂扬……"

几首歌下来，师生们就来到了学校对面的山坡上，然后，以年级为单位开始了植树活动，镇里林业站的三个同志也到了。本来，计划上个月12日植树节那天就要举行这项活动的，但由于天气等原因推到了今天。4月9日，此时南方已是花红柳绿春意盎然，可在世界屋脊的青藏高原还没有暖起来。

站在山坡上望去，村民们开着手扶拖拉机在田间地头播种，一个个带着希望的笑容忙碌着。山坡上的树木经过雪的洗礼，在春风下已经慢慢泛出了嫩芽，同学们真担心它们被4月的冰冷给扼杀了。它们华美的树冠呈黄绿色，刚才远远看去有些带了些焦黄，现在看来还有点绿意。每年的这时候，学校都会举行植树活动，但今年的规模最大也最受重视。在这两年里，青海省委省政府特别重视生态环境，植树造林也就比以前重视多了。绿水青山就是金山银山。在习近平总书记高屋建瓴的指导下，英秀镇，这个荒芜的穷山沟也打起了保护生态的"战役"，组织村民和学生们大规模植树造林。

前年来时，安然她们就被这里的荒芜感到难过。山坡上除了一些沙棘外没几棵树，绵延十几公里的山坡，光秃秃的不知道已经有多少年了。

山坡荒芜了几辈子，人们不想再让它贫瘠下去了，他们要用自己的双手和汗水改变家乡的模样，让它帮助他们过上高品质生活。为了让这些山坡披上绿装，县里有关部门可是下血本了，不仅修了多条引水渠，每年还调来相当数量的苗木。今天，在师生们吃午饭时苗木就已经送来了，整整三车够让他们忙一下午的了。男老师带着男同学们挖起了树坑，女老师领着女同学们搬苗木。

"栽树需要一个彼此都舒适的距离。一定要掌握好距离，树坑太深了不行、太浅了也不行。"韩清林边说边拿着卷尺量坑距，林业站的同志们也在量着。同学们虽然听不大明白，但是都清楚坑距不能太深和太浅，因为他们不是第一次植树了。

"这个坑还有点浅，再挖一些才行，不然树苗的成活率就不高。"张副校长也拿着卷尺监督着。树苗首先是根基，太深、太浅都活不了。所以，树坑的深浅直接决定着树苗的成活率。

两位校长一丝不苟，老师和同学们也干得认真，量距的一个个都按标准来，挖坑的也使足了劲儿。没一会儿工夫，半面山坡上密密麻麻挖了十几排两千多个树坑，每个坑旁边摆放了一棵树苗。虽然太阳不怎么热情，可因为平日里都不怎么干活，所以一个个都汗流浃背了。刚一个小时，同学们就有气无力干不动活了，有些拿着铁锹站着不动，有些脚踩在铁锹上像不倒翁似的直摇晃着："妈呀！这地咋这么硬，像铁一样。""不行了，不行了,我没力气了!""歇会儿,歇会儿,喝口水再说。""这铁锹越来越重了,我的脚底板也越来越疼了。"

见大家有些累了,韩清林就让大家歇会儿:"我看大家都有些累了,那就先休息一会儿吧,下午的时间还长着呢。"大家坐在原地,擦着汗喝着饮料或酸奶,气喘吁吁的,感觉比犁地的牛都劳累。

"干了这么一会儿就累成了这样,这就是大家平日里不劳动的表现。"看到大家的样子韩清林借机教育他们。"劳动是美德,是最光荣的。涅克拉索夫说过,人的意志和劳动将创造奇迹般的奇迹。马克思还说,体力劳动是防止一切社会病毒的伟大消毒剂。古人也说余力学文。所以,无论是老师还是学生,我们不能老待在学校里,必须时常参加一些体力劳动才行。劳动是一种美德,劳动者最光荣了,就像下面的这些村民,他们靠自己的双手吃饭。"

今天是个机会,不仅让同学们锻炼锻炼身体,也趁机给他们上一堂课。让那些四体不勤、连自己的饭盒和袜子都不会洗的学生们活动活动,让他们出出力、流流汗,体会劳动的辛苦和快乐,这有助于他们从小养成劳动的习惯和美德。听了韩校长的这些话后,师生们又接着干了起来。

蓝天白云下,大家迎着徐徐微风栽树苗,女老师和女同学们扶着树苗,男老师和男同学们填土、踩踏。一个多小时后,在师生们的努力下,两千多棵带有嫩芽的树苗就栽好了,一棵棵、一排排整整齐齐挺立在山坡上。

经过四个小时的劳动,随着最后一棵树苗的栽种完成,五千棵树苗全部栽完了。"老天爷呀,终于栽完了!"大家瘫坐在地上,满脸都是湿漉漉的汗水。"我都快累死了!""别碰我,我的腰快折了!""我都快渴死了!""妈呀,我的手掌起泡了!""我的脚底板都起泡了!"

师生们相互诉苦,可望着亲手栽下的树苗,一个个心里都感觉甜甜的,特有成就感。

在下山时,师生们看到对面有一台挖掘机正在轰鸣声中忙碌着,一股黑烟在夕阳下格外醒目。大多师生们不知道那是谁家,只有安然知道那是何淼家在盖房子,大家听了都有些吃惊。没错,就是何淼家在修宽敞明亮的水泥板房,让几个村的人们羡慕不已。何淼家的房子早就破旧不堪了,本来李素琴两口子前年就想修了,可天有不测风云,钱都送进了医院。这两年下来,房子破得几乎不能遮风挡雨了。见此,村委会向镇里反映情况,给李素琴申请了危房改造。由于李素琴家是建档立卡的贫困户,母女三人又是五类人员,房子破成这样,申请很快就得到了批准。

国家为了消除绝对贫困,实行"两不愁三保障"政策。这真是赶上了好时代,县住建委和扶贫办各出资两万元给李素琴修房子。危房改造项目已经有好几年了,这几年村里很多贫困户都享受到了政策福利,政府出4万块,李素琴个人出资5万元,随即选了个好日子就开工了。

在过去的五个月里,李素琴赚了二十多万,这让她家不仅一下子脱了贫还盖起了房。今年1月份,李素琴的绣娘们接受了县妇联和就业局的技能培训,就业局又请了两个专家不时来质检,而且还做起了珠、刺、堆、青、藏绣的加工制作。2月份,在妇联和残联的帮助下成立了"彩虹合作社"。李素琴拿出五万盖房子,其他的都投到了合作社,加上扶贫办等部门的扶持,合作社也就发展壮大了。现在,李素琴成了合作社的社长,社员遍及五个村近三百多人。上个月,李素琴又被评选为"全省自强模范"和"三八红旗手",她在英秀镇乃至全县成了名人。

李素琴身残志坚,自强不息,带着社员们一针一线绣出了脱贫路。正如安然半年前说的那样,今年省政府对青绣高度重视,并计划在8月份成立"刺绣协会",还要举办全省第二届刺绣展暨刺绣大赛。这些让李素琴在内的三十万青海绣娘看到了未来,也让她们热火朝天地踏上了彩虹般的脱贫路。

动工的前一天晚上,李素琴把安然请到了家里,说请她在破房子了吃最后一顿饭。吃饭间,李素琴说了一大堆感激安然的话,也打电话让安教授以后不要再救济了,安浩轩听了替她高兴,也为自己的女儿感到骄傲。那天晚上,李素琴母女露出了彩虹般的笑容。

喷泉之所以漂亮，是因为它有压力；瀑布之所以壮观，是因为它没有退路。多舛的命运让李素琴痛不欲生，如汪洋中的一片树叶转瞬即逝；苦难的洗礼让李素琴浴火重生，如凤凰涅槃般谱写了人生的精彩。重新认识了生命后的她，用自强不息的精神站了起来，用汗水打开了通往未来的门。

有人问，汗水是什么味道？通过今天的劳动，通过李素琴的故事，他们一定会有答案。

四、欢乐儿童节

这天，英秀镇中心学校热闹非凡，校园里弥漫着浓浓的花香，小鸟儿在枝头叽叽喳喳说个不停，高音喇叭里播放着欢快的乐曲……

"各位老师、家长、同学们，大家好！"胡玉鲜站在主席台上讲道。"今天，在这个阳光明媚的日子里，我校又迎来了六一儿童节，一个充满欢乐和甜蜜的节日。今年的主题是："欢乐童年，健康成长"。为了欢度儿童节，我们编排了一些精彩的节目，下面请大家观看节目，一起欢度儿童节！"

胡玉鲜讲完后，报幕员蔡佳琪就上了主席台，她一身白纱裙闪着亮晶晶的光，带着灿烂的微笑，迈着小碎步走到台上，先给大家鞠了躬，声音犹如叮咚泉水从嘴里流出来：

"下面，请大家开始欣赏精彩的节目。这第一个节目，是由多才多艺的胡玉鲜老师编导，一年级（1）班的舞蹈《蝴蝶翩翩》，请大家欣赏！"刚报完毕，一群穿着花裙子的孩子就上主席台了，立时随着欢快的音乐跳了起来，一个个脸上都堆满了灿烂的笑容，浑身充满了活力……

按照惯例，今年的主持人也是选全校普通话最好的女学生，往年都是从初二或初三年级的学生中选拔，今年几个评委老师都选了六年级的蔡佳琪。得知这个消息后，六年级（1）班的学生们欢呼雀跃，唯有蔡佳琪表现得很淡定。因为她们班的普通话在全校是最好的，而蔡佳琪的普通话在全班则是最好的。

看到这群孩子们，台下的家长们乐开了花，一边拿手机拍视频，一边给身边的人指自己的孩子："看到没有，就那个最漂亮的小姑娘，她就是我的婷婷。你看她跳得多优美！都是遗传了我的基因……"

"下面，请大家欣赏五年级（2）班的模仿小品：《猪八戒背媳妇》。"这个小品也是胡老师编导的，一听这名字，就充满了喜剧感，观众们都笑了。随着音乐响起，观众们看到小"猪八戒"粉墨登场了。小"猪八戒"妆化得有模有样，那长长的鼻子和大大的耳朵，还有大大的肚皮惟妙惟肖。看到他，家长和学生们都笑弯了腰，而韩清林和几个老师有些木然了。

立时，一个女同学扮的"媳妇"也出来了，粉嘟嘟的脸上飞起两片红霞，羞羞答答还真有那么点意思。"猪八戒"见了，便走过去傻呵呵笑了笑，说："娘子，我老猪在这有礼了。"仅说了这么一句，下面的人就大笑了，"猪八戒"红着脸看了看大家，又看了看一旁的胡玉鲜，接着又傻笑了笑，说："娘子，你吹灯干什么，黑灯瞎火的，我老猪看不见你。"他做着动作，声音也模仿得有六七分像，所以引得大家大笑不止，有几个老人还笑出了眼泪。

"媳妇"笑了笑说："你长得这么丑，我害怕你。"

"娘子，我是丑了点，要好看还不容易吗，只是变来变去的太麻烦！再说，妻不嫌夫丑，我看就这么着吧！"台上演得热火朝天，台下的观众们笑得前仰后合，男女老少一个个都直笑得肚儿疼，有几个老妇甚至笑得岔了气儿，一把一把抹着泪水，好半天才缓了过来。看到家长和学生们大笑不止，看着台上的两个小演员演得认真投入，韩清林看了看一旁的胡玉鲜叹了口气。他没想到，胡玉鲜竟然导了这么一个小品，不知道是《西游记》看多了，还是脑袋被驴给踢了。

看着他们表演，台下的观众们起了一身鸡皮疙瘩，都有一种说不出的感觉。曲调虽然优美，两个小演员模仿得也很到位，可大家看着感觉怪怪的，总觉得哪里不对。安然看了，迅速用手捂住了自己的嘴，生怕一不留神笑出声音来，因为在她前面不远处就是胡玉鲜。康瑞用手背挡住自己的嘴也笑了，温昕满是揶揄的笑意，连连说胡玉鲜太不懂艺术了。"媳妇"的脸红得像熟柿子，在大家的吆喝和同学们目光的逼视下，只得轻手轻脚爬到了"猪八戒"的背上，当真像个害羞的小媳妇似的。小品就这样结束了，两个小演员终于下了台，大家大笑着给他们鼓掌，胡玉鲜看了还有些得意自满。

蔡佳琪走上了台："接下来，请大家欣赏六年级（1）班丁福海同学的独奏《无声的呐喊》。这首乐曲，是丁福海同学在安然老师的鼓励下自己谱的，这是他人生中谱的第一首曲子。下面就请他上台来给我们演奏。"

终于，轮到海娃登台献艺了。海娃一步步上了台，看着观众紧张得不得了，双手和额头上满是汗珠，而且双腿还微微有些颤抖，感觉就像上了春晚的大舞台似的。他穿着鲜艳的演出服，一双浓眉大眼扑闪扑闪。见他有些紧张，安然用手语让他放松，也给了他无穷的力量和勇气。看到老师的手语，海娃想起了之前她讲过的话："无论到什么时候，你永远是独一无二的。对于宇宙，你是微不足道的；可对自己，你就是整个宇宙。"想到这些，海娃慢慢放松了下来，静下心来开始演奏。

海娃呼了口气顿了顿，一对含笑的黑眼睛向每个人挥洒着温暖的爱意。随即，他拿起唢呐，慢慢闭上双眼，再深深吸了一口气，吹起了曲子。悠扬的乐曲从台上缓缓而出，深沉而平静、轻柔而忧伤，在宽敞的操场上飘荡着。听着，听着，无不让人思绪万千，心中似乎有一股潺潺溪水，清澈见底、淙淙流淌……

全场的观众鸦雀无声，老人们听得都入了神竟忘记了鼓掌，学生们张着嘴屏住呼吸眼睛也不眨一下，有的手上的雪糕化了都不知道，直到他发现后急忙舔了两口。海娃吹得用心用情，借助乐器跟大家说话。短短四分多钟，他却足足准备和等待了半年，也用十多个春秋的心酸和大家对话，每一个音节无不是他内心的呐喊。

随着曲终，全场响起了雷鸣般的掌声，经久不息、感人泪下，海娃听了满脸散发出幸福的光芒。毫无疑问，这一曲《无声的呐喊》征服了所有人，深深涤荡在每一个人的心灵，也让大家听到了他的心声。韩清林和老师们站起来给海娃鼓掌，他们没想到他竟如此有音乐才华，小小年纪就能谱出这么好听的乐曲来。丁万元听后，两串喜悦的泪珠从眼角悄悄滚落下来，看着台上泪流满面的孙子，丁万元无比自豪，在他眼里，孙子是世界上最棒的，将来肯定能成为闻名世界的音乐家。

"天呐！这……这是我的儿子吗？"丁志成和吕文英看着台上的海娃心里这么问自己，随即眼眶就湿润了。十三年来，他们从来没有听过儿子吹唢呐，看着台上大放异彩的儿子，他俩内心愧疚不已，感觉欠他太多了，也错过了太多太多。听大家对海娃赞不绝口，他们两口子有些羞愧了，真想找条地缝钻进去。

"接着，请大家欣赏六年级（1）班何淼同学的歌曲《烛光里的妈妈》，由丁福海同学伴奏。"一听这话，李襄赶紧拧开饮料瓶盖给何淼喝了两口润了润嗓子，安然拍了拍她肩膀说："正常发挥，要有自信！"

何淼上了台，她的眉毛弯弯好像月牙儿，涂了口红的嘴唇宛如两片玫瑰花瓣，那双水灵灵的大眼睛本来就漂亮，周围又淡淡地涂了点眼圈，显得更加闪亮。安然坐在钢琴前准备就绪，海娃看着何淼轻轻点了一下头，然后就全神贯注弹起了吉他。随着音乐，何淼唱了起来：

妈妈 我想对您说

话到嘴边又咽下

妈妈 我想对您笑

眼里却点点泪花

噢 妈妈 烛光里的妈妈

您的黑发泛起了霜花

噢 妈妈 烛光里的妈妈
您的脸颊印着这多牵挂
……

何淼唱得很投入，海娃弹得也用心，让台下的观众们听得如痴如醉，尤其是学校里的老师们，一个个心里都有一些悸动。他们静静听着，何淼的嗓音也真是绝了，没想到她竟有如此歌喉。有一个村妇说："淼淼真是越长越俊了，声音也越来越好听了，跟百灵鸟似的！将来肯定会上大舞台。"

动人的歌喉，优美的乐曲，让在场的人们听醉了，村民们也觉得这歌太好听了。大家为她们鼓掌，六年级（1）班同学们的情绪被点燃了，李襄和几个同学还流出了眼泪。看到他们在台上如此闪耀，安然和同学们都替他们高兴，心里激动得快要大声喝彩了，所有观众和老师们都听出了她对妈妈的爱。台下沸腾了，大大小小、成百上千的眼睛齐刷刷盯着他们，还有这震耳欲聋、经久不息的掌声，有些人甚至满脸是泪。看着他们，海娃和何淼有些不知所措，心里既感动又温暖，一股暖流涌了上来，从四面八方涌进了他们的心里……

一次表演像做梦一样，台下是什么样子，他们两个一眼也不敢看，只听见嗡嗡嗡的还夹着鼓掌声。下了台，全班同学洪水般涌了过去，把他俩围得水泄不通。安然紧紧抱住他俩，一边一个就像自己的两个孩子一样，噙满了泪水说："你们表现得非常好！我们全班为你俩骄傲！"

何淼流着眼泪，激动地说："谢谢老师！谢谢您这半年多对我的指导，也谢谢您鼓励我登台表演，让我有机会绽放了自己。"

海娃眼泪汪汪，也用手语说："谢谢老师！谢谢您让我登上了这个舞台，谢谢您帮我圆了心中的一个梦想，也谢谢您让我过了一回儿童节！"

同学们一个个都流出了泪，不再关注台上的节目了。台上又上了一个小姑娘，长得很秀气，她姿势和歌声都模仿歌星小潘潘，唱起了《学猫叫》……

操场里一片欢乐，而江海涛却一个人闷在宿舍里写小说，他想要创作一部小说给新中国成立70周年献礼。他自以为才华横溢，写一部扛鼎之作手到擒来，可两个月写出来的东西让安然大跌眼镜。为了证明自己有才华，为了让心上人刮目相看，这段时间江海涛没日没夜地写。

安然来找江海涛："你还在写呢？"此时，江海涛对着桌上的电脑发愣，瞪着死鱼眼跟个二傻子似的，一副垂头丧气的样子。

"文学来源于人民，你这样闭门造车永远也写不出好作品来的，应该出去多听听、多看看、多体验一些才行。你得向生活要灵感，向生活要艺术的真善美，要满怀对美好生活的憧憬和信念才行。走走走，出去晒晒太阳、吹吹风，你都快发霉了！"

安然把江海涛推了出来，外面的光线使他眯起双眼。老师们见他胡子拉碴的，一个个都笑着问大作咋样了……

五、鲜花和掌声

六月下旬，夏都西宁还有些凉。大街上车水马龙，江海涛开车带着安然和海娃来市里领奖，三个人有说有笑一脸的高兴。

来到省文联，几个工作人员热情地接待了他们，一个领导还笑盈盈特意过问了一下海娃。此时，已经有不少获奖的学生和老师赶来了，和他们一样，也是满脸的兴奋。颁奖大会开始了，获奖的学生们在老师的带领下来到了礼堂。海娃长这么大，这么重要的场合是第一次参与。一路上他看什么都新鲜，看到高楼大厦，一层层数个不停，还说省城的汽车比学校的学生还多。现在，从接待室到大礼堂，他更是看得目瞪口呆。

礼堂的地上铺着毯子，到处干干净净，打扫得一尘不染，主席台更是让他开了眼界。江海涛说肚子有点不舒服，随即就出去上厕所了，安然让海娃坐下。宽敞明亮的礼堂里坐满了人，除了来领奖的学生和老师外还有一些记者，这让海娃有些出乎意料。他扭过头看着记者，看着他们的照相机和摄影机，猜想等会儿他们会不会拍他，如果拍自己岂不是要上报纸和电视了？

颁奖大会正式开始了。十几个领导坐在主席台上，他们分别来自青海省委宣传部、省教育厅、省文联等几个部门，安然给海娃说坐着的都是省内的领导。海娃不管啥领导，心里想的只是自己能不能上电视，那样他就成村里的名人，给爷爷长脸了。就在一个领导讲完话后，工作人员过来叫海娃，说让他去准备一下。安然跟在海娃后面，到主席台旁边时，工作人员给他披上了绶带，和他一起的还有几个跟他差不多大的学生们，都由他们的老师或校长带着。有一个老师问海娃是哪个学校的，安然就面带微笑回答了对方，然后问他的学生得了什么奖……

看着身边的人们有说有笑，海娃心里觉得很自卑，他们都一脸的兴奋，可海娃的脸上挂着拘束和不安。今天的自己也穿了新衣服新鞋子，但是总觉得自己与身边的人和事都格格不入，故而感觉非常别扭。安然见海娃有些顾虑和拘束，就知道他心里在想些什么，随即轻轻拍了拍他的肩膀以示鼓励，海娃会心一笑想起了昨天老师说过的话……

"下面，我们请获奖的同学们上台领奖，大家热烈欢迎！"在热烈的掌声中，在作文比赛中获得一二三等奖的几个学生就上台了，他们满面春风都乐开了花，随即记者们就拍了起来。见闪光灯一下下闪烁，看着摄影师扛着摄影机拍摄，海娃紧张得双手冒汗了。

此时，主席台上的两个领导过来给他们颁奖，除了给他们每人一个获奖证书外，还给每个人送上了一束鲜花。很快，就轮到海娃他们六个上台了，海娃想着是不是要摆个造型，可他紧张得连自己姓什么都快忘了，感觉眼前的一切都不真实。就在这时，一个领导走了过来，看着他笑盈盈地说："丁福海同学，祝贺你获得本次音乐比赛的一等奖，你非常优秀！"

说着,他给海娃颁发了获奖证书和奖杯,然后,伸出右手笑眯眯地和海娃握了握手。

海娃想说声谢谢,可一个字也说不出来,因此就给领导鞠了个躬。看着他,领导又笑着说:"你要说什么我知道,我们了解你的情况。你虽然不能说话,但是你有音乐天赋,等会儿给大家演奏一下你的作品好吗?"这位领导握着海娃的手说,一脸的笑容让海娃感到非常亲切。怀抱着鲜花,他往右耳方向看了一眼安然,接着豆大的几滴眼泪从他眼里蹦出来,落在紫红色的花瓣上。

海娃热泪盈眶,看着领导连连点头答应,心里别提有多激动了。他没有想到,这么大的领导竟然还了解他的情况,也知道他的作品。刚才他还在想呢,自己在他们中间就像个怪物,可这一刻竟然成了个人物。下了台来,安然紧紧抱住海娃,看着获奖证书和奖杯流出了眼泪,两个人都激动不已、无比兴奋。老师和获奖者彼此祝贺着,得知海娃就是获得音乐大赛一等奖的同学,大家都对他敬佩不已,几个记者端着照相机,从不同的角度围了上来,"咔……咔……咔……"相机响个不停,摄影师也扛着摄影机拍不够……

这一刻,海娃感觉自己成了名人,这种被人认可和关注的感觉真好,有些众星捧月的感觉。看着眼前的记者们,听老师给他们介绍自己,再看看手里的证书和鲜花,海娃有种飘飘然的感觉。是金子总会发光的,不再被身边的人们忽视,人们不再是歧视的眼光,海娃晕晕的,感到特别幸福,真希望让自己的爷爷看到这一幕,为他骄傲。

"接下来,请丁福海同学为我们演奏他的获奖作品《想飞的心》,请大家欣赏。"主持人把海娃请上了主席台,请他给大家演奏他的原创作品,也让大家看看和认识一个音乐奇才。

海娃抱着吉他和唢呐来到主席台中央,先给台下的观众们深深鞠了一躬,双腿微微有一些哆嗦。看着大家,他心里紧张得要命,想给大家问个好,可一个字都说不出来，第一次在这么大的礼堂，在这么多的领导还有记者面前演奏非常紧张，安然握紧两个拳头做手势让他加油。随即，海娃像上次儿童节上一样，深呼了口气后慢慢放松了下来，然后拿起吉他，眯着眼睛，轻轻地拨起了琴弦。立时，礼堂里除了照相机拍照的响动外，静悄悄的没有什么声音，大家屏住呼吸等海娃演奏。

悠扬的乐曲响了起来，如山涧的潺潺流水，抚摸着在场每个人的心灵，稍后又如大海的滚滚浪花，扣动着每一个人的心扉。时而奔出铁骨铮铮的奔放曲调，使人血脉贲张；时而吹出了高山流水，欢快清澈又细腻悠长，使人如梦如醉。从深沉和凄婉中有些人听出了渴望；从轻柔和欢快中有些人听出了向往。从整首乐曲中人们听到了一个少年的迷茫，听到了一颗童心的孤寂，像鸟儿一样希望能有一双翅膀。最后，他在学习和思考中找到了方向，用知识插上一对双翅。

在每一个人的心里，都有一个深沉的角落，盛放酸楚无奈的心事，也装满了内心难言的孤独。每一首乐曲都有它的创作背景。听了这首《想飞的心》，大都听出了创作的背景，他们看到了一个农村留守儿童想飞出去看看外面世界的心愿。

演奏结束了，礼堂里余音绕梁，下面顿时掌声雷动。大家都不约而同地站了起来，脸上写满了对海娃的敬佩。"丁福海同学，你太有音乐天赋了！继续努力，以后你肯定能大有成就。以后，在学习和生活中有什么困难就跟我们说，我们会尽全力帮你解决的……"一个领导过来这么说，还给了他一束漂亮的鲜花，一朵朵都在朝他笑。看到大家的反应，手捧着漂亮的鲜花，听到这久久不息的掌声，看着老师，海娃又流出了眼泪。这一刻，他不再唏嘘自己的命运，不再为自身的缺陷而自卑，心中充满了对老师的感激。感谢她来英秀镇中心学校支教！感谢她的指导和鼓励！

一位好老师，胜过万卷书。人生中，能遇到一位好老师是幸事，而海娃就有幸遇到了安然，这是老天爷给他的恩赐。一个好的老师带给学生的绝对不仅仅是学问上的精进，一定是引领学生在人生的道路上找到未来的方向。

集体合影后，颁奖大会就随之结束了，安然和海娃高高兴兴地走出了大礼堂，二人扫遍了四周也没看到江海涛的身影。"这家伙，去洗手间要这么长时间？"安然拿出手机拨通了江海涛的号。

"对不起，您拨叫的用户正在通话中，请稍后再拨……"安然又看了看号码，这种情况是从来没有过的。"他不接我电话，我们去下面看看，他也许在楼下等我们呢。"可来到楼下一看，汽车停在那里，人还是不见其踪，安然非常疑惑江海涛到底去哪儿了。

安然哪里知道，此时的江海涛别说接电话了，就连大气儿都不敢喘。刚才，江海涛抱着肚子进了卫生间，痛痛快快解决了问题，可就在准备出来回礼堂时，他听到外面有女人的声音。

江海涛愣住了，男卫生间里怎么有女人的声音，随即从门缝往外瞅去，顿时让他头冒冷汗。原来，江海涛走错了卫生间，跑到女卫生间了。他屏住呼吸，窸窸窣窣坐在马桶上，心里紧张得不得了。外面都是女人，出去非得让她们揍扁了不可，而且还会被扣上变态色狼的帽子。无奈，江海涛拿出手机轻轻拨打了110，捏着鼻子压低了嗓门，小声说："喂，请问是110吗？我要报警，不，我需要帮助，请你们快点。"

民警问他需要什么帮助，他说自己在卫生间出不来，请民警来帮助他。接电话的民警一听，以为是报假警寻开心的，随即就把电话给挂了，可紧接着江海涛又打了过去。这次，江海涛竹筒倒豆子似的快速说明了情况，对方"扑哧"一声笑了起来，然后说一会儿就到，让他等着。

就在安然准备再打电话时，一辆警车驶来停在了她身边，随即从车里下来两个民警，匆匆忙忙进了大楼。安然不知道他们是来救江海涛的，没一会儿看到他们带着江海涛下来了。安然以为江海涛犯了什么事，可听民警一说她差点没乐翻了，简直是天下奇闻，太难以置信了。

车开动了,安然一看江海涛禁不住失笑。江海涛求安然千万别说出去,还承诺给海娃买一大堆零食……

六、野炊

睁开睡意惺忪的双眼,只见东边的山上泛起一丝亮光,山峦间升起一片轻柔的雾霭,萦绕在山间。同学们急忙吃了几口早饭,就带着东西匆匆来到学校集合,有些甚至是空着肚子出来的。

野炊是以班为单位举办的一年一次的集体活动,一是让学生们多和大自然接触,二是锻炼一下他们的生活自主能力。为了今天的野炊,六年级(1)班的学生们高兴了好几天,一个班分成好几个组计划着,昨天大家又买了一大堆食材。在安然的带领下,学生们就出发了,一个个都高兴得不得了,小脸蛋像夏天里盛开的牡丹。

进入夏季,青藏高原花红柳绿一片生机盎然,万物在温暖的阳光中伸着懒腰,山沟里布谷鸟声显得有些幽静。走在路上,一树树的绿叶,还有那些朴实的村民们,让安然她们看了都有些恬静。一部分老师们开着车,一部分操心着学生们,初八吐着舌头也在"行军"。

小波在前面埋头拉着架子车,海娃和牛犇几个在后面推,车上装满了锅碗瓢盆和昨天下午买的食材。在他们一组中,海娃的年龄和个头都是最大的,拉车这种力气活儿原本由他来才是,可小波说海娃现在是学校和英秀镇的名人,所以就由他代劳了。

上次领奖回来后,海娃便成了英秀镇甚至县里的名人,在学校里更成了大家的偶像和明星,校里校外大家看他的眼神都不一样了。回来的当天下午,学校给他举办了一个表彰大会,给他颁发了三好学生证书外,还给他奖励了500元奖金。建校以来,他是第一个给学校争了这么高荣誉的学生,所以学校也没有吝啬。

田间，如波涛般摇曳的麦青和金灿灿的油菜透着淡淡的幽香。庄稼绿油油的，农妇们正忙着除草，大大的凉帽下看不见脸，头顶只有鸟儿快乐地歌唱着。来到青龙山脚下，草滩上蓝雾一般的马莲花吸引住了温昕，她走近马莲花，蹲下身子闻了一口，馥郁的花香立刻就沁入她的心脾。

满地都是各种各样的野花，把草滩点缀得十分漂亮。草叶上的露珠儿，如一颗颗闪耀的珍珠，在阳光下五光十色。每朵野花，每一棵小草，都散发着微微芳香，沁人心脾。一些蝴蝶飞来飞去忙个不停。躺在草地上，大家贪婪地吸吮着阳光，享受这难得的温暖和惬意。

放下东西，简单收拾了一下后，安然、温昕和康瑞就急忙上山了，在半山腰，盛开着一片杜鹃花，从山下看去山间一片紫红色，来到这里一看，铃铛型的花朵一簇簇的，红的似火、粉的似霞、白的赛雪、黄中带红、红中透白……

满山的杜鹃花，把青龙山打扮得像个新娘子，安然感觉这里如诗如画、美如仙境，兴奋得快要大叫起来了。眼前的杜鹃，不论花大花小，白红紫黄皆生性孤高，她们择山野而开，在风中傲立，不着一丝的媚俗和矫情。人们把杜鹃花叫映山红，又称它为"花中西施"。有一棵开满了红花，远远望去像一团燃烧的火焰，又如喷雾的红霞，让人看了赏心悦目。面对此景，安然她们放声大喊了几声，山谷回荡着她们的欢呼声。

此时，老师和学生们已经烧开了水，用这里的泉水泡的茶确实好喝，今天温昕也带了一些好茶叶。几个老师一面惬意地喝着茶，一面看学生们忙碌着，他们有些已经喝起了开水或奶茶，而有些连火都没有生着。"你们咋弄的，这么半天了连火都没生着？"一个老师问他的学生，一脸的不解。

一个学生回答道："老师，我们以前从没生过火，不知道咋弄！"他脸上抹得黑乎乎的，手里拿着根烧火棍一脸的无奈。

"唉！咋连个火都不会生？"老师听了摇了摇头，蹲下帮他们生起了火……

半个小时后,所有的简易灶上都冒起了烟。"快快快,锅已经烧红了,快点拿肉过来!"一个围着围裙的女生一脸的慌张,手里拿着锅铲手忙脚乱,不知道该干什么。

一个女生端了一盘肉过来:"你傻呀,这锅里没有半滴油咋炒啊?"一听这话,她看着锅傻眼了。

何淼围着围裙,拿着锅铲站在灶前指挥着:"现在火大一点,我要爆炒鱼香肉丝!"一听,李襄开始用力摇起手摇吹风,顿时火苗就冒了出来。

没一会儿,何淼用铲子把已经炒熟的菜装在盘子里,那手法熟练如学校食堂里的厨师。牛犇专心地看着,恨不得立刻跑过去抢了来吃。

小波见了劈头盖脸骂道:"瞧你这熊样儿,我们这儿海娃做得更香呢。要不你去她们那儿,我们几个还能多吃几口呢。"说完,狠狠瞅了胖子一眼。

牛犇吸溜着口水,笑着说:"去她们那干嘛?不过看着何淼做得好像挺香的,要不咱们过去尝尝?我们这还没出锅呢。"

蒲生斌瞪了牛犇一眼:"想吃就去,没人拦着你,就是过去别再回来。"

"我只是说说嘛。"说着走过来问海娃:"快了没?我都快等不了了。"胖子看着锅里,连连咽口水,一副急不可耐的样子。

少时,海娃他们这边也好了。他们炒了四个热菜,拌了六个凉菜,还有一些酿皮和凉粉等。此时,会做菜的都陆续开始吃菜,不会做的只能喝饮料吃零食了,最多也就吃几个煮鸡蛋。就在这时,只听到"砰"的一声巨响后,看到一群学生乱成了一锅粥,又喊又跑。大家跑过去一看,原来一组同学的高压锅爆开了,他们熬了一锅粥,只顾着玩,没有人操心粥是否熬好了,所以锅突然就爆开了。这一声把大家吓了一跳,幸好没有人被烫伤,不然老师们回去就不好交代了。

其实,昨天安然特意嘱咐过大家,让大家千万别带高压锅什么的,可结果还是有人带了。老师们乘机就给学生们上了一堂安全课,同学们也认识到了厨具使用不当带来的危险后果。烈日当头,大家都按组围成一团又吃又喝，看上去比过年都高兴。草滩上歌声四起。安然弹起了吉他，康瑞和温昕几个老师放声高歌。连初八也来凑热闹，为了吃东西，它把头伸进了一个零食袋，可袋子套在头上下不来了，大家看了都笑得前仰后合，有些拍着大腿眼泪都出来了。

快乐的时光总是过得很快，不知不觉太阳就西下了，红着脸像是喝醉了。一天的野炊结束了，同学们既欣赏了美景，又吃得肚儿圆，有说有笑。临走前，老师们以身作则带着学生捡草滩上的垃圾，让同学们像保护眼睛一样保护生态环境，像对待生命一样对待生态环境。

七、不忘初心

星期二早上，上完两节课后老师们就来到了礼堂，一个个穿得整整齐齐还手拿着笔记本。

大家刚坐下，杨书记、韩清林和张副校长等几个陪同县委宣传部、教育局的领导走了进来，他们后面跟着三个记者，一个扛着摄影机拍摄。看到他们，老师们都站起来鼓掌欢迎他们。"谢谢大家，同志们请坐……都请坐。"大家先后都坐了下来，随即表彰大会就开始了。他们今天是来给康瑞和李雅萍等三个老师颁发"优秀教师"证书的。

"优秀教师"，是一名人民教师的荣誉，也是一个学校的一份光荣。评选"优秀教师"有严格的要求和标准。今年，英秀镇中心学校的老师们都推荐了康瑞等人，而教育局的同志们按要求评了出来。韩清林给大家简单介绍了一下，然后请教育局的李局长讲话："同志们好！大家辛苦了，在此我代表教育局感谢你们，你们辛苦了！"听到这话，在场的所有老师们都激动不已，随即鼓着掌说不辛苦……

"今天，我很高兴来到你们学校，来给被评选为'优秀教师'的几位老师颁发证书。在此，我祝贺获此荣誉的几位老师，这不仅是你们个人的荣誉，也是英秀镇中心学校的光荣。在颁发荣誉证书之前,我先占用几分钟时间讲几句。"大家又鼓起了掌,韩清林把话筒往上弄了弄。"英秀镇中心学校能有今天,离不开党和政府的大力支持,社会各界爱心人士和企业的帮助,更离不开你们这些一代又一代默默奉献的老师,正是你们辛勤的付出,给学校注入了新鲜血液和生命力。所以,你们才是英秀镇中心学校的精神脊梁。"

李局长喝了口水抿了抿嘴,接着说:"教师必须要注重人格塑造。不可否认,今年获评'优秀教师'的几位老师,肯定都受了康老校长的影响,尤其是康瑞老师。教师需要一生的真情投入,一辈子的坚持奉献。一个家庭要有家风,一所学校更要有校风,然后才能有纯正的社会风气。今天,看到你们几个获评'优秀教师'我很高兴,下面我们开始颁发证书。"在欢快的乐曲声中,康瑞、李雅萍等三人走上了主席台,她们一个个都披着鲜红的绶带,满脸带着微笑。几位领导给她们颁发"优秀教师"荣誉证书,李局长给康瑞颁发了荣誉证书,握着手勉励她以后继续努力,还说会后要去她家里看看……

"祝贺你们!"领导们祝贺着她们,其他老师们都在鼓掌表示祝贺。

李局长笑着说:"让我们大家向她们几位学习。人民教师是最光荣的职业。希望在座的各位老师们,确立职业理想,强化职业责任;严守职业纪律,提高职业技能;在平凡的岗位上安心从教、热心从教、舒心从教、静心从教,为家乡的教育事业贡献一份力量,为祖国培养出人格健全的社会主义接班人!好了,下面请康瑞老师上台给我们讲讲她的获评感言!"

康瑞又走上主席台,给领导和同事们各鞠了一躬后开始了她的获评感言:

作为一个老师,能被评选为优秀教师我非常荣幸,没有给学校和家里人丢脸,也没有辱没'人民教师'这个称号。得知被评选为优秀教师的那一刻我非常激动,我首先要感谢学校领导们的关爱和培养,也要感谢同事们对我的帮助。在你们的帮助下我才一天天成熟,得到了大家的认可。所以,我首先要感谢你们，谢谢！

　　然后，我要感谢我敬爱的爷爷。因为，是他让我选择了教师这个职业。参加工作后，能成为一名优秀教师一直是我的目标、也是爷爷的期望。所以，我爱岗敬业每天都尽职尽责努力工作，把工作放在了第一位。得知被评选为"优秀教师"后，我把这消息第一时间告诉了爷爷。爷爷虽然已经不在了，但他肯定能听到。在我心里，爷爷是一个慈祥而伟岸的人。小时候，我经常缠着爷爷给我讲故事。他每天都会陪我读书，从《三毛流浪记》《安徒生童话》《一千零一夜》《白雪公主》《岳阳楼记》《论语》等等，我读了一本又一本书。对我而言，他不仅仅是我的爷爷，也是我人生的启蒙老师。从小，他就教导我要乐观、善良、坚强、真诚、奉献，要做对社会有价值的人。

　　在高考填志愿时，爷爷建议我填报师范大学，说人民教师是最光荣、也是最幸福的职业。

　　爷爷经常对我说，"教育不仅直接决定着一个人的一生，也决定着这个家庭的兴衰和未来，更间接决定着一个国家和民族的前途和希望。"所以，他要求我努力做一个"引路人"。所以，在家人们的影响下，我才甘为人梯，全身心投入，努力早日成为一个合格的人民教师。今天，拿到这个证书我非常激动，因为我总算没有辜负我的爷爷，可以让他含笑九泉。

　　以前，爷爷经常对我们说："教育的本质是一棵树摇动另外一棵树，一朵云推动另外一朵云，一个灵魂触动另外一个灵魂。"这是雅斯贝尔斯的名言，虽然在大学里听老师讲过，这些年又听爷爷一次次教诲，但这段时间我才真正领悟了这句话的内涵，对人民教师也有了新的认识和理解。

　　最后，再次感谢领导们对我的肯定！感谢同事们这几年对我的帮助！这个证书既是对我的认可，也是对我的激励和鞭策。所以，以后我会更加努力工作，一生甘为孺子牛，不负人生不负学生，做一个优秀的人民教师。

康瑞的获评感言念完了，在场的所有人都站起来给她鼓掌，她的获评感言朴实无华，字字句句都充满着对爷爷的怀念，还有对教育事业和人民教师职业的热爱。

宣传部马部长拍着手说："不愧是一名优秀教师！也不愧是康正贤的孙女！你的获评感言写得非常好，让我们了解了一个优秀教师的成长过程，让我们看到了一个不忘初心的共产党员。"

八、最后一节

7月5日，吃完午饭同学们就回了教室，埋头学习。三天后就要期末考试了，海娃趴在课桌上，手里虽然也拿着语文书，可他的双眼一直望着窗外，外面的柳树上有几只麻雀，但他仿佛什么也没有看到。突然，他隐约听到安然的声音："牛犇，你这是干嘛呢？"安然不知什么时候进来的，已站在牛犇身边。

牛犇趴在课桌上写个不停，他没抬头，说："你瞎呀？连这都看不出来，当然是写'救命稻草'了。"说完，抬起头才看到是老师，吓得脸色发白，就像见了阎罗王似的。被老师的目光盯住，牛犇心头蓦然有些发虚，舔舔嘴唇显得手足无措。

可安然笑了笑，说："我小时候也干过，可写的几乎一道也没有考，害得我还整整写了一天。"大家都以为老师会批评牛犇，可她没有。

"下星期一就要考试了，大家努力用功是对的。"安然看着大家说。"很好！但你们也不要太累了，得要适当放松自己，用不着如临大敌的样子。考试当然很重要，每个同学都想考出好成绩，可作弊就不光彩了。"

安然慢慢走上讲台："考试是对你们的一种检验，看你们在这半年学的咋样，哪些知识掌握了哪些没有，哪些同学进步了哪些退步了。考试是一种竞争，但对手是自己，而不是别人。作弊，是能欺骗同学和家长，可骗不了自己,更骗不了火眼金睛的老师。同学们还记得我们的班训吗?"

听老师问,同学们异口同声回答道:"做一个快乐、诚实、善良、勇敢的人。"一听这话,牛犇的脸立马红成了鸡冠子,连脖子都红了。

安然笑了笑:"很好!可你们做到了没有?"一听老师这么问,牛犇瞬间无地自容了,真想找一条地缝钻进去,可惜地上没有缝。

"记得在以前的班会上我给你们讲过诚实,让你们从小学会诚实,不要虚假和欺骗。"

今天,是他们小学生涯中的最后一天,不知不觉,两年时间就这样悄无声息地过去了,安然的支教工作也就结束了。

"今天……今天是你们在学校的最后一天,而……而这节也是你们最后一节语文课了。"安然有些哽咽,低下头不敢看自己的学生们。刚才,安然在楼下转了好半天,因为不知道上来要给他们讲些什么,更不知道该怎么跟他们道别。两年下来,如今安然能感受到学生们对她的爱,有些甚至视她为亲人了,所以她真不知道该咋说。

安然抬起头,看了看大家,说:"同学们,这节课我给你们讲三点。"说完,她拿起粉笔转身在黑板上写了起来。抬手间,右胳膊上宽宽的衣袖滑了下去,露出她那纤细而瘦小的手臂,微微有些黝黑,像当地人一样。忽然,牛犇发现老师的美甲不见了,也没像以前那么长了。他清晰记得,老师刚来那会儿她的指甲是最醒目的,让他和有些女生看了很是羡慕。可不知从什么时候起,以前那漂亮的长指甲不见了,变得跟小波奶奶的一样。随即,他写了一个纸条递给海娃和小波问,可他们显然早就知道了。

安然写一个字,同学们念一个字……"人可以一无所有,但不能一无是处。"就这么十四个字,一笔一划写得非常工整。

"同学们,考完试你们就小学毕业了。到了初中,你们会遇到比我更好的老师,他们会传授你们很多知识,会把你们培养成有用之才。也许,到那时你们可能已经忘记我了,但这一句话我希望你们铭记于心。师生一场,这是我对你们最后,也是最大的要求。"听她这么说,同学们一个个都流出了眼泪,海娃哽咽着快要哭出声了。

蔡佳琪站起来,说:"老师,我们虽然过几天后就毕业了,可初中还是在这里上呀!只不过……"大家都知道她后面要说什么,安然也清楚。

见老师有些伤感,李襄站起来说:"老师,我们不会忘记您的!别说是上初中了,就算到了大学您永远在我们心中!我们永远忘不了您的谆谆教诲!"听了她的话,同学们都抽噎着哭了起来,海娃已经泪流满面了。

"时间过得真快!不知不觉你们就要毕业了,暑假过后就要上初中了。非学无以广才,非志无以成学。吃饭要靠自己的嘴,走路要靠自己的腿。上了初中,你们可要好好学习啊,不能再这么吊儿郎当了,再不能一天到晚只想着玩儿。"安然想借这句话岔开话题,可不知怎么的却说了这么一句。

柳文君站起来,抽噎着问:"老师,您能不走吗?"这是大家都想问的,可他们清楚老师两年的支教要到期了,不回去还留在这里难道要嫁人过日子呀。

安然重重咽了一口吐沫,顿了顿,说:"我……我支教的时间满了。"

柳文君又问:"老师,上海真有那么好吗?"

"上海是国际大都市,那里是生我养我的家乡,有我的亲人和朋友们,你说我怎么能不回去呢?"

李襄抹了把泪问:"那你会回来看我们吗?"

"当然!我当然会回来看你们。"安然心里很是不好受。"你们是我的学生,我是你们的老师、也是朋友。因此,我怎么可能不回来看你们呢?有机会的话还会带你们去上海,看看那里的摩天大楼和迪士尼乐园,让你们玩个够、吃个够,看看外面的世界,你们也应该到外面去看看。"

"我知道你们都想去外面的世界看看,想实现自己的理想和梦想,能有一番作为。现在是一个崭新的时代,以后这个世界是属于你们的。所以,我今天特意给你们写了这一句话,希望你们把这句话牢牢记在心里。"听了这话,同学们把这句话工工整整地写在了笔记本上。

"作为老师,我肯定希望你们以后能成为国家的栋梁,为伟大的中国梦添砖加瓦,贡献自己的力量,你们以后要努力成为一个有价值的人。不仅实现自己的梦想,还要尽心尽力改变家乡的面貌,更要为两个一百年奋斗目标贡献力量。所以,现在正是你们夯实基础的时候,上初中后请同学们一定要好好学习。但别忘了学习的目的。学习的目的是热爱生活,热爱生活才能热爱学习,而学习的目的是为了一生都热爱生活。"

蔡佳琪流着泪说:"老师您放心,我们上初中后一定会好好学习的,决不辜负您的期望!"

"很好!我相信你们一定会的,因为你们是我的学生。"安然看着大家笑了笑,双手示意让她们几个坐下。"还记得你们自己的理想吗?有人想成为作家、有人想成为歌唱家、有人想成为飞行员、有人想成为企业家……我相信,你们的理想都会实现的,但前提是要好好学习才行。不然,不管是多么美好的理想,也都会变成遥不可及的梦。"

"大家还记得《写给2035年的一封信吗》?"

大家笑了笑,声如洪钟:"记得……"

"很好!你们期望那时候的自己是什么样只有自己知道,但不管什么样都必须从每一节课开始,就像两万五千里长征是一步步走过来的一样。你们要记住——锲而舍之,朽木不折;锲而不舍,金石可镂。无论干什么,同学们要有坚忍不拔、锲而不舍的精神。下面请同学们再说说我们的班训是什么?"

"做一个快乐、诚实、善良、勇敢的人。"

"非常好,都记在心里。"安然看着自己的学生很欣慰。"第二点我就说说咱们的班训。这两年同学们做得很好,犯了错能及时改正过来。以后,我希望你们继续努力下去,每一天都快乐成长、诚实、善良保持一颗纯洁的心，做一个人格健全、品德高尚的人。第三点，以后你们必须要热爱我们中华文化，需从小牢牢记住。同学们必须要知道，文化是民族凝聚力的源泉，是综合国力的组成部分。世界虽大，但延续至今的文明只有我们中华文明，这是多么的宝贵和不易啊！"

安然有点口干舌燥，但是讲得非常认真："这就是我今天给你们讲的三点，我认为非常重要，希望同学们都牢记在心，相信以后对你们会很有用。接下来呢，我要给同学们说声对不起了。因为，你们的一些问题和困难我未能解决，这一点让我心里很愧疚，希望你们能原谅我……"

这学期，安然又收到了同学们的来信，大家都写了自己的烦恼和困难，有些家里出了点状况请教安然。

安然深情地望着下面的学生们，控制不住自己内心激动的心绪，低下头使劲咽了一口吐沫："好了！最……最后，我要跟你们道……道……道个别。"一听这话，全班同学都忍不住哭了起来，海娃更是难过得心都快要碎了，安然很快速地瞟了他一眼。"这两年是我人生中最精彩、最有意义、也最快乐的一段时光，而这一切都是因为有你们。这两年里，我们一起欢笑，一起成长，你们带给我太多的快乐和美好，这将是我人生中最美好的回忆！"说着，眼泪在她眼眶里闪烁着，急忙转过头去。

安然转过身擦了擦泪，又转过来说："同……同学们，大家请不要难过，以后我会经常来看你们的，而且过不了几年我们就会相见于江湖的。"说完，她勉强挤出了一个笑容，可学生们看来这笑比哭还难看呢。

何淼站起来，问："老师，您能不走吗？我们……我们舍不得您走！"她泪流满面。

同学们都附和道："是啊，我们舍不得您！"此时，他们的眼圈一个个都已经红了，两只眼睛里充满了万般不舍。

安然听了非常感动："我知道你们舍不得我，就像我舍不得你们一样。可……可……可我……"全班同学哭得稀里哗啦，海娃更是撕心裂肺难过到了极点。

　　此刻，安然在全班同学的眼睛里看到了九个字——老师别走，我们需要您！看着他们，安然不知道该怎么办才好，就在这时她的手机突然响了。安然一听，原来是县里的摄影师打来的，说他已经到校门口了，让他们准备几分钟就拍照。今天，安然一直站在讲台上讲话，不敢像往日那样去后面。因为他害怕看到海娃难以割舍的目光，两年的支教生涯就这样结束了，安然在毕业的最后一天，给学生们上了最后一节课，她的工作就画上圆满的句号。

　　挂了电话低下头，安然一副心事重重的样子，他看着学生们努力挤出笑容，说："是……是摄影师打来的，让我们准备一下去拍毕业照。"短短一句话，安然似乎鼓起勇气才说了出来，同学们看着她还是一脸的不舍。安然拍了拍手掌，装出一副很轻松的样子。"好了！那我们就准备一下吧，擦干眼泪，露出灿烂的笑容，把最美的自己留在相片上……"

　　站在校花园前，"咔嚓"几声响后，摄影师就说后天把照片送过来。照片拍完了，可同学们盡在那儿感觉心里空落落的，偌大的校园里让他们有一种曲终人散的感觉，大家想痛痛快快大哭一场。

九、青龙山上

　　7月11日，温昕一觉睡到了早上八点钟。窗外阳光明媚，一股新鲜的空气扑面而来，几只大班雀在树枝上"喳喳"地叫个不停，在清早犹如一曲欢快的交响曲。

　　吃过早饭，安然就叫上江海涛和周宇，五人开车来到了青龙山。站在山脚下，温昕对去年十月份的事还心有余悸，担心今天又碰到二虎兄弟俩该咋办。可安然说没事，二虎即便在上面也不要怕，因为这次有护花使者呢。一个小时后她们爬到了山顶，下面的美景随即映入眼帘。这次，由于是早晨天气比较凉爽，再加上有了几次爬山的经验，所以没费太多气力和时间。温昕满头大汗，一屁股坐在地上说："我又一次登上了青……青龙山！"

草叶上的露珠，如一颗颗闪耀的珍珠，在阳光下五光十色，像是在向她们调皮地转眼睛。她们贪婪地吸吮着阳光，享受这难得的温暖和惬意，欣赏着再也看不到的美景。耳畔有几只鸟儿清脆地鸣叫着，像是在炫耀它们的嗓子。望着下面的村庄，看着波光粼粼的河流，一股新鲜的空气扑面而来，清清凉凉的，带着青草的香味。安然把大拇指和食指噙在嘴里，打了一个响亮的口哨，满脸甜甜的喜悦。她仰头闭目，深深吸了一口气，大声感叹道："啊！这就是山野的味道，这就是生命的味道。"

安然喝了口水，问身旁的温昕："你不是发过誓再也不来青龙山了吗？"

"本姑娘还不都是为了你们呀！"温昕一面拿太阳帽扇着，一面望着山下。"再说了，过几天我们就要回家了，最后来看看这里的美景嘛！"

江海涛接过来问："我没听错吧？当初是谁喊这里太荒凉了，是一个鸟不拉屎的地方啊？当初哭着喊着要回家，现在咋还眷恋起来了呢？"

"没错，这话是我说的，怎么啦？难道你没有说过吗？不也说想早一天离开这鬼地方吗。"

康瑞看了看她们三个，喝了一口酸奶后感叹道："唉！时间过得可真快呀，不知不觉两年就过去了。在这两年里，发生了很多大大小小的事，我们也成熟了不少，但山河还是依旧如此！"听了这话，安然也非常感慨。此时，她真想弹一首昔日的风尘雅琴，抚一段伤感的幽梦，怀揣着那心中最初心灵中的忧愁，慢慢捡拾起那梦幻里温暖的回忆，慢慢回忆着、思念着、忧伤着……

看着康瑞，安然知道她想起了自己的爷爷，就说："是啊，没想到两年时间这么快就过去了，感觉就像是做了一场梦一样。昨天是为了今天，今天是为了明天，过去的都已经过去了，不管是遗憾还是苦痛，我们都要释怀才行。"说着，她捏了捏康瑞的手点了一下头。

"谢谢！谢谢你安然，也谢谢温昕，谢谢你们这两年里对我的帮助，还有带给我的快乐。真想和你们做一辈子的朋友,可……"看着康瑞伤心难过，周宇心疼不已，就像乞丐丢了一个金元宝一样。

"不！应该是我和温昕要谢谢你才对，更要感谢这条山沟接纳了我们。谢谢你们一家人在这两年里对我们的帮助和照顾！感谢这条山沟让我们真正认识了自己。能来到这里，能结识你和康校长，是我们的荣幸。我们的支教工作是已经完成了，可你和周宇永远是我们的朋友，以后我们可以天天视频聊天嘛，也会时常抽空来看你们的，一起把酒言欢。"

听安然这么说，温昕就来劲了："对对对，我们要来参加你们的结婚典礼。 安然握着康瑞的手，笑眯眯地问："你俩什么时候请我们喝喜酒啊？"听她这么问，康瑞和周宇脸上都泛起了红晕，像情窦初开的少男少女似的，还有些不好意思了。

周宇笑了笑对她们三个说："康瑞的意思是等过了爷爷的周年再说，现在不是时候。"

"也是，那到时候记得给我们发请帖哟。"说完，江海涛一巴掌拍在周宇的肩膀上。

看着安然和温昕，康瑞双眼含着泪花："过几天你们就要走了，我真有些舍不得！"

立时，温昕凑过来看着康瑞坏笑着说："要不，你俩跟我们一起走吧，就算是提前度蜜月啦？"

一听这话，她们三个都笑了起来，而就在她们大笑不止时，传来一个男人的声音："果然又……又来了！难道你们非……非要把我逼上绝路吗？"闻声看去，陈银虎正端着火铳对着他们，满脸都是汗珠。五人一脸的惊愕，不知道他在说什么，几个人猜想他大概是以为他们是来烧网的。

周宇把她和康瑞护在身后，问："哥们，冲动是魔鬼，千万别冲动，有话好好说。咱们往日无怨，近日无仇，不知哪里得罪你了？"

"你们是不是又来烧我网的？"安然看陈银虎比半年前有些冲动，而且脸上的怒气也更深重了一些。

周宇站在最前面："啥网？我们刚刚上来，连气儿都没喘匀呢你就冒出来了，还被吓了一大跳呢。"

"他就是陈银虎。"安然给周宇介绍了一下。"怎么，你们兄弟俩还在捕鸟啊？"问着，她一副大义凛然的样子，毫无畏惧地向陈银虎走近两步。

陈银虎的脸色好了很多，慢慢放下枪奸笑了几声，说："哈哈，你们果然被我吓着了。我是在跟你们开玩笑呢，我跟安老师和温昕老师是老熟人，见你们在这儿就过来打个招呼嘛。好了，你们玩你们的，我回家了。"陈银虎没说完转身要走，安然想了想不对就过去拦住了他。

"不对，你们肯定还在捕鸟，赶快说网架哪儿了？不然这次真的报警抓你。"

陈银虎横眉瞪眼，冷笑了一声，说："这么说，上次你们是在骗老子？"

"是骗你了，那又怎么样？你们这两个冷血动物！"

陈银虎怒色又起，咬了咬嘴唇，大声吼道："那老子今天新账老账一起算。"说着，他就把枪口对准了安然，见她有危险江海涛就挡了上去。这让安然惊讶之余有点感动。

"哟！还来个英雄救美，要是我没认错的话，上次也是你吧？"陈银虎把枪口对着江海涛，那枪口黑森森的，透着死亡的寒气，看了让人不寒而栗。

"很好，你们尽管一起来吧，也省得老子麻烦。"他们双方对峙着，战火就要一触即发似的，每个人的心都提到嗓子眼了，可半天他们谁都不敢动手。

虚张声势了半天，陈银虎忽然仰头大笑起来："哈哈！你们这几个书呆子真有趣……"他放下枪，自己一个人大笑不止，眼泪都出来了。

江海涛问："你笑啥？"

"我……我说，你们都多大了，幼不幼稚啊？"陈银虎把枪扛在肩上，大声说："没错！我们兄弟俩是还在做这个，要不然我拿啥养活一家老小？又拿啥交医药费？"还没等他说完，安然出于好奇打断了。

"什么医药费？你……你家里有谁病了吗？"

听安然这么问，陈银虎"唉！"地叹了一声后一屁股坐在了地上，然后掏出烟颤巍巍地点上抽了两口后回答："你们是大城市里来的金贵人，哪里知道我们这个穷山沟里的苦啊！我知道干这个不对，可像我们这样的人能干啥，我们兄弟俩累死累活干了两年，也没挣几个钱，现在老大也不行了。"

陈银虎清楚捕鸟是犯法的，所以，自上次回来后就跟哥哥商量干别的，可陈金虎说他不愿意离开青龙山。无奈，兄弟俩又买了两张网捕鸟，可就在上个月的最后一天，陈金虎失足从悬崖掉了下去，若不是弟弟及时发现，恐怕已经不在了。为了交医疗费，陈银虎不得不重操旧业，也难怪刚才那么愤怒了。陈银虎虽然简单讲了一下，但安然她们都已经听明白了，一个个叹惜着陈金虎，山路本来就不好走，那天下了雨不说他还喝了酒，所以，意外就不可避免地发生了。

安然问："那他摔得严重吗？"

"命算是保住了，可……"说着，陈银虎眼泪混着鼻涕流了下来。

温昕急不可耐了："可什么可，你倒是说话呀？"

"命算是保住了，可……可下半辈子只能坐轮椅了！"听了这话，她们五个人的心里五味杂陈，都不好受，随后，六个人谁也没有说话，沉重的气氛与天气格格不入……

安然看了看青龙山，问："那……那你以后打算怎么办？就这样继续捕鸟吗？"

"那还能干啥？我又没有你们有文化，这都是命啊！"刚才他那副样子像要吃人，可现在康瑞和温昕觉得他有点可怜，躺在病床上的陈金虎更可怜。

"多行不义必自毙！以后你不能再捕鸟了，不然你也好不到哪里去。"温昕害怕安然惹恼了喜怒无常的陈银虎，便轻轻拽了一下她的裙子。

陈银虎听了冷冷笑了笑，然后轻轻地叹了口气，说："尽管说吧，今天你无论说啥我都不会为难你们，我知道你们待不了几天了。"

听了陈银虎的话，安然看着他冷笑了一声，说："看来你的脑袋也不开窍，明明自己没本事干大事，幸福生活最大的障碍，不是金钱而是理念。本来还想给你点意见干别的，现在我只能给镇林业站打电话了。"一听安然的话，大家都一头雾水，听不明白她在说些什么。可有一点他们听得非常清楚，那就是无论她走还是不走，陈银虎以后不能再继续捕鸟为非作歹了，否则的话他就只能坐牢。五个人当中，只有温昕听懂了她是在激他，因为之前她俩商量过这事。

陈银虎反应比较快，看着安然问："哟！莫非你有啥生财之道？"

安然笑了笑说："绿水青山，就是金山银山。好好看吧，生财之道就在你眼前。只可惜啊！你财迷了心窍看不到。"

"就在我眼前？"陈银虎一脸的不解。

温昕有些等不及了，身子躲在周宇后面，破口而出："是泉水和沙棘果，还有蕨菜！"

"啥！泉水和沙棘果，还有蕨菜？"陈银虎转过身来问，一脸的惊愕："它……它们有啥用？"

温昕小心瞥了陈银虎一眼介绍道："愚不可及，一看你就是个没见过世面的。这里的泉水水质非常好，尤其是拿来泡铁观音——绝了！沙棘果、蕨菜都能深加工，相信肯定能有好的销路。"

陈银虎失望道："原来是这，可这是搞企业，需要很多资金，痴心妄想！"

"没错！就是要发展产业，只有这样，你们才能脱贫，也才能让这条穷山沟旧貌换新颜。现在国家搞乡村振兴，这可是一个千载难逢的机遇。没错，办工厂是需要很多钱，可现在国家的政策这么好，只要有好项目资金不是问题。"温昕讲得头头是道，可除了安然他们谁也没听明白。

江海涛笑了一声，说："你说了这么多大道理没用，谁会在这个鸟不拉屎的地方投资？除非是傻子！"

温昕用力瞪了一眼江海涛，气哄哄用温州话大声说："说什么呢？你才是傻子呢！"说着，她狠狠地瞅了江海涛一眼。

此话一出，他们才知道温昕说的是她的爸爸，她的爸爸就是做生意的，很有商业头脑，温昕已经跟她爸爸讲过这里的事了，包括青龙山的一切。去年用泉水泡茶喝过后，温昕就夸赞这里的泉水，听女儿赞不绝口，温培基就建议可以建个工厂卖矿泉水，可当女儿问他愿不愿意投资时，他说要再考虑一番。

上个月，安然和温昕聊起了青龙山，她们可怜那些鸟儿们，也同情这里的乡亲们。温昕给她爸爸打电话问投资建工厂的事，可她爸爸说电话里一两句说不清，有什么事回来后再说。

十、大义灭亲

暑假到了，课本扔了。

老师走了，自由来了。

愁眉消了，快乐来了。

开心来了，欢乐多了！

"说，是不是你干的？"牛家辉右手拿着一把血淋淋的杀猪刀，左手铁钳般卡住牛犇的脖子问。

牛犇吓得面呈紫色，浑身筛糠般剧烈颤抖着，打着牙关结结巴巴地说："不……不是我。"话还没说完，尿已经从两个裤腿流了下来。

"不是你，那还能有谁？这事就我们三个知道，不是你难道是我不成？快说，不然老子一刀捅死你！"牛家辉金刚怒目，眼里闪烁着从不曾有过的凶恶目光，两眼瞪得比牛眼还大，一把钢刀滴着血悬在半空，寒光闪闪。

"爸爸，真……真不是我！我是你儿子，咋可能干这事呢？"

"不是你，那还能有谁？"

"可……可能是小波或海娃干的，你别忘了他俩也去过好几次那地方呢。"

"没错！你不提醒我还把他俩给忘了。"说着牛家辉缓缓松了手，可就在牛犇还没来得及喘口气时，眼前的牛家辉刹那间变成了聂小波。

小波也龇牙咧嘴："好啊！你个死胖子，竟敢出卖我们，看我不把你大卸八块！"

"不不不，你听我说……"还没等他说完，血淋淋的刀就捅了进去。"啊！"的一声惨叫后，牛犇睁开了眼睛，屋里麻麻亮一片寂静，他满头大汗摸了摸肚皮，没有伤口更没有血，原来是做了一个梦，谢天谢地。从噩梦中惊醒，全身瑟瑟发抖，好似一片树叶。拉开窗帘，外面静悄悄地，东边的天空已经泛起了鱼肚白。已无睡意，站在窗前望着外面，第一次发现家乡的清晨原来这么美。他想昨天自己做的事对不对？人到底应不应该大义灭亲？刚才那个梦是不是一个预示？

牛犇吓出了一身冷汗，一连串打了好几个寒战，不敢再往下想了。吃完早饭，牛家辉准备开车去摆摊，可刚打开门几位稀客就到了。来人是村支书和村主任，还有镇里的领导和三个工作人员。牛家辉有些纳闷，大清早的他们来干什么，这么多人肯定有事，而且还不小。牛家辉还没张口呢，上来两个就把他给架住了，然后说有事找他了解。

杨书记阴着脸，问牛家辉偷排污水的事，说给最后一次机会老实交代。可牛家辉还是老调重弹，说自己的宰杀场地已经封了一年多了，哪里还有排污，真是冤枉死人了，比窦娥还冤。还说自己是遵纪守法的好公民，这些年为家乡的经济发展做出了贡献，不会干一丁点儿违法的事。可就在这时，杨书记从兜里拿出了一封举报信，严肃地说："别再狡辩了，有人已经举报了你，铁证如山啊。你是个聪明人，清楚我们的政策。老实交代吧，不要一条道走到黑，不然你吃不了兜着走！"看到举报信牛家辉就蔫了，就像是死人嘴上贴封皮——无话可说了。

杨书记一字一句念得十分仔细，把他从哪里偷排污水的，用的又是什么工具和方法说的明明白白，另外从他家的宰杀场还搜出了粪桶。听了这些，牛家辉和葛玉梅就百口莫辩了，而牛犇在后面神色慌张，直冒冷汗，双腿像上了发条似的不停地哆嗦着。铁证如山，百口莫辩。坦白从宽，抗拒从严。牛家辉是个聪明人，面对着眼前的证据，他只好一五一十乖乖交代了，然后被带到村委会去处理……

小波大喊一声："飞吧！"随着喊声，只见他手里的一架纸飞机瞬间射了出去，随即带着初八就追了过去。

"哎呀！这一双比月亮还要明亮的大眼睛，还有粉嘟嘟比樱桃还甜的小嘴唇。虽然有点婴儿肥，但掩不住这逼人的帅气。你说，我咋就长这么帅呢？"牛犇正照着镜子自夸，听到暗号后立马就跑了出去。

"快快快，我爸爸妈妈还没回来……"看到小波，牛犇高兴得鼻涕泡都快出来了，如同看到了久违的亲人一样。

"哇哦！又叠了一个？快让我过把瘾。"接过"歼—20"纸飞机，牛犇把橡皮圈套在左手的食指和拇指上，随后就射出去了。

两个人跑过去一看，完了！"战斗机"竟然跌落在了河里。

"对不起小波！我不是故意的，我赔你一个棒棒糖。"说着，就从裤兜里掏出了两个棒棒糖，一人一个。

"没事，我再叠一个就是了。"

夏日的农村山清水秀、百花争艳，潺潺河水，带着高原的祝福，你追我赶一路弯弯曲曲向东流。河水清澈见底，在阳光下波光粼粼，河水声清脆柔美，无疑是大自然的一支赞歌。走了几步，看到桥下张晓东和两个伙伴正在摸鱼，河岸上一个塑料盆里已经有了可喜的收获。

俯身趴在栏杆上，两个人商量去哪里，就在他俩准备去找海娃时，没想到说曹操曹操就到了。三个人坐在河边，抿着棒棒糖有说有笑："你爸爸知道了没？"海娃用手语问牛犇，一副担惊受怕的样子。

"唉！"牛犇叹了口气蔫了，眉头一皱："他……他还没回来呢。"说着，从嘴里拿出棒棒糖，就像一个刚刚放了气的皮球似的瘪了下来。

小波拿出棒棒糖,说:"尽管放心,他肯定不会知道,我们做得天衣无缝。"

海娃拍了拍牛犇的肩膀,用手语说:"就是,我们没留下任何蛛丝马迹,谁都查不出来。"

"阿弥陀佛,菩萨保佑。不然,我这次非被五马分尸不可!"牛犇忐忑不安,担心自己的爸爸会不会有什么事。

小波扭过头笑了笑,绞着手抱着两条腿,说:"肯定不会,除非你自己招了。就算他知道了不是还有我俩吗?到时候我们替你扛,绝不让你一个人吃'竹笋炒肉丝'。"海娃和小波心里清楚,胖子就是一面瓜——啥事儿都扛不住。

听了这话,牛犇咧嘴勉强笑了笑:"我咋可能自己招了呢,他就是给我上老虎凳、灌辣椒水、坐电椅都不会。不愧是我哥们!你俩放一万个心,我不会出卖你们的,永……永远都不会,否则天打雷劈。"

"不会就好,不然看我和海娃咋收拾你。"

"你们说,我们这样做不会出啥事吧?"牛犇一脸的担心,从昨天他就这样问他俩。

小波抿了一口棒棒糖,胸有成竹地说:"能出啥事,也就是再查封呗,难道还能毙了你老爸不成?"

见牛犇很是提心吊胆,海娃也安慰道:"就是,他又没杀人放火。你放心吧,国家是有法律的,现在可是法治社会,他们不会乱来的。"

"就是,海娃说得没错,他们不会乱来的。我们做得没错,你这是大义灭亲,我俩是为民除害。"说着,他拿出嘴里的棒棒糖问牛犇。"我说,你前几天还怀疑自己不是你爸爸亲生的,还想报仇雪恨好好整一下你爸爸呢,这一下岂不是正合你意吗?最好关他个十年八年的,这样以后就没有人再教训你了!"

一听小波说关他爸爸十年八年,牛犇神色慌张有些害怕了,他拿出嘴里的棒棒糖另一只手抹了一把额头上的汗珠,说:"那可不成!他再咋抽我也是我爸爸，不能被关在暗无天日的监狱里，那里可不是人待的地方。"

小波有些纳闷："咋，你不想报仇了？你可真是个贱骨头，这些年挨他的抽还没挨够吗？冒了这么多汗，是害怕了还是脑袋进的水呀？"

"他是我爸爸，教训我是应该的，我咋可能真的恨他呢。我是不想再挨他的抽了，可我不能害他坐牢呀！那样我不成了罪人？"

小波有些不解："难道你真的不恨他？就不想趁机整他一下？"

"我爸爸做得是不对，可他是我的亲爹呀！"牛犇拿着棒棒糖，半天时间了都没舔一口。"说心里话，我不恨他，只是烦他太粗暴，说骂就骂，说抽就抽，让我感受不到一丁点父爱。我是想好好整整他，可我不希望他出事。否则，我宁愿天天挨他的抽。"

海娃听了很高兴："你能这么说，算你小子还有良心，还没把脑子吃糊涂。没错，父子之间根本就没有仇恨，有的只是亲情和关爱。你说你没感受到他的父爱，可我看来他非常疼爱你，只不过是太粗暴了一些，也许他是不知道该咋疼爱你吧。你爸爸是做错了，可我们这样做真的对吗"刚才海娃听他俩对话时，心里一直在想这个问题。

老师讲要见义勇为，让我们像保护眼睛一样保护生态环境，要勇敢的和违法犯罪做斗争，但不能盲目。

去年，县里费大力清理河道。虽然查封了几百个排污口，也关停了几家所谓的宰杀场，还在河两边栽了一些树。经过一年的治理，现在河水比去年夏天又清澈了不少。然而不知是什么原因，几乎每天晚上都能闻到一股粪便的恶臭味，可检查每个排污口都没有被打开过。作为老百姓，每一个人都应该遵循"一优两高"战略，更应该遵纪守法才对。牛家辉自以为天衣无缝，可学校里有不少学生都知道，牛犇经常听有同学议论他爸爸。所以，他想勇敢地和自己的爸爸做斗争，既能划清界限，又能表现一下，和两个哥们一商量后就粘贴了一封举报信。

牛犊斗老虎，蔫人闯大祸。信不是用笔写的，而是从课本上剪下需要的字，然后拿胶水粘贴在一张纸上。这是小波从电影里学来的，说是反侦察自我保护。三个人拉上窗帘弄了两个小时，天麻麻黑时悄悄塞进了村委会，一切干得神不知鬼不觉。牛犇真佩服自己，恨不得跪下来给自己磕一个。一晚上，三个人都没怎么睡着，就等今天早上看好戏了。

大约半个小时后，牛家辉和葛玉梅回来了："洛桑，你给我滚回来，不然老子宰了你！"一听爸爸这么喊，牛犇"噌"一下就站了起来，粉嘟嘟的脸立时就变了色，浑身瑟瑟发抖，活活就像老鼠见了猫一样。

小波拍了拍牛犇的腿，看着他说："别怕，隔着河他过不来，看到了吧，他俩回来就说明事已经解决了。"

"可……可他说要……要……要宰了我呀！"牛犇的心在"怦怦"狂跳，就差没尿裤子了。

"你想想看，他哪次输了钱见你不这样吼的？"听了这话，牛犇心想也是。

"洛桑，快回来家里出事了，别惹你爸爸发火。"葛玉梅行色匆匆，抬起左手召唤儿子回去。

小波微微笑了笑，站起来说："看了你爸爸的样子，再从你妈妈的这句话判断，我肯定他们不知道是我们干的，不然你爸爸早就杀过来了。"

听了这话，牛犇嘴唇微微颤着，说："也是，菩萨保佑，哈利路亚！"说完，他可怜巴巴地看了看小波，又看了看海娃："那……那……那好吧，我这就回家去。"说完，他拍了拍他俩的肩膀，咬了咬牙给自己鼓了一点勇气，然后扭头看着家的方向准备回去，可心里发怵，半天都迈不开腿。

海娃打了手语："去吧，看看啥情况。如果不对头，就马上逃命！"

第九章 勇敢的心
ZHI FEI JI

一、又闯祸了

"不！我……我不能回去，回去肯定是肉包子打狗，我们还是逃命吧？"说着，如筛糠般浑身颤抖起来，满脸充满了恐惧和绝望。

"瞧你这个孬种样，就这么点胆子吗？"小波站起来看着牛犇说："你也不动脑子想想，就你爸爸那炮仗脾气，要是他知道了刚刚还不冲过来杀了我们？所以，肯定不知道也不可能知道，除非他是神仙。"

"走，我和海娃把你送到巷道口，然后你自己进去看看。不要紧张，就和平常一样说话，出来后我给你买好吃的。"海娃也让他别怕，回去看看，放勇敢一些。在两个好友的鼓励下，牛犇磨磨蹭蹭来到了自家的巷道口，然后一步三回头挪到了家门口。凑上耳朵一听，里面有爸爸妈妈的说话声，是说刚才去村委会的事……

本来，按规定牛家辉是要送环保局去处理的，可杨书记和村支书念在他是本村人的份上没有报到上面去，而是进行了严肃的批评教育和罚款。牛家辉虽然没什么文化，但他知道枪打出头鸟的道理，是个识时务的家伙。所以，一听到举报信和搜出那些后就承认了，不然当典型处理肯定吃不了兜着走了。拿了钱牛家辉就出来了，牛犇见爸爸出来一个"油门"就跑了出去，海娃和小波见他跑出来心里一下慌了，心想："完了！难道他爸爸已经知道了？"

"快跑，我爸爸出来了！"牛犇越跑越快就像是踩了风火轮一样，神色慌张，身后就像有虎狼在追似的。海娃和小波也跟着跑了起来，一个个跑得比兔子还快，一眨眼就百米之外了。牛犇急忙躲在一棵大树后面，双手支在双膝上大口大口地喘气，两个脸蛋红红的就像猴屁股。牛家辉出来看都没看他们一眼，蔫头耷脑直接去了村委会。三个人做贼心虚，原来是虚惊一场，海娃和小波骂牛犇没出息，既然清楚怎么回事又跑啥。

坐在大树底下，三个人都口干舌燥，牛犇向小波要刚才许诺的，说给他买一个雪糕就行，小波说他刚才的表现让人失望，所以抵消了。海娃哈哈大笑，比画着说胆小鬼只配喝凉水，让牛犇看了真想一拳挥过去。刘大嘴家的门前有一棵樱桃树，树梢上一颗颗红红的樱桃，在阳光下如一粒粒红珍珠闪着光。在几个村里，基本上家家户户都有果树，有些人家是一两棵苹果树，有些人家是杏树或李子树，有些人家是樱桃树或海棠树。苹果树大多栽在家里的院子里，也有人家的栽在门外。

每年七八月份，正是果子成熟的时候，这时就会让大大小小的孩子们眼馋，尤其是那些自家没有樱桃树的孩子们，这对他们绝对是不小的诱惑。本来海娃家有一棵，是他爷爷在他出生后栽的，这几年小波和牛犇也没少吃，可今年丁志成为了盖房子给砍了。所以，今年他们三个只有眼馋的份了。尤其是牛犇，每次进出都会看到红红的樱桃，而树下拴着一条狗不能靠近，就算没有狗，刘大嘴也不会给他。

小波望着樱桃树问："你俩想吃樱桃吗？"

牛犇吸溜了一口口水，眼睛里突然放出了光彩，兴奋地说："这还用问，当然非常非常想了。可海娃家的树已经砍了，我们上哪儿吃去呀？"

小波意有所指地笑了笑："远在天边、近在眼前，不就在那里等着我们吗？"

一听这话，一看小波的表情，海娃就明白他的意思了："还是别去偷了，刘大嘴可不是好惹的，多一事不如少一事。"

"怕她干啥？"小波扭过头看着他俩说："你俩怕她，可我不怕，我今天偏要虎口拔牙！"

听了这话，牛犇嘴里就流出了口水："对对对，那你就辛苦一趟呗，让我俩看看你的本事。"他两个眼珠子一转，闪出一抹狡黠之色。

"你个死胖子，就知道吃！你是弱智还是脑残呀？没看见刘大嘴坐在那里吗？"

"那咋办？"

"等等。她不可能在那里坐一天，等她进去后咱们就行动，来它个顺手牵羊。"

海娃劝道："我看还是算了吧，老师不是让我们不要去存在安全隐患的地方吗？刘大嘴就算进去了，可树下还有那条狗呢，还是去山上找草莓吃吧。"

"你可真听老师的话，她的话是圣旨吗？我可走不动了，要去你一个人去，我和小波要去偷樱桃吃。"说完，他瞪了海娃一眼，然后冲小波笑了起来。

小波满脑子都是歪主意，眼珠子丢溜溜一转，嘻嘻笑道："是啊，那条狗的确是个麻烦。不过也不用怕，我有办法对付它，跟我走。"话音未落，他就一骨碌翻了起来，随即带着初八行动了。他们来到牛家辉的屠宰场，从角落里找了一堆烂肉。这肉是昨天杀猪扔掉的，还好被一块油毛毡盖着没让喜鹊叼走，就像早料到今天要用到似的。约一个小时后，太阳如一个巨大的火球炙烤着大地，人们纷纷回家或到树荫下去纳凉了，刘大嘴也进去吃午饭了。

见时机已到，小波就蠢蠢欲动了："走，咱们开始行动。"

牛犇一脸古怪的微笑，张嘴问道："不是你一个人去吗？"

"你想得真美！我们三个得一起去。那猪圈那么高，我一个人怎能上得去，咱们仨叠罗汉。"

牛犇犹豫了一会，说："要不我们还是回去算了，安老师讲得没错，我们不能……"牛犇以为小波一个人去呢，没想到还要让他过去给他做人梯。

小波瞅了他俩一眼："两个大老爷们咋就这么怂呢？走！今天你俩不去也得去。"小波是霸王敬酒——他俩不干也得干了。霎时，三个小偷蹑手蹑脚地踮起脚尖，顺着墙根走了过去，探头探脑。来到刘大嘴家的猪圈旁，她家的狗就龇牙咧嘴地发出警告，小波把肉扔给了樱桃树下的狗，然后它一嘴吞进嘴里叫声就止住了。有了肉吃，狗自然就没工夫理他们了，三个人看了都捂着嘴笑了，没想到这招还挺管用。

牛犇抬头看了看，怯怯地说："咋这么高，这是虎嘴里拔牙——冒险。一不小心，万一掉下来可不得了啊。"小波听了很不舒服，让他别乌鸦嘴。

小波让海娃和牛犇蹲了下去，随即，他双脚踩在他俩的肩上，然后让他俩慢慢站起来。可牛犇咬着牙怎么也起不来。他连吃奶的劲儿都用上了，可感觉小波就如一座山一般重，双腿哆嗦了一阵后就倒了下去。喘了几口气后，接着三个人又来了一次，如果再上不去那狗就要叫了。在眼前一个个圆鼓鼓的樱桃的诱惑下，这次牛犇终于挺住了。爬上猪圈，小波扭了扭屁股有些得意忘形，走过去摘了樱桃就往嘴里塞，让牛犇看了连连直咽口水。海娃让小波小心一些，放快速度速战速决，可就在这时狗大叫了起来。

听到狗叫，海娃和牛犇躲到了围墙后，小波屏住呼吸爬在了房面上。刘大嘴端着碗出来看了看，见一切正常后又回去了，可狗还是狂叫不停。小波紧紧张张又动了起来，就在这时刘大嘴又出来了。看到小波爬在猪圈上偷樱桃，她就放开嗓门大喊了起来："贼！抓贼啊，抓贼啊……"这嗓门又高又尖，简直就像一个高音喇叭，足以传到三里外。

刘大嘴是出了名的大喇叭，平日里说话就像放炮似的，这一嗓子几乎整个村里的人都能听到。一看情况不妙，小波站起来就想从后面跳下去逃跑，可慌乱间左脚不知被什么绊了一下，然后身子一斜就掉了下来。只听"扑通！"一声，猪圈的粪坑里翻起了粪汤，惊起一群苍蝇乱飞……

见小波掉进了粪坑，海娃吓得猛地吸了一口气，睁圆了双眼像看到了鬼一样。随即，他没有发愣，迅速翻过围墙跑过去救人。而牛犇吓得头皮发麻，两只脚像是钉在地上了，又像被人抽去了脊梁骨，脸色如霜、浑身哆嗦了起来。海娃急得快要发疯了，不管粪坑里有多脏就把手伸了进去，然后，抓住小波的胳膊一把把他拉了上来。刘大嘴吓得惊慌失措，跑过去帮海娃把小波拽拉上来。初八伸出舌头一下下舔着小波的脸，海娃急得跟什么似的，连连拍打着他的脸，可毫无反应。牛犇立在围墙外看着，想过来帮忙，可是迈不开腿。他浑身哆嗦着，脑海里一片空白。

见此，牛家辉和几个村民跑了过来，看到海娃，又看了儿子惊慌失措的样子。牛家辉用力拍了拍小波的后背，小波从嘴里吐出了一大口粪汤，随着"呕"的一声就醒了过来，连连咳嗽个不停。见他没事了，大家这才长长呼了口气，几个人的身上和手上都是粪汁。

海娃背着小波回了他家，村民们啼笑皆非……

二、眼泪汪汪

7月13日，一大早，一道道闪电划破了乌云密布的天空，霹雳般的雷声仿佛就在人们头顶上炸开，天地间成了一片水的世界。

雨越下越大，大家都在尽情地享受着期盼已久的凉快，聆听着这美妙的合奏曲。哗哗的大雨下得很急促，几分钟后雨又慢慢变小了，随后停了下来。雨是停了，可天仍然阴着，云层很沉很厚。青藏高原的天气就是这样，像婴儿的脸一样，说变就变，来也匆匆，去也匆匆。好像特意赶着来凑热闹一样。

吃过早饭，同学们都来学校领毕业证书，兴高采烈。小波一进教室，同学们都笑了起来，农村没有秘密，不管谁家发生什么事，用不了两天时间全村人肯定都知道了。偷了几个樱桃，竟然落得如此下场，这让小波懊悔到了极点。这件事，别说在短期的一段时间里了，可能会笑话他一辈子。

安然走进教室，轻轻放下59本毕业证书，看着小波笑了笑，说："聂小波，听说你掉粪坑里了，没事吧？"同学们哈哈大笑起来，小波把脸贴在了课桌上。"你也太调皮了，下面幸亏是粪坑，要是大石头咋办？前几天我刚讲过安全问题，让你们不要去存在安全隐患的地方，你怎么就没听进去呢。同学们哪，以后可千万别再干傻事了，人不会每次都有好运的，务必要提高安全意识重视安全问题。"看着他们，安然既不舍又不放心。

安然咬了咬嘴唇说道："就没见过像你们这么调皮、这么不听话的。好了，下面我把毕业证书发给大家。"看着毕业证书，心里又喜又酸。一本小小的毕业证书，他们花了六年时间来努力，不知付出了多少精力。这本毕业证书，承载着他们六年间的喜怒哀乐，记录着他们六年间的悲欢离合，还有老师们的汗水和辛劳。

"这次大家考得很好，我们班的成绩全县第三，这是英秀镇中心学校建校来最好的成绩。在这里，我特别要表扬几个同学，他们就是聂小波、蒲生斌、牛犇、段国龙。他们的进步非常大，所以我班才取得了全县第三的好成绩。同学们，祝贺你们拿到了人生中的第一个证书，以后你们会陆续拿到更多的证书和荣誉，但每一次都要付出更多的努力才行。"安然说话有些激动。

"知识能改变命运，也能成就未来。以后，你们可一定要好好学习，努力做一个对社会有用的人，千万不要蹉跎岁月，虚度光阴。你们是祖国的未来，是社会主义的接班人，必须要有本领才行。作为老师，我希望你们能健康、快乐地成长，也希望你们都能成为栋梁之才，每一个都能成就自己璀璨的人生。"看着同学们，安然眼睛里闪烁着泪花。"好了，这……这是我们最后一次在一起了。后天我就要回上海去了。最后，我谢谢你们陪我度过了这两年！谢谢你们给我带来了一段美好的回忆！"听到这些，同学们一个个都流出了眼泪。

就在这时，海娃站起来后一步一步走到安然面前，然后双手捧着一本画本献给她。就在安然纳闷时,下面的 60 个学生异口同声大声喊道:"老师,这是我们送给你的礼物,请您收下,以后作为留念吧!"

一听这话,安然才明白这画本是学生们送给她的礼物,随即激动得眼泪都出来了。她双手接过画本,高兴地说:"好……这个礼物我收下!"她把画本紧紧抱在胸前,紧闭着颤抖的嘴唇尽情流泪。

英秀镇中心学校有传统,小学、初中毕业时要送老师礼物,以表对老师的感谢。安然让她的学生们感恩就行,不要随波逐流搞那些,可同学们哪里肯。经几天商议后,大家决定采纳海娃的想法——把这两年安老师来学校的故事画出来,然后每一个同学都写上对她最想说的一句话。果不其然,安然不仅收下了这个礼物而且还特别喜欢,还把她感动得稀里哗啦。她急不可待匆匆翻看了几页,认出上面的画出自牛犇之手,而里面的故事则几乎是和每一个学生的——有上课的、唱歌的、植树的、放风筝的、做游戏的,两年里的一幕幕都浮现在她脑海里……

画是如此,学生们的话就更不用说了:"老师,谢谢您的教导,我这辈子都不会忘记您的!""老师,我真的舍不得您走!""老师,没有您不可能有我的今天!""您的爱,太阳一般温暖,清泉一般甘甜。"安然看不下去了,合上画本看着下面的同学们眼泪汪汪,这一刻她很想走下去抱抱他们,可又不敢。"好了!那……那么,我亲爱的同学们,再……再……再见!……"说完,安然眼泪汪汪,捂着嘴跑了出去。

"老师再见!"同学们的眼眶早就通红了,一边大声喊一边哭,然后唱起了《祝你一路顺风》:"那一天知道你要走,我们一句话也没有说……"

下午,海娃一个人坐在山上,迎着夏风独自流泪,心里一阵阵绞痛。眼前虽是一片美景,可在他眼里却是灰色的,一切都像是蒙了一层灰尘一样。他想放声喊几声,可是一个字也说不出来,故用唢呐喊:"我想上学!"

小学毕业了,其他同学都要迎来新的学期,可唯独他走到了终点。望着山下的学校,海娃认为那里是世界上最美的地方,充满了纯真的欢乐和一切美好，可自己以后再也不能去了。

不知不觉，海娃的小学生涯结束了。这几年，是海娃最开心也是最美好的时光，给他带来了无穷的欢乐和甜蜜。这几年，海娃在学校里是幸福的，也是欢乐的，给他的童年留下了甜蜜的回忆。

给康老校长烧完纸后，安然见海娃一个人在山顶，就上来跟他道别。在全班60个学生中，安然最关心、最心疼、最放心不下的就是海娃。在她心里，海娃不仅是她学生，更像是一个亲人。从上个月开始，她就不知道该怎么跟他道别，一个人对着镜子练了好几天，可一直怎么也说不出口。

"海娃，你……你一个人在这干啥呢？"说着，她气喘吁吁地坐在他身边。

看到安然，海娃抹了把泪，笑了笑："老师！你怎么来了？"

"我来跟康……康校长道别，看到你就上来了。"

听到道别两个字，海娃清楚接下来她就要跟他道别了，咬了咬嘴唇打手语问："哦，那……那你后天就走吗？"

安然心里一紧，不敢看海娃的眼睛："是。"

海娃咽了一口吐沫，又抬起双手说："祝您一路顺风！"还没有比画完，瞬间，他的眼泪如决堤的河水般涌了出来。

这一刻，海娃有千言万语想对老师说，可除了这一句什么也说不出来，他的心像被人摘走了一样，空荡荡的。

"韩校长同意让你继续旁听，到了初中你要继续努力啊。没有毕业证书不重要，只要学到知识就好。"说完，她拉开弹弓射出一个石子。

海娃扭过头看了看安然，眼泪汪汪："我不能上初中。"

安然很诧异："为什么？我和康老师已经跟韩校长说好了，他同意你继续旁听。"

海娃流出了泪，咬着牙咽了一口吐沫，比画道："我不能再去旁听了，不能让韩校长为难，不能毁了康家的荣誉。"看了手语，安然心里非常难过，没想到他小小年纪就替别人着想，没有忘了康老校长。

看着海娃，安然心里特别沉重。"没关系的，不会有多大的影响，没你想象得那么严格。"

"谢谢你和康老师帮我说情，也感谢韩校长让我继续旁听，可我不能再去旁听了。"说着，海娃望着康老校长的墓地处流下了两串眼泪。

安然眼里噙满了眼泪："我以为你会去呢，没想到你想了这么多！不去继续旁听，那你以后怎么办，要去上特殊学校吗？"

海娃抹了把泪："不知道，我是很想继续上学，可特殊学校太远了，爷爷老了我不能再折腾他。"听他这么懂事，安然心里更难受了，真希望他任性一些。

安然心如刀割，流下了眼泪："绝对不行！那样你就没有未来了。你一定要继续上学，不要担心会给韩校长带来麻烦，也不要害怕会毁了学校的声誉。要是康老校长还活着的话，他一定会建议你继续去旁听的，不会同意你放弃的。"

海娃流着眼泪努力挤出一个笑容："也许吧，可是我已经决定了，不会再去继续旁听了。"

安然有些着急了，抬起胳膊擦了一下眼泪，大声说："绝对不行！你不能就这样放弃，你是一个非常聪明，非常有音乐天赋的孩子，绝对不能就这样毁了自己。"说着她一下站了起来。"走！跟我去找你爸爸和妈妈商量，你如果不去继续旁听就去特殊学校，总之绝不能就这样了。"

过两天安然就要离开这里，这些天她心里非常难受，因为割舍不下陪伴了她两年的60个学生，更不放心撇下眼前的这个哑巴"弟弟"。她虽然早就跟韩校长说好了，可心里七上八下一直不放心。从一个月前，她就想自己离开后海娃该怎么办，他的音乐路该怎么走？没有了她，心里话该跟谁说？以后他心中的迷惘和疑惑谁来解答？

每一朵花朵都需要阳光，每一只鸟儿都需要天空，每一个孩子都需要教育。丁志成和吕文英支持儿子去特殊学校，说他俩每个星期可以接送他，可海娃却不想去那里，不愿意去那个人生地不熟的地方。无奈，安然拨通了家里的电话，想让妈妈收海娃为徒，让他一边学知识，一边在音乐上深造。条条大路通罗马，山不转水转，水不转人转。她就不信了，海娃如此出类拔萃，难道就这样认命了？

果不其然，徐惠珍不光要给海娃找学校，还要收他为徒。两次来青海，海娃给她留下了深刻的印象，又是女儿最得意和看好的学生，另外自己也想找个弟子传授衣钵，所以就答应得很爽快了。她这样做，不光是为了女儿，也不止是为了自己，更多的还是为了音乐。得知这个消息后，海娃高兴得在地上翻筋斗，一家人也乐开了花。海娃喜欢音乐，很向往音乐的学府和殿堂。去了上海，他可以一边学知识一边学音乐，能彻底改变自己的人生。海娃感动得稀里哗啦，他庆幸人生中遇到了安然，不然自己不可能有今天，更不可能有明天和未来。

假如给海伦凯勒三天光明的话，她第一眼想看的是自己的老师。而海娃，假如让他开口说话的话，他第一句想叫的是老师。在他眼里，老师是世界上最美的女人，她的微笑、她的温柔、她的爱心、她的善良，没有一个女人能比，即便是仙女也没有。看着老师，他没有比画一句，只是紧紧抱住她流泪……

幸福的人不止海娃一个，还有一个痴情的诗人。这天晚上，江海涛看了安然给他的回信，兴奋得又叫又跳，半夜三更了都不能入睡，眼泪汪汪一遍又一遍念着：

曾以为天空不再幻化出彩色，
曾以为树下不会折射进阳光。
百花争春，热闹都是它们的，
灯火辉煌，歌声越听越心碎。

群峰林立，山川阻不了绵绵悲痛。
云海葱茏，瀑谷截不断丝丝哀愁。
如牧场大旱三年，心泉枯竭。
恰冰河陷入极夜，梦醒无光。

缓缓走来的呵护，润物无声。
轻轻暖暖的问候，醉过琼浆。
记得你第一次害羞的笑。
格桑花在书桌开了很多天。

醇香的奶茶捧在手心。
画中的蓝天雨后的晚霞。
诗歌里天地无限广啊。
还有孩子们学习的昂扬。

时光与我，昨日种种。
今时今刻，果然不同。
真诚的种子播撒进泥土，
来年定是一片有爱的花。

三、闯天涯

"卖凉粉、酸奶、甜醅、酿皮……"吆喝声嘹亮、悠长，是标准的农村式的叫卖声。

吆喝的人是"留一手"，今天一大早她挑着担子来摆摊了。这些年，她经常这样来摆摊做生意，故人们熟悉了她这清脆悦耳的吆喝声。这吆喝声十分悠扬,就像是一首古老的民谣,充满了魅惑力,让那些"吃客"们闻声而动。集市上熙熙攘攘,村民们一边慢慢悠悠地挪动着脚步,一边看着两边琳琅满目的商品,不时停下来问这问那。去年出事后,集市就改在学校一旁的空地上摆了。几排地摊摆满了衣帽、皮鞋、干果、锅碗瓢盆、蔬菜、生鲜、水果等等,五花八门卖什么的都有。集市上的东西要啥有啥,而且价格还要比城里便宜不少,这就是集市在农村经久不衰,也是村民们喜欢在这里买东西的原因。

看到老鼠药,小波停下了脚步,问:"老板,你这老鼠药咋卖?"

"一块钱一包!两块钱三包,五块钱8包,你要几包?"村里人买老鼠药非常平常,不管是大人还是孩子只要给钱就给卖,而且买得越多越热情。

牛犇有些不解:"你买它干嘛?"刚才,小波拉着牛犇来赶集可没说要买什么。小波二话没说,拿出两块钱买了三包老鼠药,揣进兜里。揣着老鼠药,小波又买了两根小号火腿肠,牛犇喜滋滋以为至少会分得一根。正在牛犇有些不高兴时,小波解释说这是给刘大嘴家狗买的,不能吃。

一听,牛犇心里更不舒服了,心想:"给初八也就算了,竟然一股脑都要给那个畜生!难道我连那条狗都不如吗?真不知道他是吃错药了咋的。"可听完小波后面的话后,他差点乐出鼻涕泡来。

回到村里,两个人拿出弹弓装作打鸟,吹着口哨悠然自得。来到刘大嘴家门前,一切正常,二人贼头贼脑,神秘兮兮的样子。见四下没人,小波拿出火腿肠三下五除二剥了皮,又拿出老鼠药小心翼翼撕开封口,加一口唾沫后把药涂抹在火腿肠上,然后一截一截地扔给樱桃树下的狗吃。刘大嘴家的狗很大,一般人可随便靠近不了它。这狗每天只吃一顿,故一直都是半饥饿状态,有人给它火腿肠,它当然表现得很友好了。每一块扔过去,那狗一跃就用嘴接住并瞬间咽了下去,直到吃完。见它吃得欢,初八摇着尾巴边叫边舔嘴巴。

就在扔最后一块时，被跑出来的张晓东看见了，可一看是给他家狗喂吃的，所以也就没往心里去。小波反应快，说是那天丢了东西来找找，牛犇装出一副找东西的样子。张晓东问他丢了啥，还要过来帮他俩一起找，可小波说不重要咱们去玩吧，随即加快脚步离开了是非之地。坐在那天坐的大树底下，两个人眼睛一直盯着樱桃树下的狗看，心里十分紧张。约十分钟后，那狗开始烦躁起来，它一边呕吐着，一边不停地转圈。见此，他俩高兴地拍着手说成功了，一脸的激动站起来看好戏。

那狗显然很难受，一口一口地呕吐着，恨不得把整个胃给吐出来，可除了一口口白沫外什么也没有。几分钟里，狗吐了几十口白沫，陀螺似的转了足足有几百个圈，把铁链子挣得在地上哗啦啦地响着。就在这时刘大嘴出来了，见狗这个样子她大概猜到它中毒了，立马回去端了一盆水来给狗喝。刘大嘴以为吃了被药死的老鼠。看着狗心疼不已，可她除了眼睁睁看着它死去无能为力。折腾了几分钟后，狗终于摇摇晃晃倒下了，随后就咽了气。

刘大嘴有些难过，小波和牛犇躲在大树后看热闹，连连对拍着掌说报仇雪恨了。可就在这时，张晓东回来一看说，刚才看到小波和牛犇给狗喂吃的，听了儿子的话刘大嘴瞬间就爆了："你们这两个有娘养没爹教的臭小子！"在静谧的大中午，刘大嘴的吼骂声犹如点着了一挂鞭炮，噼里啪啦！没几声左邻右舍们就出来了。大家不知道发生了什么事，只见刘大嘴怒不可遏，就像一个疯子在破口大骂，不堪入耳。

刘大嘴骂人很有水平，什么痛快就骂什么，直骂得嘴角发麻，气喘吁吁。牛家辉出来一听，气得脸拉得比驴脸还要长，两口子本想过去问个所以然，可被刘大嘴指着鼻子骂了一通。她骂得吐沫星子四溅，满嘴白沫。脸变得狰狞可怖，森森白牙像野兽吃人的獠牙，让牛家辉看了不禁打了个冷战。听她骂着，他的脸色如暴雨前的天空一样，一会比一会可怕。

小波和牛犇躲在大树后面，后背紧紧贴在树干上不敢露脸，二人气得脸成了绿叶,连连骂她是泼妇。本来,两个人干的神不知鬼不觉,可偏偏让张晓东给看到了,没想到仇是报了,可又闯了祸。听着刺耳的吼骂声,牛犇浑身颤抖着心想:"今天又完了!"刘大嘴越骂越来劲了,把小波和牛犇家的八辈祖宗都骂了。大家劝她算了,可她哪里肯罢休呀,非要让他们两家赔她家的狗,说不然就去村委会和派出所告他们。牛家辉不想再节外生枝,赔一百块息事宁人算了,可刘大嘴一口要他们赔两千块,这让视钱如命的牛家辉恼了。

小波心里愤愤地,实在忍无可忍了,转过身大声骂道:"刘大嘴,难道你天天用尿刷牙、用尿布擦嘴吗?一个女人咋这么骂人呢?你家的狗是我药死的,跟牛犇没有一毛钱关系,你别找他家的麻烦。想让我赔钱,做你的春秋大梦去吧!"听了这话,牛犇觉得小波真够哥们,心里暖暖的不由一阵感动。

刘大嘴听完气得浑身哆嗦:"你这个臭小子给我站住!我今天非把你抽筋扒皮不可,让你小子断子绝孙……"她一边喊一边横眉竖目跑过去,气得脸色发青声音都变了调,一副恼羞成怒的样子。

见她跑过来,小波脚底板抹油,转身就溜了,初八和牛犇紧随其后。跑出一段后,他又停下来骂她:"你这个臭婆娘,长得跟猪八戒他二姨似的,没看出来还是个贪财的货。"骂完,他拉开弹弓"嗖"一声朝樱桃树射了一颗子弹,牛犇听了如老太太抱孙子,从脚底乐到了头发梢。刘大嘴听了,气得浑身发抖,牙齿咬得"咯咯"响,蹲在那里直喘气。她气急败坏地想追上去把他的嘴撕碎,可一百八十多斤的体重,根本追不上……

天慢慢黑了,小波和牛犇肚子饿得咕咕叫,可两个人谁也不敢回家:"你回去吧,不用管我,我一会儿就回去。"

"唉!我也想回去呀,可回去又得挨一顿打。"

"不会吧?我刚才喊了是我一个人干的,应该不会!"

"我是他儿子,我还不了解他吗?"牛犇一脸的担惊受怕。"唉!啥时候才能长大呀，真想离家出走、远走高飞。"

小波听了乐开了花，说："嗨！心有灵犀一点通。你真不愧是我哥们，我想离家出走的愿望比你强一万倍，早就想到外面去闯出一片天地了。"说完，他笑着拍了拍牛犇的肩膀，满脸的激动。

"真的吗？那还等啥呀，咱俩给他们来个人间蒸发，到外面去闯出一片天地来，再也不挨他们的打了，每天大鱼大肉，逍遥自在。等挣了大钱后再回来，到时候让他们看看我们的本事，再也不敢动我们一手指头。"

听了这话，小波更来了精神："你敢吗？你敢我俩这就走，去闯天涯。"

"有啥不敢的？我真的受够了，做梦都想逃离那个家。外面的世界多好啊！自由自在想去哪就去哪，想睡就睡，想吃啥就吃啥，以后挣了钱自己开餐厅，让他们刮目相看。可是……"说着，牛犇扭过头朝海娃家望去。

"可是……可是啥？你怕了？"小波太了解牛胖子了，知道他心里在想什么。

牛犇回过头来："不是害怕了，我是想把海娃也叫上。这几年我们干啥都在一起，现在咱俩要去创世界了，那能把他给落下，你说是不？"

听了牛犇的话，小波想了想，说："算了吧。这几年咱们仨是干啥都一起，可这次不一样。海娃明天就要跟安老师去上海了，这对他可是一辈子的大事，作为他的哥们，我们不能毁了他。另外，这事儿不能让海娃知道，他知道了安老师也就知道了，那样咱俩还能走得成吗？"

一听这话，牛犇觉得很有道理："没错，老天爷对海娃太不公平了，现在好不容易能去上海学艺了，这是他这辈子可遇不可求的大好机会，咱俩是不能毁了他。咱们去创咱们的世界，去寻找属于我们的未来，回来让他们对咱们两个刮目相看。"

小波站起来，说："事不宜迟，咱们说走就走，免得节外生枝。可我们需要准备一下，得回家拿一点钱和吃的才行，不然连这条山沟沟都出不去。"牛犇听着很有道理，随即二人就分别回了家。

晚上十一点，见儿子还不回来两口子就出去找了，牛家辉一边走，一边嘟嘟囔囔地骂着。看到他俩出去，牛犇猫着腰跑进了家，他放快速度倒了书包里的书，把储蓄罐摔碎在地上装了所有的钱，又拉开爸爸的皮包从里面拿了一沓钱，瞥了一眼窗外，心惊胆战地把钱塞进兜里，然后加大马力跑了出去。见儿子不在聂家，牛家辉两口子就去海娃家找了。小波躲在一处，见他俩离开后才悄悄跑进了家门，也把自己所有的钱都装进了书包，随后从厨房拿了一大块馍，带着初八飞奔而出。路边一棵歪脖树上吊着一块长塑料，在月光下活活把牛犇吓得头皮发麻，幸好小波已经在不远处喊他了。

山村静谧死寂。皎洁的月光洒满了大地，初八的眼睛放出了绿色的幽光，两个少年越走越远，消失在了月光里……

四、一锅粥

天还没亮康瑞母女就起来了。窗外还朦朦胧胧一片，如同笼罩着银灰色的轻纱，淡青色的天空中镶嵌着几颗星星，曙光已在东边的天际升起。

来到厨房，母女俩就开始忙碌起来，为安然、温昕、江海涛他们做送行的早饭，也是最后给他们做一顿了。昨天，老师们在学校给他们举行了欢送会，县共青团和教育局的两个领导也来了。两年前来时，是康瑞母女给他们做了第一顿饭，现在她俩又要给他们做最后一顿饭了。

须臾，东山上空露出鱼肚白，云霞赶集似的聚集在天边，红红的像是浸了血。突然，"嘎"一声刺耳的急刹车打破了清晨的宁静，然后一辆汽车停在了康家书屋门前，随即从车上下来一男一女。听到急促的敲门声，康瑞加快了脚步，想去看看究竟是谁。

门刚一开，一个男人进来急忙问："韩校长在吗？"康瑞还没看清楚来人是谁呢，他推开门火急火燎地就冲了进来。"康老师，快帮帮我们，我家牛犇离家出走了！"说话的是浮肿着眼睛的葛玉梅，她鼻涕和眼泪一起涌在脸上。一听这话，康瑞头顶如同炸了个雷，顿时傻眼了，那表情麻木得像蜡像人。

牛家辉上了二楼，小跑着喊："韩校长！韩校长！"一副急不可耐的样子。

"谁啊？"韩清林打开房门，一只袖子垂在下面，一只套在胳膊上。"牛老板！这么早来找我啥事？"

"韩校长，快……快帮我们找找牛犇，他昨天晚上离家出走了！"牛家辉心急如焚，头发如鸟窝似的蓬乱，脸色灰白，嘴唇乌青，语速很快，一脸的慌张。

"别急、别急，慢慢说咋回事，说详细点。"韩清林让牛家辉坐下慢慢说，可牛家辉已经火烧眉毛了，抓住他的手急促地讲述了昨天发生的事……

韩清林听了大为吃惊："咋会这样？这两个娃娃胆子太大了！"

"韩校长，快带我去和牛犇要好的几个同学家，不然他俩就走了！"说着，牛家辉拉着韩清林的胳膊往外走。

昨天晚上，牛家辉从海娃家回来后，看到地上被摔碎的储蓄罐后，就猜到儿子拿着钱跑了。当即，葛玉梅六神无主了，说肯定没有走远，马上去找，可牛家辉却一屁股坐在沙发上，说他没那个胆，还说等明天花完那点钱，自然会回来，然后点了支烟躺下抽了起来。然而，当他发现自己皮包里的两千多块钱不见了时，他像被开水烫了似的跳了起来，旋即拿着手电筒大喊着找了起来。

一晚上时间，全村人把整个村子都翻了个遍，连家家户户的鸡窝、猪窝都翻了几遍，就差没挖开老鼠洞了。晚上村里不通车，牛家辉想他俩肯定躲起来了，等天亮了再坐公交车离开，所以他天麻麻亮就来找韩清林了。韩清林虽然是一校之长，可是牛犇和聂小波的详细情况他也不了解，因此只能来找安然了。此时，安然和温昕正在做最后的准备，三个人一晚上都没怎么睡着，一次次向东方的天际寻找着晨曦，归心似箭。

看到韩校长和康瑞，安然还以为是来叫她们过去吃早饭的，她还没张口牛家辉就吼道："你这个老师是咋当的？我……"韩清林转过身一把捂住了牛家辉的嘴。

康瑞上前一步说："安然，不好了，牛犇和聂小波昨天晚上离家出走了！"一听这话，安然和温昕"啊"的一声，好像被一闷棍敲在头上，张大了嘴绷圆了眼睛，顿时傻了眼。

韩清林扭过头来："安然，不好意思，这时候还来麻烦你。可只有你了解他们的情况，你快说说哪些同学跟他们要好，我这就派人去看看。"安然回过神来，立刻说出了和他俩要好的几个同学，然后拿出手机给一些家长打电话、发微信……

海娃跑来了，毫无结果。昨天晚上，他们一家人给他准备东西，听到小波和牛犇离家出走后就出去找了，海娃更是忧心如焚，一边哭一边找整整一个晚上。他知道小波早就有离家出走的打算，没想到胆小如鼠的牛犇竟然也不见了，找不到他俩他哪有心情去上海。为了找小波和牛犇，安然她们只能先不走了，她说啥时候找到啥时候再走。温昕和江海涛说安然没有一点责任，可安然却不这么认为，她说这就是她的责任，是自己没有教育好他们。虽然已经放暑假了，但是责任不可推卸。当前，最重要的是尽快找到他们，其他的安然什么都不想。

近三千号人，找了整整一个上午都没有找到，整条山沟都找遍了可还是没有他们的身影，看来他俩已经连夜出山沟了。此时正流浪在西宁市大街上的两个人。因为有钱，就想去内地的大城市。话是这么说，其实小波是想去找爸爸妈妈，去东莞看看爸爸妈妈打工的地方，看看那里到底有什么吸引力，让他们两三年才回家一趟。从去年，小波就有去东莞找他们的想法，现在他的目标就是东莞。

可眼下别说去东莞了，在高楼林立的西宁市，他俩都分不清东西南北，另外牛犇见好吃的就走不动了。俩人吃了五屉小笼包，还没走出一条街，牛犊又站在油炸麻团的前面不走了，吸溜着口水非要买几个尝尝。小波气不打一处来，可也没办法，因为这小子现在可是有钱人了。从进入市里那一刻，小波和牛犊看什么都新奇。一栋栋高耸入云的大楼，还有满大街密密麻麻的汽车，让他俩看了瞠目结舌。他们常听大人们说城里好，有的还给他们形容一番，可当他俩亲眼看到这一切后，简直不敢相信自己的眼睛，连连感叹这里就是天堂！两个人一脸兴奋，买了十根烤香肠，走着、看着、吃着、笑着，乐不思蜀。

就在他俩无比开心时，村里和家里乱成了一锅粥。小波的奶奶还没有回家，留下小燕一个人在家里照顾爷爷，村主任嘱咐小燕，尤其不让老人知道小波的事。为了以防万一，小燕就坐在爷爷的身边，半步也不敢离开。可就在这时，隔壁吴家的王婶风风火火跑进来，大喊道："婶子、婶子，听说小波离家出走了，找到了没有啊？"

聂伯年虽然瘫了，可耳朵却好得很，一扇窗户开着，故听得一清二楚。一听这话，老人就急忙问孙女："啥！小……小燕，你哥哥离家出走了吗？"这时王婶也来到了屋里，小燕狠狠地瞪了她一眼，恨不得撕了她这张破嘴。

小燕有些慌了："爷爷，没……没有，你别听她胡说。"

王婶靠在门框，漫不经心地说："聂叔你还不知道啊？我以为你知道呢。不过你不用担心，全村的人都在找呢，肯定能找到。"一听这话，聂伯年就彻底明白了，怪不得老伴从昨晚半夜就跟丢了魂似的，今天天没亮出去到现在还没回来，原来家里出了这么大的事。立时，从他那两只深陷在眼眶里，簌簌流出了两串豆大的眼泪，那憔悴而蜡黄的脸显得十分苍白，由于没有了牙齿的缘故，嘴唇深深地瘪了进去。

"我……我的孙……孙子！"聂伯年说不了什么话，一张口就满是口水，情绪非常激动。

"爷爷你别担心，奶奶和全村的人都去找了，相信很快就能找到的。"小燕宽慰着爷爷，眼泪溢了出来。

聂伯年中风好几年了，脸色晦暗、皮肉松弛，牙齿掉得只剩上下八颗牙，腮帮也跌进了两边的空穴里，一条条深深的抬头纹下面，一双凄凉的眼睛。身子缩了水似的，两条腿已经萎缩得像两根干柴一般，像一双竹竿平行着伸在前面。双手上的皮肤晦暗而松懈，隐隐露着暗青色的血管。他浑身颤抖着，嘴唇骤然间变成了紫色，深陷的眼窝里流出混浊的泪水，两只眼睛如灯泡睁得大大的，然后两臂慢慢下垂。王婶吓得面容失色，转身惊慌失措地跑了出去，小燕抱着爷爷的头喊叫起来。小燕越喊越大声，可爷爷觉得声音听着越来越远，天旋地转后眼前变黑了……

听到噩耗后，田春花心里一阵绞痛，只觉晴天霹雳、五雷轰顶，两眼一黑就昏厥了过去。旋即，人们又是捋胸口又是掐人中，几分钟后，她悠悠拔出一口气，慢慢睁开了失去光芒的眼睛，然后哇地哭出声来，老泪扑面滚下，嘴唇颤抖着，一脸的悲痛。两个无神的眼睛空洞无光，就像灵魂出窍了一样，要不是看着有呼吸还以为死了呢。

她抽噎了两下，哽咽着大喊道："老头子，你……你真走在我前头了！"立时，她的心涌起了一股死一般的痛，眼泪喷涌……

五、寸步难行

走在西宁的大街，两个农村娃看什么都新鲜，大街上跑的汽车比村里的蚂蚁还多，两边密密麻麻的，商店内人满为患。

大公司、购物商场、咖啡屋、酒吧、餐厅、蛋糕店，卖什么的都有。看到 WC 两个英文字母后，牛犇说这家还是外国人开的店，两个人从外面看十分高档。他俩都非常好奇，所以就大着胆进去开开眼界。一进门，里面的地板擦得干干净净，可奇怪的是里面没有大厅，东西两面的墙上各一面大镜子。聂小波看着自己扭了扭屁股，初八看到自己也跑了过去。牛犇笑着朝写着"woman"的一边走了过去，然后伸出手，正准备推门进去时，门却突然开了，从里面出来两个女人。

她们看到牛犇，顿时脸色一变，大声喊道："流氓！"二人惊慌失措，加快脚步跑了出去。牛犇一脸茫然，以为碰上了两个神经病，他看了她们一眼后推开了门，可转眼一看就傻眼了。里面不是什么店而是厕所，一个女人出来正在穿裙子，还露着半个白白的屁股。看到牛犇，那女人大喊了一声，赶紧穿了裙子，吓得直哆嗦。

一看原来是厕所，而且还是女厕所，又听到这女的这么一嗓子后，牛犇立时被吓得浑身软得像面条似的，连骨头都吓酥了。就在这时，又出来一个年龄大一些女人，过来狠狠扇了牛犇一个耳光，骂了一声"流氓！"后拉着那个女的跑了出去。一听两个人都骂流氓，见从里面出来的又是两个女人，小波猜到里面是厕所而且还是女厕所，随即转过身就跑了出去，初八紧随其后。他一边跑一边回头看，可跑出去几十米远却还不见牛犇出来，随后，停下来双手支在双膝上等他出来。

此时，牛犇正躺在地上浑身颤抖个不停，裤裆里已经湿了。他怕厕所里还有人，就使劲儿往外爬，可半天几乎还在原地，幸好里面没有人了。小波不知道牛犇咋还不出来，心想难道里面不是厕所是其他什么，可若不是厕所她们为什么要喊流氓，难道是洗澡的地方还是其他什么？"WC"到底是什么？小波一边想一边往回走。还没到门口，见三个女的说说笑笑走了进去，看到有一个男孩爬在厕所门口，她们三个没有进去，立马转身就跑了出来，然后拨通110……"

小波一看，情况不妙，立马跑进去把牛犇背了出来，然后跌跌撞撞淹没在人海中。见警察没追过来，他俩便坐在一个角落里休息。一边说一边笑，连连感叹"WC"原来是厕所，真是既开了眼界！

下午，两个人肚子饿了，来到一家餐厅吃饭，餐厅里打扫得干干净净，一尘不染，走在地板上能看到自己的倒影。长长的餐桌，周围摆放着十把椅子，餐桌上有雪白的餐巾，还有熠熠放光的餐具，犹如一幅冬日风景画。

灯光映照在光滑如玉的地板上，闪耀着如宝石般的光泽，服务员走过来很是热情。

他俩点了两碗牛肉面，然后看有肉夹馍又要了四个。可接过来一看，俩人便傻了眼。就问老板："老板，你这明明是馍夹肉，怎么说是肉夹馍呢？我们不要馍夹肉，要肉夹馍。"老板一听，就知道他俩是从农村来的。

老板笑了笑问道："你们是从农村来的，以前没吃过肉夹馍是吧？"

小波张口道："不，我们是从县城来的。你这是馍夹肉不是肉夹馍，快给我们肉夹馍。"一听这话，餐厅里的老板和服务员都笑了。

一个服务员鄙夷地讥笑了一声，说："土包子！这就是正宗的肉夹馍。还馍夹肉，亏你们想得出来。"他俩一看又丢了人，便不再言语闷着头吃了起来，嘴里机械地嚼着，耳朵里塞满了服务员们的哄笑声。

没一会儿，两碗热气腾腾的牛肉面上桌，扑鼻的香味夹杂着牛肉、青菜、香菜、白面和汤料的清香，顿时让他俩胃口大开。由于味儿太香，一碗牛肉面没吸溜两口就没了，一个肉夹馍也只三口而已，回味无穷。在家里时，他俩一顿能吃两大碗拉面，可这一顿才刚压了压口水而已，而且还狮子大开口要了48块，这在村里得买多少大饼呀。本来，牛犇还想吃它两碗，可想了想还是算了，那就喝茶吧，否则对不起这48块钱，所以两个人就坐着喝茶，反正出去也是被太阳晒。一口接一口、一壶又一壶，他俩坐在那里边闻香味喝了半个小时的茶，让餐厅老板和服务员们看着直咬牙。

出了餐厅，两个人带着初八在大街上看了一会热闹，有个五十多岁的聋哑人在街头拉二胡乞讨，不时有人在他面前的纸盒里放一两块钱。他俩看了随即想起了海娃，此人拉着《二泉映月》听着很是伤感，可他俩觉得还是海娃吹得更好一些。出于同情，他俩也给了一块钱，然后坐公交车去了火车站。

来到火车站，二人商量着到底要去哪里，决定到售票窗口去买票。售票员看了看他俩要身份证，说没有身份证哪里都去不了。离开火车站，两个人坐在路旁商量怎么办，没有身份证寸步难行，哪里都去不了，两人顿时傻了眼。

太阳落了山，没一会儿天色就完全黑了，车灯、路灯、霓虹灯交汇在一起，西宁的大街成了灯火辉煌的海洋，让他俩看了甚是漂亮。它们眨着眼睛，像是诉说着城市的寂寞和繁华，让他俩看了不免有些迷茫。楼宇间，似乎多了几屡妖娆的光，看着比白天漂亮了不少，如梦如幻很是漂亮。看着大街上来来往往的汽车，小波和牛犇不知道何去何从。来到一条街上，满是烤羊肉串的店铺，一个紧挨着一个，诱人的香气在微凉的风中飘荡着，摊主怪腔怪调，一边大声向过往的行人招揽生意，一边在翻动着冒油的羊肉串……

来吃烧烤的人络绎不绝，大都是些穿得很时髦的年轻人，有男有女，有说有笑，有些还卿卿我我，腻歪得很。他俩找了一个没人的桌子坐下，然后向老板要了20个羊肉串，没一会儿20串香喷喷的羊肉串就来了。两个人虽然不是第一次吃羊肉串，但一眨眼工夫就消灭光了，就像俩饿死鬼脱胎似的。

牛犇说没吃出是啥味道，因此让老板再来20串，然后学城里人一串一串慢慢吃，感觉很是惬意。半个小时吃了40串，解了解馋虫、也压了压肚子，两个人心里都美滋滋的。可就在付账时，牛犇发现兜里的两千块不见了，而且裤兜下面多了一条缝。不用问了，钱和手机不知什么时候被人偷了，一点儿都没有察觉。幸亏两个人的书包里还有一些硬币，不然老板非把他俩吃进去的打吐出来不可。两千块钱不翼而飞了，两个人都既心疼又难过，可又能怎么样呢。本计划用两千块钱去广州，这下别说去广州连家都回不了了。

牛犇哭了半天，不知道该如何是好，懊恼着快要把头揪下来了。以前，常听村里人说城里汽车多、高楼多、小偷更多，把钱藏在裤衩里都会被三刀六洞偷个精光，没想到还真如此。一分钱难倒英雄汉，没钱寸步难行哪儿都去不了了，现在别说要去东莞了，就是回家也成了问题。半天时间光干着急了，不知道初八跑哪去了不见其影，小波又是叫唤又是吹口哨，可还是不见它回来。二人一边叫唤一边找，小波急得都哭了起来，比丢了两千块钱还心疼。的确，在他心里初八是他的兄弟，是他的救命恩人也是亲人，哪是两三千块钱能比的。

找了两条街都没有，最后在一个烤羊肉串的帐篷里，看到四五个小伙子在一边喝啤酒，一边吃肉，桌子下面放着一张血迹斑斑的白皮。小波一看像是初八的，随即心疼了一下，拿出来仔细一看果然是初八的皮，头被割下来还连在皮上面。瞬间，他的心像被什么尖锐的东西猛刺了一下，一股疼痛哽噎在胸腔。小波顿时心如刀绞发了疯似的踹了一脚桌子，又把一个小伙子狠狠踹倒在地，哭着大喊："你们还我初八！"见他发了疯似的又踢又喊，几个小伙子都知道他是狗的主人。

"你他妈不想活了吗？老子弄死你！"那小伙子骂骂咧咧翻身起来，勃然大怒抬腿就给了小波一脚，把他踹翻在地。牛犇上前拦住连连求起了情，不然小波非被他们打残了不可。见他们停了下来，牛犇使出洪荒之力拽着小波离开了。平日里，几个人推推搡搡拉扯着玩，今天才发现小波这么有劲儿，让牛犇连吃奶的劲都使了出来，幸亏平时没少吃肉。

小波咬牙切齿，面颊顿时失去了血色，放声大喊："你们还我的初八！"小波两只铜铃大的眼睛里，布满了血丝，大有初生牛犊不怕虎的架势，要不是被牛犇拉着，他要扑上去撕了他们。

六、炎炎烈日

天亮了，小波和牛犇从立交桥下走了出来，蓬头垢面，一脸的痛苦和绝望。表情如被霜打的茄子一样，看着来来往往的车辆不知道何去何从。

本来，他俩想着要去广州或深圳，凭自己的本事闯出一片天地来，可没想到仅一天时间就沦为了乞丐,怅然若失。昨天这时候,他俩揣着两千多块钱在来市里的公交车上,可此时他俩只剩下五块两毛钱,想吃一碗牛肉面都不够。望着冉冉升起的太阳,他俩泪眼汪汪不知道该去哪里,肚子饿得咕咕直叫。昨天晚上,牛犇拉着小波走了四条街来到了湟水河边,然后帮他把初八的皮和头埋葬在河边。葬了初八后,他俩就来到了立交桥下,可两个人望着星星都没有睡着。

黑夜漫漫,星海茫茫。长这么大,他俩这是第一次单独跑这么远,既然没钱,那就只能露宿街头了,找来找去就到立交桥下露宿了,幸好是夏天否则他俩可有罪受了。

清晨,街道里静悄悄的。朝阳刚刚升起,弥漫的雾气渐渐消退,树木碧绿的枝头,青翠的草叶儿,还有花瓣上,都沾满晶莹的水珠儿,闪烁着瑰丽的色彩,几只小鸟穿来穿去。一群鸽子不知从哪儿飞来,轻盈地经过树梢上空,一圈圈迎着太阳飞去。

当第一缕晨光射穿薄雾,城市的一切都笼罩在柔和明亮的晨光中,大家又开始了忙碌的一天。天空中几小朵白云,像镶了金边的茉莉花,从云缝中冲出来。火红的朝阳带来了新的一天,缤纷的朝霞蕴蓄着新的希望,而小波和牛犇却看不到一点希望。二人相互看着不知道该去哪里。小波想拦住一辆货车先离开这里再说,因为已经一天两夜了很快就会有人找来,而牛犇则想着回家,但不管怎么样,首先得填饱肚子再说。俩人买了两个馒头,从垃圾桶捡了俩饮料瓶,接了自来水喝。

就在他俩边吃早饭边商量去哪里时,韩清林和安然他们四十多个人已经来到了西宁市,然后分成几组从东西南北一条街一条街地找了起来,海娃的双眼像两个雷达一样不放过每一个角落。其实,昨天下午他们就已经来找了,火车站、汽车站、几条大街、几个广场,结果无功而返了。来西宁市找人,安然联系了"春之语"志愿者服务社的晁社长,他把消息发到了好几个服务社,不到半个小时就有三千多双眼睛在找了。三千多个志愿者遍布全市，再加上各派出所的民警和全市的交警，找两个孩子还是比较容易的，除非他俩已经离开了西宁市。

然而，此时的小波和牛犇正在西门口的大街上乞讨。两个人简单弄了一下装扮成叫花子，一块纸板上写着聋哑孩子给母亲乞讨医药费，然后放了一个小纸盒在前面。开始，他俩想装成在《龙在少林》里的释小龙和赫邵文那样，可条件不容许只能这样了。可要钱也没那么容易，两个英俊少年有胳膊有腿的，谁会同情他们给他俩钱？就在昨天，他俩还不可一世地说要闯出一片天地来，可没想到乞讨几块钱都这么难。大街上几乎看不到叫花子，偶尔看到一个不是缺胳膊少腿的，再就是昨天看到的那个拉二胡的老人了，没想到做个叫花子还得有本事。

看着大街，看看自己，他们想起了老师之前讲过的话，没文化别说实现理想了，就连个乞丐也做不了。这一刻，他们两个深深感受到了没文化的可怕，也认识到自己太没用了。之前在村里时没发现，现在到了城里发现干什么都得有文化，不然别说闯天地了，就连厕所都找不到。想了半天，两个人想出这么一招来试试。虽然冒充叫花子很丢人，可为了肚皮不得不厚着脸皮做了，又不是在村里，不怕丢人。

太阳轰轰烈烈，满天满地都是它刺眼的光，垂柳的叶子在阳光里泛着油光，两个人低垂着头坐在纸板后面，人行道上虽然人来人往比村里赶集的还多，可停下来看纸板上的字和他俩的却寥寥无几，即便有人瞟他们一眼也充满了冷漠。有时，也有几个老人停下来看看，然后拿出钱包给他们一两块，即便知道他俩这是在骗人。

时间一分一秒地过去了，一上午在他俩面前过往的人少说也有近千人，可纸盒里的钱只有三十七块，而且大多都是老年人和孩子们给的。数着钱，牛犇高兴地哑着嘴说不用挨饿了，而且这样做乞丐也挺好，可小波心里酸酸的挺不是滋味，即便肚子咕咕叫也不觉得饿。喝口矿泉水，水顺着下巴落下去一些，在被烤得炙热的地面上顿时冒起一层水汽，而他俩的头上也感觉被晒出了油。吃了一碗面后，下午两个人又回去开工了，过往的人们投来异样的眼光。烈日炎炎下，他们两个人坐在人行道旁，看到人们一双双冷漠的眼神，看着眼前一个个匆忙的脚步，望着大街上的汽车，小波心里感到非常迷茫。偌大个城市没有他的容身之地，不可一世的自己竟然沦为了一个乞丐，这让小波第一次感到一种羞耻。

就在这时，一对母女停在纸板前，小姑娘七八岁的样子，非常可爱。她念了纸板上的字，然后抬起头对妈妈说："妈妈，你给这两个哥哥一些钱吧，他们太可怜了！"她稚嫩的脸上充满了同情。

妈妈听了说："他们这是在骗人，你不要相信他们。"

"怎么会呢？我看他们确实很可怜呀，你就给他们一些吧，大不了我不买新衣服了。"小姑娘摇着妈妈的手乞求着。

那个女人想了想，蹲下说："妈妈可以给他们一点钱，但你以后要好好学习，不然就会像他们这样没出息。"说完，她从包里掏出十块钱给牛犇，说："去帮我买一个雪糕，剩下的钱都是你的。"牛犇一听，接过钱起来就跑去买雪糕了。

"看到没有，他俩根本就不是聋哑人，都是骗人的。"看到他能听到，听了妈妈的话小姑娘有些伤心。

妈妈站了起来，说："走吧，以后不要随便相信人。一定要好好学习，不然就会像他们一样没出息的。"小姑娘听了妈妈的话连连点头，回头看着小波眼睛里充满了失望。看着她们母女俩远去，那个女人的话还一直萦绕在小波的耳边，一种强烈的羞耻感涌上心头，他恨不得找条地缝钻进去。牛犇回来了，见她们母女俩已经走了，便打开雪糕吃了起来……

在烈日炎炎下，安然她们找得十分辛苦，几组人顺着大街小巷找，跟雷达似的，不放过任何一个角落。她们口干舌燥、汗流浃背，一个个都快急出了病。最后被一个志愿者看到，然后发了定位，大家急急忙忙就赶了过去。海娃跑在最前面，刚一拐角就看到了小波和牛犇，随即加快步，跑过去紧紧抱住了他俩,头像小牛犊蹭牛妈妈一样蹭他们,泪眼汪汪。他没有比画,只是拿头不停地蹭他俩的头,就像看到了自己最亲的人一样,又高兴又有些伤感。

看到小波和牛犇,韩清林跑过去死死抓住他俩的胳膊,紧接着牛家辉和安然气喘吁吁地赶来了。看到他俩安然无恙,大家这才松了口气。牛家辉双臂紧紧抱着儿子,发誓以后再也不打他了……

昨天晚上,牛家辉看了儿子的画本和日记,一页一页认认真真仔仔细细地看。看到自己面目狰狞拿刀杀儿子的那幅后,他才发现儿子到底有多怕他了,也才看到儿子的画画得有多好了。

看到他俩,安然又喜又气,长长松了一口气。她本想狠狠教训一顿,可见他俩一副可怜相,心疼得要命,问他们有没有事,肚子饿不饿,然后一把将他们三个的脑袋拦在怀里。她轻轻捶着小波和牛犇的背,嘴里不轻不重地批评了他们几句。又说以后千万不能再这样了,知不知道家里人都急疯了,你们还让不让我和家里人活了……

晁社长请他们大家吃了一顿饭,说之前也帮人找过离家出走的孩子,大多找到了,有几个没有找到。他一再嘱咐他们回去好好做思想工作,多跟孩子沟通,多关心他们。

吃完饭,大家就开车回去了。出门旁边是卖飞机模型的,安然见小波眼馋得不得了,就给他买了一架"歼—20"的模型。一路上,小波给老师讲了这两天的所见所闻,还有自己的一些认识和想法。最后,他看着老师说回去后一定要好好学习,再也不能信马由缰、胡作非为了。听了这些安然很欣慰,就没再批评他俩,只是给他们讲道理,可有一件事她不知道该怎么跟小波说,好几次欲言又止。

进入石子沟村,安然迷迷糊糊看到了黄啸天的身影,他正在处理自己砂石厂的碎石机等一些机器,几家砂石厂死气沉沉,没一辆拉砂石的车。环保局今年查封了石子沟村的所有砂石厂,这让黄啸天等几个沙场老板损失惨重，可英秀镇的几千老百姓都拍手叫好。以后他们再也不能"腾云驾雾"了。

汽车飞驶着，窗外的树木和电线杆一晃而过。三个人把他们的手紧紧握在一起，海娃心事重重，安然也皱起眉头，拧着脖子呆呆地瞪着窗外，想着一些事……

七、感恩的心

回到山沟沟，小波和牛犇就感到非常亲切，离开两天时间感觉过了两个月一样，透过车窗看什么都是那样亲切。

其他老师们都进了学校，韩清林和安然还有海娃把小波送到了他家，要把他亲自交到田春花手里。车刚驶进村里，安然就抓住小波的手，吞吞吐吐地说："小波，等会儿不管看到什么，你都得冷静啊。"小波还不知道家里出了事，以为是老师怕他回家挨奶奶的打呢，可奶奶打不打他他心里比谁都有数。

小波看了看一旁的海娃，笑了笑说："老师你放心，我奶奶舍不得打我的。"海娃不敢看小波，看了一眼老师后，把头深深低了下去。

安然咬了咬嘴唇，支支吾吾地说："你……你……你家里出了点事，你得有个心理准备。"一听这话，小波心里咯噔一下沉了下来。这两天，他就怕家里出个啥事，怕爷爷听到他离家出走后承受不了。

小波一脸的慌张，问："老师，我……我家里出了啥事，是不是我爷爷他……"听他这么问，安然看着他点了点头，海娃紧紧抓住了小波的双手。

说话间，汽车缓缓驶进了聂家的巷道，然后稳稳停在了小波家的门口。打开车门，看着家门口小波不敢下车了，他害怕进去后看到可怕的一幕。刚才，看到老师点头他有一种不祥的预感，想问爷爷到底怎么了，可没那个勇气。约一分钟后，小波在老师和海娃的陪同下颤巍巍地下了车。看着熟悉的家门口,他杵在车跟前双腿发软,不敢进去,瞄了一眼看到家里有很多人忙来忙去。立时,他鼓起勇气走了进去,双腿颤抖着跨过了门槛。说是门槛,其实还没有五公分高,可他感觉似乎比一堵墙还要高。

看到小波,院子里的几个人就喊了起来,旋即田春花和小燕就从屋里跑了出来。看到孙子完好无损地回来了,田春花几大步跨过去紧紧抱住了他,然后一边哭一边狠狠地捶着孙子的后背,说:"你这个阎王爷派来要命的鬼东西,你还知道回来呀,你知道我们都快急疯了吗?"

看着眼前的这些人,小波知道都是因为他,顿时心里一紧,那种不祥的预感随之涌上了心头,脱口问道:"奶奶,我……我爷爷他……他……他咋了?"他张着嘴问,心里扑通扑通地不敢往下想了,抓海娃手的那只手瞬间冰凉了。一听这话,田春花眼泪喷涌而出,抡起胳膊狠狠扇了孙子一个耳光,骂道:"都是因为你这个东西,你要是不离家出走他……他……他能就这么走了吗?你这个……"小波下意识地后腿了两步,眼泪刹那间夺眶而出。

刚才,他以为爷爷可能是受刺激病了,没想到也不敢想已经走了。奶奶的话如当头一棒,两个耳朵里嗡嗡直响,心里像针刺一阵扎心地疼,眼前天旋地转身体晃了一下,脸上一阵痉挛。瞬间,眼泪像断了线的珠子直往下掉,浑身剧烈颤抖着从头凉到了脚后跟,大喊着"爷爷!"跑了进去。爷爷躺在堂屋中间,但早已经没有了呼吸,安详地躺着。看到爷爷,小波扑通跪倒在身旁,扯开嗓门号啕大哭,泪水瞬间糊了一脸。见他如此伤心,大家也抽噎了起来,小燕一边哭喊着,一边立着双目狠狠地瞪着他。

亲戚朋友和村里人都知道,小波跟他爷爷的感情特别深,比跟他的爸爸妈妈还要深一些。在他心里,爷爷有着不可替代的位置,虽然已经瘫了,话都说不利索。在爸爸妈妈出去打工的这几年,是爷爷奶奶把他们兄妹二人拉扯大的,那几年是爷爷每天背着他上学,每当下雨时,总能看到爷爷拿着雨具来接他俩。瘫痪后,这几年他和小燕一起帮奶奶照顾爷爷,他一有空就陪爷爷说话解闷儿,每天给爷爷按摩、倒尿壶。在他心里,爷爷和奶奶是世界上最疼爱他俩的人,所以倒夜壶什么的他俩也不嫌弃。有啥好吃的祖孙四个一起吃,但凡在外面熘地锅,小波总会带一些回来给爷爷奶奶。

一个小时过去了,小波还是一边哭喊,一边捶打着自己,懊悔是自己要了爷爷的命。见他如此伤心难过,村民们也心疼得不得了,劝他节哀顺变,别再难过了。就在韩清林和安然准备离开时,聂运来和王倩风尘仆仆地回来了。看到躺在堂屋中间的父亲,两口子扑通一声跪倒在前面,眼泪止不住簌簌往下淌,聂运来咽喉里颤动着大喊道:"阿大,我和王倩回来了,你……你咋说走就走了,咋不等我回来啊?"听儿子这么撕心裂肺地哭喊,田春花也哭了起来,用一角头巾捂着脸,悲痛欲绝。

看到儿子,聂运来站起来跨过两步,狠狠踹了他一脚,脸皱成了一把斧头,眼睛几乎瞪了出来,怒骂道:"你这个畜生,要命的阎王,还知道回来呀,你咋不死在外头,回来干啥?"村民们拉住了聂运来,田春花上前把孙子拥在怀里,王倩也过来要抱却被小波一把推开了。

聂伯年走得很急。看着聂运来两口子,大家都有些生气。老人瘫痪好几年了,他俩还出去打工,虽然是小波离家出走导致了他脑溢血,可在一定程度上他俩也有责任。像聂伯年这样的村里有很多,有些死在炕上好几天才被人发现。

既然都回来了,那就开始举行丧葬仪式了,在几个热心肠乡邻的安排下,第二天丧礼在乐鼓声中开始了。看着痛不欲生的小波,海娃唢呐吹得更悲凉了,中间停歇时就过去安慰他,而小波紧紧地抱住他痛哭。他无法原谅自己,愧对爷爷和奶奶对他的疼爱,又埋怨自己的爸爸和妈妈。葬礼办得很隆重,不仅请了七八个僧人念经,还请了四个吹鼓手奏哀乐,另外还供了三只肥羊。在村里,办丧事是按各家的经济条件,以及儿女们的孝顺程度来举办的,条件好一点的大多是这个标准。聂家在龙宝村算不上是有钱人,可为了脸面和体现他们的感恩,聂运来两口子不惜花钱。

看着三只肥羊,田春花和亲戚朋友们气不打一处来,小波也想上去把它们扔出去。老人活着的时候没吃他们的半只羊,一年到头都是粗茶淡饭,现在死了倒大方起来,一次就供了三只,任谁看了都愤愤不平。死了大操大办、献猪献羊,不如活着时给热饭一口。亲朋好友和乡亲们陆陆续续前来祭奠,一个个泪如雨下。灵柩前放着聂伯年的遗像,下边桌上供着四荤四素、四个干果碟、四盘水果和四碟点心。在灵柩前,轻轻点燃烧纸,恭恭敬敬磕三个头以表哀悼,家属在一旁悲悲戚戚回礼致谢。田春花的脸上泪水横流,胸前早已湿了一大片,两只袖子被泪水打湿,还频频擦拭眼泪,小波和小燕泣不成声。

聂伯年就这样悄悄走了,带着对孙子的牵挂离开了这个世界,看着爷爷的棺材被一锨锨黄土填埋,小波心痛入骨,他一声声嘶喊着"爷爷!"可爷爷再也听不到了。他懊悔、自责,心想还没有报答爷爷,他就这么无声无息地走了,这让小波难受得要命。爷爷已经离开了,那就怀着一颗感恩的心报答奶奶吧,不能再留下遗憾了。同样,通过小波和他的爷爷,海娃也认识到了这一点,他和爷爷的感情更胜过小波。

葬礼结束回来后,海娃就抱住爷爷的一只胳膊贴在身边,没有说什么只是紧紧地贴着他,心里一阵阵心酸和难过。他这样贴紧爷爷坐了一个下午,一想到即将要离开爷爷跟着老师去上海,他心里就一万个舍不得,随即把爷爷抱得更紧、贴得也更紧了。抱着爷爷的胳膊,海娃回想了这十几年的点点滴滴,从记事的那一刻起到现在。十六年一晃而过,爷爷脸上的皱纹多了、眼睛花了、牙齿掉了、头发稀疏了,两肩耸起脊背弯曲,被岁月的风霜摧残得不像样了。握着他干枯的手,海娃忍不住流出了眼泪。

吃过晚饭,海娃拿起唢呐给爷爷吹了几首曲子,又给他弹了自己谱的两首曲子,让他听了一饱耳福。听着曲子,丁万元感觉仿佛回到了从前,回到了爷孙俩以前相依为命的那段岁月：一起去医院、一起早出晚归、一起吃饭睡觉，慢慢的两只眼睛就湿润了……

听完最后一曲，丁万元含着泪说："海娃，天一亮你就要走了，到了那里你一定要好好学习。安然老师是个难得的好老师，以后你就跟着她好好学，我相信你一定会有所成就的。你不用担心，我会照顾好自己的，等着你回来！"他哽咽着说不下去了。

海娃听了泪流满面："爷爷，我走后你一定要保重自己，每天要好好吃饭，千万千万别忘了吃药，不然我就回来再也不去了。"

丁万元擦了一把泪，欣慰地笑着说："你尽管放心吧，你走了家里还有你爸爸和妈妈呢，他们会照顾好我的。倒是你，一定要照顾好自己，有啥事就给我打电话，一定要听安老师和徐教授的话，不能像在家里一样。"

"你放心吧，我会听他们的话的，不会给他们惹是生非。"比画完，他跑回自己的屋里拿了一根拐杖出来。"爷爷，这是我托人给你买的拐杖，既轻便还带着凳子，你以后就用它。"他笑眯眯比画着，把拐杖给了爷爷。这是一把崭新的拐杖，是海娃用自己的奖金托安然买的，特意送给爷爷。爷爷七十了，腿脚不灵活了，需要有一根拐杖，所以买来送给爷爷。在他心里，爷爷是世界上最好的爷爷，现在也是他最不放心的人。他想报答爷爷，可又不得不离开几年，这让海娃心里很纠结。

海娃真不想离开爷爷，可爷爷说他最大的心愿就是看到他有出息，身体的残疾使他思想更为健全，生活的艰辛使他情感更加敏感。在海娃的心里，爷爷是他的全部，比自己的生命还重要，他很想对慈祥的爷爷说声谢谢，可是一个字也说不出来。看着爷爷，他在心里写了一首诗：

爷爷
您对我的爱
胜过了爹娘

这爱

比山还高 比海还深

比火还热 比酒还醇

爷爷

您像大树为我遮风挡雨

您像太阳温暖了我的心

有你黑夜就不会漫长

有你冬天就不会寒冷

有你病魔就不会可怕

有你世间就不会冷漠

有了您我才有家

有了您我才长大

有了您我才快乐

有了您我才幸福

爷爷

你是我的全部和未来

我要在以后的日子里

把您报答!

八、砥砺前行

　　清晨，一片晨雾笼罩着山谷，东边的山头出现了一片黎明的霞光，随着黛青色的烟缓缓翻腾着。

　　龙宝村里，高起低落的鸡鸣声，急促紧张的狗叫声，加上人们的嬉笑声，汇成了一支生气勃勃的晨光曲。吃过早饭，村民们不约而同来到了外面。今天，是海娃要去上海学艺的日子，也是他人生扬帆起航的开始。没一会儿，海娃家的巷道口已是人山人海,就像在腊月初八赶大集似的,每个人还都带着一些东西:红包、鸡蛋、卤肉、衣服……

经半小时等待,海娃一家人终于出来了。海娃被亲人们围在中间,直到走近大家才看到他的真容。今天,海娃从头到脚一身漂亮的新衣服,看到乡亲们、同学们,看到眼前的这一幕,海娃感动得流出了眼泪……在村民们眼里,他是镇里最英俊的后生,尤其是那双眼睛,透着机敏和灵气。毫无疑问,海娃是一个标准的美少年,只可惜天生是个哑巴。他虽是个可怜孩子,却又是一个聪明伶俐、不屈不挠,且很有前途的少年。

这些年,村里人看着海娃出生,又看着他一天天长大,自然就有了一份感情。特别是一些老人,还有左邻右舍的几户,他们把海娃视为亲人,从不让孩子们欺负他。今天,海娃要去上海拜师学艺了,这一走可不知啥时候才能回来。年年岁岁花相似,岁岁年年人不同。有些老人,说不定这是最后见他一面了,其中就包括近七十岁的爷爷。他去学艺是好事,可年近古稀的爷爷哪里舍得呀,这些年他们爷孙俩相依为命,别说是千里之外的上海了,就是这山沟都没让他出去过几回。

小波上前来,眼泪汪汪地说:"海娃,你咋说走就走了?还去那么远的地方。这些年我没少欺负你,可你从来都不跟我计较。你走了谁陪我耍呀?谁又给我吹唢呐呀?"说着他紧紧抱住了海娃,一副依依不舍的样子,牛犇在后面早就哭成了泪人儿。看着两个死党,海娃心里有一千个舍不得,这些年三个人一起学习、一起闯祸、一起欢笑。三个人虽然没有歃血为盟,但是他们的深情厚谊堪比刘关张,现在海娃要去上海了他俩能舍得吗?小波送了海娃一架纸飞机,牛犇带了一塑料袋零食,三个少年抱在一起痛哭起来。

韩清林和安然他们已经等海娃多时了,过来一看,学校门口前来送行的乡亲们围得水泄不通。一张张熟悉的面孔,一双双深情的眼睛,一句句温暖的问候,一声声真诚的祝福。

同学们围着安然:"老师,你能不走吗?""老师,我们舍不得你走!""老师,你什么时候回来?""老师,你还会回来吗?"……何淼和李襄等更已经泣不成声了。

　　安然的到来,不仅彻底改变了海娃的命运,也影响或改变了很多孩子。在学生们的眼里,她无疑是最好的老师,也是一个可亲可敬的大姐姐。这两年正是有了她,学习才不会枯燥无味,校园里才飘荡着歌声,"花朵们"的脸上才堆满了笑容,而老师们也有了不少的收获。面对这样的好老师,不管是同学还是老师们,自然都舍不得看着她离去了。

　　看着这些孩子,听了他们的话,安然心里特别难受,止不住流着眼泪。康瑞看了也感动得落泪,见她们难舍难分,便过去把她们分开了。安然接过李素琴的一个包,说里面是她做给她们一家人的三十双鞋垫,随即被温昕和江海涛拉上了车,然后又把海娃塞了进去。车门一关,同学们就唱起了《感恩的心》,安然听了顿时泪眼婆娑。车开动了,海娃脖子拧成麻花一直往后看,且不停地向他们挥手再见,还有养育了他十六年多的家乡,以及这些亲朋好友,安然则捂着嘴哭了起来。车越走越远,越来越快了,一些同学们还跟在后面跑,连喊带叫,依依不舍……

　　安然没有勇气回头看,只是紧紧地抱着装有画册的包,汽车直到驶出山沟她才停止流泪,多亏有温昕在身边劝说。望着车窗外的风景,安然回想起了这两年的一幕幕,从进入这条山沟的那一刻起,到此刻恋恋不舍地离开这里。虽然只有短短的两年时间,可这两年里发生了太多的事,给她的人生留下了光辉而浓重的一笔。

　　一晃两年就这样过去了,感觉仿佛昨天才刚来一样。起初,她们来这里时对农村一无所知,对这里的气候和生活更难以适应,可她们一点点都克服了,出色地完成了两年的支教工作,给自己的青春留下了精彩的华章。

　　一次青海行,一生青海情。刚来时,安然如出水芙蓉般光洁,又如玉面仙子般肤如凝脂,在大家眼里就像是下凡的仙女。而现在,她的皮肤也像大家一样黝黑,一点儿也看不出是南方姑娘。如今,她对农村有了全面的认识,也喜欢上了淳朴的乡村生活,更和这条山沟结下了不解之缘。用两年时间,她们谱写了一曲曲感天动地的青春乐章,用实际行动传承和践行着五四精神,在这片高天厚土锻炼和升华了自己。望着窗外,她们对这条穷山沟有些不舍,在心中已把它视为第二故乡了,这种亲切的眷恋,比两年前离开家乡有过之而无不及。

看着窗外的美景,安然想起了刚刚离开的学生,有些学生让她很是欣慰,而有些让她不放心。还好小波的妈妈这次回来就不走了,牛犇的爸爸也改变了教育方式,也给他看了遗尿的病,高志明符合特赦条件,下星期要释放了。虽然好消息比较多,但安然心里还是不放心。因为留守儿童的问题实在太多了。

两年的支教,她们在平凡的岗位上做出了非凡的贡献,用一颗初心绽放出了最亮丽的青春,回去可以交一份及格的成绩单了。这两年虽然很辛苦,但是她们都觉得值,因为没有虚度年华,浪费青春,也听从了时代的召唤,响应了国家的号召。

从包里拿出上海新华集团的通知书,安然认认真真,从头到尾看了一遍,然后笑了笑就用它叠起了纸飞机。见她用通知书叠飞机,温昕和江海涛就已经明白她的决定了。

在这半个月里,她们纠结于留上海发展还是继续做西部山区的老师,人的一生应该怎样度过才算有价值和意义?在硝烟滚滚的战争年代,保家卫国,为人类的解放而奋斗是最有价值和意义的,那么在和平年代呢?

这两年下来,安然好像找到了答案。一个人的选择只有契合时代要求、符合人民的需要,才会有价值和意义。一个人的信念追求,只有同社会的需要和人民的利益相一致,才会有意义。时代号角,生命华章。一代人有一代人的使命,一代人有一代人的担当。

不忘初心，砥砺前行。两年的支教工作结束了，但这既是结束也是起点，多彩的人生才刚刚拉开帷幕：伟大的民族复兴、"两个一百年"奋斗目标、乡村振兴战略……

一个人只要找到内心的方向，那么即便一个人走也不会孤独。飞机叠好了，一分钟后汽车拐弯减了速，安然随即打开天窗放飞了出去。它缓缓地划向了自己的方向，载着满满的情怀和祝福飞向远方，飘飘荡荡、越来越远……

望着飞出去的纸飞机，安然笑着对温昕和江海涛说："一个有希望的民族不能没有英雄，一个有前途的国家不能没有先锋。其实，我们也是一架纸飞机。在青春的世界里，我们不需要固封思想，更不应该畏首畏尾，只有追寻美好的梦想，尽情绽放自我和青春。让我们像江河一样，向着大海不断奔流吧！在漫漫的人生道路上，谱写青春的音符，留下奋斗的足迹！"

说完，她微微一笑后，带着他们唱起了校歌：

一个共同的昨天，长江边我们奠基打桩；
一个共同的明天，东海上我们托举朝阳。
只因为一个共同的今天：
自强！自强！我们锻造共和国的钢梁。
一个共同的寻觅，知识让我们张开翅膀；
一个共同的目标，信念使我们步伐铿锵。
只因为一个共同的誓言：
自强！自强！我们奏出新时代的交响。
自强！自强！不息的自强！
……

唱着、唱着，温昕感觉眼前一亮，她看到了自己的未来——她在青龙山下建了厂，和几个村的村民们合资办厂，日子过得非常滋润。此时，江海涛看着她们笑了起来，因为他知道自己该写什么了，他要把这两年的故事写出来。

2021 年 7 月 14 日